海外中国研究丛书
刘东 主编

[美] 黄卫总 著
张蕴爽 译

中华帝国晚期的欲望与小说叙述

DESIRE AND FICTIONAL NARRATIVE IN LATE IMPERIAL CHINA

江苏人民出版社

图书在版编目(CIP)数据

中华帝国晚期的欲望与小说叙述/(美)黄卫总著；
张蕴爽译.--南京：江苏人民出版社,2012.6(2022.1重印)
(海外中国研究丛书/刘东主编)
ISBN 978-7-214-08134-6

Ⅰ.①中… Ⅱ.①黄… ②张… Ⅲ.①古典小说—小说研究—中国—明清时代 Ⅳ.①I207.41

中国版本图书馆 CIP 数据核字(2012)第 082098 号

Desire and Fictional Narrative in Late Imperial China by Martin W. Huang was first published by the Harvard University Asia Center, Cambridge, Massachusetts, USA, in 2001.
Copyright © 2001 by the President and Fellows of Harvard College
Translated and distributed by permission of the Harvard University Asia Center
Simplified Chinese edition copyright © 2010 by Jiangsu People's Publishing House
All rights reserved
江苏省版权局著作权合同登记号：图字 10-2006-144 号

书　　　名	中华帝国晚期的欲望与小说叙述	
著　　　者	[美]黄卫总	
译　　　者	张蕴爽	
责 任 编 辑	孙　立　胡海弘	
责 任 监 制	王　娟	
装 帧 设 计	陈　婕	
出 版 发 行	江苏人民出版社	
地　　　址	南京市湖南路1号A楼,邮编：210009	
照　　　排	江苏凤凰制版有限公司	
印　　　刷	江苏凤凰扬州鑫华印刷有限公司	
开　　　本	652毫米×960毫米　1/16	
印　　　张	20.75　插页4	
字　　　数	263千字	
版　　　次	2012年6月第1版	
印　　　次	2022年1月第3次印刷	
标 准 书 号	ISBN 978-7-214-08134-6	
定　　　价	68.00元	

(江苏人民出版社图书凡印装错误可向承印厂调换)

序"海外中国研究丛书"

中国曾经遗忘过世界,但世界却并未因此而遗忘中国。令人嗟讶的是,20世纪60年代以后,就在中国越来越闭锁的同时,世界各国的中国研究却得到了越来越富于成果的发展。而到了中国门户重开的今天,这种发展就把国内学界逼到了如此的窘境:我们不仅必须放眼海外去认识世界,还必须放眼海外来重新认识中国;不仅必须向国内读者迻译海外的西学,还必须向他们系统地介绍海外的中学。

这个系列不可避免地会加深我们150年以来一直怀有的危机感和失落感,因为单是它的学术水准也足以提醒我们,中国文明在现时代所面对的绝不再是某个粗蛮不文的、很快就将被自己同化的、马背上的战胜者,而是一个高度发展了的、必将对自己的根本价值取向大大触动的文明。可正因为这样,借别人的眼光去获得自知之明,又正是摆在我们面前的紧迫历史使命,因为只要不跳出自家的文化圈子去透过强烈的反差反观自身,中华文明就找不到进入其现代形态的入口。

当然，既是本着这样的目的，我们就不能只从各家学说中筛选那些我们可以或者乐于接受的东西，否则我们的"筛子"本身就可能使读者失去选择、挑剔和批判的广阔天地。我们的译介毕竟还只是初步的尝试，而我们所努力去做的，毕竟也只是和读者一起去反复思索这些奉献给大家的东西。

刘　东

目　录

译者的话　1

引　言　1

第一章　晚明士人对欲望的焦虑和矛盾心理　5

第二章　中华帝国后期的"情"之论争　20

第三章　从"欲"到"情"：欲望与小说叙事　48

第四章　《金瓶梅》：欲望的物质性与欲望的非物质性　75

第五章　《痴婆子传》和《灯草和尚》：女性与欲望　97

第六章　《醒世姻缘传》：欲望与因果报应　121

第七章　《弁而钗》和《林兰香》："情"与同性恋　157

第八章　三部才子佳人小说："情"与身体的贞节　183

第九章　《野叟曝言》和《姑妄言》：欲望的"情"、"欲"两极化　210

第十章　《红楼梦》："情"和不愿长大　242

索　引　281

参考文献　293

译者的话

阅读小说无疑是一件富有乐趣的事情,这一乐趣来源于小说叙述的生动曲折,而一部关于小说的研究著作如果可以令读者获得比阅读小说本身更多更丰富的乐趣,那么就可谓是逻辑思维与理论阐释的胜利了。在翻译黄卫总教授的这本著作时,我便对此深有体会。书中所涉小说并非都精彩得令人难以释卷,而翻译又是件苦差事,但是,整个翻译过程却足以令我更加深入地去体察书中精彩阐释明清小说的一字一句。我从这一字一句中感受到了其中的一颦一笑,随着作者睿智而缜密的思路穿梭于一部部小说之间,其乐无穷。

以明清小说来探讨"欲望与小说叙述"的复杂关系,这个题目本身就标示了此书的独到之处。曾与我在北京大学的导师张鸣教授讨论这一选题的价值所在。张鸣老师的评论一针见血——这是一个具有典型西方汉学研究特色的题目。横看成岭侧成峰,身处海外汉学界,观照同一对象的角度是会如此自然而然地发生新鲜而有趣的变化。就此而论,本书作为第一本以明清时期"欲文化"为研究重点的学术著作,实在有着开辟之功。

西方对欲望的关注自古就非常多。作者也许正是因无数哲人学者围绕欲望生发的种种思考而获得了选题的灵感。但是,作者并未将西方的"欲望"理论生搬硬套以植入明清小说的体内,而是以这些理论作为思考的契机,进行贴近明清时期的社会现实和小说文本的解读。因此,书中既有西方学者所惯有的理论敏锐性,又丝毫没有忽视明清时期的社会现实和思想状况。

在明清之际繁荣兴盛的小说,实在是与戏剧并驾齐驱的探讨明清"欲望"的极佳材料。这些小说对人性与欲望的生动展示与细腻勾勒,打开了传统诗文之外的一片新天地。随意翻开一部明清小说,无论是如今赫赫有名者如《金瓶梅》、《红楼梦》、《儒林外史》,还是似乎已被一般读者遗忘的《痴婆子传》、《灯草和尚》等等,都可以深切感受到那深藏于内、婉转微妙的人物心理与欲念。还记得在对《喻世明言·蒋兴哥重会珍珠衫》的反复阅读中,我是如此拍案于它对人物内心世界的捕捉竟至于如此精妙。然而,这些零零星星的印象究竟构成了怎样一番图景?——这就要从本书中来寻觅答案了。

本书所试图描绘的,正是在明清时期关于"欲望"的话语背景之下小说所经历的从"欲"到"情"这一极其复杂的变化轨迹。前三章是对有关"欲望"这一社会文化现象的背景性历史和理论的勾描。正如作者所言,第四章至第六章围绕侧重于肉体欲望("欲")的作品展开论述,第七章至第十章则偏重于那些聚焦于"情"的小说,并由此探讨"情"与"欲"之间复杂而微妙的关系。自第四章至第十章,每一篇都可谓是一颗明星,它们对一部或数部明清小说展开了别出心裁的文本细读,其着眼点时时令人拍案叫绝。但此书更大的价值在于,一颗颗明星构成了一个璀璨的星座。将这些明星勾连起来,明清小说中从"欲"到"情"那复杂而纠结的演变过程便已然呼之欲出。作者令静态的小说文本变得动感十足,从而勾勒出了一幅历时的图卷。每一部作品也因被放置在了这一宏观的过程之中而具有了更为重要的意义。

除却文本细读和过程研究这两大特色以外,极为突出的"问题意识"

是本书的又一亮点。凭借着明确的"问题意识",作者得以将所选择的作品一一点铁成金。正所谓"寸铁可杀人",以小说叙述对"欲望"的展现这一问题贯穿始终,作者对作品的阐释与对过程的描述便是那样的游刃有余了。

此书英文版的出版已近十年。就译者对中国小说研究状况的粗浅了解来看,近些年有不少国内的学者也开始关注"欲望"这一话题,并与此书中的一些观点有所呼应,但是这些演绎的系统性和深入性似乎仍旧不及这部开山之作。而即便不从学术研究的角度来看,书中就人所共有的"情"与"欲"的探究对我们当代人的生活状况与内心诉求也是颇多启发。

翻译此书,也就接受了一次对自己内心欲望的审视,我首先要感谢刘东教授给了我这样一个机会。最令我感动的是本书作者黄卫总教授。黄老师对我的译稿进行了逐字逐句的审阅,甚至常常与我斟酌某一个单词或语句的恰当译法。他严谨治学的态度令我受益无穷。另外需要说明的是,本书第一章有应民吾先生所译初稿,第七章曾由陈泳超老师翻译并发表于《中国学术》2001年第2期,本书中这两章的译文是在他们的译稿基础上修改而成的。

张蕴爽
于洛杉矶含章斋
2010年9月8日

引　言

任何讨论"desire"("欲望")在中国文化中的建构的英文研究,都不可避免地要面对一种两难的境地:如何处理这一英文词汇所负载的丰富内涵(古典的,现代的,以及后现代的)。在西方当代论述中,对"欲望是由什么构成的"这一问题的回答是仁者见仁,智者见智。朱迪·巴特勒(Judith Butler)以典型的后现代方式提示我们,"欲望是可以确保语言的某种不透明度的东西,语言展示了这一不透明度,但没有它语言也就无法成为语言了"①。如果她是对的,那么,当我们试图调整这一概念来解释二十世纪前的中国文化时,这一"不透明度"只会愈加变高。

福柯(Michel Foucault)指出,在西方,欲望直到现代才成为论述的焦点。② 在古希腊,欲望被柏拉图(Plato)称为"渴望"(Eros),但其后的哲学家并未给予它特别的关注。作为一个严肃的哲学问题,"欲望"一词直到康德(Immanuel Kant)将之作为其《实践理性批判》(*Critique of Practical Reason*)的核心时才重新引起人们的注意。在康德那里,欲望

---

① 朱迪·巴特勒:《欲望》(*Desire*),p.369。译者按:本书所有英文引文的页码皆为英文原版中的页码。引文出处参见《参考文献》。
② 同上书;福柯:《性史》(*History of Sexuality*),1:20、23-25。福柯经常使用"性"(sex)这一词汇,虽然在他的著作中"性"和"欲望"这两个概念是基本等同的。

被视为道德领域中的一种心理动机。黑格尔(Hegel)大概是第一位强调欲望概念的"否定性"和"缺席"(absence)的重要意义的思想家。他的观点大大影响了其后诸多的欲望理论。① 由于弗洛伊德(Freudian)精神分析理论的影响,欲望在二十世纪的西方变成了一个极其流行的词汇。但是,当代法国理论家拉康(Jacques Lacan)却尝试通过去除欲望在生物学和社会制度上的内涵来复原欲望的原貌。在拉康看来,欲望"处在需要与要求的夹缝中;它不仅仅是需要,因为从本质上说,它不是与独立于主体的真实客体/对象的一种关系,而是与幻象的一种关系"②。在文学研究中,欲望"被主要用来与黑格尔的再现概念相联系……再现意味着客体对象的缺席"(译者按:这也就是说,因为没有而想得到,要得到惟有通过想象/再现),它"构成了一种持续的动力,其之所以能成为持续的动力是因为它永远无法得到它所要的(幻想的)客体对象"。③ 尽管围绕着欲望存在种种争论,但是对"缺席"和"再现"的强调似乎是当代西方所有关于欲望的主流理论所公认的。④

尽管有着诸般负载,在本书研究中使用"desire"这一英文词汇作为核心概念还是具有着一些特别的优势,因为我的目标之一便是为探讨中华帝国晚期频繁争论的这一议题寻找一个不同的视角。在中华帝国晚期,诸如"欲"和"情"等本土的概念从未像"欲望"概念在西方那样得到诸多理论性的明晰探讨。纵观中国历史,人们似乎从来没有厌烦于为"欲"

---

① 关于黑格尔对法国欲望理论的影响,参见巴特勒:《欲望主体》(Subjects of Desire)。尤其是巴特勒对萨特(Satre)的解读(同上书,p.117):"欲望不关注感知中所显示之物,而是关注感知中所遮蔽之物;在某种意义上,欲望是对'缺席'这一重要维度的审查。它将'缺席'主题化,并因此令它自身得以呈现。"她进一步观察到(p.147),对萨特来说,"欲望使身体存在于想象之中;它必须再创造出它的客体而使自身获得满足"。
② 拉普朗什(Laplanche)、彭塔力斯(Pontalis):《精神分析的词汇》(The Language of Psycho-analysis),p.483。
③ 奥克森韩德勒(Oxenhandler):《文学情感概念的变更》(The Changing Concept of Literary Emotions),p.115。我对西方欲望的"历史"的概述在很大程度上借鉴自这篇论文。
④ 关于"欲望"的西方后现代理论,参见富尔瑞(Fuery):《欲望的理论》(Theories of Desire)。

和"情"等概念作出看似新的阐释。虽然这些词汇从未获得精确的定义,生活在中华帝国晚期的人们似乎都对它们在日常论说中的含义十分了解,正如在西方,每个人似乎都熟知"欲望"是什么,尽管学术界对它的含义众说纷纭。而且,在晚明戏剧《牡丹亭》和十八世纪小说《红楼梦》等作品对欲望的含义的论说中,当代西方理论对"缺席"和"否定"的强调也并非绝不适用。虽然如此,我对在研究中将"欲望"作为核心词汇的局限性保有清醒的认识。但同时,我期待拙著能通过与一些中国本土相关概念的对话,对这一概念加以有效利用,来为中华帝国晚期与欲望相关的纷繁议题的文化特征和历史特征提供一种新的见解。

传统中国对欲望的兴趣较西方更加持久。荀子(约前312—前230)大概是首位对欲望展开详细讨论,并将之视为他关于"礼"的丰富学说的核心概念的重要思想家。一位中国思想史研究者认为,"欲望观念是大多数中国思想的核心"①。欲望的地位在晚明(约从十六世纪晚期到十七世纪中期)变得更加复杂,关于欲望的更为多样也往往更为激进的观点不断被提出。和传统中国哲学中的情况一样,晚明关于欲望的讨论几乎总是限定在伦理的范围之内,这一时期的文学,特别是戏剧和白话小说对欲望的兴趣也是与日俱增,而其对欲望的探索则远远超出了伦理的范畴。

本书的一个主要论点是,作为叙事文体的中国传统小说的发展是与中华帝国晚期关于欲望的观点的变化紧密相连的。具体而言,对通俗小说在晚明的兴起这一现象的考察,必须放置于当时的文化和思想领域内对欲望的论争这一语境之中,并与从这些论争中生发出来的崭新而更为复杂的观点结合起来。我将试图揭示,对个人欲望的痴迷是作为叙事文体的中国传统小说的一个基本属性。事实上,对众多通俗小说中欲望现象的种种细致入微的刻画正是这一叙事文体成熟的最好标志。

---

① 刘殿爵(Lau):《贵生的学说》(*The Doctrine of Kuei Sheng*),p.59。

本书的第一部分(第一章至第三章)为后面其他章节中对具体小说文本的细读提供一个比较广阔的历史语境。第二部分(第四章至第六章)聚焦于更多关注欲望的肉体一面(狭义的"欲")的作品。第三部分(第七章至第十章)则侧重于探索"情"(通常被狭义地理解为男女爱情)这一复杂现象以及"情"与各式肉体欲望之间的微妙关系的文本。在这一部分中,我试图论证,"情"与"欲"的二分——作为传统文学中关于欲望的论争所依据的基本理论框架——是如何在中华帝国晚期的这些作品中被重新构建的,以及欲望这一议题又是如何在一个更高的层次上被提出来加以探讨的。

　　本书并不是对中华帝国晚期关于欲望的代表性观点和这些观点在小说中的呈现的历史性浏览,而是对产生于中华帝国晚期的一系列具体小说文本的细读——而这一时期有关欲望的复杂而纷繁的观点则对这些小说产生了决定性的影响。我试图探索的议题是,小说的特殊叙述是如何促成了某一种欲望观念的形成,并且它是如何改写欲望的各种"界限"的,而在欲望的繁复交织中这些"界限"则又是常常被忽略并逾越的。本书详细考察的大部分作品都可以大致归类为"家庭小说"。我讨论的焦点是肉体欲望(广义上的),虽然也会涉及其他类别的欲望。这也是本书对诸如十八世纪的《儒林外史》等重要作品未作过多分析的原因之一,尽管事实上,欲望——特别是与名利和科举相关的欲望——是《儒林外史》的主要话题。本书中另一个未能深入探讨的重要议题是一些小说所提出的关于欲望的"解决方法"的问题。我之所以未将这一重要话题引入研究之中,一则是因为我尚未对此作出足够的研究,二则是因为我相信,这一复杂而重要的话题是值得作为一个独立的研究课题的。①

---

① 李惠仪(Wai-yee Li)的《迷幻与警幻》(*Enchantment and Disenchantment*)和余国藩(Anthony Yu)的《重读石头记》(*Rereading the Stone*)中都涉及此话题。关于这一议题的讨论,另可参见李前程:《悟道小说》;萧驰:《抒情领域中的中国园林》(*The Chinese Garden as a Lyrical Enclave*)。

第一章　晚明士人对欲望的焦虑和矛盾心理

万历三十三年(1605),63 岁的作家屠隆(1543—1605)身染重病。他的朋友、著名戏剧家汤显祖(1550—1616)写下包含十首绝句的组诗赠给了他。这组诗的题目较长,为《长卿(屠隆)苦情寄之疡,筋骨段坏;号痛不可忍;教令阖舍念观世音稍定。戏寄十绝》。组诗中有这样一句:"雌风病骨因何起,忏悔心随云雨飞"①。据汤显祖所述,屠隆是因其放纵的生活方式染疾的,而他不久以后的辞世可能也正是因为此病。一些当代学者根据各种关于屠隆一生追求感官享乐的记载,认为这种"情寄之疡"是一种性病。② 这里的有趣之处,不是屠隆可能死于性病,而是汤显祖以这样一种戏谑的方式记述朋友的纵欲及其后果。虽然汤显祖强调屠隆是自食其果,但这些诗歌戏谑的口吻使读者无法把这种强调过于当真。

年长一代的作家李开先(1502—1568)一定受到同一疾病之累。在为其亡妻所作的传记中,李开先提到,妻子从他那里传染了皮肤病(疥

---

① 汤显祖:《汤显祖诗文集》,卷一五,p.601 - 602。"云雨飞"是"纵欲"的委婉语。
② 徐朔方:《屠隆年谱》,p.392 - 393;关于屠隆的纵欲生活,参见郑闰:《〈金瓶梅〉和屠隆》,p.160 - 165。

毒)之后并无怨尤,他将此事视为她的妇德的具体表现。李开先显然觉得,没有必要隐讳他自己是因嫖妓而染上此病的事实。① 也许在那时的"浪漫"文人看来,遭受性病之苦并非是多么可耻之事。不然,汤显祖就不会如此公然地嘲笑屠隆的病,更何况他俩还是好友。② 毕竟,"淋"或梅毒一词在当时是惯用的骂人用语——例如汤显祖的名剧《牡丹亭》中的一个角色就曾用过此词③。

一些学者引用汤显祖的这组诗来证明晚明存在一种对欲望更加"宽松"的态度。这种态度则又帮助营造了一种特定的文化氛围,而这种文化氛围催生了以露骨的性描写著称的经典小说《金瓶梅》这样的文学作品④。所有这些文化现象都被认为是有些学者所谓的晚明时期"欲望重估"运动的一部分⑤。

本书的一个观点是,晚明的欲望重估绝不仅仅是试图在一个以文化多元化为特征的时代里宣扬欲望至上。也许没错,在中国历史上,人们此前从未如此公然地沉迷于欲望,如此渴望以各种方式体验欲望,如此热衷于谈论他们的相关体验。但更为确凿的是,人们也从未如此敏锐地意识到欲望的复杂含义。所谓晚明的欲望解放⑥——如果的确存在这样一种解放的话——总是与对欲望的种种含义的深刻焦虑相伴相随的。作为一种人类现象,欲望或许从未显得像其在晚明的人们身上那样复杂而令人困惑,这恰恰是因为他们迫切地体验它,热切地谈论他们自己的相关经历。在这方面,屠隆具有代表性。

屠隆沉迷于追求感官享乐,但他也深受这种追求所带来的后果之

---

① 李开先:《亡妻张宜人散传》,见《闲居集》,《李开先集》,卷九,p.551。
② 在他处,汤显祖甚至表达了对屠隆浪漫生活方式的羡慕之情,参见其诗《怀戴四明先生并问屠长卿》,汤显祖:《汤显祖诗文集》,卷七,p.202-203。
③ 第七出《闺塾》,汤显祖:《牡丹亭》,p.34。
④ 参见刘辉、杨扬:《〈金瓶梅〉之谜》,p.220-222。
⑤ 浦安迪(Plaks):《明代小说四大奇书》(The four Masterworks of the Ming Novel),p.20。
⑥ 中国大陆的很多学者持这种观点,参见陈东有:《人欲的解放》。

苦。他明确地声称人们发生性关系是为了快乐而不是为了繁衍后代。而冠冕堂皇的道学家很少愿意公开承认这一简单的事实：

> 公曰：男女之欲去之为难者何？
>
> 某曰：道家有言，父母之所以生我者以此，则其根也，根故难去也。古天竺先生号称离欲，盖以空得之。虽上帝所治，犹为欲界。高真上仙偶一动念辄往人间，而古帝王广设后妃、御妻、世妇，儒者曰：以广继嗣，非为欲也。亦或以不能遣之，而以此正人道、防淫也……孔子云："吾未见好德如好色者也。"其辞亦痛切，足悲哉。根之所在，难去若此，即圣人不能离欲，亦淡之而已。离则佛，淡则圣，抑而寡之则贤，纵而宣之则凡。①

在屠隆看来，人们发生性关系只是为了繁衍后代的观点在多数情况下只是道德理想观念的一种"主观规定性"表述，而非对事实的"客观描述性"陈述。孔子关于好德如好色的名言，在此被重新解读，以强调受性的吸引去追求欢乐的人要大大多于那些为了操守而追求德行的人。当然，屠隆本人也因沉溺于各种感官享乐而声名狼藉。事实上，他对于性的"开放"观念及其自身放荡不羁的行为，直接导致了他原本很有前途的仕途戛然而止。1583 年，在他被升迁到北京礼部主事的位置上仅一年后，屠隆便被指责性行为不端并遭弹劾。②

很多与屠隆同时代的人持与他相同的性欲观，其中包括著名的士大夫文人袁宏道(1568—1610)。对于世上可能存在不好色的男人的说法，袁宏道表示了相似的怀疑。他坚称，如果确有其人，孔子就不会将好德

---

① 屠隆：《与李观察》，《白榆集》，9.31a-b(p.511-512)。
② 参见富路德(Goodrich)、房兆楹：《明人传记辞典》，p.1325；徐朔方：《屠隆年谱》，p.341-348。据沈德符(1578—1642)所言，屠隆后来所作《昙花记》正是对此事的忏悔，参见沈德符：《万历野获编》，卷二五，《词曲》，p.644-645。另一位明代著名文人和剧作家臧懋循(1550—1620)也因为与一个青年男子有染而丢掉了令人艳羡的南京国子监博士之职，参见沈德符：《万历野获编》，卷二六，《嗤鄙》，p.676。

与好色进行比较了。① 事实上,袁宏道对他的所谓"五真乐"的论说经常被历史学家所引用,以作为晚明享乐主义的典型例子:

> 目极世间之色,耳极世间之声,身极世间之鲜,口极世间之谭,一快活也。堂前列鼎,堂后度曲,宾客满席,男女交舄,烛气熏天,珠翠委地,金钱不足,继以田土,二快活也。箧中藏万卷书,书皆珍异,宅畔置一馆,馆中约真正同心友十余人,人中立一识见极高如司马迁[公元前145年生]、罗贯中[约1300—1400]、关汉卿[1279年卒]者为主,分曹部署,各成一书,远文唐宋酸儒之陋,近完一代未竟之篇,三快活也。千金买一舟,舟中置鼓吹一部,妓妾数人,游闲数人,泛家浮宅,不知老之将至,四快活也。然人生受用至此,不及十年,家资田地荡尽矣。然后一身狼狈,朝不谋夕,托钵歌妓之院,分餐孤老之盘;往来乡亲,恬不知耻,五快活也。士有此一者,生可无愧,死可不朽矣。②

此处列举的第一种也是最重要的快乐,即是感官享乐。在其他地方,袁宏道竟然还声称一个人如果到了三十岁还不能享受物质上的舒适和感官之乐,就应该感到羞耻。③ 在主张个人为了满足自身欲望可以无视社会传统时袁宏道所表现出的大胆,以及他对感官享乐的强调,都的确体现着一种前所未有的对欲望的享乐主义态度。

然而,到十六世纪晚期,对"真乐"的追求已经达到了狂热的程度,以至于在一些比较保守的文人当中出现了一股抱怨之风,指责世人的"横流之人欲"和对物质享受的沉迷败坏了世风。④ 这些指责与那些苛严正

---

① 袁宏道:《兰亭记》,《袁宏道集》,卷十,p.444。
② 袁宏道:《龚惟长先生》,《袁宏道集》,卷五,p.205-206。
③ 袁宏道:《毛太初》,《袁宏道集》,卷五,p.209。
④ 参见张瀚(1511—1593)常被人援引的怨语"人情以放荡为快,世风以侈靡为高"(张瀚:《风俗记》,《松窗梦语》,p.123)。另可参见范濂(生于1540年):《云间据目抄》,2.8,《笔记小说大全》,册13,p.114;顾起元(1565—1628):《建业风俗记》,《客座赘语》,5.30b-32a。关于晚明时期"消费无度"引起的焦虑的讨论,参见柯律格(Clunas):《长物》(*Superfluous Things*),p.141-165。

统的道学家们老生常谈的教化比较起来，更显示出一种普遍的焦虑，以及一种深深的失控感。而后者恰恰是不少晚明士人所体验最深的一点。

这里更为有趣的是一种看上去自相矛盾的现象：那些最热衷、最头头是道地鼓吹欲望的人，也往往同时是对欲望不可避免的危险所导致的恐惧最具洞察力的人。例如，尽管袁宏道公开宣扬享乐主义观点，但同时他也经常就自己的"青娥之癖"表示悔恨，并企图尽量"离声色之乐"，虽然这样的自制企图常常不得成功。① 因此，壮年的袁宏道开始悔恨自己年轻时的行为也就不足为奇了。② 然而，值得特别注意的是，虽然他经常追悔并充分意识到感官享乐的危险，但是当他面对这种享乐的诱惑时，他的克制力却从未增强。他对房中术的喜爱，即便在他生命的最后几年里也未改变（他死时还较年轻：42 岁）。在他 38 岁所写的一首诗中，袁宏道对一位朋友在 70 多岁时仍能让年轻女人为其生下一子表示羡慕；他猜测这一定是因为那位朋友掌握了房中术的秘密。③ 事实上，一些袁宏道的同时代人相信，袁宏道之所以未享天年，在很大程度上要归因于他过度沉迷于床笫之欢。④ 这种沉迷与忧惧的并存，是晚明士人对欲望的态度中一个非常重要的方面。

袁宏道的弟弟袁中道(1570—1624)的情况，更能说明晚明时期士人克制欲望的努力所造成的许多矛盾现象。虽然一般认为袁中道要比其二哥（袁宏道）保守，但他同样沉溺于感官享乐。对自己混乱的性生活和

---

① 袁宏道：《李湘洲编修》，《袁宏道集》，卷四二，p.1233。
② 袁宏道在他 32 岁时发表了这一见解。包括他的弟弟袁中道在内的很多人都注意到了袁宏道在其生命的最后十年中越来越保守的态度，参见陈万益：《晚明性灵文学思想研究》，p.128 - 129。
③ 袁宏道：《与王百穀》，《袁宏道集》，卷四三，p.1270 - 1271。
④ 他的弟弟袁中道在日记中提到，袁宏道意识到 40 岁后纵欲会导致过早死亡时已经太晚了。袁宏道是在自己痛苦猝死的数天前才意识到这一点。据袁中道记载（《游居柿录》，卷五，《珂雪斋集》，p.1210；另可参见 p.1207 - 1209），他的二哥死于"大小便血不止"。袁中道对袁宏道之死的描述，以及对他自己因纵欲而患病的描述（如下文所引），使人联想到《金瓶梅》第七十九回中西门庆在一连串过度性行为后的可怕死亡。

洗心革面的失败,他不断表示悔恨。我们可在其长文《心律》中找到他自我剖析颇深的忏悔:

> 吾生平固无援琴之挑,桑中之耻。然浮冶之场,倡家桃李之蹊,或未得免。少年不得志于时,壮怀不堪劳落,故借以消遣,援乐天樊素、子瞻榴花之例以自解。又以远游常离家室,情欲未断,间一为之……若夫分桃断袖,极难排豁。自恨与沈约同癖,皆由远游偶染此习。吴越江南以为配偶,恬不知耻。
>
> 以今思之,真非复人理,尤当刻肉缕肌者也。世间嬬婺,止以避人耻笑之故,终身索居,忍此难忍。况出世丈夫,前有清净胜妙之乐,持之则可得;后有铁床铜柱之苦,犯之则立至,何不猛将刚刀割此爱缘乎哉?又况未绝姬侍,尤存情欲,有何难也?吾因少年纵酒色,致有血疾。每一发动,咽喉壅塞,脾胃胀满,胸中如有积石,夜不得眠。见痰中血,五内惊悸,自叹必死,追悔前事,恨不抽肠涤浣。及至疾愈,渐渐遗忘,纵情肆意,辄复如故。①

这是袁中道对多次控制欲望失败及他承受的可怕后果所作的一番生动而又非常直率的忏悔。文中有一种极度的绝望感。此处完全是一个无可救药的"瘾君子"形象。他虽然清醒地意识到性欲的危害,但对自己的欲瘾却无能为力。他似乎在告诉我们,任何与性瘾的斗争从一开始就注定是要失败的。在其同时代人中,袁中道并不是唯一用这样一种坦率的方式发泄绝望感的人。屠隆在欲望之事上是一位更为热忱的鼓吹者,但他也同样毫不讳言地自白道:

> 某视天下之物,一无所好。至于男女之欲,亦犹夫人耳。兼之名根为障,去道弥远。尝书绅以铭,要神以誓,苦形以自罚,虚心以自度,

---

① 袁中道:《心律》,《珂雪斋集》,卷二二,p.954-955。

至于寒暑昼夜展转反覆,若制毒龙,若克大敌,为力甚勤,取效甚少。①
在别处,屠隆将他徒劳的治欲企图描写得更加生动:

> 又三年治欲,若顿重兵坚城之下,云梯地道攻之,百端不破。若以巨石压草,石去草生。若以冷泉沃渴吻,暂时清凉,过而复热。独可奈何哉!②

另一位晚明文人宋懋澄(约1569—1620)在这种绝望的言论上走得更远。他断言,除了死亡,"惟病可以寡欲"。出于这一原因,疾病成了应该称颂而不是抱怨的东西。他"惟恐病不常来"③。在此,借助一种古怪扭曲的逻辑,原本可能属于控欲失败的直接结果的疾病——正如袁中道所抱怨的那样——现在反倒因为能减弱沉溺欲望的能力而成了一种福祉。人们可能会进一步辩称,人应该尽可能地沉溺于欲望,因为沉溺将引发疾病,而疾病反过来又会降低进一步沉溺欲望的能力。因此,人们不必为缺乏自制力而发愁,因为欲望的结果——疾病——就正可以抑制欲望。这等于在声称欲望本身就具有一种自我保护机制。采取这样一种逻辑来对付欲望,可以揭示出人们已经走到了多么绝望的地步。

如果与欲望的正面搏斗被证明是徒劳的,那么就只能寻找或创造迂回的方法。在面对几乎无法抵挡的性诱惑时,袁中道提出的另一个绝望的策略是"世乐必不可得,因寻世外之乐"④。"世外之乐"指的是"山水"或自然之乐,"世乐"则指性欲等感官享乐。袁中道相信,男人对女人的欲望(性欲)可以用对自然的向往来替代,或者至少是减弱("山水可以代

---

① 屠隆:《与李观察》,《白榆集》,9.30b – 31a(p.510 – 511);关于屠隆在其他书信中类似的沮丧表述,参见《与王元美先生》,7.21b(p.348)和7.22a(p.351)。
② 屠隆:《与李观察》,《白榆集》,9.28b – 29a(p.506 – 507)。
③ 宋懋澄:《与陈二》,《九籥别集》,卷一,《九籥集》,p.250。
④ 袁中道:《答钱受之》,《珂雪斋集》,卷二四,p.1025。

粉黛")。① 换句话说,如果性愉悦的享受代价过于高昂(他相信,人最终不得不以自己的健康来抵偿),那么就应该转向山水之乐,而一般认为这种乐趣对人的健康是有益的。袁中道承认:

> 嗟夫,予于世间之声色,非淡然忘情者也,又非能入其中而不涉者也。自多病以来,稍悟寒蚕火蚕以凉燠异修短之故。急思逃之,而其势又未能割。则取世外之声色以与之战,而期必胜。②

我们看到,他竭力从美女和性欲中脱身,不是因为它们对他不再具有吸引力或者畏惧道德上的谴责,而是因为他的年纪大和日益衰退的健康状况实在不允许他继续纵欲。③ 袁中道热烈地为这种选择辩护,而在更保守者眼中,这可能贬低了传统文人文化中所赞美的神圣"山水":

> 将谓世间人游山水者,乃不得粉黛而逃之耳,非真本色道人也。此真觑破世人伎俩也。弟则谓不得繁华粉黛,而能逃于山水以自适者,亦是世间有力健儿。④

他的策略是用一种享乐来代替另一种。尽管如此,两者仍然都是享乐,而且都旨在投感官之所好。

然而,屠隆就不相信这种方法的有效性。他痛苦地得出结论,搜集古玩和享受"山水"这样的嗜好,与性欲和金钱欲同样危险。"昏庸之人"沉溺于对性和金钱的粗鄙欲望,而"清士"则寄情于诗歌、山水、书籍和古玩。但两者都是沉迷于欲望。然后,他进一步评论道:"登山临水,旷望

---

① 袁中道:《答钱受之》,《珂雪斋集》,卷二四,p.1025。袁中道之兄袁宏道也持有同样的观点;参见后者的言论:"夫幽人韵士,屏绝声色,其嗜好不得不钟于山水花竹。"(袁宏道:《瓶史引》,《袁宏道集》,卷二四,p.817)
② 袁中道:《玉泉拾遗记》,《珂雪斋集》,卷一五,p.656-657。袁中道所援引的蚕的典故可能来自嵇康(223—262)《答难养生论》。在该文中,嵇康述及温度与蚕的成熟之间的关系,显然是为了强调"养生"的重要性(嵇康:《嵇康集》,p.179-180)。
③ 出于这一原因,袁中道赞同袁宏道的观点,认为男人在40岁后不应纳妾(《心律》,《珂雪斋集》,卷二二,p.955-956)。
④ 袁中道:《答钱受之》,《珂雪斋集》,卷二四,p.1026。

俯仰,必思佳丽;思佳丽,必营楼台;营楼台,必及声色。"①确实,在许多晚明文人的心目中,山水和美人的吸引力之间的联系太过明显以至于难以规避。至少对屠隆来说,这种联系是显而易见的。屠隆自省道,即便作文写诗的冲动也是一种植根颇深的欲望("文字亦欲也"),为了获得彻底的拯救,连这种文字念头也应该打消。② 对屠隆关于写作也是一种欲望的观点,文人钟惺(1574—1625)也颇有同感:

> 袁石公(袁宏道)有言:"我辈非诗文不能度日。"此语与余颇同。昔人有问长生诀者,曰:"只是断欲。"其人摇头曰:"如此,虽寿千岁何益?"余辈今日不作诗文,有何生趣?③

这有助于解释晚明文学的一个有趣现象:在游记文体兴盛的年代,在创作以自然为主题的散文和诗歌时,传统上用于形容美女的词汇更多地被用于描写自然山水的吸引力。袁宏道在这方面又是一个上佳的例子:

> 山上旧有响堞廊,盈谷皆松,而廊下松最盛。每冲飙至,声若飞涛。余笑谓僧曰:"此美人环佩钦钏声,若受具戒乎?宜避去。"僧瞠目不知所谓。石上有西施履迹,余命小奚以袖拂之,奚皆徘徊色动。碧缔缃钩,宛然石炭中,虽复铁石作肝,能不魂销心死?色之于人,甚矣哉……嗟乎! 山河绵邈,粉黛若新。④

---

① 屠隆:《欲清浊》,《鸿苞集》,38.6a;另可参见他对文人在古董、园林、风景和书籍方面所持热情的评论,《消摇》,《鸿苞集》,35.9a。
② 屠隆:《与王太初田叔二道友》,《鸿苞集》,40.6b。
③ 钟惺:《自题诗后》,《隐秀轩集》,卷三五,p.561。钟惺的朋友谭元春(1585—1637)提出反问:为通过科举考试而读书,是否有别于各种"人世嗜欲"? 即使只有前者能赢得好名声(谭元春:《金正希文稿序》,《谭元春集》,卷二三,p.630)。
④ 袁宏道:《灵岩》,《袁宏道集》,卷四,p.165。袁宏道还有很多类似的强调感官享乐或"色"的自然景色描写之例,参见《上方》,《袁宏道集》,卷四,p.160;《西湖一》,卷十,p.422;《飞来峰》,卷十,p.428;《满井游记》,卷一七,p.681。《珂雪斋集》中也有袁中道所作的类似描写:例如,《游青溪记》,卷一五,p.639;《游鹿苑山记》,卷一五,p.649。即便在宣扬寄情"世外之乐"的益处的文中,袁中道也不禁要通过自然与美女形象的对比来描绘自然的吸引力。参见《玉泉拾遗记》,《珂雪斋集》,卷一五,p.657。关于晚明文学中自然感官化的趋势的概述,参见夏咸淳:《晚明士风与文学》,p.101-102。

人们像欣赏美女一样欣赏自然,借助感官才能完全地体验它。"色"的暗示无处不在。袁宏道此处在描绘本应给人们"世外之乐"的自然时,所用的词汇是"粉黛",而这又是袁中道用来指称"世间之乐"——恰恰是人们应该借遁入自然来逃避的对象——的同一称谓。因此,这两种享乐(一为世间,一为世外)之间的区别变得极难捉摸。在写作和生活中,这两个世界经常合而为一,正如陶望龄(生于 1562 年;1589 年进士)在诗中所展示的:

> 作吏于馆娃脂粉之城,为客于浣纱娥眉之里;
> 宿几夜娇歌艳舞之山,走三回浓抹淡妆之水;
> 色非色界酒肆与淫坊,情无情间魂惺而心死;
> 鸳鸯寺传法秉教禅师,歌姬院瓦罐爻槌乞子。①

这里,无论是从隐喻角度上还是字面角度上来看,这两种享乐都合而为一了。陶望龄巧妙地运用悖论修饰法——"色非色界",抓住了这两种境界——"世外"和"世间"——虽尴尬但快乐的"合一"感觉。颇具反讽意味的是,最终正是人们对感官享乐的欲望消除了本应分隔两个境界的界限。一般人都认为,大自然能涤荡人的欲望,而现在,大自然反倒因为它对人的感官具有吸引力而更加受到重视。最终,转向山水以寻求摆脱欲望的自由被证明是完全徒劳的。②

当然,并不是每个人对山水的喜爱都缘于对感官享乐的渴求甚或将自身从这些享乐上转移开来的尝试。有些人可能想追求一种意在提升自己在他人眼中地位的生活方式。但这仍然是一种欲望,求名之欲。按照屠隆的说法,对和他一样受过良好教育的人("吾辈")来说,求名之欲("名障")是比肉体享乐更致命的诱惑(肉体上的欲望是一种"欲根",它

---

① 陶望龄:《又戏效来篇九言三言》,《歇庵集》,2.5b - 6a(p.170 - 171)。
② 在据传李渔(1611—1680)所作的《肉蒲团》中,僧人孤峰一反当时的普遍做法,刻意将他的寺庙建在了风景甚差之处,因为他相信,自然之美将勾起男人的欲望(李渔:《肉蒲团》,2.147)。这里,孔子的名言"知者乐水,仁者乐山"受到了质疑(刘宝楠:《论语正义》,p.127)。

对普通人或者"众人"来说也许是一个更严重的问题),尽管两种欲望都难以根除。①

必须找到一种更彻底的方法。对很多人来说,答案就是宗教。如果我们承认界定欲望合理性(即,界定具体什么欲望是合理的)并非易事,而一旦沉迷于欲望便会很容易失控,那最后还是越寡欲越好。这种颇为悲观的观点在早一代的作家何良俊(1506—1573)的作品中已经非常明显:

> 夫欲知惑人,乃至于溺而不能返,盖自中人以上,有不能免者,其能奋然自拔者,几人哉?故孟子以为养心莫善于寡欲;老子曰,为道日损,孰能知?损之为道,君子哉!②

部分是因为这种无可奈何的绝望感,很多人开始接受道教和佛教所宣扬的彻底"无欲"理论。袁宏道、袁中道和屠隆都参与了晚明的所谓居士禅运动。③ 屠隆令他的家人念诵观音菩萨之名来帮他减轻病痛,这一现象并非偶然。屠隆的很多建议人们抵御感官享受的说教之作都是用宗教词汇表达的。例如,在他的文章《醒迷论》中,屠隆认为,报应是劝阻人们因贪欲而犯罪的最有效方法。④ 在一篇名为《十迷》的文章中,屠隆

---

① 屠隆:《与王元美先生》,《白榆集》,7.4a(p.351)。
② 何良俊:《惑溺》,《何氏语林序论》,《何翰林集》,14.9a(p.485)。在此值得一提的是,何良俊是晚明又一个尽管时常针对放荡行为发出警语(警告别人也警告自己),却时而过着非常"放纵"生活的人物。他发出的警语想必是源于自身的体验。据沈德符称,何良俊的生活一度极端放荡。著名官员和文人王世贞(1526—1590)就何良俊请宾客"妓鞋行酒"一事写过一首长诗(参见沈德符:《万历野获编》,卷二三,p.600)。"妓鞋行酒"是明代艳情小说中的一种"浪漫"行为(例如《金瓶梅词话》,6.58)。但是,何良俊也在他著名的《四友斋丛说》(卷三四,p.311—315)中抱怨世风日下。确实,何良俊和屠隆、袁氏兄弟一样,是一个典型的晚明"矛盾"之士。
③ 关于晚明的居士禅运动,参见卜正民(Brook):《为权力祈祷》(*Praying for Power*);于君方:《佛教在中国的更新》(*The renewal of Buddhism in China*)。
④ 这篇文章据称为一衲道人所作,收入李贽:《山中一夕话》,4.35a-37a。"一衲道人"据传为屠隆的别号。

非常仔细地列出了各种欲望及其各具欺骗性的本质。① 这样的警示性言辞充溢在屠隆的作品当中。也许没有人像屠隆这样深知并坦承欲望的危险。但奇怪的是,这些说教之作并未在作者本人身上产生预期的效果。尽管一再表示懊悔并告诫他人,屠隆在年迈之时生活仍然相当放荡。据说屠隆在51岁时还在夸耀自己的性能力,声称凭此能力可以一夜"度"十男女。② 那么,他死于性病——如有些人推测的那样——也就不足为怪了。屠隆的一生充满了矛盾,而这种矛盾性在他自己的话语中得到了最好的体现:

> 仆居常妄谓,天下事惟有两端,其一修身学道,抱气栖神;其一快意当前,及时行乐,而钟鼎竹帛不与焉。③

很明显,按照屠隆的说法,学道不是必然与享受生活、享受各种感官之乐相矛盾。袁宏道也同样持有这一看法。他坚称,只有在官吏身份不妨碍他享受醇酒美女、不妨碍他参禅时,他才不反对出仕。④ 袁中道则表示想建造一座三层楼房。他的计划是在上层冥思,在中层阅读佛经和道家著作,在下层狎妓。⑤ 事实上,正如谭元春(1585—1637)的尖锐言论所讽刺的,对许多晚明文人来说,学道与欲望满足之间的区别从来就不是那么清晰:

> 弟之不能学道,在弱而好弄,老而不衰,生平贪恋光景,极知光景朝暮更换,而实有所不能舍也。又见学道人爱官与我同,爱财与我同,爱色与我同……不知我不学道又在何处。及迫而问之,则曰:

---

① 屠隆:《十迷》,《鸿苞集》,42.1a - 8b。对屠隆的宗教信仰的讥讽,参见他的同时代人谢肇淛(1602年进士)的文章《事部三》,《五杂俎》,卷一五,册二,p.296 - 297。
② 屠隆的朋友冯梦祯(1546—1605)说:"长卿(屠隆)名为入道,不茹荤,顾特恋诸娈童……自言一夕可度十男女。"(冯梦祯:《快雪堂日记》,《快雪堂集》,57.22a - b;另可参见徐朔方:《屠隆年谱》,p.381)。
③ 屠隆:《与吕文心》,《白榆集》,9.1b - 2a(p.452 - 453)。
④ 袁宏道:《梅客生》,《袁宏道集》,卷一一,p.484。
⑤ 参见袁中道:《感怀诗五十八首》其十,《珂雪斋集》,卷五,p.192。

"此何碍于道？子真不知道矣。"①

的确,各种追求宗教上的超脱的做法,如参禅等,在晚明已经"世俗化"到了这样一种地步:它们很大程度上丧失了作为宗教所具有的劝导力,而这种劝导力恰恰是宗教所赖以帮助人们实现最终超脱的力量之所在。这也许正是像袁宏道这样的人逐渐由禅宗改奉净土宗的原因之一——后者更强调佛境的"来世"——尤其是当他们对来世的救赎更加关切之时。②

然而,我们再仔细观察一下就会发现,"学道"与"爱财爱色"之间的密切关系,也许不仅仅是宗教世俗化的结果或一种个人的虚伪行为。更为微妙的是,就那些寻求世俗欲望最大满足的人而言,这种令人尴尬的自相矛盾,正揭示了一种心理上同时也是很实际的对"超脱"的真正需求。换句话说,人们原本有很多不同的需求,其中有些需求是相互冲突的——他们想享受世俗之乐,但又想确保通过宗教而获得灵魂的救赎。这种悖论或矛盾在一定程度上是他们所能预期的,并且甚至是他们有时有意为之的。一个人越沉溺于感官享乐,就越可能感觉到精神上赎罪的需要,特别是如果他相信寻欢作乐正在严重损害他的身体健康,并危及他死后超生的机会。这种对救赎或"超脱"的希望的坚持,正表明对欲望所具有的破坏性的深深恐惧,唯其意识到人全然不能抑制这样的欲望,这种恐惧变得更令人发指。这种借助宗教寻求超脱的愿望,唯有在经历了种种欲望,尤其是尝到了其负面后果后,才变得愈发真切,同时也愈发迫切。

对欲望的危险的强烈意识,并不是晚明文化独有的现象。然而,晚明对待欲望的态度的独到之处,是他们在应该如何应对桀骜难驯的欲望上所持有的矛盾心情和悲观态度。具有悖论意味的是,这种悲观可以被

---

① 谭元春:《答金正希》,《谭元春集》,卷二八,p.783。
② 关于袁宏道的宗教信仰和宗教活动的研究,参见邱敏捷:《参禅与念佛》。

看作是对"先天之善"或"良知说"的前所未有的崇信而造成的意外后果。良知说是在十六世纪的中国统领思想界的新儒家心学所着力宣扬的。如果说对人的主观能力和道德自主性的强调直接或间接地助长了对个人欲望的正面评价,那么它也同时迫使人们去直面自己的易谬性和容易向邪恶低头的癖性。对于那些意识到人的意志在面对诱惑而缺乏"外在"道德权威的指引时会何其脆弱的人来说,情况尤其是这样(在没有惯常的古代圣贤道德教化相助的情况下,一个人要独自凭自己的良心行事)。① 对一些晚明文人来说,欲望在变得不可控制时,就意味着"死亡",亦即这一纵欲者本人的毁灭。② 这种对人的易谬性的强烈感知有助于或至少是部分地有助于解释晚明作家们为何如此热衷于论述自己的道德缺失。谭元春甚至提出,能否忏悔,应该作为判断一个人是否可以被视为"真文人"的标准。谭元春认为,只有像袁宏道这样的人,因其具有悔悟之能力,才可以被尊为"真文人"。③

许多晚明文人热衷于探究欲望这一现象,不是泛泛或抽象地谈论,而是常常触及他们个人的私密经历。④ 这个时期关于欲望的论说之兴盛,在中国历史上是前所未有的。说晚明出现了关于欲望的著述的大爆发,也许并不夸张;在这些著述中,"小说"显然是最为重要的一种。凭借其独有的叙述能力和表现力,小说似乎已成为同时代的著述中得以深入探索与欲望相关的种种复杂、悖论、矛盾现象的最佳媒介。许多对欲望所具矛盾态度感受颇深的晚明著名文人都与当时白话文学的繁荣有着间接或直接的联系,这并不是巧合。在本章已讨论过其欲望观念的那些

---

① 关于对人自身的道德主动性的前所未有的自信所造成的"沉重无比的责任",参见包筠雅(Brokaw):《功过格》(*Ledgers of Merit and Demerit*), p.119 – 120。
② 晚明文人所体会到的欲望和死亡之间的密切关系,可以在西门庆和贾宝玉身上得到回应。西门庆和贾宝玉分别是十六世纪的《金瓶梅》和十八世纪的《红楼梦》中的男主人公。本书第四章和第十章将详述二书。
③ 谭元春:《袁中郎先生续集序》,《谭元春集》,卷二二, p.599 – 600。
④ 关于晚明时期自传体作品中呈现的前所未有的忏悔倾向的讨论,参见吴百益:《儒者的历程》(*The Confucian's Progress*), p.209 – 234。

文人中,屠隆、汤显祖和李开先甚至都被认为可能是著名的《金瓶梅》的原作者(部分的原因是他们与该小说的作者在欲望方面的观点颇有相似之处)。袁宏道和他在著名的诗社——葡萄社里的许多社友都很喜欢这部小说。① 所有这些表明,中国白话小说作为一种叙述文体的出现和成熟,必须在晚明文化复杂的欲望语境中加以研究。在接下来的两章中,我将对所谓晚明时期的欲望语境作更详细的探讨。在本章中,我聚焦于晚明文人在关于欲望的个人言论中所表现出的种种矛盾态度。在第二章中,我将探究在这个时期中理论性更强的著述是如何讨论欲望这一重要议题的。

---

① 李贽和袁宏道都是白话文学的支持者。关于袁宏道与包括白话文学在内的通俗文学的关系,参见周质平:《袁宏道与公安派》(*Yüan Hung-tao and the Kung-an School*),p.54 - 60。有些学者认为屠隆可能是《金瓶梅》的作者。尽管证据还远远不足,但屠隆的很多观点的确能在这部小说中得到印证。参见黄霖:《〈金瓶梅〉作者屠隆考》、《〈金瓶梅〉作者屠隆续考》;郑闰:《〈金瓶梅〉和屠隆》,p.125 - 132。关于将汤显祖定为《金瓶梅》作者的观点,参见芮效卫(Roy):《汤显祖创作〈金瓶梅〉考》(*The case for T'ang Hsien-tzu's Authorship of the Jin Ping Mei*);关于将李开先定为该书作者的尝试,参见卜键:《〈金瓶梅〉作者李开先考》。

第二章　中华帝国后期的"情"之论争

"欲"(常写作"慾"),① 已经在第一章的论述中频繁出现。它通常作为与英语中的"desire"最直接对应的词汇显现在人们的脑海中。在许慎(58—147)《说文解字》中,"欲"的定义略显多余甚至循环。许慎解释"欲"为"贪欲也",又以合成词"欲物"来定义"贪"的含义。② 可能正是因此,清代学者段玉裁(1735—1815)标注"欲"为"衍字"所致的妄窜字形,并以之为"浅人增字"的实例。"欲"由两个词根组成:"欠"和"谷"。按照段玉裁的解释,从"欠"取"慕液"之意,从"谷"取"虚受"之意。③ 因此,在东汉(25—220)的字典中,"欲"被定义为"贪婪"。这一释义当然不能涵盖所有汉代之前(公元前206年之前)的用法;在许多早期的文本中,"欲"可以表示正当或过度的欲望。例如,在《论语》中,我们可以读到:

---

① 段玉裁(1735—1815)在他的《说文解字》注的"欲"词条中,认为"慾"是后人妄窜(见许慎《说文解字》,10B.24b[p.2242])。当被问及"欲"和"慾"的区别时,朱熹(1130—1200)《朱子语类》,卷八七,p.2242)解释"欲"字"虚"而"慾"字"实"。前者较为通用,后者则"指那事物而言说得较重",虽然这两个字基本上是可以互换的。在本书中,当所讨论的原文本中"欲"和"慾"有显著区别时,我会将二字相区分。
② 许慎:《说文解字》,8B.20b(p.411),6B.20b(p.282)。
③ 同上,8B.20b(p.411)。

"克伐怨欲不行焉,可以为仁矣。"①这里的"欲"表示的是一种需要被克服的倾向。《论语》的其他地方,"欲"又经常用来指道德上合理的欲望:"欲而不贪。"②这个例子显示出此处"欲"的所指,与《说文解字》中以"贪"来定义"欲"有着很大不同。而且,"欲",常常被用作及物动词,表示"想要"义,其后加上具体的事物;只有在很少的情况下用作名词,表示一种想要或渴望的一般心理状态。在《论语》的 43 个"欲"中,只有 3 次是用作表示心理状态的名词。③ 在《孟子》中,名词性的用法就更加少见了(在 99 次中只有 4 次是作名词用的)。④

另一个与英语的"desire"意义相近的范畴是"情",这是一个更加宽泛也更加模糊的词汇。"情"和"欲"是联系紧密的概念,有时甚至可以互换。在《说文解字》中,"情"被定义为"人之阴气有欲者"⑤。荀子是率先借助"性"来讨论"情"与"欲"关系的人之一:"性者,天之就也;情者,性之质也;欲者,情之应也。以所欲为可得而求之,情之所必不免也。"⑥在《礼记》中,我们又读到:"何谓人情?喜、怒、哀、惧、爱、恶、欲。七者弗学而能。"⑦这里荀子将"欲"定义为"情"所生发之物,而在《礼记》中,"情"则具有了包含"欲"及其他六种情感的广泛内涵。

可以说,在汉代之前的文本中,"情"与"性"常常形成互文,虽然二者并非同义。所以孟子(约前 372—前 289)会说,"乃若其情,则可以为善矣"。⑧ 这里,"情"被理解为与人的性情在本质上相似之物,即"情"是

---

① 刘宝楠:《论语正义》,p.300。
② 同上,p.417。
③ 杨伯峻:《论语词典》,《论语译注》,p.276,p.301。
④ 杨伯峻:《孟子词典》,《孟子译注》,p.425。
⑤ 许慎:《说文解字》,10B.24a(p.502)。
⑥ 《正名》,王先谦:《荀子集解》,p.284。
⑦ 《礼运》,孙希旦:《礼记集解》,p.606。
⑧ 焦循:《孟子正义》,p.443。参见:如,晚清哲学家俞樾(1822—1906;《孟子平议》,《群经平议》,2.21b[p.2162])评论道"盖性情二字在后人言之则区以别矣,而在古人言之则情即性也"。

"性"之自然显现。然而,到了西汉(前206—8),二者的差异开始被越来越多地关注,且二者逐渐被视为相反的概念。重要的是,"性"在道义上被视作积极的,而"情"的消极内涵却在增加。① 董仲舒(约前179—前104)是率先提出这种对立的人之一。② 这一二元对立的观点后来在李翱(约772—841)的《复性书》中变得更加直白与明确:

> 人之所以为圣人者,性也;人之所以惑其性者,情也。喜、怒、哀、惧、爱、恶、欲,七者皆情之所为也。情既昏,性斯匿矣,非性之过也,七者循环而交来,故性不能充也。③

宋代理学家们则主要依据自《中庸》而来的"已发"与"未发"的概念来构想"情"。《中庸》本是《礼记》中的一章,由于朱熹(1130—1200)的大力倡导,它自南宋(1127—1279)起便被视为了"四书"之一。

> 喜怒哀乐之未发,谓之中;发而皆中节,谓之和。中也者,天下之大本也;和也者,天下之达道也。致中和,天地位焉,万物育焉。④

基于《中庸》的这一观点,朱熹提供了对于"情"的详细阐释:

> 性是未动,情是已动,心包得已动、未动。盖心之未动则为性,已动则为情,所谓[张载(1020—1077)]"心统性情"也。欲是情发出来底。心如水,性犹水之静,情则水之流,欲则水之波澜。但波澜有好底,有不好底。欲之好底,如"我欲仁"之类;不好底,则一向奔驰出去,若波涛翻浪。大段不好底欲则灭却天理,如水之壅决,无所不

---

① 参见何启民:《竹林七贤研究》,p.92-94;森三树三郎(Mori):《上古至汉代性命观的展开》(*Jōko yori Kandai ni itaru seimeikan no tenkai*),p.63、209-212、226、234-236。
② 王充(约27—100)引用董仲舒之语:"性生于阳,情生于阴。阴气鄙,阳气仁。曰性善者是见其阳也,谓恶者是见其阴者也。"(《本性篇》,《论衡》,p.30)。另可参见冯友兰:《中国哲学史》(英文版),卷一,p.32-37的相关讨论。
③ 李翱:《李文公集》,1.1。传统观点认为李翱二元对立的理论是佛教影响的结果,巴雷特(Barrett)试图在他的《李翱》一书中反驳此观点。但是,概括而言,由汉至唐(618—907)佛教的兴起促使人们面对"情"持有消极态度这一点当是毫无疑问的。
④ 朱熹:《中庸章句》,《四书章句集注》,p.18。

害。孟子谓"情可以为善",是说那情之正从性中流出来者元无不好也。①

"性"是"未发"或者说"静"的状态;朱熹认为,这是"理"的纯粹状态。问题在于如何在"已发"或者"动"之时还能够达到"中节"。墨子刻(Thomas Metzger)已经注意到"未发和已发"或"动静"概念与理学所谓的"形而上"和"形而下"两个范畴之间的关系。"性"、"理"、"天"和"静"属于形而上的范畴;"气"、"动"和"情"则归于形而下的范畴。② 虽然朱熹和其他许多理学家从来没有视这两个范畴为严格的二元对立,但他们认为只有在形而下的领域内才可能产生邪恶则是确定无疑的。这就形成了一个道德评估的二元模式:形而上的即是绝对善的,而邪恶通常只能产生于形而下的领域之内。与孟子相较,朱熹对于"情"的看法要悲观很多。二人对于"水"这一意象的不同使用方式便很能说明这一点。孟子断言"人性之善也,犹水之就下也",而朱熹却常常利用"水"意象来强调"情"之过度的可能性:流水("情")会变为怒涛("欲"或者过度的欲望)并导致毁灭。③ 换句话说,只要有"情"("已发"),邪恶就可能出现。在理学的体系中,"情"在道德上经常成为被怀疑的对象。就是这样,"性善情恶"这一建立自汉代的理论被宋明理学所承继并且发展得为精深。④

---

① 朱熹:《朱子全书》,45.4。另可参见朱熹:《朱子语类》,卷五,p.93 - 94。朱熹的观点应当是受到程颐(1033—1077)的启发。有关程颐对于"情"的观点,见《伊川文集》,4.1a。
② 墨子刻:《摆脱困境》(Escape from Predicament),p.82 - 85。
③ 参见:同上书,p.114。这里,我的讨论得益于墨子刻的解析(p.49 - 165)。墨子刻称其为"理学的困境意识"——对于"形而上"之善几乎不可动摇的信念,同时又对形而下潜在邪恶时有焦虑。
④ 关于王阳明(1472—1528)对于"情"谨慎而同样消极的观点,见《传习录》(英译本),p.17、65、111。在这里我只是想为晚期出现的有关"情"的新思维的深远历史背景作一个极其简单的勾勒。因篇幅所限,本书不可能对"情"之范畴在传统中国哲学史中的发展作全面的陈述。有关中国思想史中"情"范畴发展情况的说明,参见张岱年:《中国哲学大纲》,p.467 - 479;黄兆杰(Siu-kit Wong):《中国文学批评中的"情"》("Ch'ing in Chinese Literary Criticism"),p.288 - 308;张立文:《性情论》,《中国哲学范畴发展史》,p. 470 - 522。余国藩的《重读石头记》(p.53 - 109)中有关英文著作中对"情"的早期历史研究的介绍是到目前为止最为全面的。

"情"与"欲"既被置于对立的体系中,后者便受到了更为强烈的质疑。当这两个概念并置时,经常暗含着一个微妙的道德评估等级模式。用朱熹喜欢的比喻来说,"性"是水之静,"情"是水之流,而"欲"则是"波浪"。"波涛翻浪"("欲"或者过度的欲望)将引发泛滥:"如水之壅决,无所不害"。他以"泛滥"这一意象来阐述他的观点:"心,譬水也;性,水之理也。性所以立乎水之静,情所以行乎水之动。欲则水之流而至于滥也。"①相较于"情","欲"更加活跃,更加与"性"(被视作绝对的静与绝对的善)相疏离,也因此而更加危险。

　　虽然朱熹等人从来没有直白地谴责"欲"或者说欲望本身就是邪恶,但是,理学家们如此强调"天理"与"人欲"的对抗性,确实加深了人们的一种印象——那就是欲望危害很大。② 尽管在明代对尊"情"之势持续增长的背景下王阳明(1472—1529)对人的主观性给予了史无前例的强调,但将"天理"与"人欲"相对立的处理方式,在包括王阳明在内的明代儒家思想家的论著中仍得到了更进一步的强调。③ 明初思想家刘基(1311—1375)对于"欲"和"情"的恐惧几乎已经到达了绝望的程度:

　　　　气者,道之毒药也;情者,性之锋刃也。知其为毒药、锋刃而凭之以行者,欲使之也。呜呼! 天与人,神灵者也,而皆不能不为欲所使,使气与情得以逞其能,而性与道反随其所如往,造化

---

① 朱熹:《朱子语类》,册一,卷五,p.97。
② 朱熹的"人欲"概念,正如许多学者指出的,仅指"自私的欲望"。只是这种自私的欲望需要根除,而非要除去欲望本身。同时,这也就暗示了还存在着与"天理"相一致的"欲"。参见:如,钱穆:《朱子新学案》,2.10,p.280-288;王育济:《天理与人欲》,p.135-139。然而,"人欲"一词的用法(与"天理"相对)会引起误解,造成朱熹绝对非议欲望本身的印象。这一印象,再加上历代帝国政府对宋代理学的种种僵化阐释,很可能造成了宋代以来为什么在相当一段时期内否定欲望的思维会如此占上风的局面。
③ 尽管与朱熹有着诸多差异,王阳明关于"天理"与"人欲"的观点却与朱熹惊人的相似(参见王育济:《天理与人欲》,p.182-193)。王育济就"欲"在中国思想史中发展轨迹提供了一个简便的综述,不过在有关宋代理学出现之前和之后"理"这一概念的不同含义的问题上,他的说法尚有可商榷之处。

至此亦几乎穷矣。①

因此,有明一代,"欲"或"人欲"被极为频繁地使用在带有贬义色彩的语境中,以至于当有些人开始感到有重估欲望的必要时,为其恢复名誉已经变得极为艰难。

如果说确实有为"欲"恢复名誉的企图的话,它们大都局限于抽象的哲学论说中。罗钦顺(1465—1547)可能是觉得对宋代的"理""欲"二元倾向有必要重估的明代儒学思想家先驱之一:

> 夫人之有欲,固出于天。盖有必然而不容已;且有当然而不可易者。于其所不容已者而皆合乎当然之则,夫安往而非善乎? 惟其恣情纵欲而不知反,斯为恶尔。先儒多以去人欲、遏人欲为言,盖所以防其流者不得不严。但语意似乎偏重。夫欲,与喜、怒、哀、乐皆性之所有者。喜、怒、哀、乐又可去乎?②

"不容已"是许多晚明作家在提及根本的、直觉的、几乎前意识的人心状态时颇为喜爱的词汇。③ 这里罗钦顺尝试通过强调欲望是完全"性之所有"因此在道德上也是善的这一方式来维护欲望的正当性。

重估欲望地位的最为雄辩的倡导者是明末清初的文人思想家陈确(1604—1677)。陈确担忧,"天理、人欲分别太严,使人欲无躲闪处,而身

---

① 这段论说是刘基在其寓言《郁离子》中借人物郁离子之口提出来的,见《天道》,《郁离子》,《诚意伯文集》,18.42。
② 罗钦顺:《困知记》,卷下,第十四章,p.28。参见卜爱莲(Bloom;译《困知记》[*Knowledge Painfully Acquired*],p.20)的观察:"罗钦顺对于两种'性'——本然之性与气质之性——的否认,其必然结果之一便是对'天理'与'人欲'间存在本质对抗性这一大多数宋代理学家的基本观点的拒绝。……按照罗钦顺的观点,'人欲'就和情绪、手势以及人性的其他表露一样。它是自然的并与'理'相一致。需要控制和规范的是极端自私本身,即对每个人都拥有同样的性情与需求这一事实的无知。"对于罗钦顺的同时代人吴廷翰(约1470—1559)的相似观点,见吴廷翰:《吉斋漫录》,《吴廷翰集》,p.66。
③ 对于"不容已"这一重要概念在晚明哲学著述中的讨论,见沟口雄三:《中国前近代思想的演变》,p.69-90。沟口雄三的研究是我个人所读到过的明末清初思想史最好的论著之一。

心之害百出矣。"①

> 饮食男女皆义理所从出,功名富贵即道德之攸归。……确尝谓,人心本无天理,天理正从人欲中见。人欲恰好处即天理也。向无人欲则并无天理之可言矣。……欲即是人心生意。百善皆从此生。止有过、不及之分,更无有、无之分。②

鉴于宋明理学对任何"已发"现象的极度怀疑,陈确在为欲望所作的维护上也许已经走到了极限。但是,即使是陈确也不得不坚持普通人与圣人之间的差别——圣人不会放纵欲望,而一般人却仍要警觉地抗拒欲望的过度。③

然而,尽管这些人付出了最大的努力,但"欲"和"人欲"作为贬义的概念已经历来已久,有效的恢复名誉实际上是不可能的。而在另一方面,"情",作为一个更广泛也更为模棱两可的概念,为那些要急切重新评价欲望(包括其更为"肉体"的层面的含义)的文人提供了另外一个选择。他们的一个主要的策略是将欲望"情感化"并强调他们所构想的"欲"中所包含的"情"的元素。对于"情"这一词汇的偏爱并不完全是由于"欲"的名声不佳。这里还有修辞策略之外的考量。因为"情"在汉代以前的文本中与"性"有着密切的联系,如果需要的话,它有更强的正面性。与"欲"不同,"情"不需要太多的辩护。另外,"情"这一词汇在晚明文人间的流行无可置疑地与它自身在传统中国哲学论述中作为一个范畴的模糊性有关。这一模糊性在西方的中国学者就"情"之含义的论争中被很好地证实了。

葛瑞汉(A. C. Graham)提出,宋代理学中的"情"与"性"的那种对立在汉以前的文本中很少见到。在早期的书写中,"情"用作名词表"事

---

① 陈确:《瞽言一》,《陈确集》,p.424。
② 陈确:《无欲作圣辨》,《陈确集》,p.461。
③ 同上。对于明清重估欲望现象的讨论,参见王育济:《天理与人欲》,p.194-431;成中英:《十七世纪理学学说中的理、物质和人欲》(*Reason, Substance and Human Desires in Seventeenth-Century Neo-Confucianism*);沟口雄三:《中国前近代思想的演变》。

实"义,用作形容词则表"真实的"或"本质的"之义。他还将之与"命名"相联系:"X 的'情'是 X 之所以成其为 X 所不可缺少者。"①虽然基本同意葛瑞汉的观点,同样认为"情"与事实相关联,并且确实与命名有关,汉森(Chad Hansen)批评葛瑞汉没有解释"情"的意义由"事实"到"感情"这一巨大的变化过程:

> 葛瑞汉的论断依据他"情"与"名"相关的理论,其逻辑为:"情"是"人"之所以成其为"人"所不可缺少者。因此,人性的"情"[本质]就是"感情"。所以,"情"[感觉]就开始有"感情"的意义了。葛瑞汉上溯许多不同的例证,并假定这一意义的改变是逐渐发生的。他指出,在《荀子》中,"情"[感觉]指及"感情"但是还不是"感情"本身。当然,问题在于,如果葛瑞汉是正确的,荀子便无从表达其内在的结论。他所能说的,只是人性的"情"[本质]是"情"[本质]。这就需要"情"[本质]的意义突然且无法解释地变成因人而异的具体反应的意思。所以葛瑞汉的解释仍然是预先假定了一个意义上不可解释的改变。②

汉森自己将"情"定义为"现实的回馈"(reality feedback)或者"现实的输入"(reality input)。他进一步解释"情"是"在'道'的执行者中,对现实诱导的辨别[原文如此]或是辨别性的反应"③。所以"情"呈现为"永恒的现实"与"内心的回应"相聚合的概念,并且这也解释了为何"情"能够包含"事实"和"感情"这样相反的因素。然而,余国藩认为汉森对葛瑞汉的修正并未完全令人满意:"我认为,汉森对外部的人类社会环境的强调,最终抽去了中国人作为主体的主观能动的可能性。"④余国藩引用荀

---

① 葛瑞汉:《"情"的意义》("*The Meaning of Ch'ing*"),p.59、63。
② 汉森:《佛教传入之前中国的"情"观念》("*Qing（Emotions）in Pre-Buddhist Chinese Thought*"),207 注 24;另可参见其对葛瑞汉的批评,p.201。
③ 同上,p.196。
④ 余国藩:《重读石头记》,p.57。

子对"情"的定义(上引),以"作为主体的人的三个方面['性'、'情'和'欲']的连续性排列",来论证"情"的"主观"内涵。他在这里将"情"译作"disposition"(素质)或"affective disposition"(感应素质),并强调在荀子的定义中"求"这一动作的意义。

事实上,在佛教的影响之下,一些思想家开始强调"情"之主观性,虽然这样的强调往往引发对于"情"的潜在危险的警觉。宋代思想家邵雍(1011—1077)的观点很有代表性:"以物观物,性也。以我观物,情也。性公而明,情偏而暗。"①但是"情"被用来兼及"事实"和"主观感情"的例子揭示了其意义的广泛维度。这部分地解释了为何"情"在试图寻找"欲望"正当化理由的晚明人那里变成为如此流行的话语。

与"情"之重估相关的是,尽管自汉代以来哲学论著中对"情"持强烈怀疑的大有人在,在文学的领域内,特别是在诗歌和诗论中,对这一词汇的使用情况却有着相当的不同。自从陆机(261—303)开创性地将"诗"重新定义为"诗缘情"②,"情"便几乎被认定为创作与阅读诗歌的一个重

---

① 邵雍:《观物外篇》,见王植:《皇极经世书解》,14.38b 对邵雍可能受到的佛教影响的扼要讨论,参见包安乐(Ann Birdwhistell):《向理学的转化:邵雍论现实的知识和象征》(*Transition to Neo-Confucianism*),p.128-132 各处。

② "诗言志"在《书经》和《诗大序》被提出与阐释,陆机用"情"替代了这一诗学经典定义中的"志",可谓是中国诗歌批评发展史上的一个转折点。对于陆机《文赋》更详细的讨论参见宇文所安(Owen):《中国文学思想选读》(*Readings in Chinese Literary Thought*),p.73-181,特别是 p.130-131。参见:黄兆杰的观察(《中国文学批评中的"情"》,p.29):"正是在这个时期,'情'的含义第一次被较为清晰地定义,并且可以被相当稳妥地理解为'情绪'的意思。……同时'情'的指示范围逐渐缩小到更加私人化的情绪上。"在刘勰(约 465—520)的《文心雕龙》中,"情"同样具有显著地位,虽然对于刘勰来说,"情"仍然是一个非常宽泛的概念(见黄兆杰的讨论,同上书,p.32-43)。哲学与文学对"情"的不同评估可能在刘勰这里获得了最好的证明。按照一些学者的说法,刘勰也是《刘子》的作者。在《刘子》中,刘勰令人惊讶地对"情"却颇有微词:"人之禀气,必有情性。性之所感者,情也;情之所安者,欲也。情出于性而情违性;欲由于情而欲害情。"(《刘子·防欲第二》,《刘子集校》,p.6)。《刘子》的集校者,林其锬和陈凤金(同上书,p.1-23)赞成将此文本归于刘勰名下。关于反对此归属的观点,见杨明照《刘子理惑》和《再论刘子的作者》,《刘子校注》,p.1-25。黄兆杰(《中国文学批评中的"情"》,p.119-120)谈到了王夫之(1619—1692)关于"情"的观点也与刘勰的一样矛盾,虽没有后者那么极端。

要而积极的因素,尽管对于其具体含义尚存论争。① 而晚明文人所作的,则是通过提升"情"为至高的人生价值与值得颂扬的对象,使"情"成为许多小说和戏剧中的核心论题。凭借其独特的再现能力,作为远远比诗歌更可迎合广泛社会阶层口味的文体,小说和戏剧似乎使得"情"的呈现变得更加感官化,也更加世俗化。

这一散文化的表现方法的确使"情"愈加欲化和世俗化。例如,在晚明的散文文学作品中,"情"常常呈现为男女性爱,而非如在抒情诗中诗人面对壮观景致所作出的审美回应。② 这也导致了"情"更容易受到保守道学家的非议。在这期间,伴随而出现的一个有趣现象就是"情"与"欲"区别的日益模糊:当肉体的欲望被情感化,情感心理也同时欲化了。第一章中所谈到的晚明文学借助美女在感官上的吸引力来歌咏自然美的偏好、屠隆对自然景致的魅力与青楼的愉悦感之间的紧密关联的断言,都可作为证据。对于袁氏兄弟、屠隆这样的人来说,"情"和"欲"的区分越来越难以为继。"情"作为一个新的或重塑的概念,及其在晚明话语中的广泛流通,都进一步助燃了这一混淆。

从哲学史上说,杨慎(1488—1559)可能是明代中期率先意识到重估"情"之地位的必要性的人之一。他抱怨说,除却少数几个例外,历史上对于"情"几乎没有给予任何的关注。他尝试提出一个"性"与"情"更加平衡的观点:"举性而遗情,何如?曰:死灰。触情而忘性,何如?曰:禽

---

① 黄兆杰(《中国文学批评中的"情"》,p.77-80)将宋元时期(十至十四世纪)"情"的地位视为一种"苟活":虽然仍然有人在用,但作为一个文学批评术语的"情"已常常被"意"所替代,"情"在宋代的文学批评体系中,较之其前的朝代与其后的明清,占据着相对次要的地位"。黄兆杰将之至少是部分地归因于宋代理学家的影响。对于在明代诗学批评中"情"的地位,特别是所谓"前七子"的相关观点的讨论,见黄兆杰,同上书,p.136-194(特别是 p.144-162)。他的讨论表明,早在晚明崇"情"风潮兴起之前,"情"作为一个批评范畴已经在明代中叶的诗学批评中获得了足够的关注;另可参见廖可斌在其近著《明代文学复古运动研究》中的论述,p.90-105、247-50。
② 厌倦于其所觉察的诗学论述中"欲"与"情"的"混淆"状况,王夫之强调"诗达情,非达欲也",参见其《论北门》,《邶风》,《诗广传》卷一,《船山全书》,册三,p.325。

兽。"①泰州学派(王阳明心学中更为激进的一派)的成员颜钧(1504—1596)据传曾就"情"做过专题演讲。② 使这一举动显得更为重要的是,另一位泰州学派成员罗汝芳(1515—1588)是颜钧的弟子,而晚明崇"情"的中坚人物汤显祖,正是罗汝芳的学生。据传,当被问及以其才学为何不去做讲学大家却甘心染指戏曲时,汤显祖宣称,"人讲性,吾讲情"③。

随着越来越多的文人对于"情"表示赞赏,许多"道学家"鉴于其日益荣显的地位而感到有必要对"情"发起攻击。为了抵御这些批评的压力,一些严肃的"情"的倡导者不得不更加有力也更加清晰地拥护"情"的价值。这样的自觉意识与加倍努力又使得"情"在晚明相当壮大的士人群体中的地位进一步提升。

士人与"情"的策略

自明中期始,愈来愈多的的士人因仕途渺茫而潦倒失落。科举的限额和相较于日益增长的读书人而言越来越少的空缺官位,使得许多人无法跻身社会精英。因为正是这些失意文人在发明和规定"情"的具体内容上起到了实质的作用(第三章会有进一步讨论),这一团体成员的经历与他们对于"情"的史无前例的热情之间的关系很值得密切关注。有些人几乎以宗教般的热诚来崇拜"情"。冯梦龙(1574—1646)正是一个范例。在他收集了大量关于"情"的故事的《情史》的序言中,冯梦龙写道:

情史,余志也。余少负情痴,遇朋侪必倾赤相与,吉凶同

---

① 杨慎:《性情论》,《升庵集》,5.13。杨慎虽以文学著称,而现在他作为思想家的成就也开始受到关注,参见:如,陆复初:《被历史遗忘的一代哲人:论杨升庵及其思想》。杨慎对于"情"的观点的简要讨论,见黄兆杰:《中国文学批评中的"情"》,p.159‑162。
② 黄宗羲:《泰州学案》,《名儒学案》,卷三二,册七,p.822。
③ 出自陈继儒(1558—1639):《牡丹亭题词》,毛效同:《汤显祖研究资料汇编》,卷二,p.855。这一评论引起了许多明清作家的关注,如黄宗羲和周亮工(1612—1672),见同上,卷二,p.676、875。

患。……见一有情人,辄欲下拜。或无情者,忐言相忤,必委曲以情导之,万万不从乃已。尝戏言,我死后不能忘情世人,必当作佛度世,其佛号当云"多情欢喜如来"。①

这篇文章热情的个人语调显示着冯梦龙对于心系世人之"情"的事业的兴趣。的确,对于作者来说,这本书的意义当远远超过一个爱情轶事的汇集。冯梦龙自己就是一个"有情人",当冯梦龙与妓女侯慧卿的风流韵事终结之时,冯梦龙的感情流露是对此最好的证明。② 虽然在那个时期眠花卧柳可谓浪漫文人生活方式的一部分,但对于冯梦龙式的一些人来说,却可能意味着更多。冯梦龙二十余岁中秀才,但是直到数十年后,五十六岁补为贡生的他才被授予了丹徒训导这一极其低微的职位;又四年后,在六十岁高龄时,他方被任命为一个遥远县城的县令,获得了一个七品小官。③ 这些事实至少传达给我们两个信息:冯梦龙经历了一个非常坎坷的科举考试之路,而他依然保持着对于公共服务的热忱(他六十岁时仍然愿意担任一个七品芝麻官)。

这些科场失意的文人在妓女的怀抱中寻找慰藉是不足为奇的。妓女和失意文人所共有的诸多特性使得前者对于后者有着特别的吸引力。这里,傅山(1607—1684)的评论很是中肯:"名妓失路,与名士落魄,赍志没齿无异也。"④的确,在经历了科举事业上的无数挫折之后,冯梦龙发现了另一种事业选择的吸引力——做一个作家来发扬"情",以证实自己所拥有而未被认可的才能。事实上,对于众多失意文人来说,在生活中追

---

① 《情史叙》(署名龙子犹),冯梦龙:《情史》,1a-2a,《冯梦龙全集》,册三七,p.1-3。
② 对这一风流韵事的讨论,见王凌:《冯梦龙与侯慧卿》,《畸人·情种·七品官》,p.23-28。对十七世纪青楼女子与文人关系的论说,见孙康宜:《陈子龙柳如是诗词情缘》(*The Late-Ming Poet Ch'en Tzu-lung*),p.9-18;李惠仪:《晚明妓女》(*The Late-Ming Courtesan*)。孙康宜(p.12)主张,晚明"重情思想可谓歌妓文化的产物"。
③ 关于冯梦龙的生平,见王凌:《冯梦龙生平简编》,《畸人·情种·七品官》,p.115-139;徐朔方:《冯梦龙年谱》,p.393-452;李华元(Mowry):《〈情史〉与冯梦龙》,p.441-448。徐朔方(p.432)认为,冯梦龙接受寿宁县县令的任命当在六十一岁,而非六十岁。
④ 李中馥:《怜才豪举》,《原李耳载》,卷二,p.7。

求"情"(与妓女的风流韵事)和更为重要的投入有关"情"的写作,成了弥补仕途挫折的手段。① 晚明文人卫泳(17世纪在世)便直截了当地描述了"情"之疗效:

> 情之一字,可以生而死,可以死而生。故凡忠臣孝子,义士节妇,莫非大有情人。顾丈夫不遇知己,满腔真情,欲付之名节事功而无所用,不得不钟情于尤物,以寄其牢骚愤懑之怀。②

这一观点在冯梦龙为词人柳永的辩护中体现得十分明显。柳永(约987—1053),因与妓女的风流韵事而众所周知。在冯梦龙《古今小说》第十二回中,柳永被塑造为一个多才多艺的文人,他仅仅因为一首词未能取悦皇帝而失去了仕途通达的机会。在一处批语中,冯梦龙有意指出许多眠花卧柳的文人实则都是大英雄。他强调,一个有情人可以胜任英雄事业,"情"与英雄事业绝非互斥。③ 进而,针对纵情和好色作为一种"从公共生活退隐"的深思熟虑的行为,一个特别的词汇被杜撰出来:"色隐"。厌恶了男性世界,一个真正的英雄转而向红颜中寻觅知己。因此,"色隐"是失意文人政治抗争与自我辩护的自觉行动,而这一行动往往是

---

① 若以文士痴迷于"情"和其仕途挫折的关系来解释,则汤显祖创作《牡丹亭》恰在他刚刚被迫离开官场之后这一事实就不能仅仅被视为巧合。关于汤显祖的生平及《牡丹亭》的创作时间,见徐朔方:《汤显祖年谱》和同书附《玉茗堂传奇创作年代考》。许多晚明文人/官员在罢官辞职后都转而创作戏剧。李开先是另一个例子;关于其生平和文学著述,见卜键:《李开先传略》。自然,许多十七世纪才子佳人小说的作者往往是科场失利而被边缘化的文人,而才子佳人小说中的"情"恰作为男女爱情而被高度颂扬。参见:如,烟水散人为清初短篇小说集《女才子书》所作序、天花藏主人为小说《平山冷燕》所作序,收入丁锡根:《中国历代小说序跋集》,p.830-832,1244-1245。
② 卫泳:《悦容编》,卷四,p.3301。
③ 冯梦龙:《古今小说》,《冯梦龙全集》,卷一二,册二〇,12.12b(p.476);参见韩南(Hanan)《中国白话小说》(Chinese Vernacular Stories)的论述,p.115-116;我这里对于冯梦龙之"情"的范畴的讨论受益于韩南的议论(特别是 p.75-97)。冯梦龙对柳永故事的个人"投入"是另一个有趣的话题,参见杨曙辉(Shuhui Yang):《借用与表现》(Appropriation and Representation): Feng Menglong and the Chinese vernacular story》,p.147-152。

以"情"的名义来实行的。①

在晚明,另一个被尊情者所高度重视的概念是"真情"之"真"。② 对"真"最为畅所欲言也最为雄辩的拥护者便是著名的激进思想家李贽(1527—1602)。李贽对于尊情风气的影响是很深远的,虽然李贽本人几乎未曾谈及"情"这个概念本身。③ 在很大程度上,李贽对"真"的热情倡导,是对于其所感知的当时文人圈中"虚假"之风的一种反抗方式。事实上,李贽极有影响力的文章《童心说》正是对于"假"的控告。④ 这篇论文似乎在暗示像李贽这样承担着与"假"斗争的任务、仍旧保持着"真"与童心的人已经绝无仅有了。由李贽对于"真"的直接赞扬中,更可辨别出这一种"童心精英"(childlike minority)的自诩:

> 世有真人,然后知有真佛;有真佛,故自然爱此真人也。唯真识真,唯真逼真,唯真念真。⑤

这种刻意和不断重复的奇特的修辞格营造了一种精英主义的气氛,它是蓄意排外的——只有少数几个人才是真正的"真"。然而讽刺的是,这种孤花自赏的精英营造,经常要在"包容"的名义之下才能得以实现:例如,所谓的晚明民歌运动,正是以将民间文学并入文人作家可以欣赏并模仿

---

① 卫泳:《招隐》,《悦容编》,p.3303。尤侗(1618—1704)也有同样的看法:"声色者才人之寄旅。"见其为李渔(1611—1680)《闲情偶记》所作序,李渔:《李渔全集》,册三,p.1。相似的观点又见于明末清初的一些艳情小说:如,又玄子为《浪史》所作跋语(p.271)。跋语中,放荡的男主角被称赞为一个文人英雄,而他同时因为不满蒙古人的外族统治而隐退并且是一个在艳遇中寻求慰藉的"千古情人"。因许多收入《思无邪汇宝》丛书的明清艳情小说都由台湾大英百科出版,且经过仔细校对(并附有关于原文本的有用资料)并很容易找到,当我论及艳情小说时,我采用此丛书的文本。

② 关于对晚明文学中另一相关范畴"自然"的讨论,见李惠仪:《论晚明文学中的"真"》("The Rhetoric of Spontaneity in Late Ming Literature")。

③ 短文《读律肤说》可能是李贽仅有的几处直接论说"情"的文章之一(在这里他讨论"自然"与"性情"的密切关系);参见李贽:《焚书》,《焚书 续焚书》,p.132-133。

④ 见《童心说》,同上书,p.99。关于李贽"童心"思想的精彩论述,见沟口雄三:《中国前近代思想的演变》,p.171-188、195-214;又见左东岭:《李贽与晚明文学思想》,特别是 p.160-185。

⑤ 李贽:《三大士像议》,《焚书 续焚书》,p.146-147。

的资源之中为目的,以此求得文人文学的新生。

很多晚明文人求助于民歌或其他形式的民间文学,以期找到并保存饱含"真情"的文学作品。李开先认为儒家经典《诗经》保存了古代民间歌谣,因而声称民歌的传统可以上溯至《诗经》,并宣言"真诗在民间"①。而这一观点也被冯梦龙所提倡。② 通过强调"真"只能在当代士人文化之外的文类中找到,甚而认为只有像自己这样的人才能胜任存"真"的任务,冯梦龙与其志同道合者宣称只有他们在通过"去伪"来拯救士人文化。与"真情"相伴的民间文学,被这些失意士人所挪用,成了重申他们作为"士"的精英地位的方式。③ 的确,像冯梦龙那样的尊情者,往往会将"情"视作求"不朽"的宝贵途径,而"不朽"正是每一个有志士人所应当追求的。冯梦龙甚至强调,在被人们普遍接受的"三不朽"——即,立德、立功、立言之外,还要加上第四种"不朽":"立情"。④

事实上,以追求"情"作为手段在逆境中开拓相对有利地位的策略可以上溯至魏晋时期(220—420)。在那个时代,被迫害和排挤的士人转而率性任情。这里,我们有必要简要回顾一番"情"的早期历史。如上文所言,"情"、"性"二分最早出现在汉代的哲学论著中。到魏晋时期,这一二分法已经牢固树立,而"情"的含义更为狭窄,通常用于指示某种具体的"情感",而非作为本性的一般表现。"欲"则改变了《礼记》中将其包含于"情"的定义,开始作为"情"的对立面出现。这一净化概念的策略,部分源于一些士人反对性善情恶观点以护卫"情"的需要。这些士人尝试将"情"与"欲"相分离来保护"情"。例如,嵇康(223—262)写到:

---

① 李开先:《市井艳词序》,《李开先集》,p.321。
② 参见冯梦龙:《叙山歌》,《挂枝儿山歌》,《冯梦龙全集》,册四二,1b-2b(p.2-4)。
③ 参见柯丽德(Katherine Carlitz)关于晚明尊"情"文人通俗文学的创作的讨论,《"浪仙"二篇短篇小说中的风格与苦难》("Style and Suffering in Two Stories by 'Langxian'"),p.211-213,及其对孙康宜《陈子龙柳如是诗词情缘》的论述,p.226、228-231。杨曙辉(《借用与表现》,p.19-44)也就冯梦龙和其他明代文人借鉴民歌的重要意义进行了讨论。
④ 冯梦龙:《情仙曲序》,《太霞新奏》,《冯梦龙全集》,册一五,1.19a(p.41)。

> 夫称君子者,心无措乎是非,而行不违乎道者也。何以言之?夫气静神虚者,心不存于矜尚;体亮心达者,情不系于所欲。①

魏晋"浪漫"文人对于"情"的净化(将"欲"从"情"中分离,而"欲"不久就被用来指"过度的欲望"或贪婪),可能正是"情"在面对保守势力的强烈怀疑之时仍能得到维护,甚至被一代代文人作家所珍视的一个原因。事实上,被魏晋士人所追求的名士生活方式几乎与"男女之情"无关。对于他们来说,"情"不是近于"男女之欲"的词汇,而是一种"审美"情感,这点与明末清初的尊"情"有很大不同。②

对于这两个历史时期失意的士人来说,对"情"的追逐都成了一种表达不屈和独立的姿态。然而,二者之间有更多的差异值得探讨。在晚明,随着各种缤纷现象间的界限越来越松动(如我们在艳情小说中看到的浪漫情感与肉欲之间的界限),"情"的"审美纯粹性"永远消失了。例如,"率性"这个概念,可以上溯到《中庸》的"率性谓之道"③,在魏晋时期则通常用来形容有"自然而然"行为的人。这个词语在晚明再一次流行。然而,自然而然的行为却多用来指对性满足的真挚寻找。著名小说《水浒传》中的一些批语(托名叶昼[1573—1619在世])便是突出的例证:

> 王矮虎还是个性之的圣人,实是好色,却不遮掩,即在性命相并之地,只是率其性耳。若是道学先生,便有无数藏头盖尾的所在、口夷行跖的光景。④

尽管有着强烈的性欲,王矮虎仍然获得评论家们热情的赞誉,这大概正因为其自然的本性。对于"真"的崇敬是众多晚明《水浒传》评点中

---

① 嵇康:《释私论》,《嵇康集》,p.234(关于此段文字的另一种阐释,参见黄兆杰《中国文学批评中的"情"》,p.302)。
② 参见冯友兰:《中国哲学简史》(*A Short History of Chinese Philosophy*)(英文本),p.231-240。李惠仪(《迷幻与警幻》,p.51)认为魏晋时期是"率先开始有情的自觉意识负担的时代"。
③ 朱熹:《四书章句集注》,p.17。
④ 参见第四十七回回末评语,《水浒传会评本》,册二,p.897。

习见的主题。这些评点有许多都托于著名的李贽名下出版。事实上,这部小说在晚明文人读者间的流行很大程度是由于许多文人对于其中一些人物之"真"的迷恋。①

《世说新语》(刘义庆[约403—444])中一个关于表达个人情感之必要的著名故事有助于阐明这种不同:

> 王戎丧儿万子,山简往省之。王悲不自胜。简曰:"孩抱中物,何至于此?"

> 王曰:"圣人忘情,最下不及情。情之所钟,正在我辈。"②

"情之所钟,正在我辈"一句,成为许多明清尊情士人的战斗口号。这个故事原来是关于一个父亲对他死去孩子的情感的(这在道学家来看也是不会蹙眉的事情)。然而,当这段话在晚明文学中引用时,其语境却往往是性爱。③ 实际上,维护"情"作为崇高情感之价值的需求与使用同一概念来使肉欲正当化的压力之间的张力成为明末清初戏剧、特别是小说的中心议题。

另一晚明士人与其魏晋前辈之间的重要不同是他们各自的社会地位:尽管仕途失意,多数魏晋士人仍然能通过宣称其显赫的家世来维持他们属于精英阶层的自我认同;但是由于受教育人数的极大增长和随着明代社会趋于日益平民化,许多晚明士人,特别是功名较低之人,发觉他们自身正处于被排除于士大夫阶层的危险之中。他们不得不更艰辛地挣扎以求跻身于文化精英之列。与他们的魏晋前辈相较,一个相关的因素是明代士人进入政治活动的比例要小得多。因此,"从公共生活退隐"

---

① 参见:马积高:《宋明理学与文学》,p.215-225。
② 刘义庆:《世说新语校笺》,17.4,p.349。这里的"圣人忘情"令人联想到何晏(约亡于249)与王弼(约226—249)的著名论辩。何晏继承庄子(约前369—前286)的看法,主张圣人无"情",而王弼认为虽然圣人在才智上高出一般人,但在有"情"这点上却是与一般人一样的,"圣人之情,应物而不累于物者也。今以其无累便谓不复应物,失之多矣"(陈寿:《三国志》,册三,p.705)。
③ 参见《金瓶梅》开篇对此句的引用(《金瓶梅词话》,1.1)。

之类的行为变得不再如以往那般严肃,其作为政治抗争或自我渲染的手段亦逐渐失效。这可能便是卫泳等人不得不借助于发明"色隐"这一别出心裁的说法以适应晚明新的政治社会现实的原因。一般而言,大多数晚明士人的政治倾向愈来愈淡化而处世方式也越来越实际。所有这些影响了晚明追求"情"的路径。

可能正是由于"情"之与肉欲或狭义的"欲"与日俱增的紧密关系(当然,在传统中国,后者受到更多道德审查的怀疑),促使一些晚明作家突出强调"情"具有不能被通常的道德规范所评判的神秘力量。著名剧作家汤显祖提供了一个为"情"辩护的经典例证:

> 情不知所起,一往而深。生者可以死,死可以生。生而不可与死,死而不可复生者,皆非情之至也……嗟夫! 人世之事,非人世所可尽。自非通人,恒以理相格耳。第云:理之所必无,安知情之所必有邪。①

首先,"情"在这里与"生"相联系,而非如一般哲学论著中与"性"相关的情形(这点其实并不令人惊奇,因为汤显祖已然指出他要谈论的是"情"而不是"性")。其策略是将"情"与《易经》中"生生"的概念相联系,以从本体论上对"情"予以认证。② 其次,"情"被描述为可以超越生死界限的力量。因此,"情"不仅不需要辩解,而且应当获得有如对待生命自身一样的赞美。再次,"情"被认为与"理"(reason 或 principle;理学中一个形而上的道德概念)相对立。③ 他的主旨非常清楚而直截了当:许多看

---

① 汤显祖:《牡丹亭题词》,《汤显祖诗文集》,p. 1093。
② 关于汤显祖将"情"与"生"这一范畴相联系的哲学背景的讨论,参见夏志清:《汤显祖笔下的时间与人生》("Time and the Human Condition in the Plays of T'ang Hsien-tsu"), p. 249 - 251。另可参见李惠仪《迷幻与警幻》, p. 50 - 77) 就汤显祖对"情"所持观点及这些观点与其剧作的关系的讨论。
③ 当然,汤显祖对于"情"与"理"关系的看法是复杂且有变化的。在他处,他似乎被他的朋友、著名僧人达观真可(1534—1603)所坚持的"情"与"理"绝对互斥的看法(这里"理"当具有佛教中的含义)所困扰,见其给达观的信,汤显祖:《汤显祖诗文集》, p. 1268;有关探讨,参见郑培凯:《解到多情情尽处——从汤显祖到曹雪芹》。

似不可思议的事情,比如《牡丹亭》中女主人公杜丽娘源于爱情的死及其随后的复生,都超越了逻辑层面的"理"。它们只能用"情"的力量来解释。如果为情而死是可能的,那么为情而复生也同样是可能的。是否对"情"持有充分的信仰几乎成为宗教性的问题。汤显祖关于"情"的无穷力量的雄辩宣言,为其他明末清初的尊情文人提供了权威的论述。明显受汤显祖的启发,晚明作家张琦(生卒年不详)将对于"情"的夸张修辞演绎得更远:

> 人,情种也;人而无情,不至于人矣,曷望其至人乎?情之为物也,役耳目,易神理,忘晦明,废饥寒,穷九州岛,越八荒,穿金石,动天地,率百物,生可以生,死可以死,死可以生,生可以死,死又可以不死,生又可以忘生,远远近近,悠悠漾漾,杳弗知其所之。①

"情"被视为"人"的定义性要素,而其特有的种种超越力也被如数家珍似的加以罗列。当然同样高唱"情"的颂歌的人,会有不同的目的。正如第七章将要论述的,晚明同性恋小说集《弁而钗》的作者便借助小说中一人物的表白试图通过强调"情"之超越传统性别界限的力量来使男同性恋得以合理化。

"情"的抑制

然而,为了吸引更多的人(包括那些本来并不那么多情的人),所采取的手段就不得不更实际一些。文人与道德家袁黄(1533—1606)为"情"提供了一套颇具说服力的辩护。他提请人们注意一个非常重要的事实——就驱使人们举止符合道德来说,"情"的功效是远远超过"理"的:

---

① 张琦:《情痴寱言》,《衡曲麈谭》,卷四,p.273。关于"情"之神秘力量的类似赞颂,参见潘之恒(1556—1622):《情痴》,《鸾啸小品》,卷三,《潘之恒曲话》,p.72;屠隆在其《题红记》的序中也将"情"与"生"相联系(见蔡毅:《中国古典戏曲序跋汇编》,册二,p.1294)。

> 古之圣人,治身以治天下,唯用吾情而已。人生于情理,生于人理,原未尝远于情也。后之学者远情而骛于理,矻矻讲究,图史塞胸中,于理愈明,而六脉不知调,受之尺寸之辔不知御,盍亦返而思其情乎?……夫世之劝人沮人者,以刑赏,以天道之吉凶,以名义之衮钺,是独以理行者也。而善劝善沮者,则以情。情联之则琴瑟埙篪,情走之则千里命驾,情迫之则等一死于鸿毛、指汤火而偕赴,情羞之则暮夜之金不收、嘑蹴之物不饵……是故情深者为圣人;能用情者为贤人;有情而不及情者为庸人;若畸人迂士,往往窃理以自饰,而无情之人也。明于情者,勿以理与情觭分也。①

先于"理"而存在,"情"在这里被赋予了本体论上的优先权。这对袁黄来说,是很勇敢的一步,因为这与正统儒家有关说教是直接矛盾的。但这里对我们来说更为重要的是,现在"情"已借助于公共道德和社会秩序的维护之需要来获得保护,而非由于个人情感需要的原因。当我们意识到袁黄是一位被公认的道德家并在晚明曾经率先力行功过格时,这一从个人(这在汤显祖等人的评论中比较特殊)到社会的视角转变的"情变"过程便一目了然了。② 然而,袁黄所采用的方式在一部分尊"情"者中是很有代表性的。这一策略的目标是要减轻广义的"情"所具有的不同甚至矛盾的各种含义之间的张力。一方面,当被视作公然抗"理"的"个人感情"或"激情"时,"情"往往显露出其挑战社会秩序的潜力,正如朱熹生动地警告,"情"可能变为"怒涛"而摧毁堤坝,造成泛滥。另一方面,当被看作"现实"、"美德"或者与"性"和谐一致(这里"性"指宋明理学所理解的人的道德本性)之时,"情"则有维护道德秩序、社会等级的积极意义,并且能被用来进一步阐明这些秩序与等级的存在的根本合理性——这正与"情"在前一个语境中的含义形成鲜明的对立。

---

① 袁黄:《情理论》,《两行斋集》,1.8b-9a。
② 对于袁黄及其功过格的研究,参见包筠雅:《功过格》。

这种模棱两可的矛盾恰恰是一些晚明作家在试图使"情"合理化时所渴望利用的。然而,这些尝试的结果却常常使"情"的合理化与对"情"的遏制相共存。冯梦龙对于"情"的一些著名观点便是很好的例子:

> 六经皆以情教也。《易》尊夫妇,《诗》首《关雎》,《书》序嫔虞之文,《礼》谨聘奔之别,《春秋》于姬、姜之际详然言之,岂非以情始于男女?凡民之所必开者,圣人亦因而导之,俾勿作于凉,于是流注于君臣父子兄弟朋友之间而汪然有余乎!①

在别处,冯梦龙还强调他的《情史》是以"私情化公"②为构思的。

"情"在这里被评估为维持儒家社会秩序的绝对要素。因此,我们从汤显祖那里见证的"情"与"理"之间的张力在冯梦龙这里已显著减弱了。冯梦龙想要做的,是通过以"理"入"情"而使"理"更有人情味。

但是,这一合法化策略是一把双刃剑:一方面,它给予了"情"优先权;而另一方面,它倾向于强调"情"与"理"之间的协调性而削弱了二者间的差异。尽管如此,与"情"相比较,"理"还是显得不是那么可亲,被间接强调的是"理"的"不近人情"与"不自然"。但为了更进一步说明"理"的不近人情和不够自然,"情"必须与"理"作对比。在这里,"情"与"理"两者之间的张力仍然存在,只不过与汤显祖有关的论说相比这种张力有了显著的削弱。在这一问题上,清初作家的做法却有了很大的不同。

与传统中国哲学著述往往"情"、"性"相提并论不同,一些人更喜欢将"情"与"理"相配。这可能是因为"理"作为理学的一个形而上范畴,看起来比"性"更"无人情味"(impersonal),因此也就有更多的理由强调容纳"情"的必要。另外,既然对"性"、"情"相谐的强调已经有着悠久的哲学传统(尽管这一传统在汉代以后式微了许多),那么如果要聚焦于"情"的独特性以赋予其优先权,则将"情"与"理"对比就会更有效果。而当抑

---

① 《叙》(署名詹詹外史),《情史》,冯梦龙:《冯梦龙全集》,册三七,1a–2b(p.1–3)。
② 冯梦龙:《情史叙》,同上书,2b(p.4)。

制与容纳成为主要关注点时,"性"便成了与"情"相配最为合适的范畴。在那对于"情"崇拜得如火如荼的年代里,这一修正的趋势在一些晚明作家(如冯梦龙)那里已露端倪。戏曲家孟称舜(约1599—1684)便通过宣称在道德含义方面"情"与"性"并无差别来为"情"提供一个具有代表性的辩解:

> 男女相感,俱出于情,情似非正也。而予谓为天下之贞女,必天下之情女者何?……此记所以为言情之书也。孟子曰:乃若其情,则可以为善。则此书又即所为言性之书也。……贞文祠费几千金,俱出自松邑及四方之善信者。而传奇剞劂之资,则募自吾乡及金陵者居多。盖表扬幽贞,风励末俗,实众情之所同,而非余一人能为之也。此性之所为,无不善也。①

显然,孟称舜在此借助于孟子的权威,因为孟子被公认为主张所有情皆善者。正如本章伊始所述,"情"在汉代以前的含义与"性"很是接近,这两个术语有时是可以互换的。孟子对"情"的用法当然就是最为著名的范例。鉴于"情"的演变有着悠长的历史因而十六、十七世纪的人们也许已对"情"在古时的用法不再熟悉,孟称舜的策略便正是利用古代文本中的特殊用法来突出"情"之含义的模棱两可。②

在清初小说《金云翘传》的序文中,天花藏主人同样尝试着借助与"性"的紧密关系来使"情"合理化。他的出发点乃是儒家经典《中庸》:

---

① 孟称舜:《题词》,《鹦鹉墓贞文记》,蔡毅:《中国古典戏曲序跋汇编》,p.1353-1354;另可参见孟称舜为其剧作《娇红记》所作序(同上书,p.1354)。这里我采用徐朔方《孟称舜行实系年》所定生卒年,此文收在《孟称舜集》,卷三,p.539-572。孟称舜传记(胡世厚、邓绍基:《中国古代戏曲家评传》,p.469)中的生卒年(1600—1655)则与之不同。
② 王汉明(《论孟称舜戏曲的传情意识》,p.49)认为孟称舜在其戏曲家的创作生涯中,在处理"情"的问题上有一个"保守的退却"的过程。另可参见李岗(《浪漫情感与宗教精神——晚明文学与文化思潮》,p.64-113)对孟称舜作品中"情"的表现的讨论;又,伊维德(Idema):《女性的才气与女性的德行:徐渭的〈女状元〉与孟称舜的〈贞文记〉》("Female Talent and Female Virtue: Xu Wei's Nü Zhuangyuan and Meng Chengshun's Zhenwen ji")。

> 闻之天命谓性,则儿女之贞淫,一性尽之矣。何感者亦一,而应者亦万端? 又若夫其性之所能尽者,始知性其大端也。而性中之喜怒哀乐,又妙有其情也。唯妙有其情,故有所爱慕而钟焉,有所偏僻而溺焉,有所拂逆而伤焉,有所铭佩而感焉。……故磨不磷,涅不缁,而污泥不染之莲,盖持情以合性也……使天但可命性而不可命情。①

按照《中庸》"天命之谓性"的表述,天花藏主人认为每个个体都有他(她)自己的"情"(因为不同的人面对同一情形有着不同的回应)。因此,如果不考虑到个体的"情",我们便无法准确解释个体行为所具有的道德内涵。虽然明智地承认"至高"的道德状态是"性"(即,"情"应当与"性"和谐一致),天花藏主人尝试强调不能被"性"所发挥的"情"的特殊功用,即"情"仍然对人的道德修养发挥着关键作用。"情"甚至变得更为重要,因为它不像"性"那样来自天命,因而它完全依赖于个体的道德主观能动性。颇具悖论意味的是,他的策略是通过严格依循正统理学的道德逻辑——即"情"因其"已发"而在道德上具有潜在威胁——来提升"情"的重要性。因为"情"的"不稳定性",需要给予其更多的关注;出于同样的原因,那些能够使"情"稳定下来的人理应获得更多的尊重。这里"情"的意义几乎是通过反面效应来强调的:正因其"乱性"的潜在危险,"情"应当获得更多的注意(如果它被驯服了,则更值得赞赏)。② 这里,理学的道德逻辑是显而易见的,作者一定要在正统儒家意识形态的道德世界中为"情"寻找回旋的空间。"情"的合理化,是以被纳入以"未发"和"性"为最高境界的理学道德秩序为代价的。与晚明作家更为激进的观点相较,这里,退却的姿态是很明显的,虽然"情"仍然继续得到重视。这样的退却至少可以部分地理解为是这些清初作家对他们以为的晚明社会的纵欲

---

① 《金云翘传序》,《金云翘传》,p.1-2。在本书第八章中我将详细讨论这部小说。
② 同上,p.2。

过度而作出的一种反应。他们认为这样的纵欲坏了"情"的好名声。换句话说,他们在试图通过抑制或减低"情"的激进和越轨的潜在来为其恢复名誉。

这种抑制的需要早在晚明欲望重估的努力中便已被参与者所觉察。与泰州学派关系紧密的一个人物耿定向(1524—1596),发觉自己须反复通过重新阐释一些关键范畴来矫正他的同僚关于欲望和"率性"的激进观点:

> 卓吾云:佛以情欲为性命。此非杜撰语。孟子原说:口之于味,目之于色,等性也。但曰:有命焉,君子不谓性也。不知卓吾亦然否。愚尝谓《中庸》不言性之为道,而曰率性之谓道,学人误以任情为率性,而不知率性之"率"盖犹将领统率之"率"也。目之于色,口之于味等。若一任其性,而无以□率之,如溃兵乱卒,四出掳掠,其害可胜言哉。曰:有命焉,所以率之也。①

耿定向承认欲望是人性的本质,但他独创性地解释儒家经典《中庸》中的"率"为"领导"与"控制",以强调抑制"性"的必要性。这里,从这些晚明重估欲望的努力之后的著述中,我们已可以辨别保守退却的诸多征兆。这种退却,在明朝的最后几年和清初的数十年间逐渐形成势头。

晚明思想家和所谓保守的东林党派的领导者冯从吾(1556—1627)是这方面的代表。他被何心隐(1517—1579)等人的理论着实激恼。何心隐宣称儒家的"好仁"实则也是"欲",因为"欲仁"本身便是一种欲望(所以"无欲"也就等于"不行仁")。②

> 不知"欲明明德"、"欲仁得仁""欲"字半虚半实,指功夫。说"人

---

① 耿定向:《与周柳塘》,《耿天台先生文集》,61b-62a(p.366-367);另见《遇譻赘言》,8.37b(同上书,p.900)和《情欲性命释》,10.60b(同上书,p.1114)。虽然倾向于更为保守,耿定向与泰州学派有着密切联系,这从其与李贽紧张而复杂的关系即可看出。关于其与李贽的著名论战,参见左东岭:《李贽与晚明文学思想》,p.102-122。
② 何心隐:《辨无欲》,《何心隐集》,卷二,p.42。

欲之欲""欲"字全实指本体说。安得混而为一？况"明德"与"仁"俱是理，"欲明明德"、"欲仁"俱是在理上用功，安得借口说是欲而曰欲不可去也？①

另一位晚明保守思想家邹元标(1551—1624)哀叹"今学之流弊"是"认欲为理，以情为性，以防检为桎梏，以礼法为戏场"②。冯从吾以对话的形式展开了批评，以重新强调在晚明已变得相当模糊的"理"与"欲"的差异：

问："天理、人欲，原分别不得。假仁假义，天理即是人欲；公货公色，人欲即是天理。其说然否？"

曰："不然。既天理即是人欲，便是人欲；既人欲即是天理，便是天理。如何说分别不得？且仁义原是天理，假仁假义便是人欲，便不是天理；货色原是人欲，公货公色便是天理，便不是人欲。如此分别，益觉明析。而反曰天理、人欲原分别不得，此阴为纵欲灭理之言，不可不察也。"③

这里所提出的"公货公色"的概念有着特别的重要意义。"公货公色"可以理解为公共利益、至少是不触犯公共利益而对物质和感官享受的追逐。也就是说，只要不与他人的欲望发生冲突，个人的欲望是被允许的。这一观点，使人们回忆起荀子关于欲望的学说，它被诸多清代思想家所详细阐释。④ 通过重新定义"公"为不同个体的"私"的总合，"私"

---

① 冯从吾：《辨学录》，右五十二章，《冯从吾集》，1.45b。另可参见同一文章中另外一处的论述(1.46a-b)。
② 邹元标：《文江证道记》，《愿学集》，5.3b-4a。
③ 冯从吾：《辨学录》，右五十三章，《冯从吾集》，1.46a-b；另可参见《关中书院语录》相似的论证，同上书，12.7a-7b。有趣的是冯从吾对于"情"却有不同的看法，在《复性堂记》中他坚持"性情本为一物"（同上书，15.6b)，如上文所提到的，这一观点被邹元标所指责。
④ 参见：荀子的论说："礼起于何也？曰：人生而有欲，欲而不得，则不能无求。求而无度量分界，则不能不争，争则乱，乱则穷。先王恶其乱也，故制礼义以分之，以养人之欲，给人之求。"（《礼论》，王先谦：《荀子集解》，p.231) 当然，荀子意在强调更多的欲望有可能带来混乱。

与"公"的冲突在这里获得了解决。顾炎武(1613—1682)是这一思维的代表:"合天下之私,以成天下之公。"① 王夫之也同样主张"人欲之大公即天理之至矣"②。是时,"公"已被理解为不同个体的私欲的融合,而非直接与"私"相敌对的概念。

十八世纪思想家戴震(1723—1777)为私欲的合理化作出了审慎的努力。他断言"一人之欲,天下人之所同欲也",恰恰因为欲望是普遍且每个人都有,"欲遂其生,亦遂人之生,仁也"。③ 戴震将焦点转移至欲望的"社会性"——不同个体为实现各自的私欲而建立的相互依赖关系。这种相互依赖,或者称为"公共合作",对"私"来说是至关重要的,也是完全必要的。因此,个体的欲望,虽然是私人的,但本质上也是"公"的。毕竟,一个人的欲望只有在具体的社会环境中才能得以充分实现。这也就可以解释为何当讨论"自然"与"必然"关系时,戴震即使不是自相矛盾,也常常表现得似是而非:

> 欲者,血气之自然;其好是懿德也,心知之自然……由血气之自然,而审察之以知其必然,是之谓理义。自然之与必然,非二事也。就其自然,明之尽而无几微之失焉,是其必然也。如是而后无憾,如是而后安,是乃自然之极则。若任其自然而流于失,转丧其自然,而非自然也。故归于必然,适完其自然。④

---

① 顾炎武:《言私其豵》,《日知录集释》,3.13b。
② 王夫之:《四书训义》,卷三,《船山全书》,册七,p.137。
③ 戴震:《理》,《孟子字义疏证》,《戴震全书》,册六,p.152、159。我这里对于协调"公"与"私"的普遍努力的讨论得益于沟口雄三(《中国前近代思想的演变》,p.195 - 233、253 - 279)对晚明中国思想史重要趋势的论述,虽然我并非完全赞同他有关许多清初思想家"创新"的具体内容所作的某些描述。沟口雄三(p.253)提出在明末清初的修正主义者眼中,"天理"是"存人欲的天理",而非"去人欲的天理"。另处,他推论(p.11),从晚明到清初,虽然"人欲"的地位有所改变,"天理"却从来都是稳如泰山。"人欲"从来没有获得一个独立的地位。由于被"天理"所兼并,"人欲"才得到了存在的保证。不过,虽然"人欲"的地位确实有改变,但有关这一时期"人欲"的主流观点发生了彻底变化的断言并非完全准确。
④ 戴震:《理》,《孟子字义疏证》,《戴震全书》,册六,p.171。

尽管戴震以激进的雄辩反对宋代理学，但当他挑战朱熹时，正如一些人所断定的，他听上去却与朱熹很相像。① 虽然这些大儒的有关论点说得有点玄或者比较哲理化，但在这里我们不由回忆起冯梦龙"私情化公"的宣言。通过强调道德上的指示性（prescriptive）等同于事实的描述性（descriptive），"私"与"公"之间的根本张力此刻被"理想化"为了一个完美和谐的状态。②

在文学领域，黄宗羲（1610—1695）提出了一对新范畴——"众情"与"一情"，来定义文学中"私"与"公"的关系：

> 幽人离妇羁臣孤客，私为一人之怨愤，深一情以拒众情，其词亦能造于微。至于学道之君子，其凄楚蕴结，往往出于穷饿愁思一身之外，则其不平愈甚，诗直寄焉而已。③

这里黄宗羲认为个人的"情"只有与公共的"情"相吻合才能获得最大的力量。在别处，他又分别描述这两种"情"："一时之性情"与"千古之性情"④。对黄宗羲来说，最好的诗歌正是与以"一情"为媒介的"众情"的结晶。

这一通过强调"普遍性"来合理化"私"的尝试，成为许多清代剧作家和小说家在对欲望的探索中采取的重要策略。清初剧作家洪昇（1645—1704）断言人之所以成为忠臣孝子便是由于"情"。⑤ 另一位剧作家蒋士铨（1725—1785）提出了关于"情"的更加精细的观点，将"情"呈现为与正

---

① 金安平、曼斯菲尔德·弗里曼（Chin and Freeman）：《戴震论孟子》（*Tai Chen on Mencius*），p.59。
② 参见：沟口雄三《中国前近代思想的演变》，p.21-24）对于朱熹和吕坤（1536—1618）之"自然"与"本来"范畴的关系的论述。葛瑞汉《程朱人性说的新意》["*What was new in the Ch'eng-Chu Theory of Human Nature*"]）通过"应该"与"是"之间的关系的探讨，已触及了中国传统哲学史上的一个重要问题。在他处，葛瑞汉《道教辩士》[*Disputers of the Tao*]，p.251）认为在儒家思想中，"善就是智者自然的欲望"。
③ 黄宗羲：《朱人远墓志铭》，《南雷诗文集》，册十，p.470。
④ 黄宗羲：《马雪航诗序》，《南雷诗文集》，册十，p.91。
⑤ 洪昇：《长生殿》。

统儒家伦理价值全然一致起来:"大凡五伦百行,皆起于情。有情者为忠臣孝子仁人义士,无情者为乱臣贼子鄙夫忍人。"①这里"公"与"私"之间的张力通过强调普遍性而得以最小化——普遍的事物一定是被公众所认可的。蒋士铨提出"正情"与"变情"这一对范畴来定义"情"的道德含义。②"情"与道德品性之间存在因果关系的理论在诸多清代小说中颇有回响,其中的一些例子我们将在下面的章节中详细讨论。蒋士铨明确表示,他写作关于"情"的剧本,目的正在"以情关正其疆界,使言情者弗敢私越"③。

清初对于晚明欲望激进化的保守重估同时也造就了一种很重要的距离感,这种距离感则为后来有关"欲"的更成熟的反思作出必要的准备:这些反思将在十七世纪晚期的戏剧《桃花扇》和十八世纪的小说《红楼梦》等作品中得到充分的展开。在这些作品中"情"继续受到青睐,虽然对其复杂性和含糊性多出了一份更加深切的体验。我们将在下一章里对这一问题再作进一步的探讨。

---

① 蒋士铨:《录功》,《香祖楼》第十出,《蒋士铨戏曲集》,p.579。
② 同上,p.580。
③ 《自序》,同上书,p.541。对于蒋士铨戏剧创作的研究,参见熊澄宇:《蒋士铨剧作研究》,特别是 p.78-101。

第三章 从"欲"到"情":欲望与小说叙事

本章的一个主要论点是中华帝国后期通俗小说的兴起是与明人对于欲望这一现象前所未有的浓厚兴趣紧密相连的。任何尝试解释通俗小说在晚明之成熟者,都必须考虑到在此期间成形的关于欲望的种种日益复杂的观点。

浦安迪(Andrew Plaks)在其关于明代四大著名白话小说——《三国演义》、《水浒传》、《西游记》和《金瓶梅》的细致分析中,指出这些作品形成了一个特别的文类"奇书体"。但是,浦安迪关于这些作品所共有的"文类"相似性的探讨却有意无意地模糊了这四部重要小说各自不同特征所构成的一个演变历程。① 我所要指出的,则是这四部作品中的每一部都各自代表着中国传统长篇小说发展的某一特定阶段。当按照它们各自问世的时间顺序来观察时,它们也正展现出了对于"个人"和"私密"日益关注的变化历程。

虽然这四部小说对"欲望"这一问题都有不同程度的探讨,《金瓶梅》

---

① 参见浦安迪:《明代小说四大奇书》。可能是浦安迪时的考察方法促使了其采用逆时序的阅读策略——他的研究从所涉作品中问世最晚的《金瓶梅》始,以问世最早的《三国演义》终。另可参见何谷理(Robert E. Hegel)对此书的书评,特别是 p.349-351。

以其对欲望在极端私密空间里的种种细节的持续关注而与众不同。在《三国演义》中,个人的欲望在很大程度上是通过"志"来呈现的,并且只有当其与三个政权间的军事和政治冲突相关时才会被提及。也就是说在这部小说中欲望在"公"的方面的意义才是重要的。在《水浒传》里,私密和个人开始获得了更多的关注。虽然许多人物的私人生活开始占有了重要的地位,但是,这种重要性只在于解释这些人物上梁山的缘由,而叙述本身主要关注的则是这一武装起义的集体事业。《西游记》的主要关注点之一是"心"与人欲的活动,但是,小说中几乎没有日常生活细节的描写,从而使得欲望的呈现更近于"寓言"而非"写实",因而其关于欲望的探讨便不可避免地显得抽象。只有《金瓶梅》,展现给读者的是在最为立体的社会背景下个人私欲的各种面貌。尤为引人注目的,是它表明了只有仔细审视欲望中"私"的微妙含义之后方才有可能较为全面地解释这一复杂的文化与社会现象。

这里俄国文学理论家巴赫金(Mikhail Bakhtin)所提出的一个概念对研究这一"私人化"过程很有帮助。而《金瓶梅》正是在这一过程中作为中国小说发展的一个关键转折点出现的。在《小说的时间形式和时空母题》("Forms of Time and Chronotope in the Novel")一文中,巴赫金提出了"时空母题"(chronotope)这一概念来追溯西方小说的发展。他发觉重要时空母题的改变往往精确地反映了这一文体的发展轨迹:从流浪汉小说中的道路,到哥特式小说中的城堡,再到如巴尔扎克、司汤达等的十九世纪现实主义小说中的客厅与沙龙。[①] 在明代小说的"私人化"过程中,我们目睹了一个相似的变化模式:从《三国演义》中的朝堂和战场,到《水浒传》和《西游记》的道路与战场,最后到《金瓶梅》中的卧房/闺房与花园。而闺房和花园在十八世纪的杰作《红楼梦》中则变得更为突出。

这一时空体母题的转变恰好反映了"私人化"的微妙历程——小说

---

① 巴赫金:《对话的想象》(*The Dialogic Imagination*),p.245-247。

的关注点由"公"转向了"私"。在《三国演义》中,朝堂和战场是小说故事展开的主要场所,个体主人公私生活的一面仅在影响到公共生活时才会被涉及(例如,吕布是如何迷恋貂蝉,或者刘备的婚姻如何改变了政治力量的平衡);在《水浒传》,特别是前七十回中,主要人物经常被放置在路途中,而私与公正于此相互作用。但小说最重要的关注点仍是反抗帝国政府的起义这一共同事业的命运。《西游记》中,师徒四人处于不断前行并与各种各样企图阻止他们到达取经目的地的恶势力的斗争的持续状态中。虽然寓言式的叙述往往非常生动,但是小说对于私人生活的聚焦从未持续足够长的时间以获得对人性抽象理喻以外的重要意义。而《金瓶梅》,首次以大型长篇小说的形式使个人的家庭居所成了情节发展的主要场所。在隐喻意义和字面意思的两个层面上,"战场",这一其他三部小说的突出母题,被移入了"闺房/卧室"。军事谋略家军事斗争的故事被替换为个人间为了取得性与经济上的优势地位展开的勾心斗角。正如在前几部小说中人物的命运往往取决于在战场上、旅店中、道路上所发生的一切,《金瓶梅》中人物的命运经常由发生在卧室或闺房中的事情所决定。在《金瓶梅》之前,没有一部中国长篇小说展现了对于私人生活的如此浓厚的兴趣。在这部充满了被舔破的窗纸、关闭的门与放下的门帘的意象的小说中,人们忙于窃听与偷窥他人的秘密。与打破封闭空间的各种企图密切相关的窥淫癖也因此成了《金瓶梅》最为重要的叙述特征之一。

  偷窥他人私生活和了解他人隐秘欲望细节的强烈愿望是愈来愈多的晚明作家(特别是小说家)所要面对的现实。通常,描写的细节越为私密或越不体面,一部小说就越会吸引读者。屠隆认为,人们"闻以道德方正之事,则以为无味而置之不道;闻以淫纵破义之事,则投袂而起,喜谈传诵而不已"[①]是普遍的规律。作家胡应麟(1551—1602)曾设问:"古今

[①]《霍语(上)》,屠隆:《鸿苞集》,7.39b。

著述,小说家特盛;而古今书籍,小说家独传。何以故哉?"他将部分的原因归于"大雅君子,心知其妄而口兢传之,且斥其非而暮引用之。犹之淫声丽色,恶之而弗能弗好也"①。在李渔(1611—1680)著名的艳情小说《肉蒲团》中,叙述者用独特的半开玩笑口吻试图将小说露骨的色情描写合理化。他声称,即使是免费赠送,也没有人会去阅读道学之书,相比之下,人们都喜看淫邪诞妄之作。为了诱导读者关注道德,他不得不利用那些露骨的细节来"把枣肉裹著橄榄,引他吃到回味处也莫厌"。② 值得注意的是,小说中的主要人物之一就是个不仅擅于盗窃而且喜欢偷窥他人卧室的惯偷。此人以他偷盗和观淫的能耐而颇为自得,并宣称自己是他人卧房私密的"专家"。

阅读别人私欲的详细故事是娱乐的一种形式,而"小说"这一文体毫无疑问是在那个诸如报纸(更不要说收音机和电视)等大众媒体都不存在的时代为人们提供这样娱乐方式的最佳媒介。朱熹曾用人对食物的不同需求来说明天理人欲的区别:"饮食者,天理也;要求美味,人欲也。"③可以推断朱熹一定会将人们阅读小说或对其他娱乐形式的强烈需求归入"人欲"。小说是一种休闲商品——为了享受它,人们必须付出花费与休闲时间。许多学者已经注意到通俗文学的兴起与明代经济的商品化和当时城市文化的快速发展之间的紧密关系。④

许多小说作家和评点者在推销他们的"产品"时都自觉地宣扬小说的娱乐价值:"夫小说者,乃坊间通俗之说,固非国史正纲,无过消遣于长

---

① 胡应麟:《少室山房笔丛》,13.5b-6a。
② 李渔:《肉蒲团》,p.142。在他的另外一篇短篇小说中,李渔借叙述者用同样幽默的口吻就"小说"看似相悖的越轨性发表了另外一通评论:"但凡戏要亵狎之事,都要带些正经方才可久。"(见《夏宜楼》,《十二楼》,p.75)
③ 朱熹:《朱子语类》,卷一三,p.224。
④ 参见:如,陈东有:《人欲的解放》。在其近作《阅读中华帝国晚期插图小说》(*Reading Illustrated Fiction in Late Imperial China*)中,何谷理提供了关于长久被忽视的中国传统小说的物质特性及读者问题的迄今为止最为出色与充实的研究。特别可参见其论文《娱乐阅读》("*reading for pleasure*"),p.322-326,335。

夜永昼,或解闷于烦剧忧愁,以豁一时之情怀耳。"①一些作家甚至利用朱熹以上将"要求美味"比作"人欲"(或私欲)的相似修辞来反其道而行之,为文学的娱乐价值合理化:

> 吾以为文不足供人爱玩,则六经之外俱可烧。六经者,桑麻菽粟之可衣可食也;文者,奇葩文翼之怡人耳目悦人性情也。……人不得衣食不生,不得怡悦则亦槁,故两者衡立而不偏绌。②

更有甚者,朱熹有关"饮食"的比喻被另一位作家在一部清初小说的序中借来直接为"小说"文体辩护:

> 四书五经,如人间家常茶饭,可用,不可缺;稗官野史,如世上山海珍羞,爽口,亦不可少。如必谓四书五经方可读,而稗官野史不足阅,是优可用家常茶饭,而爽口无珍羞矣。③

这里,阅读小说和享受美食的欲望在道德上皆被视作是恰当的。正是在"适当的欲望"这一内涵极度扩展的概念之下,许多晚明作家尝试将小说的生产与消费合理化。其基本根据就是生活不应仅仅是为了生存。人们有权享受物质慰藉和娱乐,而最好的娱乐方式莫过于阅读那些有关别人如何渴求他们不应该渴求之物的故事。

因为常常聚焦于"越轨"以吸引读者,小说在本质上是一种"越轨性"的文体。④ 小说在观点保守的人们的眼中之所以变得能如此坏人心术,恰是因为在理学的道德体系中,没有任何事物比欲望更容易导致"越

---

① 《新刻续编三国志引》,《新刻续编三国志后传》,收入丁锡根:《中国历代小说序跋集》,p.935。
② 《自序》,郑元勋(1604—1645):《媚幽阁文娱》,2b-3a。
③ 樵云山人:《飞花艳想序》,收入丁锡根:《中国历代小说序跋集》,p.1275。尽管樵云山人可能是清初的一位作家,这里其所表达的观点却与上引晚明作家郑元勋相似,并且能够在许多晚明小说作品中获得认同。
④ 马克梦(Keith McMahon):《17世纪中国小说中的因果和遏制》(*Causality and Containment in Seventeenth-Century Chinese Fiction*, p.1)将"小说"定位为是对"规范例外"的聚焦,小说作者既是"道德家"也是"调侃者"。他认为"矛盾发生在正统的道德传统与'小说'的非正统文学形式之间"。

轨"。一些小说家感到,为了强调作品的娱乐价值,他们必须在作品的"越轨性"上做文章。他们所采取的方式是宣称对于欲望及其导致越轨的倾向的关注正是"小说"得以成为一种全新的叙事文体的一个要素。例如,晚明艳情小说集《欢喜冤家》的作者便声称小说家应当"游心于风月之乡"①;清初艳情小说《春灯闹》的刊印者的断言——既然正史主要关注于"义",那么小说就应当聚焦于"情"。也就是说,小说作为一种独立的叙事文体的价值正在于这种不同的关注点。② 虽然这类言论并不常见,但这可谓是宣称私人的"情"和公共道德全然相异的大胆而重要的宣言。个人欲望因其重要性本身就值得小说对其全面关注,小说无须以道德适当性来使自身合理化。通过将"小说"与"义"相分离,《春灯闹》的刊印者几乎就是在声明从文体角度来讲,"小说"和"欲望"一样都具有天然的越轨倾向。在其为丁耀亢(1599—1669)的《续金瓶梅》所撰的序言中,西湖钓叟便声言,对读者来说,不登大雅之堂的小说之所以能够与冠冕堂皇的经史在吸引广大读者上竞争,正是由于其对于"情"的独特关注。③

这一时期小说(包括许多艳情小说)的一个主要关注点是,如果人的欲望——特别是男女之情——没有被给予适当满足的机会,那么灾难就一定会发生(强调欲望越轨的潜在危险)。在冯梦龙的短篇小说《警世通言·况太守断死孩儿》中,一个寡妇便因其与小厮的奸情将要暴露而自杀。叙述者沉痛地告诉读者,她致命的错误便是为了追求一个贞节的虚名拒绝改嫁而过分压抑了自己的生理需要。④ 这里传达了一个双重的信息:因为欲望的破坏潜力,它需要予以一定满足的机会,但同时谨慎的节

---

① 《欢喜冤家叙》,《欢喜冤家》,p.77;另收入丁锡根:《中国历代小说序跋集》,p.819。
② 参见紫宙轩主人在紫宙轩刊本《春灯闹》扉页上的题词,p.231。这部清初小说后来被啸花轩以《灯月缘》为名略作改动后(特别是关于结局)重印出版。《灯月缘》的影印本可见于《古本小说集成》。对于此小说版本历史的简要讨论,参见《春灯闹》,p.229;李梦生:《中国禁毁小说百话》,p.275-279。
③ 《续金瓶梅集序》,丁锡根:《中国历代小说序跋集》,p.1118。
④ 《况太守断死孩儿》,冯梦龙:《警世通言》,p.535。

制也是必要的。当然,也有对这种关于欲望危险性的比较普遍的看法不以为然的。艳情小说诸如《浪史》便极力颂扬男女之情而无视当时的社会和道德规范。其中的男主人公在诸多的同性恋与异性恋的艳遇之后,最终竟然成仙得道而获得了永恒的福佑。在第五章将着重讨论的清初小说《灯草和尚》中,女主人公的逾矩行为虽然没有被完全合理化,但却被认为是可以原谅的,原因便是一个女人有权追求性欲的满足。

然而,很少有作品有像《浪史》那样如此肆无忌惮地颂扬男女之情。本书将在第五章中详细讨论的晚明文言小说《痴婆子传》表面看来是一个女人关于自身纵欲的忏悔自供。但是,她详述其过去放纵的方式使读者不得不怀疑这到底是真诚悔改的表示还是一种反抗压抑环境的姿态(以自我忏悔的方式来进行自我辩护)。《痴婆子传》的主要故事以第一人称的女性作为叙述者。这在中国传统小说中是极为罕见的,因而值得特别关注。我们将探讨第一人称的叙述方式如何使这一有关性欲放纵的忏悔故事复杂化,而一个女性于自己私人欲望的直接倾诉则突出了女性特有的性感受。

许多作品虽然在处理性爱欲望时极少回避露骨的细节描写,但都会适当地指出过分纵欲的严重后果(甚至《痴婆子传》的叙述者也要就此敷衍一番)。越轨者最终必须受到惩罚,而欲望的越轨潜力也必须受到抑制。事实上,许多艳情小说都遵循一个相似的情节模式:在一系列纵欲行为之后,放荡的主人公悔悟并皈依道教或佛教。《绣榻野史》的故事情节便是一例。许多此类作品都在小说开头,更多是在小说结尾,简要地借助于因果报应的概念来完成这一程式。在《肉蒲团》的结尾,男主人公在得知自己的妻子沦为妓女并供人玩乐后(大概是其与众多已婚妇女通奸的因果报应),内心生悔而阉割了自己,最后出家为僧。然而,通常敷衍草率的结尾与其前面冗长而带有撩拨性的关于性事的生动描述之间的明显矛盾严重地削弱了这些小说道德的劝惩力。由于叙述的重心在越轨,因而越轨与惩罚之间的不平衡便自然会显现于作品之中。①

对上述明显矛盾之原因的一个简单解释是,道德性的结尾只是为具体艳情经历的诱人描写提供一个借口或掩饰。艳情小说的作者和刊印者普遍采取此种"市场"策略来躲避社会的责难。但是这一策略被太多的人利用而且用得过于频繁,且有时只是机械呆板地使用,因而作者、刊印者或是审查者想必都会怀疑其作为掩饰的有效性。另一种可能的解释是,这仅仅是诸多艳情小说作家盲从的一种传统程式,虽然它已然丧失了作为辩解手段的有效性。

有些小说作家和评点家提供了一种更为微妙的理论来进行辩解:是为了令人透彻理解纵欲会导致灾难,他们才不得不用生动的细节来描写过度的性欲。率先提出这一理论的大概是为小说《绣榻野史》作序者:"余将止天下之淫,而天下已趋矣,人必不受,余以诲之者止之,因其势而利导焉,人不必不变也。"②这令人回想起屠隆在其剧作《昙花记》序言中的议论:

> 世人好歌舞,余随顺其欲而潜导之,彻其所谓导欲增悲者,而易以仙佛善恶因果报应之说。拔赵帜,插汉帜,众人不知也。投其所好,则众所必往也。③

此说法可与佛教术语所表达的"由色入空"这一略有差异的论断相联系。④ 换句话说,为了发挥效用,一部关于纵欲危险的说教作品不得不

---

① 参见马克梦(《17世纪中国小说中的因果和遏制》,p.67)关于艳情小说的论述:"即便在故事中对越轨所受到的惩罚有所论及——几乎没有不如此安排的——最终保守的说教立场在淫秽描写的破坏性影响下也终会丧失。"
② 憨憨子:《绣榻野史序》,《绣榻野史》,p.95。另收入丁锡根:《中国历代小说序跋集》,p.1340-1341。
③ 《昙花记序》,蔡毅:《中国古典戏曲序跋汇编》,p.1212。
④ 当然,关于"由色入空"最为出色的论述可见于十八世纪著名小说《红楼梦》,参见《红楼梦》,p.6。李惠仪(《迷幻与警幻》,p.177 注 32)指出这可以追溯到著名的《心经》中关于"色"和"空"的神秘性论说。"以欲止欲"的具体策略在佛教教义《宗镜录》被明确提出,而此书正是在十一世纪初期以刻本的形式开始流行,见《大正新修大藏经》册四八《宗镜录》卷二一,p.529。另可参见佛瑞(Faure):《红线》(*The Red Thread*)。

对"性"加以露骨详细的描写,所以这些艳情小说本身就是两种相悖倾向的产物。

很明显,这些小说反映了本书在第一章中探讨的许多晚明文人所感到的欲望之模棱两可的矛盾。虽然乐于描述性欲,但一个艳情小说的作者在宣扬反对纵欲时有可能确实是很诚恳的。最明显的例子大概要属《金瓶梅》。读者被告知,男主人公西门庆的确是死于"脱阳"。在结构上,小说用前八十回的篇幅写西门庆为满足自己对于性、财、权不断膨胀的欲望的所作所为;后二十回则描述了他突然死亡之后其家庭的瓦解崩溃。这里,说教性是明显的:不加节制的欲望所带来的后果是可怕的。但尽管小说持有明确的说教意图,许多读者却仍会留有作者太热衷于纵欲描述的印象。就是板着脸常常老生常谈的道德说教的叙述者自己似乎有时也沉浸于对那些诱人细节的喋喋不休,从而陷入一种又恨又爱的矛盾境地。① 在万历本《金瓶梅词话》的一篇序言中,署名欣欣子的明代文人曾指出:"譬如房中之事,人皆好之,人皆恶之。"②与本书第一章的有关讨论联系起来,这一近于老生常谈的说法却恰恰捕捉到了小说所展现出的欲望的矛盾本性。这大概就是为何许多著名的晚明人物,如书画家董其昌(1555—1636)会在盛赞《金瓶梅》的同时又坚持应当将其焚毁。③ 这也许也可以解释为何一些学者会认为对欲望持有类似矛盾观点的屠隆极有可能是《金瓶梅》的作者(虽然这还需要找到更多的证据)。

然而可以肯定的是,包括《金瓶梅》作者在内的所有这些明代作家都在"欲望"这一问题上持有复杂且经常是矛盾的观点(至少在我们今天的读者看来是矛盾的)。在一定程度上,《金瓶梅》的魅力恰在于它生动表

---

① 参见韩南(《〈金瓶梅〉探源》["*Sources of the Chin P'ing Mei*"],p.46)的论述:"使用这类词语,暗示着作者不可能持有超然的态度,就《金瓶梅》而言,在作者与读者之间有一种津津有味的欣赏和戏谑。"
② 《金瓶梅词话》,p.6。
③ 袁中道:《游居柿录》,卷九,《柯雪斋集》,p.1315-1316;另收入黄霖:《金瓶梅资料汇编》,p.229。关于董其昌观点的进一步讨论,参见本书第六章。

达"欲望"之矛盾性与复杂性,而绝不是其叙述者喋喋不休的道德说教。也许可以试探性地推论,对于晚明"欲望"概念之矛盾性的更深入理解能够帮助我们就晚明文化中一些令人费解的现象找到更多可信的解释,诸如某些晚明作家在处理欲望这一现象时为何会经常前后不一致。小说,作为一种说教性文体却又同时对各种越界越轨行为特别有兴趣,肩负着娱乐与教育的双重使命,本身就是一个充满矛盾的文化现象。终究,在道学家看来,几乎与失控的性渴望一样,追求阅读小说娱乐的欲望也是非常危险的,尽管一个小说作者会声称他写小说的唯一的目的就是要拯救那些陷于欲望泥潭而不能自拔的芸芸众生。

《金瓶梅》的广为流行与其关于个人欲望的坦然而细致入微的陈述所带来的空前争议使如何在聚焦越界出轨行为和强调劝惩之间求得恰当平衡这一问题变得更为迫切了。这是《金瓶梅》问世之后一个热议的重要话题。这部十六世纪的杰作所提出的许多相关议题是任何一个后来的小说家所很难忽略的,尤其如果他处理的主题也是饮食男女的话。《金瓶梅》确立了一种标准,其后关注欲望的小说都需以此为标准接受衡量。事实上,若干十七世纪的小说正是对所谓"金瓶梅现象"的直接回应。

丁耀亢的《续金瓶梅》,正如其题名所直接挑明的,是为讨论作者所认为的《金瓶梅》提出而未讨论充分的诸般话题而写出的续书。其中的一个主要议题便是越轨与惩罚之间的"平衡"。同样的问题也使得《醒世姻缘传》的作者颇费心机。我在第六章中对此有细论。就《醒世姻缘传》在结构上对《金瓶梅》的种种"反其道而行之"这一点来讲,我们可以将前者作为后者的"改写本"来读。与《续金瓶梅》相比,则《醒世姻缘传》作为一部更为成熟的小说对上述议题作了重新的梳理。它通过寓言与写实相结合的写法勾画出了欲望越轨致命后果的一个生动的实例。《醒世姻缘传》提出的一个重要议题就是个人于欲望后果所应负起的责任。在《金瓶梅》中,冤冤相报的意识并不贯穿始终,而《醒世姻缘传》的作者却通过严密的因果报应的道德框架来重新构建欲望的内涵。这使得它作为一部对《金瓶梅》作出直接批评的小说而显得更加耐人寻味。

至此我已经讨论了小说与"欲望"之间的关系,然而尚未进一步就晚明作者与读者所构想的"情"和"欲"的不同内涵而加以考量。正如我在第二章中已指出的,这两个概念虽然在意义上有所重叠,但有时却形成鲜明对比——"情"可以指浪漫的感情而"欲"指肉体的欲望。然而,由于"情"所具有的模糊性及其与被理学家视为道德完美状态的"性"(人性的"性")的紧密关系,许多人在试图为"欲"(肉体欲望)辩护或宣扬时,却更喜欢使用"情"这一词汇。例如,在晚明艳情小说《浪史》的序言中,我们就遇到了一个关于"情"的极为不同的陈述:

> 天下惟闺房儿女之事叙之简策,人争传诵,千载不灭。何为乎?情也。盖世界以有情而合,以无情而离。故夫子删诗,而存扶苏子衿,不废桑间濮上之章已。今可以兴观,可以群怨,宁非情乎!盖忠臣孝子,未必尽是真情,而儿女切切,十无一假,则浪史风月,正使无情者见之,还为有情。情先笃于闺房,扩而充之,为真忠臣,为真孝子,未始不在是。①

该序至少在措辞用语上会令人回想起第二章曾讨论的冯梦龙那更为著名的《情史》序言。两位作者都强调最重要的"情"是男女之情,并将男女之情视作君臣、父子等社会关系的基础。② 换句话说,两位作者都坚持认为,要想成为忠臣孝子,一个人必须有"情",而男女之情则是一个人

---

① 《浪史》,p.37。这里,作者使用"扩而充之"的表述明显是在提醒读者孟子曾在其著名的"四端说"中运用过同样的语句,参见焦循:《孟子正义》,p.140。
② 此种尊"情"的修辞方式在明末清初变得极为流行,以至于王夫之认为有必要澄清其所感受到的混淆。他认同"爱未是仁,爱之理方是仁"的说法,认为"夫爱,情也;爱之理,乃性也",并指出"近日有一种邪说,谓钟情正在我辈,即此是忠臣孝子本领,说得来也有些相似,只此害人心极大",参见《告子上篇》,《读四书大全说》卷一〇;王夫之:《船山全书》,册六,p.1059 - 1060。按照王夫之的说法,这是将"情"、"性"相混淆的结果。他相信,孟子的"四端",诸如"恻隐",是"性"而不是"情"。那些将男女之情与忠孝相等同者,仅仅是"在儿女之情上言仁",《告子下篇》,《读四书大全说》卷一〇,《船山全书》,册六,p.1065 - 1066。另可参见其对"迁性以就情"观点的类似批判,《论静女》,《邶风》,《诗广传》,卷一,《船山全书》,册三,p.327。

的有情的最好标志。二人还皆诉诸于儒家经典的权威来加强自己的说服力。①

然而,《浪史》序伊始就间接地显出了一个关键性的不同:"情"被定义为"闺房儿女之事"。这一不同随着小说的情节展开而变得极为清晰。《浪史》重点叙述其男主人公的性经历——他如何征服众多的美女并在获得极大的性满足后成为一个道士。正如小说中所呈现的,"情"指通过乱交而追求的性满足,这与冯梦龙所倡导的"情贞"观毫不相同。事实上,冯梦龙很自豪于其《情史》是为了实现"广情"之目的,而非"导欲"。②冯梦龙的"情"是被构想为"欲"("欲"对冯梦龙来说是指过度的欲望或贪求,而非广义上的欲望本身)之对立面的。③ 但是,由于"欲"的暧昧感与坏名声,许多仅热衷于纵欲或肉欲的人也会来使用"情"这一词汇。因此,冯梦龙要很清楚地将"广情"与"导欲"区别开来并不是一桩轻而易举的事。

诸如《浪史》等作品对"情"这一词汇的滥用与误用促使许多十七世纪的作家尝试着要为"情"恢复名誉。晚明小说家醉西湖心月主人写有两部同性恋小说集:《弁而钗》大体关注于堪为典范的"情";而另一部《宜春香质》则聚焦于越轨的与过度的"情"。在第二部小说集中,过度的欲望被描述为"荡情"或"薄情"。这里薄情是指没有情的成分的欲望或贪

---

① 冯梦龙的著述和小说《浪史》都与尊"情"崇"真"风尚密切相联的事实可以由二人对"童痴"一词的共同使用中推断出来。"童痴"使人联想起李贽的"童心说"。《浪史》的一个评点者便以"童痴"署名,而冯梦龙则以此相同的词语作为其两部民歌集《童痴一弄:挂枝儿》、《童痴二弄:山歌》的标题。如果我们接受李华元(《〈情史〉与冯梦龙》,p.449 - 456)将《情史》编纂时间定为1628 至 1632 年间,便可据此推测冯梦龙在完成《情史》之前可能已读到《浪史》及其序言(右玄子可能是这部小说及序言的作者)。即使接受《情史》编纂于 1620 年之前的说法(见王凌:《畸人·情种·七品官》,p.128;李梦生:《中国禁毁小说百话》,p.92)也不能完全排除这种可能性。《浪史》曾在小说《天许斋批点北宋三遂平妖传》的序中(写于 1620 年)被提及,而这部作品被认为是冯梦龙对托名罗贯中所写的小说《三遂平妖传》的改写。关于《浪史》的版本情况,可参见《浪史出版说明》,《浪史》,p.15 - 19。
② 《情史叙》,冯梦龙:《情史》,《冯梦龙全集》,册三七,3b,p.6。
③ 当然,冯梦龙从未试图将"肉体欲望"排除出"情",这在其许多白话小说和《情史》中的一些故事中都可以看到。

欲,虽然作者很少颂扬缺乏肉体满足感的"情"。而与之恰恰相反,在第一部小说集《弁而钗》中,肉欲被视为"情"的一个不可少的组成部分,只有在没有了"情"的要素或变为"薄情"之时欲望才会沦为贪欲。

十七世纪董说(1620—1686)的小说《西游补》是关于"情"的心理状态的细致探索。在这篇关于孙悟空的迷幻经历的小说中,"情"代表着各种物质或精神的欲望。任何对于尘世的依恋都被看作佛教意义上的"情"的一种形式。特别重要的是这部续书对于其母本——著名的《西游记》的有意偏离。孙悟空在这里变得更具"人性"。在面对性的诱惑时他偶尔会显得难以抵挡,而他在《西游记》中的前身对此是绝对有免疫能力的。《西游补》也许是到那时为止从佛教的角度通过小说的形式对欲望这一现象作出的最为深刻探索的尝试。①

如果说在《弁而钗》和《西游补》中,"情"尚未作为"欲"的对立面而出现,那么这一状况随着十七世纪一批才子佳人小说的出现而发生了剧烈变化。自清初开始,拯救"情"的努力便采取了一种更为"理学化"的转向。清初小说《金云翘传》、《定情人》和《好逑传》(我将在第八章中详细讨论这些小说)的作者刻意坚持"情"的"非肉体化"以保持其纯洁性,虽然故事中的恋人们最终都结为连理。当然这种结局只是才子佳人小说所共有的程式。这些作品强调的是这些恋人们是怎样在非常困难的情况下承受住种种考验 而成功捍卫了"情"的道德完善。作者常常精心设计恋人们如何在被最严格的儒家道德规范认可之前拒绝发生肉体关系的故事来对"情"加以非肉体化的处理。这里"情"通常被作为近似于"忠贞"的儒家美德来发

---

① 在英语世界中有许多关于这本小说的出色研究。参见何谷理:《十七世纪中国小说》(*The Novel in Seventeenth Century China*),p. 141 - 166;白保罗(Brandauer):《董说》(*Tung Yüeh*);夏志安和夏志清(Hsia and Hsia):《两部明代小说新观察》("New Perspectives on Two Ming Novel");李前程:《悟道小说》("Fictions of Enlightenment"),p.166 - 193。我在本书中没有对此作品进行讨论,部分是因为这些已经出版了的出色研究。另一个重要的原因是,由于其奇幻性质,《西游补》延续《西游记》的传统,在很大程度上是以寓言形式来处理"欲望"问题的。它没有本书所讨论的作品几乎都具有的社会或家庭氛围,因而并不直接与我在本书中试图勾勒的"私人化"历程相关联。

扬,其突出的是像"知己"观念所示范的那种精神上的亲近。

另一部清代小说《林兰香》有着相似的对"情"的去肉欲化倾向。书中,几个女子之间的"情"(基本上是一种精神女同性恋)被用来与"欲"的各种情形(特别是肉体上的女同性恋)进行对比。"欲"在此作为"放荡"行为而受到谴责。与《弁而钗》一样,"情"在同性恋关系中的呈现进一步复杂化。《林兰香》很明显受到了《金瓶梅》的影响,而它又在许多方面预示了十八世纪《红楼梦》的出现。许多学者将其视为联结这两部杰作之间的一个纽带。① 《林兰香》又是通俗小说历史上"欲望"的再现重点从"欲"到"情"的转变过程中的一个纽带,它在其中处于中间点的位置。关于此点我将在此书的最后四章中再作详细探讨。由于《弁而钗》和《林兰香》持续诉诸于"情"的概念以求使同性恋爱合理化,因而对这两部作品的文本细读能够使我们更为清晰地观察在中华帝国后期"情"这一概念的发展对性别的界定或重新界定所产生的影响。然而,这种重新界定性别的尝试并不特别激进。在许多小说和戏剧作品中,同性恋关系是作为更能有效维护正常社会道德准则(诸如异性恋关系中大肆宣扬的贞节)的特殊性别关系而得到辩护的。在为"情"作辩护时,这是很常见的说法(如,一个有"情"的男子会被描述得更为孝顺也更有道德)。在《林兰香》中,与"情"相联的精神性女同性恋关系得到颂扬的原因之一便是它有助于巩固父权制度下的一夫多妻制婚姻,而非挑战这一制度。与此同时,常常与"欲"相联的肉体上的女同性恋关系便会受到指责,虽然正如我们将在第七章中看到的,在小说中这两种关系的并置表现得更加复杂。在同性欲望的语境中,异性恋话语中常见的"情"与"欲"的二元对立被重塑并因此获得了新的重要意义。

"情"与"欲"的二元对立在十八世纪长篇小说《姑妄言》和《野叟曝言》中继续作为关注主题。这两部小说,特别是《姑妄言》,含有大篇幅直

---

① 关于这一论题的研究在第七章中将有所引用。

露的性描写(实际上这在一些明末清初的小说中更为常见)。然而在这两部小说中,"情"同样占据了显著的位置并被用来与各种各样形式的物质贪求或"欲"形成对比,在这里过度的肉欲是与社会的邪恶势力相联系的。在《姑妄言》中,邪恶的官员、宦官和强盗一定也是淫荡之人。是他们直接导致了明王朝的衰亡。而主人公钟情作为一名正直的儒生继又是忠诚的官员,也同样是一位坚贞的情人。他被塑造为一个"情"之楷模。《野叟曝言》中,"情"与"欲"的对比以"善"与"恶"的方式得以展示,这与在第二章中简要讨论过的十八世纪剧作家蒋士铨的"正情"与"变情"理论略有相似。然而,这里的"情"经过了"道学化"的改塑,这在诸如《好逑传》等许多才子佳人小说中已有所显露。"情"在此时被重新定义为至高的儒家美德,而这种情所代表的道德品德在男主人公于公共领域中建立的功勋方面也起到了关键的作用。《野叟曝言》的一个启示便是,一个了不起的大儒不应是一个清教徒,而借用十七世纪文人李渔的词汇,他应当是一个"风流道学"。①

然而,到了十八世纪中期,"情"的表达已经变得过于累赘与模式化,因而,不同于《姑妄言》或《野叟曝言》,在吴敬梓(1701—1754)的《儒林外史》中情却成为讽刺对象。《儒林外史》对各种各样当时文人的习俗给予了严厉的批判。其第三十回有杜慎卿与季苇萧两个文人的一段精彩对话。这段对话戏仿了在明清文学中与"情"相关联的一些传统母题。虽然篇幅很长,但在这里还是值得全文引用。在季苇萧恭贺其纳妾后,杜慎卿皱着眉回应道:

"先生,这也为嗣续大计,无可奈何。不然,我做这样事怎的?"

季苇萧道:"才子佳人,正宜及时行乐。先生怎反如此说?"

杜慎卿道:"苇兄这话,可谓不知我了。我太祖高皇帝云:'我若不是妇人生,天下妇人都杀尽!'妇人那有一个好的?小弟性情,是

---

① 参见李渔剧作《慎鸾交》末出下场诗,p.528。

和妇人隔着三间屋就闻见他的臭气。"……

季苇萧道:"先生生平有山水之好么?"

杜慎卿道:"小弟无济胜之具,就登山临水,也是勉强。"

季苇萧道:"丝竹之好有的?"

杜慎卿道:"偶一听之可也,听久了,也觉嘈嘈杂杂,聒耳得紧。"

又吃了几杯酒,杜慎卿微醉上来,不觉长叹了一口气道:"苇兄,自古及今,人都打不破的是个'情'字!"

季苇萧道:"人情无过男女。方才吾兄说非是所好。"

杜慎卿笑道:"长兄,难道人情只有男女么?朋友之情更胜于男女。你不看别的,只说'鄂君绣披'的故事。据小弟看来,千古只有一个汉哀帝要禅天下与董贤,这个独得情之正,便尧、舜揖让,也不过如此。可惜无人能解!"

季苇萧道:"是了,吾兄生平,可曾遇着一个知心情人么?"

杜慎卿道:"假使天下有这样一个人,又与我同生同死,小弟也不得这样多愁善病。只为缘悭分浅,遇不着一个知己,所以对月伤怀,临风洒泪!"

季苇萧道:"要这一个,还当梨园中求之。"

杜慎卿道:"苇兄,你这话更外行了!比如要在梨园中求,便是爱女色的,要于青楼中求一个情种,岂不大错?这事要相遇于心腹之间,相感于形骸之外,方是天下第一等人。"

又拍膝嗟叹道:"天下终无此一人。老天就肯辜负我杜慎卿万斛愁肠,一身侠骨!"说着,掉下泪来。

季苇萧暗道:"他已经着了魔了,待我且耍他一耍。"

因说道:"先生,你也不要说天下没有这个人。小弟曾遇见一个少年,不是梨园,也不是我辈,是一个黄冠。这人生得飘逸风流,确又是个男美,不是像个妇人。我最恼人称赞美男子,动不动说像个女人,这最可笑。如果要像女人,不如去看女人了。天下原另有一种男美,只是人不知道。"

杜慎卿拍着案道:"只一句话该圈了! 你且说这人怎的?"①

以上这段对话含有许多文人文学中常见的有关"情"的矫揉造作的陈词滥调,有几点特别值得注意:对所谓知己自恋式的寻觅,与此紧密相连的怨妇的自怜形象,以及在同性社交中对声气相通的强调(杜慎卿所宣称的两个男人之间的知己之情)。②

正如第二章所讨论的,许多失意文人试图借助"情"作为维持其文化精英身份的资本。"情"的具体内容往往是由这批文人发明和界定的,这样说大概并不为过。判定某部文学作品的含"情"程度,往往与这部作品"文人化"的程度相关联。③ 余国藩在讨论"情"的早期历史时,便注意到早期中国文学中"志"(另一个歧义颇多的概念)与"情"的密切关系。④

---

① 吴敬梓:《儒林外史汇校汇评本》,p.407-410。
② "同性社交"(Homosocial)的概念来自塞芝维克(一译:赛菊寇)(Eve Kosofsky Sedgwick) (《男性之间》[*Between Men*])。她认为(p.1-2):"在历史和社会科学领域中间或会用到'同性社交'一词,它被用来描述同性之间的社会关系。这是一个新词,明显是从'同性恋'(homosexual)一词类推而来……同时又明确与'同性恋'相区别。事实上,在我们这样一个对同性恋极度恐慌、害怕和仇恨的社会里,这一词可以指诸如'男性间的情谊'这样的现象。要将'同性社交'拉回具有潜在性爱色彩的'欲望'的轨道,就必须假设同性社交与同性恋间的不间断的连续性——而在我们的社会中,就男性来说,人们已常常看不到这种连续性了。"
③ 关于中国小说"文人化"的讨论,参见拙著《文人与自我的再呈现》(*Literati and Self-Re/Presentation*),p.15-26。史蒂文·罗迪(Steven Roddy)在其近作《文人身份及其在清代小说中的表现》(*Literati Identity and Its Fictional Representation in Late Imperial China*)中也对文人身份认同和一些清代小说的关系给予关注。
④ 余国藩:《重读石头记》,p.83-86。朱自清(《诗言志辨》,特别是 p.34-42)认为"志"最初是指公共的志向,但是后来作家们(特别是自南北朝[420—589]以来)扩展了"志"的意义外延以使私人感情被包含进来,这样,虽然他们实际上更关注私人的"情",看上去却像是仍然追寻着"志"的传统。郭绍虞(《试论〈文心雕龙〉》,p.23-25)则持相反的观点。他通过引用孔颖达(574—648)在《左传》注释中"志"、"情"可以互换的说法,认为"志"最初是一个广泛的概念,就关注社会现实而言其并未与"情"相区分。"志"正式与"情"分离仅仅始于陆机提出"诗缘情"的理论。南朝人倾向于将"情"解释为狭义的男女之情。但是朱自清和郭绍虞至少都认同这两个重要概念间有着密切的关系。另可参见范佐仁(Steven Van Zoeren)在《诗歌与人格》(*Poetry and Personality*)中的讨论。郭绍虞所指出的"志"(作为广义概念)二分为"情"与"志"(作为狭义概念)的过程似乎与我在第二章中所勾勒的早期中国思想史中"情"、"性"逐渐区分的过程相平行。

"志"又与"知"关系甚密。"知"指对另一个人的大"志"或政治抱负的认识和认可。① 正如我们所看到的,"知心"、"知己"在杜慎卿和其朋友关于"情"的"清谈"中是关键性的词汇。"知"几乎成为关于"情"的任何关系所具有的一个必不可少的属性,无论这一关系是否涉及性爱。事实上,正是因为"知"的重要性,异性恋关系才能够常常以男性间的情谊的形式出现。这一类比关系之所以能够成立就是因为相互赏识之情是在异性与同性这两种关系中都占有极其重要的地位:女性的美貌被其情人或夫君所欣赏,正如男性的才能与价值被另一个男性所认可。"士为知己者死,女为说己者容"②这一名言便是最好的佐证。二者均取决于"知"。将男女之情去性欲化而变为相互欣赏的同性社交关系是才子佳人小说的一个普遍叙述策略,而与之相对的利用男女之情作为隐喻来描写政治关系(比如,君臣关系)的策略,也是文人文学中一个根深蒂固的传统。这些,都可以视为"情"的保留剧目中的一部分。这大概也可以解释为什么明末清初许多尊情者坚称:一个始终如一的情人也必定是一个忠臣。杜慎卿对于女性公然的厌恶与其声称对于与一个男性知己的同性恋式的渴望,也同样可以被视作他将自己标榜为一个与众不同的有情人(比其他文人更多情)的策略之一。他希望,在男性间寻找知己渴望的表露可以使他自己显得精神上更为崇高以区别于那些遭受"欲"的玷污的同人。另一方面,虽然他所用的"情"的词汇仍免不了显得陈腐,其作为有情人的自我形象却略带有着一点反传统性(即,他对于女人的公然厌恶与对异性恋的冷漠)。

　　杜慎卿所选择来刻画自己的独特词汇,诸如"多愁"与"善病",可以令人联想起那熟悉的闺房中憔悴思妇的形象。这一形象在以"情"为主题的诗歌、戏剧和小说中颇为常见。欲望得到另外一个人(或者他的爱)

---

① 关于"知"的早期传统的讨论,参见亨利(Henry):《早期中国文化中的"知"》("*The Motif of Recognition in Early China*")。
② 《刺客列传》,司马迁:《史记》,册八,p.2519。

实际上也就是同时希望自己成为那个人欲望的对象,正如思妇要极力寻找一个如意郎君来追求她自己一样。欲望主体与欲望客体之间的差异在"情"的历程中似乎有消失的可能。对于情愿为之放弃生命的知己的忘我性寻觅,变成了一种自我炫耀的自怜姿态。忘我与自恋在"情"的追求中变得难以区分。在《儒林外史》中杜慎卿是一个最为迫切地炫耀自身为"有情人"的人物,而同时他也是小说中最为自恋的角色——这并非巧合。一个晚清评注者提醒我们,杜慎卿曾在落日中追逐自己的影子并徘徊许久的情景,正是成语"顾影自怜风流独赏"所捕捉到的自恋形象。①

虽然本书的研究着重于小说,这里有必要简单地讨论一下两部明末清初的著名剧作《牡丹亭》和《桃花扇》,因为这两部剧作都以谈"情"而闻名,又是在这方面被视为里程碑式的作品。而且,两部剧作,特别是《牡丹亭》,对后来的小说创作的影响也极为深远。汤显祖的《牡丹亭》自其于十六世纪晚期出现便被视为"情"之戏剧而传诵。它成为衡量其后关于"情"的叙事作品的标准。其女主人公杜丽娘更是被看作"情"的经典象征。杜丽娘在梦中与一个男子相爱,后因相思而死,而"情"的力量又使她复活并与情人(再)结为姻缘。一开始杜丽娘因阅读《诗经》中的情诗(他人的欲望)而激起了自己的欲望,如其情人的名字"梦梅"所暗示的,男主人公正是一个被杜丽娘创造出来以使其自身能"望梅止渴"(满足欲望)的"欲望客体"。在第二十六出中此点又获得强调——柳梦梅在观瞻杜丽娘生前所绘自画像时的唱词引用了类似的成语:"小生待'画饼充饥',小姐似'望梅止渴'"②。通过观看画像,柳梦梅对画中人的强烈渴望似乎可以在某种程度上获得满足。而更进一步,在这幅特别的画像中,也就是那柳梦梅以之为"画饼"来充饥的画像中,杜丽娘正将自身的形象画作"望梅止渴"——画像中的女子在梦中"发明"了一棵梅树/爱人

---

① 吴敬梓:《儒林外史汇校汇评本》,29.402。
② 汤显祖:《牡丹亭》,p.156。

来满足自己因阅读他人的欲望而被激起的自身的欲望。因此,一个人为"望梅止渴"而作出的"自我的再现"的尝试被另一个人用作"充饥"的"画饼"。个人的欲望被他们各自的想象所支持,而这一想象又是以"他者"的欲望再现(想象)为依据的。个人的欲望以客体的缺席为特性——一个是只能在梦中触及的形象,另一个则已经死去并仅能通过画像来接触。正因为客体的缺席,"再现"变成了欲望的一种形式。"再现"因"缺席"而成为必需,欲望对象客体的缺席是欲望存在的前提。一旦客体出现而变得可企及则欲望得以满足,那么欲望便不再存在。①

而且,当杜丽娘的欲望因阅读他人欲望的再现而被触发,杜丽娘迫切地要把自己欲望的形象呈现出来,这样,即使她已不存在,她想象中的爱人依旧可以渴求她。这里强调了"情"或者欲望的主观属性——先于其客体而存在并以客体的缺席为自身存在的先决条件。杜丽娘首先在"再现"(阅读与梦境)中体验欲望,之后又创造一个客体来维持这种欲望。如果死去的杜丽娘真的可以借助"情"的神奇力量而复生,则我们可以推断,"欲望"便不仅是先于其客体,而且同时是先于其主体而存在,因为不仅柳梦梅是由杜丽娘所创造以维系其自身的欲望,而且杜丽娘自己(至少是复生的杜丽娘)也同样是由未能得到满足的欲望所造就的。② 从象征的角度来看,剧中后来的杜丽娘由其自身的欲望所创造或再造而复生,使她得以在死后能继续欲求。

杜丽娘的"情"带有着明显的自恋性:"情"似乎是一个自给自足的自我生成过程——需要通过不断创造与再造新的客体和主体来维持自身的存在。被梦见的(创造出来的)柳梦梅之后被再造为"真实"的柳梦梅,而做梦的杜丽娘则被再造为鬼魂杜丽娘并随后被再次创造为复生的杜

---

① 这里不妨回溯我在《序言》中简要论及的众多关于"欲望"的当代西方理论对"缺席"与"再现"的强调。
② 李惠仪(《迷幻与警幻》,p.51-54)于"欲望本身先于欲望客体而独立存在"及其与《牡丹亭》的关系的讨论很有意思。但我对其关于嵇康观点的解释尚有存疑(同上书,p.51)。

丽娘。剧中,这一"情"的创造过程困惑了杜丽娘的父亲等许多人。她的父亲在剧作的结尾仍然怀疑其所见到的杜丽娘是个冒充者或鬼魂,讽刺的是,只有在皇帝用镜子检验过杜丽娘之后,他才勉强接受了这个再造的杜丽娘为"真实"的女儿。据说镜子能区别人鬼,因为"人行有影,鬼形怕镜"。镜、影和形这些意象都与缺席和再现有关,它们强调的是"情"的自我针对性。欲望一个人或一件东西也就是将自己同时成为被欲望的对象。再没有谁比杜丽娘更适合作为"情"的象征。她看起来就是自恋自怜的典型化身:

> 恰三春好处无人见,
>
> 不提防沉鱼落雁鸟惊喧,
>
> 则怕的羞花闭月花愁颤。(第十出,汤显祖:《牡丹亭》,p.58)

"伤心自怜"正是杜丽娘生命的一部分(第十二出,《牡丹亭》,p.67)。当然,自怜与伤感的形象在关于"情"的传统诗歌中并非罕见,特别是在与思妇或弃妇相关的作品中。而重要的是,如今这一形象在一部长篇剧作的崭新语境中被重新构造,而正是在这部剧作中,"情"被歌颂为压倒一切的力量,欲望构成了主体的一部分,而后者又同时是这欲望的主宰者。

杜丽娘之自恋情结在其"一旦无常,谁知西蜀杜丽娘有如此之美貌乎"(第十四出,《牡丹亭》,p.76)的自绘写真的尝试中得到了最好的展示。这一写真是在试图及时"留住"她自己的美貌,以使得她即使在死后也能够继续其欲望并继续被他人所渴求。而且,她的美貌必须由她自己来诠释和再现。这是她自己对其镜中映像的再现。然而,这里镜子的使用令人不免产生对此自我呈现的真实性的质疑。"真实"的自我形象事实上已然不可能,因为镜子所反射的形象已经是一种再现。因此,杜丽娘的自画像至多也只是对另一种再现的再现。尽管自我再现的真实性受到质疑,虽然杜丽娘的父亲从未全然相信他的女儿已然复生甚至结婚,杜丽娘仍然让柳梦梅向她的父亲展示此自画像以证明柳梦梅并非冒名者而是他真正的女婿。这幅写真为杜丽娘自画这一点是十分重要的,因为对于杜丽娘、柳梦梅以及其他人物来说,写真甚至比实际上的她更为真实(与剧中杜丽娘的父亲不同,观众一般都会接受复生的杜丽娘是真的这一戏剧再现)。"再现"却反而能更为真实是因为再现的形象要比被再现的对象本身更具生命力,正如杜丽娘的画像在她本人死了以后还能流芳百世一样。这里便令人回想起《儒林外史》中的杜慎卿。他想通过寻找精神知己以博取天下第一等人的美誉而留名万世。几乎所有的所谓钟情者都痴迷于自己后世的不朽。杜丽娘的自画像仅仅是她追求自我不朽的好几种尝试中的一种。在杜丽娘身上,我们可以找到许多林黛玉的先兆——林黛玉是十八世纪的《红楼梦》中孤芳自赏的女主人公,也是"哀情"的终极象征。

如果说《牡丹亭》体现着对"情"之至高无上力量的充分信心,那么约创作于一个世纪之后的孔尚任(1648—1718)之《桃花扇》却对《牡丹亭》"情"之世界的自主性和这种信心提出了质疑。《桃花扇》的女主人公歌妓李香君以演唱技艺而闻名,尤其是其扮唱的《牡丹亭》中杜丽娘这一角色。她渴望作为杜丽娘的后继者以成为挚情之人。杜丽娘通过为其情人绘制自画像而发明了自己所独有的"情"的象征物。这一象征物由于是她自画的而甚至被认为比她本人更为真实。而《桃花扇》中"情"的核心象征"桃花扇"的真实性,却一开始便陷入了质疑。不愿被强迫嫁给一个高官为妾,李香君以头撞地,用自尽来维护对情人侯方域的忠贞。头破之血正好溅到了侯所赠定情的扇面上。后来,扇上的血迹被画家杨文骢勾画成了折枝桃花,而杨文骢本人却是一个道德是非暧昧不明的人。李香君又把这把桃花扇寄给侯方域以表明其对爱情的忠贞。但扇子最终被张道士撕毁,因为张道士认为侯方域与李香君作为明朝的臣民在国破之时不应再沉溺于个人的"私情"之中。这里的"情"却带有颇为相悖的含义:桃花扇得以成为忠贞爱情的象征是有赖于杨文骢这样一个没有道德骨气人的手笔。自我再现对李香君来说已变得不可及了——虽然她的鲜血充当了"颜料",桃花扇却不得不由他人所绘。

　　腐败无能的弘光帝因为李香君扮演杜丽娘出色而所赐予她的一柄宫扇上面的图案也是桃花,这样在整个剧作中,桃花扇的意义变得更加复杂了。弘光帝对爱情戏曲(包括《牡丹亭》)的沉溺以及他对国运民生的全然忽视正是明代文化衰微的征兆,而有人认为这种醉生梦死式的沉溺于情正是导致王朝灭亡的根本原因。当人们已经开始将"情"作为文化烂熟的表征而视其为是明王朝覆灭原因的时候,他们也可以把戏剧结尾张道士撕毁桃花扇的一幕看作是对《牡丹亭》所歌颂之"情"是否可信赖的根本质疑。换句话说,当人们失去了对"情"之复生力量的信心之时,当拯救一个破落王朝的希望已成碎梦时,杜丽娘在戏剧舞台上和现实生活中便失去了她作为"情"之楷模的可信性。这里,"情"的领域再也不是局限于《牡丹亭》中那个个人的比较自主的世界。"情"在此已被深深卷入了充满着背叛(值得注意的是恶人阮大铖恰巧是精于创作"情"剧的能手)与口是心非(如缺乏道德立场的画家杨文骢)的政治恶斗之中;"情"现在是与私欲的沉溺与对国家安危全然不顾紧密相连了(如那个自我放纵的皇帝;男主人公侯方域在一定程度上也是如此)。《桃花扇》预示着《儒林外史》对各种关于"情"的陈词滥调的戏仿,也开启了约半个世纪以后的《红楼梦》对"情"更为深刻和严密的反思。

　　事实上,《儒林外史》中杜慎卿对自青楼中寻觅爱人的时尚的那种非议在数十年前的《桃花扇》中便已有预示,虽然表面看来《桃花扇》是在颂扬一个妓女的"情"及其政治忠诚。① 在晚明尊"情"中起到关键作用的冯梦龙对宋代词人柳永与妓女间浪漫纠葛的故事极为痴迷,而这一痴迷与他本人与妓女的风流韵事并非没有关联。正如一些学者指出的,晚明尊"情"思潮是与当时的青楼文化紧密相连的。作为晚明文化的挽歌,聚焦

---

① 在《儒林外史》第五十四回中,一个名叫丁言志的人物("诗言志"的谐音)想请一个妓女欣赏他的诗作,因为缺少银钱而被该妓女着实奚落了一番。这明显是对晚明所推崇的青楼文化的又一种戏仿,参见拙文《仿效与创造》("*Stylization and Invention*"),p.105-106。

于妓女与才子间爱情的《桃花扇》既是对那个时期所孕育的"情"文化的歌颂,同时也对其给予了深刻的批判。

才子与"贞洁"妓女之间的爱情也是清代中期长篇小说《姑妄言》的主要情节。在这部小说中,正如《桃花扇》结尾侯方域和李香君被力劝的那样,男主人公在明王朝灭亡后也弃绝了"情"之世界而作了隐士。虽然《姑妄言》的具体创作年代较难确定,但它应大致与《桃花扇》同时(十七和十八世纪相交之际)或略晚。虽则作为一部艳情小说的《姑妄言》与历史剧《桃花扇》有着相当的差异,但两个故事却都是以明王朝的覆亡为历史背景,而"情"的概念又都在其中占据着重要位置。在两部作品的结尾,主人公都抛弃了"情"的世界以表明对覆灭的明王朝的政治忠诚。然而,如果说"情"在《桃花扇》中被以空前的自觉意识赞颂的同时又经受到质疑,那么在《姑妄言》中这种质疑却几乎并不存在,因为在《姑妄言》中,"情"是作为与"欲"(被理解为肉体的欲望)的简单对立面而出现的。这种对立在小说《野叟曝言》中也很重要。尽管有时会表现出模棱两可的矛盾,但是"情""欲"相对的两级化模式却是《姑妄言》和《野叟曝言》呈现与评估各种形式的欲望时所采用的主要道德框架。

虽然这种简单对立的理论基础在《红楼梦》中已经经受到严厉质疑,但是"情"与"欲"的对立还是继续存在着。《红楼梦》中,"情""欲"的对立被表述为"意淫"与"皮肤滥淫"的对抗(我将在第十章中对此进行论述)。然而这两个新概念之间的关系绝非那么简单而易于评判。杜丽娘和《红楼梦》中的男主人公贾宝玉都可以被视为颇有自恋倾向的有情人,但《牡丹亭》的作者似乎并没有感受到需将"情"与"欲"截然分开的压力。对汤显祖来说,肉体欲望本身无可讳言。读者大概会对第十出中杜丽娘与柳梦梅在杜丽娘梦中第一次相遇时颇为直露的云雨描写印象深刻,类似的经历在第二十八出"幽媾"中又有出现。但是,性欲对于宝玉来说却成了一个难题。小说伊始的梦游太虚幻境警幻仙子的训诫与紧接下来现实生活中与袭人所做性启蒙式的儿女云雨是前八十回的篇章中宝玉唯一的性经历。在其成长过程中,宝玉似乎在尽力忘怀(或者压制)"性欲"(在一般认为是他人所续的后四十回中并非如此)。① 在十八世纪的《红楼梦》中,十六世纪之《牡丹亭》所构想的"情""欲"和谐逐渐消逝了。《红楼梦》的一个中心论题就是如何重新界定"情"与"欲"的关系。

《牡丹亭》与《桃花扇》所提出的其他许多问题,例如"情"的自恋本质、再现与欲望之间的关系、"情"之自主世界的幻觉性质,都在《红楼梦》中有更为细致而深入的探索。② 我们也许可以将《红楼梦》极其复杂的成书过程(无数次地改写修改)视为一部相对完整再现明清文学中欲望表述发展变化过程的元文本——这个欲望表述的发展变化过程即是从《金瓶梅》等作品所表现的对"欲"的聚焦发展到《牡丹亭》《桃花扇》《林兰香》和《定情人》中对"情"的强调。在这个转变过程之中,《红楼梦》堪称所有这些作品的集大成者。通过长篇小说独特的巨细叙述形式,它对"情"的发展史中所有关于"情"的各类主要命题作了极为深刻的反思。正如这部小说的成书过程所巧妙展示的,从"欲"到"情"的轨迹也是"欲望"愈来愈自觉的历史。在传统巨大包袱的压力之下(当所有关于"情"的表达都如《儒林外史》所讽刺的那样变得模式化),构想"情"的新的表述策略变得有些刻不容缓——"情"在《红楼梦》中被视作年轻人的独特品性。在与传统所带来的沉重包袱的抗争中,一个人如果要保持"情"的纯真,唯一的希望就是设法停留在童年,因为一个未成年的人被性的冲动和那些"情"的陈词滥调所困惑的机会总是要小得多。

有学者试图将小说中明显的对于"情"的痴迷与李贽著名的"童心说"所产生的影响联系起来。③ 如果《红楼梦》确实有意对晚明的思想遗产进行反思,那么"童心"的观念在小说中也只是作为一个永远不能实现

---

① 关于宝玉的性欲困境,参见米乐山(Miller):《梦中儿童》("Children of the Dream"), p. 237 - 241.
② 关于《红楼梦》中"再现与欲望"的有趣讨论,参见余国藩:《重读石头记》, p. 203 - 209.
③ 参见王晶(Jing Wang):《石头记》(The Story of Stone), p. 144 - 147.

的理想而出现的,正如宝玉不得不承认他总有一天须告别童年,因为他也不可能永远装作孩子沉浸在姐妹与丫鬟陪伴下的"意淫"之中。① 从这点上来看,我们可以将宝玉看作是因保持童心而背负着传统和社会的巨大压力的悲剧式人物的化身——小说描写的重点是一个通过拒绝长大成人要别人一直以孩子相待的人所面临的困境。对于宝玉来说,"情"实现的可能性是与他能否坚称他仍是一个孩子密切相关的,尽管在小说中随着他自己年龄的不断增长,这种坚称对许多人来说已经变得日益缺乏说服力了。

在本书中,对于具体小说的细读始于第四章的《金瓶梅》而终于第十章的《红楼梦》。其中大部分的作品都可以视为从不同角度对《金瓶梅》的回应,而《红楼梦》是当之无愧的最为出众的回应者。尽管有着明显的差异,西门庆和贾宝玉却都被众多女性所环绕,并都被与不同女性的关系所困扰——这当然是一个在许多小说中经常碰到的一夫多妻男权社会所有的现象。和西门庆一样,贾宝玉似乎也时常被模糊的不满感所烦扰,而且这常常发生于获得全然满足后的那一刻。他们二人都需不断地创造或寻找新的欲望的客体对象以维持他们的欲望继续存在,虽然宝玉的主要追求在"情"而不在"欲"。然而,肉体欲望却并未被驱逐出《红楼梦》。在本书第十章中,我们将看到《红楼梦》的作者将他的男主人公与西门庆之类的人物相区分的企图究竟取得了多少成功。而恰恰在这区别对待宝玉的努力中,我们可以同时辨析出长达两个世纪的中国小说历史中"欲望"陈述的发展轨迹。在此《红楼梦》值得特别注意的是,这一"欲望"陈述发展史,随着小说的展开,同时也随着读者在阅读中对小说成书过程的"重建",而被全面地再现了。作为一部生动描绘人的形形色色"欲望"的精彩无比的小说,《红楼梦》还邀读者一同见证着一个关于其

---

① 沟口雄三(《中国前近代思想的演变》,p.195-202)指出,"童心"一词在晚明的话语中通常带有负面的意义(含有幼稚或缺乏教育的意思)。这一负面性词汇却被李贽借用来表示他自己所赞赏的"孩童之心"或纯真之心。

自身作为文学文本的趣味盎然而似乎永远不会终止的演变过程——从一部以"欲"为主导的小说(正如小说的题目之一"风月宝鉴"所暗示的)转变为突出对"情"不断新思考的作品,使我们对中国文化史中这两个关于"欲望"的重要概念间微妙关系的复杂性有了更深更全面的体会。

第四章 《金瓶梅》:欲望的物质性与欲望的非物质性

　　正如第三章所述,《金瓶梅》是中国长篇小说史上的一个重要里程碑。它大概是第一部由一位作家独立完成的中国长篇小说,而非如此前那些成于众手的世代累积型作品。更重要的是,它也是第一部致力于描写主人公的私人生活和他们的"私欲"的大型小说。它是一部充斥着有关窗纸、关闭的门与卧室的门帘意象的小说。

　　《金瓶梅》自始至终对于个人之私欲的细致入微的审视引起了十七世纪著名评点家张竹坡(1670—1698)的关注。张竹坡注意到了小说中一个重要的母题——"破绽":

> 《金瓶》有节节露破绽处。如窗内淫声,和尚偏听见;私琴童,雪娥偏知道;而裙带葫芦,更属险事;墙头密约,金莲偏看见;蕙莲偷期,金莲偏撞着;翡翠轩,自谓打听瓶儿;葡萄架,早已照人铁棍。①

　　虽然在其他小说中关于窃听与偷窥的提及也并非罕见,②但《金瓶梅》中对此类行径描写或涉及之频繁却极为引人注目。小说中几乎没有

---

① 《批评第一奇书金瓶梅读法》,《张竹坡批评金瓶梅》,p.27。
② 马克梦(《17世纪中国小说中的因果和遏制》,p.35-36)对许多中国传统小说中的各式"破绽"母题有很有意思的讨论,尽管他并未具体触及张竹坡对《金瓶梅》的有关评论。

一次私人的对话或私密行为是未被他人察觉的。暗中监视与偷听在小说中几乎成为一种惯常的仪式。

鉴于始自明中叶的迅疾城市化进程，我们有理由推论《金瓶梅》所展示的关于"私"的强烈意识是与那时城市人口密度的迅猛增加相关联的。① 需求个人隐私的意识的增长大概正与人们借以抵御他人注视和公众干扰的空间的收缩有关。在《金瓶梅》中，西门庆与潘金莲的奸情很快便众所周知，正是因为潘金莲的家位于一条拥挤的街道上。而在第五回中，潘金莲在毒杀了丈夫武大后，也是通过敲击卧室的墙壁来告知隔壁的邻居王婆事情已经了结(5.51)。② 这正表明即便是在个人的住所之内，隐私也已相对缺乏。王六儿之所以不能掩盖她与自己小叔的乱伦行径，也是因为她的住宅两边都紧靠着邻居的房舍，有些人甚至得以扒在墙上看到其卧房里发生的事情(33.361)。这也就难怪西门庆在与其有染后便坚持令其从旧居牛皮小巷搬至狮子街的新居(39.433)。

从另一方面来看，西门庆得以向邻人乃至李瓶儿的丈夫花子虚隐瞒其与李瓶儿的奸情，也有赖于两家是紧挨的邻居且花园仅是一墙之隔："又不由大门里行走，街坊邻舍，怎得晓的暗地里事"(13.153)。由翻墙代替了从街上进入住宅，西门庆确信没有人会发现他与李瓶儿的幽会（虽然讽刺的是，他最终被自己的小妾潘金莲在他自己花园一侧的墙边发现）。这里，本应起到划定边界与设置隔离作用的共用的墙却变为了一个被伪装得很好的"破绽"。通过这一"破绽"，西门庆得以在不引起邻

---

① 关于明代市镇住房的紧缺和高昂的房价，参见韩大成：《明代城市研究》，p.507。就笔者所见，"隐私"的议题在传统中国很少被明确地详加讨论。尽管距《金瓶梅》的初次出版已有两个世纪，龚自珍(1792—1841)的论说却值得在此引用："夫狸交禽媾，不避人于白昼，无私也。若人，则必有闺闼之蔽、房帷之设、枕席之匿、赪顺之拒矣。"(《论私》，龚自珍：《龚自珍全集》，p.92)对中国早期思想中所谓"隐私"的观念的讨论，参见克瑞斯汀纳·惠特曼(Christina Whitman)：《儒道思想中的"私"》("Privacy in Confucian and Taoist Thought")。但是我并不认为她从多种中国早期文本中搜集的证据都是直接与"隐私"这一议题相关的。
② 除另行注明，本书所有《金瓶梅》引文都出自《金瓶梅词话》，梅节校订。回数和页码随文在括号中注出。

人怀疑之下与李瓶儿私会。这一堵墙始料未及的功用也吸引了张竹坡的注意力。他在夹批中仔细地逐一标注了"墙"在小说此部分的出现次数。①

守护个人隐私和防范窃听与偷窥便也因此成为小说中许多人物的主要关注：

> 原来大人家有两层窗寮，外面为窗，里面为寮。妇人打发丫鬟出去，关上里边两扇窗寮，房中掌着灯烛，外边通看不见。（13.134）

这里，保护隐私的能力依赖于个人的经济水平。只有大户人家能够负担得起这种双层窗户。然而，大户人家往往有着众多的人口，对于隐私的主要威胁因而正源于家庭之内。② 李瓶儿的丫鬟得以用簪子戳破窗纸而窥觑（13.135），便证实了这双层窗户所提供的保护是并不牢靠的。在偶然情况下，偷听可以演化为一种幸事。比如当西门庆悄悄偷听到吴月娘拜斗焚香时的祈祷并由此获知她对自己的真挚关怀时，西门庆被深深感动了，这导致了二人之间始料未及的和解（21.219）。但更多的情况是，这一行为会带来致命的后果。小说中有许多因偷窥而决定了被偷窥者之命运的例证。丫鬟秋菊在多次偷听到潘金莲与西门庆的女婿陈经济的奸情后将此事报告给了吴月娘（第八十三回），这直接导致了吴月娘作出发卖潘金莲的决定。而这一决定最终致使了潘金莲死于被其谋害的前夫的兄弟武松之手。同样，陈经济被张胜杀害也是因为张胜偷听到了其与春梅企图算计他的对话（第九十九回）。有时，窃听者自身也会因此

---

① 见夹批，《张竹坡批评金瓶梅》，p.205-209。另可参看马克梦（《17世纪中国小说中的因果和遏制》，p.26-27）关于中国传统小说中"有着自我遏制作用的墙"和"跨越界限"等母题的概述。
② 在其著名的《袁氏世范》中，袁采（1163年进士）对大家庭中防范"窃听"的重要性给予了特别关注："同居之人或相往来，须扬声曳履，使人知之，不可默造，虑其适议及我，则彼此愧惭，进退不可。……然人之居处，不可谓僻静无人而辄讥议人，必虑或有闻之者，俗谓'墙壁有耳'，又曰'日不可说人，夜不可说鬼'"（《同居不可相讥议》，《袁氏世范》，1.16a-b）。很明显，及至宋代（960—1179），大家族中的"窃听"已然成为一个严重的问题，因此袁采才会认为有必要将对此行为的忠告写入他的家训之中。

而付出生命的代价。西门庆对其新同僚何千户的妻子蓝氏的隔帘偷窥（79.1039）便是致命的。他太过于迷恋这位神秘的蓝氏,为了平息自己对于不可及的蓝氏难以满足的欲望,他在极短的时间内与数名女子发生了性行为而由此走上了死亡之路,并最终在潘金莲的手下崩溃（后文还会谈及此点）。

《金瓶梅》对于个人隐私的特别关注显示了这类小说强烈的"私"意识:诸如《金瓶梅》这样将个人的私密经历公布于众的小说,在本质上便具有着矛盾性:通过持续而极度精细的关注人物最为私密的经历（甚至是他们的卧房活动）,小说迫使读者正视私人行为的种种含义;而另一方面,通过将这些经历作为文学再现的对象而与许多读者公开分享,小说又同时削弱了这些经历的私密性。① 而且,私底下阅读一部"淫秽"小说与在公共场合观看戏剧表演是不同的,前者本身在很大程度上就是一个私密的行为,并确实与经由"破绽"进行窃听和偷窥的行为有相似之处。

"破绽"一词本也含有"错误"或"短处"的意思（99.1278）,而在《金瓶梅》中它又多了一层含义。它不仅指窥淫癖的行为,而且还引起人们对于窥淫行径本身和由窥淫所披露的现象（诸如通奸）所具有的越轨性的关注。在中国传统长篇小说的历史上,没有一部在《金瓶梅》之前的作品如此成功地强调了阅读小说的矛盾性:它是一个带有着深刻的"公"的内涵的私人行为。与其他窥淫癖行为相同,一个人独处一处阅读小说这一行为常常具有着潜在的越轨性。

考察《金瓶梅》对于私人欲望的关注的一种有效方法是讨论其与《水浒传》的关联。《金瓶梅》是由《水浒传》中的一段插曲演绎而来的。因而细致观察这一故事素材如何被《金瓶梅》的作者所改编和重写当可帮助

---

① 柯丽德（《〈金瓶梅〉的修辞》[*The Rhetoric of "Chin P'ing Mei"*]）和浦安迪（《明代小说四大奇书》,p.150 – 151）都曾强调就读者而言小说中"窥淫者"的角色在修辞上所具有的重要意义。参见柯丽德的论述（p.51 – 52）:"我们（读者）也是从锁眼看到这些遭遇,我们也隔墙而听。这些人物也将我们来个逮个正着,因为我们也正窥视着西门庆及与其交往的各种人物,这也就暴露了我们自身的弱点,证明读者其实和小说中的人物一样也有'修身'之必要。"

我们辨析出由关注于"公"的小说向瞩目于"私"的小说转变的轨迹。① 在《水浒传》中,潘金莲与西门庆的奸情、其丈夫武大郎的被毒死和武松随后的复仇都仅仅是最终将武松逼上梁山的众多事件中的一部分。这些情节在《水浒传》中是边缘的,它的重要性仅限于解释武松加入梁山起义的原因。然而,这一段来自《水浒传》的插曲在经过了改写之后,成为另一部专注于西门庆大家庭这一私人领域的大型小说的开端。《金瓶梅》的作者巧妙地将武松的复仇延缓了近八十回,因而一系列关于两个通奸者及与二人有关的众多人物的长篇故事方得以展开。武松,这位在《水浒传》相应片段里的中心人物,在《金瓶梅》伊始早早退场后仅在临近小说结尾时作为一个推动情节发展的人物而再次出现。而《水浒传》中在仅数回的篇幅里便被武松所杀的通奸者西门庆和潘金莲,在《金瓶梅》这部一百回的小说中却成了绝对的主人公。《金瓶梅》中,武松的出现仅仅在于推动情节的进展。作为一个对金钱与性有着绝对免疫能力的人,武松在《金瓶梅》中即便不是全然异常也是一个例外的人物。与《水浒传》的叙述重心在于公共正义和"好汉"(带有着强烈的正义感,通常不近女色)价值体系不同,在《金瓶梅》的世界里人人都被欲望吞噬着,几乎没有例外,人们关心的只是金钱与性。《金瓶梅》的作者有意要证明在他的小说世界中,坚守正义是近乎不可能的,这与《水浒传》的世界是很不一样的。②

在《金瓶梅》中,强调伸张正义之不可能的叙述策略之一是在称赞一位官员有正义感之后,便随之马上揭露其如何在同僚或上级的巨大压力之下不得不违背了自己的信念。例如,我们被告知府尹陈文昭"极是个清廉的官"(10.96),然而,一旦他的恩师蔡京和另一位高官为西门庆出面,他不得不弃自己的正直感于不顾而放弃了为武松所遭受的不公正待

---

① 关于《金瓶梅》与《水浒传》关系的概述,参见周钧韬:《〈金瓶梅〉抄引〈水浒传〉考探》;韩南:《〈金瓶梅〉探源》("*Sources of the Chin P'ing Mei*"), p.25–32。
② 《水浒传》中的"好汉"观念以及这一观念在冯梦龙和凌濛初笔下是如何被替换的相关论述,参见马克梦:《17世纪中国小说中的因果和遏制》, p.52–59。

遇鸣冤的尝试。他至多可以做到的，是令武松免遭死刑(10.98)。在第十四回中，西门庆为花子虚的一场官司而贿赂蔡京，蔡京便施压给另一位"极是清廉"的清官杨时，迫使其作出对花子虚有利的判决(蔡京之所以可以影响杨时，是因为他是杨时的旧时座主)。同样，在第九十二回中，霍县令被认为是一名"鲠直"的官员(92.1023)，但是他不久便为陈经济开脱了应受的惩罚，因为他收受了陈经济的一百两白银(92.1204-1205)。①

放置于《金瓶梅》的文本之中，原本来自《水浒传》的一段猎户对武松打虎的赞叹之词便获得了新的内涵："壮士，你是人也？神也？端的吃了熊心、豹子肝、狮子腿，胆倒包了身躯！不然，如何独自一个，天色渐晚，又没器械，打死这个伤人大虫？"(1.6)在《金瓶梅》的世界中，像武松这样的"好汉"是绝无仅有的，所以他可能是神了。《水浒传》中武松断然拒绝潘金莲的引诱的著名片段如今被《金瓶梅》所重构。这一重构迫使读者将武松的行为仅视为一个孤立的事件，因为在《金瓶梅》中几乎再没有第二人能够抵御如此的诱惑。武松形象的这一新内涵没有逃过张竹坡的观察。他在评点武松抵御潘金莲之引诱时说道："不谓此书内有这样一个男人。"②

确实，《金瓶梅》中这样的"好汉"几乎不再存在。似乎是为有意加强这一印象，《金瓶梅》的作者令《水浒传》中几位重要人物在小说第八十四回中出场。在这一回里，吴月娘被强盗劫持，其中的一个首领王英(又被叫作王矮虎，在《水浒传》中是梁山好汉中最为好色者)企图逼迫她做压寨夫人。宋江最终制止了王英，而他的制止理由却很值得玩味："贤弟既做英雄，犯了'溜骨髓'三字，不为好汉！"他进而论定如果占有了这个妇女，王英必将"惹江湖上好汉耻笑"(84.1112)。这一源自《水浒传》的几乎位于《金瓶梅》末尾的插曲，正与小说伊始武松的故事一样，用来提醒

---

① 唯一的例外是处理苗青案件的官员曾孝序，但是他不久便被蔡京迫害并流放(第四十八、四十九回)。
② 《张竹坡批评金瓶梅》，2.46。

读者《金瓶梅》的世界与《水浒传》相距得有多么遥远。《水浒传》中所颂扬的所有男性特质,诸如英勇无畏和不近女色,在《金瓶梅》中都已成为无法相信甚至不可能的事情了。

欲望的物质性(Materiality)

与《水浒传》中所强调的在战场(公共场域)之上军事谋略或格斗武艺不同,在《金瓶梅》中,至少在表面上,发挥关键作用的往往是人物在床笫上(私人空间的终极象征)或在钩心斗角中表现出的能力。正是西门庆这种善于在官场和商场上巧妙运筹同时又具有非凡性能力的人(而非像武松那样的"好汉")才能左右逢源(至少在小说前三分之二篇幅中是这样的)。《金瓶梅》正视的是私人欲望的深层内涵和后果以及人们是如何被这些欲望所驱使和吞噬的众生相。在其之前,没有一部中国长篇小说将作为人的心理现象的欲望描绘得如此具有"物质性"。《金瓶梅》得以与其前小说相区分之处,正是其坚持在具体的社会和经济现实的立体背景之下来再现欲望。《金瓶梅》中欲望的描写是如此的逼真和有形可触,以至于它往往可以具体到被测算甚至量化的地步。① 我们可以通过计算西门庆曾与多少女人发生性关系(正如评点家张竹坡所作的),②抑或在交易(商业或其他)中牵涉了多少银两,甚或在性事中有多少"抽",来直接测量西门庆的欲望大到或深到何种程度。有些学者甚至认为西门庆在一桩交易中所花费的银两数量与在紧随其后的性交中的"抽"数之间是具有密切联系的。③

在小说中最令人印象深刻的数字计算大概要数西门庆对其女婿陈

---

① 晚明这一量化趋势可能与当时商品货币经济的迅速发展相关。有关晚明道德教化实用手册的编写者们如何采取一种账目式的方法来令读者得以计算个人功过的数量以避免赤字的研究,参见包筠雅:《功过格:明清社会的道德秩序》。
② "西门庆淫过妇女",《杂录》,《张竹坡批评金瓶梅》,p.5。
③ (Indira Satyendra):《身体的隐喻》("*Metaphors of the Body*"),p.94。

经济所说的临终遗言了。那些话读起来就好像是个细致记录种种商业活动的账目：

> 我死后，段子铺里五万银子本钱，有你乔亲家爹那边，多少本利都找与他。教傅伙计把货卖一宗交一宗，休要开了。贲四绒线铺，本银六千五百两，吴二舅绸绒铺是五千两，都卖尽了货物，收了来家。又李三讨了批来，也不消做了，教你应二叔拿了别人家做去罢。李三、黄四身上还欠五百两本钱，一百五十两利钱未算，讨来发送我。你只和傅伙计守着家门这两个铺子罢。印子铺占用银二万两，生药铺五千两，韩伙计、来保松江船上四千两。开了河，你早起身，往下边接船去。接了来家，卖了银子并进来，你娘儿每盘缠。前边刘学官还少我二百两，华主簿少我五十两，门外徐四铺内，还欠我本利三百四十两，都有合同见在，上紧使人催去。①

即便是临死之际，西门庆仍然对他的财产有着清醒的计算，虽然他的死是由于其对自己性能力的错误计算而引发的(见下文)。

《金瓶梅》的作者对数量的重视还表现在他对一些改写自《水浒传》的篇章中数字的刻意转换上。在《水浒传》第二十三回中，武松在打虎后被奖赏了"一千贯"②，而在《金瓶梅》词话本的第一回中，奖赏的数量则被改为了"三十两白银"。这一细微的改变似乎正暗示着在《金瓶梅》作者

---

① 这里我用崇祯本此段的"印子铺"(79.1153)替换了词话本的第二个"缎子铺"(79.1059)。词话本中西门庆两次提及"缎子铺"在文意上讲不通。在本书中，所引用崇祯本的章节均来自齐烟等重新编辑的《新刻绣像批评金瓶梅》。关于《金瓶梅》的版本流传情况，参见韩南：《〈金瓶梅〉的版本及其他》("The Text of the Chin P'ing Mei")；浦安迪：《明代小说四大奇书》，p.55-72。

② 《容与堂本水浒传》，23.324-325。现在已不太可能确知《金瓶梅》的作者在创作自己的小说时读到的《水浒传》是哪一版本。但可以确定的是他所依据的《水浒传》是百回本，因为百二十回本在《金瓶梅》产生之后才开始流传。我选用容与堂本(刻于1610年)是因为它是现存百回本中最完整者。同为百回本的天都外臣序本虽然刊刻年代比容与堂本早数十年，但并非全本，而且其现存本是清代的重刻本。

的生活时代,白银已经成为通用货币。① 很明显,白银作为最为有力的财富象征,在《金瓶梅》人物的生活中占据着极为重要的地位,因而作者对每一次商业交易和贿赂行为所牵涉的银两数目都作了细致的记录。② 在小说中有太多太多交易事务的细节描述,因而一位批评者敏锐地指出"金钱就是这个故事的纤维组织",而这部小说正是"关于金钱和价格的大量细节的连缀"。③

精于数字的西门庆确实是一个擅于运筹金钱的商人。他从不吝惜钱财,也从不在商业贸易中表现得目光短浅。他似乎很清楚应当在何时何地花费钱财来为自己换取最大的收益回报。在贿赂高官及与要人建立关系时,他也从未表现得吝啬。这也就是为什么他赢得了权臣蔡京和其他高官的青睐,而正是这些人在他事业的繁盛中发挥了关键的作用。他不仅不吝惜于结交官员,而且当他感到自己和自己的儿子需要福佑时,还向寺庙捐献了大量钱财。西门庆甚至对他的许多穷朋友也是慷慨的。例如,当朋友常时节因交不起房钱而面临被驱逐的威胁时,西门庆便周济了他许多银子(第五十六回)。朋友对其轻财好施的称赞引发了西门庆这样一个颇有见地的观察:"兀那东西是好动不喜静的。"(56.662)很明显,西门庆确信一个聪明人应当明白如果将钱财转变为好的投资。在第四十五回中,西门庆同意借高利贷给李智、黄四,也是因为他认识到"金子放在家,也只是闲着"(45.505)。只有在不断地流通和交换中,金钱才能生出更多的金钱,财富也才有可能增加。显然,西门庆在积累个人财富上惊人而快速的成功应当归功于其对金钱的"动"的本性的直觉认识。

然而,西门庆似乎没有意识到金钱的好动性(或者说其自身欲望的

---

① 在崇祯本中(1.17 – 18),"三十两"变为了"五十两"。
② 关于在明代白银演变为主要货币形式以及明代经济的货币化,参见万志英(von Glahn):《财富之源》(*Fountain of the Fortune*),特别是 p.70 – 206;艾特四(Atwell):《明代中国和世界经济的萌芽》("*Ming China and the Emerging World Economy*")。
③ 韩南:《中国长篇小说的里程碑》("*A Landmark of the Chinese Novel*"),p.329 – 330。

好动性)中固有的危险性。在传统中国哲学的论述中(参见第二章),"欲"这一现象在很大程度上被"动"所定义。欲望恰因其过度和猛烈的运动趋势而具有了潜在的危险性。西门庆致命的错误就在于未能理解"动"的本性和留心先哲的诸多警示。"动"可以成为积聚财富的有利条件,因为财富只能在流动中获得增值,但是,在性欲中过度的"动"却不一定有益。当欲望(特别是性欲)过度膨胀时,它会耗尽一个人的精力和体力,因为他不得不超支消耗自身体力与财力来满足欲望。因此,小说提示人们的一个重要议题就是要在"动"或流通的过程中保持生产与消费的平衡。虽然当西门庆认为由于其好动的本性,金钱只有在流通与交换的过程中才可以增值与再生这点也许是没错的,但性"本钱"却是全然不同的。西门庆凄惨的结局便至少是部分地源于其在把握这两种不同"本钱"(经济的和性的)的关系上的失败。事实上,他往往将二者相混淆。

"本钱"既可指金钱与财富,也可以指称性能力。虽然艳情小说的作者使用"本钱"一词来直接指代男性的性能力是相当普遍的,①但就笔者所见,《金瓶梅》的作者却从未借助过这种直率的用法。但细心的读者一定会觉察到小说中关于这两种"本钱"之间的密切关联的频繁暗示。在小说第一回中,当张大户被妻子发现其收用了潘金莲之后,他决定不能再留潘金莲在家做使女了,因而分文不取地将潘金莲嫁给了武大。进而,"这武大自从娶的金莲来家,大户甚是看顾他。若武大没本钱做炊饼,大户私与银伍两,与他做本钱。武大若挑担儿出去,大户候无人,便蓦入房中,与金莲厮会"(1.9)。而读者接下来便被告知,性饥渴的潘金莲对懦弱的武大很是不满(暗示着她的新丈夫不擅房事)。这里对"本钱"的提及便变得很有趣味了:张大户给武大银两作"本钱",似乎正要补足武大性"本钱"的匮乏而使得自己与其妻子的偷情行为合理化。张大户有意选择武大来迎娶潘金莲,恰是因为武大"本钱"的缺乏。

---

① 例如,李渔《肉蒲团》第六回,p.235 和 p.237 及其后。

在第十八回中,一个男人的经济本钱的缺乏被再次与性本钱的不足相联系。在李瓶儿招赘蒋竹山之后,她资助蒋竹山开了一家生药铺。但是李瓶儿随后便深为懊悔,因为蒋竹山在房事上表现得相当无能(他的性"本钱"和他的经济"本钱"一样缺乏)。当李瓶儿嫁给西门庆后,西门庆指斥李瓶儿"去拿本钱与他开铺子"(19.202)。当然,西门庆要声言的是无论李瓶儿给了蒋竹山多少本钱,李瓶儿必须承认这个被西门庆蔑称为"矮王八"(19.202)的蒋竹山在经济本钱和性本钱上与西门庆相较都是有着天壤之别的。这里,和武大一样,蒋竹山也被形容为一个矮子,二人都是同时缺乏在经济与性上的"本钱"。而张大户和西门庆似乎都察知并坚持认为这两种"本钱"的紧密关联:一个缺乏经济"本钱"的男人,也一定没有性"本钱"。

对这两种"本钱"紧密关系的认知便可以解释西门庆将二者混淆这一致命错误的发生原因了。他的迅猛的经济膨胀和他看上去强大的性能力使他忽略了一个重要的事实:虽然经济"本钱"可以在短时间内增值,性能力却不可能极为迅速地再生,即便是在春药的帮助下。最终的结局是,他的性"本钱"永远无法满足其不断膨胀的性欲望,他因不计后果地对性"本钱"的过度消耗而髓竭人亡。他的性欲愈旺盛,他的性"本钱"就愈难以支撑其欲望。正如小说中叙述者的训诫所表明的:"一己精神有限,天下色欲无穷。"(79.1050)

《金瓶梅》的作者极细心地解释着为何西门庆会将这两种不同形式的"本钱"相混淆。在小说的伊始,西门庆正成功地享受着这两种"本钱"的互补——能够将潘金莲纳为小妾明显在很大程度上得益于其贿赂官府与施惠好事者王婆的能力(相当有效地利用其经济"本钱")。而《金瓶梅》对这些行为的描述要比《水浒传》中突出很多(在《水浒传》中,尽管西门庆试图贿赂官府,但武松在西门庆与潘金莲成婚之前便杀死了二人。可见贿赂在《水浒传》中并不是总可以发挥作用的)。而在《金瓶梅》中,这一事件的成功源于其对经济"本钱"(多少银两)的恰当投资,同时却使他得出了一个错误的结论——他的经济"本钱"一定能帮助他增加性"本钱"。这样的事例在小说中还有很多,西门庆对自己这两种"本钱"的自信心由此不断提高。而另一方面,西门庆诱人的外表和非凡的性能力(后者可能是更重要的)也反过来帮助他积累了更多的财富。他与孟玉楼的结合便为他的家庭带来了可观的财富。小说并未解释为何孟玉楼在与西门庆会面后就如此坚决地要嫁给他而完全无视一个亲戚的反对。有意思的是,媒人薛嫂儿第一次向西门庆提及孟玉楼时,她以冗长而细致的对孟玉楼财产的介绍开篇,而仅仅在末尾才顺带夸赞孟玉楼的相貌。似乎相貌远没有其财产重要(7.61)。很明显,使得孟玉楼对西门庆有如此吸引力的正是她的财产。但是西门庆吸引孟玉楼的又是什么呢?读者也许可以推断,西门庆出众的外貌是促使孟玉楼作出最终决定的主要因素(虽然叙述者从未明确述及孟玉楼对西门庆的印象)。①

无论孟玉楼的决定有着怎样的动因,西门庆的外表在其对李瓶儿的成功引诱中无疑发挥了显著的作用,而李瓶儿最终带给了西门庆更为巨大的财富。事实上,对二人的奸情过程的记录几乎可以被视作一本关于经济交易的细目——一个有关李瓶儿在与西门庆勾搭后将财物一点一点运至西门庆家的琐细记录。墙头上的秘密运输既是金钱的活动也是性爱行为的一个组成部分:西门庆借助梯子爬过墙头进入李瓶儿的家去幽会,而反过来大量的金钱与其他珍贵物品则从李瓶儿家运过了墙。西门庆一次次进入李瓶儿家所搬运金钱的具体数目与贵重物品的详细清单在那几回里都是历历在目的。叙述者坚持要读者注意到二人婚姻对西门庆家庭经济的重大影响:

> 西门庆自从娶李瓶儿过门,又兼得了两三场横财,家道营盛,外庄内宅,焕然一新,米麦陈仓,骡马成群,奴仆成行。(20.214)

---

① 当然,这只是词话本的情况(7.66)。崇祯本的编者大概认为西门庆的外表应当是主要的因素。因此在崇祯本中孟玉楼明白地说出自己是被西门庆英俊的外貌所吸引(7.88),而这在词话本中从未提及。

  这也就不奇怪为何在李瓶儿死后西门庆的仆人玳安评论西门庆的悲痛"不是疼人,是疼钱"了(64.779)。

  而另一方面,叙述者也毫不含糊地挑明了西门庆对李瓶儿的吸引力所在。在频繁相会李瓶儿之后,西门庆突然中断了与李瓶儿的联系,因为他开始为卷入一场与女婿家有关的朝廷内部的钩心斗角之中而烦恼不堪。烦躁失望的李瓶儿无法忍受等待的煎熬因而突然决定招赘为她治病的蒋竹山。然而,当她意识到新夫婿的性无能时,便开始懊悔自己的选择。在经历了与新夫婿的不快后,李瓶儿转而日夜思念西门庆。用她自己的话说,西门庆就好比"医奴的药"(19.203)。更进一步,李瓶儿在嫁给西门庆后由悍妇到平和温慧的妻子的转变,也至少应部分地归因于西门庆所具有的非凡性能力(因为她的新丈夫使她获得了极大的性满足)。

  这一"成功实例",促使西门庆更加坚信他的性"本钱"可以为他带来更多的经济"本钱"。一次次如此出色的成功更令西门庆确信这两种"本钱"是相辅相成的。他增加两种"本钱"的卓越成就将他的自信提升到了新的高度,正如他对妻子吴月娘的一番自我吹嘘中所夸示的那样:

> 咱闻那佛祖西天,也止不过要黄金铺地。阴司十殿,也要些楮镪营求。咱只消尽这家私,广为善事,就使强奸了嫦娥,和奸了织女,拐了许飞琼,盗了西王母的女儿,也不减我泼天富贵。(57.576)①

西门庆确信,只要他有足够的钱财来施舍寺庙和贿赂高官,他便可以为所欲为而不受到任何惩罚。

  这里我们不妨回顾一下第四十九回中西门庆与天竺胡僧的致命性的相遇。当用大量贵重礼品和豪奢娱乐作为贿赂而巩固了其与蔡御史

---

① 一些十七世纪的小说作品都直接或间接地对将功抵过这一信念予以戏仿,诸如《型世言》的第二十八个故事和李渔《无声戏》第九回《变女为儿菩萨巧》。

和宋御史这两位高官的关系后,西门庆感到自己的前途必将一帆风顺。因而,他欣然许诺永福寺的方丈将资助钱财给寺院。这一经济上的慷慨为他带来了即刻的回报。西门庆旋即遇到了一个天竺胡僧。这个胡僧奇特的外表顿时令西门庆确信他必然可以提供增强性能力的药物。对西门庆来说,这正是在以其经济"本钱"来收获性"本钱"。崇祯本的佚名评点者和张竹坡都注意到了醒目的男性生殖意象统摄着小说中这个特殊的段落:不仅胡僧本人被视作男性生殖器的拟人化(其外貌被描述为"独眼龙"、"豹头凹眼"、"色若紫肝";49.563),①而且自胡僧的视角所展现的西门庆厅堂中的器物与装饰也无一不提醒着读者其与男性性器官的联系(交椅用颇似肿筋的泥鳅头作装饰,而两壁所挂画轴都是紫竹杆绫边玛瑙轴头;49.564)。甚至连西门庆提供给胡僧的食物都与男性生殖器极为相似:一个碗内两个肉圆子,夹着一条花勔滚子肉的汤饭,名唤"一龙戏二珠汤"(49.565)。② 如此,在这个完全被男性生殖器意象所统治的场景中,西门庆从享受着这样的食物的胡僧手中获得春药便是再顺理成章不过了。

然而,这一男性生殖器意象的真正内含直到小说第八十回水秀才为死去的西门庆所拟祭文中方才完全显露。张竹坡以语意双关之说点出西门庆在祭文中被"赞颂"为一个"鸟人"(80.1299)。相隔三十回之后,在第八十回中男性生殖器意象的重提正是为了提醒读者,西门庆之死是其自己滥用药物的直接后果(潘金莲在此滥用中也起了一定的作用,因为是她在西门庆已精疲力竭而熟睡时为西门庆再次用药的;当然,这也可以说是对早先事件的重演,潘金莲正是用西门庆提供的砒霜毒杀了前

---

① 早在小说第四回中,西门庆的男性生殖器便曾在诗中被比作"风僧"(4.43)。
② 参见崇祯本眉批:"细看此僧,却像何物?"以及随后的"和尚举止与阳物原差不远"(49.635)。张竹坡通过引用《水浒传》"一片鸟东西"之语来说明西门庆所用器物与装饰的生殖器象征意味(《张竹坡批评金瓶梅》,49.728);在他这部分的夹批中,张竹坡不断地反问读者"像甚么"或直接用"很像"二字加以评点(48.728-729)。相关讨论另可参见浦安迪《明代小说四大奇书》,p.135 及其后。

夫武大的)。第四十九回中用来形容胡僧外貌的特殊语词"色若紫肝"如今被用来描述西门庆在与潘金莲的致命性交中即将崩溃时其生殖器的状貌(79.1050)。在药力的驱使下,西门庆走向了死亡。换句话说,因为西门庆对被其用貌似男性生殖器的食物所款待的胡僧所赠之药的滥用导致了自己的极端过度消耗。男性生殖器/胡僧象征性地毁灭了男性生殖器自身。被胡僧之药所制造的战无不胜的假象所迷惑,西门庆过高地估计了自己的性"本钱",他的性"本钱"其实并未如其经济"本钱"一样地增长。

这里,"永福寺"被赋予了更深的意义。这一寺庙不仅是西门庆与天竺胡僧致命相遇的所在,也是西门庆饯行蔡御史等其他高官并进一步巩固其与当朝权势间的关系的场所。明显是满意于在此寺院的诸般经历,西门庆依照承诺捐助了寺院五百两白银(第五十七回)。小说中到此时为止,永福寺都充当着西门庆的财富与能力(经济与性)迅速增长的见证。然而,当我们得知在西门庆的自我毁灭中起到关键作用的潘金莲在被武松杀死后恰被埋在了此处时(88.1154),永福寺的重要意义便变得愈发复杂了。潘金莲的自我毁灭性并不亚于西门庆。读者一定惊讶于她欣然嫁与只有复仇之心的武松时所表现出的健忘与短视。更有意味的是,陈经济,这个作为小说后二十回的主人公并与西门庆一样因性而招致灾祸的角色,同样也被葬了永福寺(99.1283)。更有甚者,永福寺还是吴月娘(已成为寡妇)再遇春梅(已成为周守备之妻)的地点。作为寡妇的吴月娘不得不向昔日的丫鬟、今日的守备之妻春梅表示尊敬(第八十九回)。吴月娘和春梅的这一尴尬会面正尖锐地宣示着,正如西门庆所担忧的,在他死后不久他的家庭便急剧衰败。见证了西门庆最初的繁盛与迅速的衰亡,永福寺是一个颇具反讽意味的场所:它远非其题名所昭示的那样,永葆福佑。

我们不妨再来看看张竹坡对小说中永福寺之重要意义的有趣阐释:

> 夫永福寺,涌于腹下,此何物也?其内僧人,一曰胡僧,再曰道

坚,一肖其形,一美其号。永福寺真生我之门死我户。① 故皆于死后同归于此,见色之利害。②

在张竹坡的解读中,永福寺既是男性生殖器的意象,也是男性生殖器对于女色的致命迷恋而招致的自我毁灭的终极象征。然而,小说的结尾给予了永福寺之象征意义最终的扭转。正是在这里,吴月娘同意了普静和尚剃度她的儿子孝哥。她之所以勉强接受了这一事实,是因为其在梦中接受了神的警示,并通过普静的指示确信孝哥便是她死去的丈夫西门庆的转世托生。此时,永福寺变为了西门庆借儿子孝哥之身依其前生罪责获得最终因果报应的所在——孝哥的存在正是为西门庆寻觅救赎。

欲望的非物质性

"酒、色、财、气"是《金瓶梅》正文之前所引用的"四贪词"的四个主题。虽然在传统小说和戏剧中针对沉迷于这"四贪"的警示不绝于耳,③但《金瓶梅》却是第一部以如此大型的篇幅聚焦于这"四贪"间错综复杂的关系及其可怕后果的长篇小说。正如本书第二章所提及的,《论语》将不恰当或过度的"欲"定义为"贪"。"色"和"财"无疑是《金瓶梅》的主要关注点。众多的人物都被他们关于性与财的欲望所全然消耗着。而"酒",又往往充当着小说中不正当性行为的前奏。然而,小说中众多人物所体验着的欲望的最为微妙的方面却大概要属"气"。正是"气"促使着像西门庆这样的人变得行为怪诞——他们的满足感(性或其他满足感)是通过施加给他人的羞辱和获得本不属于自身之物的快感来度

---

① 这里张竹坡明显回应了崇祯本第一回开篇中关于"女色"的警示(1.2)。
② "《金瓶梅》寓意说",《张竹坡批评金瓶梅》,17。
③ 关于"四贪词"作者的推测,参见芮效卫(David Roy)所译《金瓶梅》(*The Plum in the Golden Vase*)(《金瓶梅词话》前二十回译本),p.463n1。"四贪"组合而为一个固定的概念至少可以上溯至宋代。

量的。①

"气"是一个承载着丰富内涵的词汇,它的意义远不局限于"气愤"这一义项。这里我们不妨来细读"四贪词"中以"气"为题的一篇:

气

莫使强梁逞技能,挥拳揢袖弄精神。

一时怒发无明火,到后忧煎祸及身。

莫太过,免灾迍,劝君凡事放宽情。

合撒手时须撒手,得饶人处且饶人。②

"酒"、"色"、"财"更多地侧重于欲望的物质层面,与这三者相比,"气"这一概念则更偏向于心理层面。它更多地涉及相互竞争的人际关系(因此更具社会性)。它可以包含褊狭、傲慢、嫉妒以及优于他人的内心需求。与物质贪欲不同,"气"是一种"心理的贪婪"。它很难被界定,因此也就难以被满足。正是因此,"气"通常是"欲"中最为危险的因素。在西门庆纳潘金莲和孟玉楼为妾后,他的"气"似乎变得异常强盛;他由此更为自信乃至自负。这也就是为何他在得知李瓶儿决定嫁给蒋竹山时会如此气愤(为"气"所扰)。"你嫁了别人,我倒也不恼!那矮王八有甚么起解?你把他倒踏进门,去拿本钱与他开铺子,在我眼皮子根前开铺子,要撑我的买卖!"(19.202)西门庆的暴怒很大程度上并不在于李瓶儿转嫁他人的行为本身,而是针对她所嫁之人——李瓶儿无论如何也不应在享受了他非凡的性能力之后还会被那样一个无能的蒋竹山所吸引。简单地说,西门庆为李瓶儿选择这样一个没有"本钱"(无论在性或经济上)的男人来取代自己而深感受辱。

"淫妇,你过来,我问你,我比蒋太医那厮谁强?"妇人道:"他拿甚么来比你,你是个天,他是块砖,你在三十三天之上,他在九十九

---

① 参见崇祯本夹批中就"气"和"财"关系的相关评论(1.2)。
② 芮效卫译《金瓶梅》,p.11。

地之下。休说你仗义疏财,散金击玉,伶牙俐齿,穿罗着锦,行三坐五,这等为人上之人。自你每日吃用稀奇之物,他在世几百年,还没曾看见哩!他拿甚么来比你?你是医奴的药一般,一经你手,教奴没日没夜,只是想你。"自这一句话,把西门庆欢喜无尽。(19.203)

最终,李瓶儿的一番奉承之词,特别是她对西门庆非凡性"本钱"的赞美,使得西门庆感到了尊严的重新确立,从而"怒气消下些来了"(19.203)。

"气"(在这里指支配甚至全然控制他人的强烈欲望)是一个理解西门庆与众多女子的性关系的本质属性的关键概念。通常,他与众多女子的通奸行径在本质上并非是为了追求性愉悦,而是在寻觅征服感和令这些女子全然屈服的快感。这一追求征服感的需求在他对奶娘如意儿的性虐待中表现得最为充分:

> 须臾,那香烧到肉根前,妇人蹙眉咬齿,忍其疼痛,口里颤声柔语,哼成一块,没口子叫:"达达爹爹,罢了我了,好难忍也!"西门庆更叫道:"章四儿淫妇,你是谁的老婆?"妇人道:"我是爹的老婆。"西门庆教与他:"你说是熊旺的老婆,今日属了我的亲达达了。"那妇人回应道:"淫妇原是熊旺的老婆,今日属了我的亲达达了!"(78.1029)

西门庆对如意儿答语的纠正是最有力的证据。为了奉承西门庆,如意儿说自己是西门庆的女人。但是西门庆想让她承认尽管在礼法上她的确是别人的妻子,但现在她却是属于他西门庆的。这一奸情之所以令西门庆感到特别得意,正是因为如意儿是他人的妻子。只要他想他便可与他人妻子私通的这一事实须由被他完全凌驾的女人亲口说出。这一口头的确认无疑大大增强了他的征服感。更有甚者,他的征服感和对方的屈服感不仅仅需要在口头上由被征服者所确认,甚至还要通过西门庆自己的眼睛以在视觉上获得证实:西门庆将镜台移至床边来观察自己行房的姿势(78.1029)。另外,潘金莲与如意儿令人恶心的屈服姿态也使他获得了极大的满足:她们情愿咽下他的尿液(72.903和75.955)。

这也便可以说明,虽然有着强烈的性欲,西门庆为何几乎从未骚扰未婚女子。他只有在与他人的妻子勾搭时才会感到兴奋。潘金莲对西门庆性欲的描述是一针见血的:"若是信着你意儿,把天下老婆都耍遍了!"(61.732)这里要注意的是"老婆"一词(这在上引对话中也出现了),它无疑具有着"妻子"与"女人"这双重的含义。

正是对这一特权的追求使得西门庆的贪欲永难满足,也因而变得十分危险。因为他永远不会由于已然获得而感到满意。西门庆的最后一次性越轨最终导致了他的死亡,而这一行为的关键动因便是他的"气"——他无休止地想要获得看起来遥不可及或不应属于他的人或物的欲望。在这一事件中,禁果的终极象征是他新同僚的妻子蓝氏。这里,偷窥的主题又被赋予了更深一层的意义。一个人偷窥其所不应看到的人或物,而这一偷窥又是被追求遥不可及之物的欲望所驱动的。被禁止的往往恰是最具诱惑力的。如果终极的欲望被定义为获得尚未拥有的事物的愿望——没有的或遥不可及之物——那么偷窥这一动作可以说正捕捉到了这种欲望致命的本性,即,它的存在恰恰取决于它的不可实现。对风姿绰约的蓝氏的一瞥便激起了西门庆无限的想象/欲望,迫使他不得不连续和数名女子交欢来维持他关于自己的愿望已然实现的想象(即他不仅偷窥到,而且还拥有了他不应看到与拥有之物的幻想)——他坚持把所有的女子都想象成那位遥不可及的蓝氏。而越是遥不可及,蓝氏也就越发具有诱惑力,而西门庆也就越发地贪求她。唯一缓和他的"气"的方法,就是想象其他所有确实为他所征服的女子都是那永远不可企及的蓝氏的化身。

虽然蓝氏在小说中只是惊鸿一现,并始终是一个模糊甚至神秘的形象,但她的重要意义却不容低估。恰恰是她的模糊与神秘显示了西门庆的贪欲的危险属性——西门庆不是在追求某种带有具体所指的欲望,而是在试图令欲求这一心态本身获得永存。这部小说似乎在暗示,当欲望将自身转变为一种"气"而要求不断再造自身的时候,欲望便变得十分危险了。西门庆永不满足的欲望不得不持续地再造种种欲望对象来确保它自身的存在,而小说中的蓝氏这一遥不可及的形象其实正可被视作是这一欲望创造出的又一个对象。这正如小说第七十九回中的那条训诫所表示的,欲望之无限性与实现欲望的能力之有限性之间所存在着危险的不平衡性。当西门庆贪淫乐色、油枯灯尽之时(很大程度上是对蓝氏的无法满足的欲望所招致的),小说叙述者警告道:"一己精神有限,天下色欲无穷。"(79.1050)这里,"一己"和"天下"构成了一个绝佳的对立来强调那致命的不平衡性——一个人的能力如何能够支撑起要拥有天下所有事物的欲望?在此我们还可以回想到潘金莲对西门庆一人要耍遍天下女人/老婆的精当评论。这一不平衡性所招致的必然结果就是突然的死亡,因为一个人的精神能力已经完完全全被其自身不断膨胀的欲望所耗尽。在这个意义上,因性欲而导致西门庆死亡的潘金莲其实只是一个由西门庆自身欲望所创造的畸形之人(更多的讨论参见第五章)。

  小说第五十七回再现了西门庆欲望的发展过程中一个关键性阶段。第五十六回和五十七回是西门庆财富和权势的巅峰时期。他因此表现出了从未有过的自信与慷慨好施。他周济结拜兄弟常时节十二两白银以解其燃眉之急,并许诺会资助更多银两为他迁入新居(56.662)。之后他又向寺院施舍了五百两白银(57.675),为印刷佛经支付了三十两纹银(57.679)。正如西门庆向周围的人表示的,他的乐善好施是因为他感到"万事已是足了"(57.674)。但是,恰在此时,新的不满足又同时产生了。西门庆向他的儿子诉说着这一不满,虽然他的儿子年岁尚小根本无法理解他的话语:"儿,你长大来,还挣个文官。不要学你家老子,做个西班出身。虽有兴头,却没十分尊重。"(57.672)在已然获得了所有渴求之物之后,西门庆开始感到些许厌烦。为了维持他的欲求,他不得不去创立新的追求目标。他先前求得胡僧之药以增强性能力的举动也同样是为了赢得"十分尊重"所作出的努力的一部分。而这"十分尊重"正是他的"气"的一种表现形式。

直到生命的最后一刻,西门庆仍然为"气"所扰。他极为担心他的妻妾将被他人所夺,或者,别人会用这些年他对待他人的方式来对待他自己。他嘱咐妻子吴月娘:"我死后,你若生下一男半女,你姊妹好生待着,一处居住,休要失散了,惹人家笑话。"(79.1059)死后的名声和死后继续保持支配地位的欲望明显是垂死的西门庆最主要的关注点。西门庆随后又不厌其烦地再次提及"休要教人笑话"之语(79.1059)。这自然是一种徒劳的尝试,不过正如小说后二十回所证实的,西门庆确实有充足的理由去担忧——他那些几乎都是以不光明手段获取的小妾们一个一个地被其他男人带走了(潘金莲是一个例外,她在第八十七回受到了迟到的复仇的审判而被武松所杀)。尽管生前财大气粗,西门庆死后却成了笑柄且毫无尊重可言。颇具悖论意味的是,正是他的"气"——他要获得"十分尊重"的渴望——导致他丧失了所有的尊重。

在关于欲望的错综含义的探索中,《金瓶梅》的一个重要成就在于其对欲望试图通过不断地再造欲望对象来使其本身实现永恒时所引发的致命后果的持续关注。严格地说,没有纯粹的物质性欲望,因为"气"总是构成欲望的一个组成部分。而"气"即使不是完全精神层面的,也至少是身心双关的。《金瓶梅》强有力地论证着欲望是如何与物质性(可以被触及的实体)相关而同时又是非物质性的。小说中的人物都在不断地追求着金钱与性,而这二者都是"有形"的。这些人物中的大多数的欲望甚至可以用在交易中涉及了多少银两抑或在性交中可以胜任多少"抽"来量化。但是与此同时,数字永远不能充分度量像西门庆这样的人所怀有的欲望的边际。最终,不是西门庆在追求欲望,反而是欲望在追逐着他。[110]西门庆完全被他自身的欲望所吞噬。他被他自己的"气"给"气"死了。

在西门庆死后,陈经济在小说后二十回中扮演着重要的角色。有些批评者认为陈经济正是西门庆的"延续"。他的性经历与性灾祸是"在花园小天地之外把西门庆在里面来不及演完的一出倾家毁身的戏继续演完"。① 然而,陈经济缺乏西门庆经营经济"本钱"的能力,一次次陷入他人的诡计。甚至在经营性"本钱"上他也远远不如他那不可一世的岳父。远非征服了众多女子,陈经济其实是在他极力迎合的女子的怜悯下生存的。当其中的一个女人不再愿意回应他的殷勤时(如孟玉楼),他便会因此陷入艰难境地。他缺乏西门庆的自信。而更有甚者,他经常遭受其他男人的性侵犯,这在西门庆是不可想象的(陈经济不断被其他男人鸡奸,而西门庆却是鸡奸他人之人)。如果陈经济的确是已故西门庆的复制,那么他也一定是一个被阉割了的西门庆。他不再能够担负起西门庆所持的那股"气"势。在他与其他男人的同性恋关系中,陈经济通常充当着女性的角色,并且正如潘金莲、王六儿和宋惠莲奉承西门庆那样,他不得不用自己的身体来换取对方的欢心。

陈经济预示着诸如十七世纪的《醒世姻缘传》(此小说将在第六章里集中讨论)等作品中柔弱而惧内的男主人公形象。在后来的这些小说中,可能部分源于自身不可控制的欲望,这些男人完全被女性所凌驾。事实上,这一男性与女性间命运的反转在《金瓶梅》的后二十回中便已初露端倪。因而,就本书所要探讨的议题上来看,陈经济也许比西门庆更有意义,因为他预示着其后小说中众多相似的人物形象。出于同样的原因,虽然许多读者认为《金瓶梅》的后五分之一篇幅远没有前面的五分之四有吸引力,但是,小说的最后二十回却可能为其后的小说作者提供了更多理由来创作他们自己的新作,因为他们需要为诸如此类的关于过度消耗和自控力缺失的劝诫性故事提供一个更好的结尾。我们将在第六章中继续讨论这个议题。

---

① 浦安迪:《明代小说四大奇书》,p.104。

第五章 《痴婆子传》和《灯草和尚》:女性与欲望

自《金瓶梅》问世以来,"潘金莲"这一名字便几乎成为"淫妇"的同义词。但潘金莲并非是一个全然被性欲所吞噬的女性。她之所以如此之"淫"实则是因为她怀有着强盛的"气"。正是源于这股"气",潘金莲成为《金瓶梅》中为数不多的并不心甘情愿接受西门庆统治的女性之一。这一历来饱受争议的人物认为,如果西门庆对她没有履行到一个丈夫应有的义务,她就有权利去与其他男子发生关系。她在以其独特的方式来试图获得可以凌驾于西门庆和其他女性之上的主控地位。作为一个生活在男权社会中的女性,她不得不在具体策略的运用上非常用心并懂得如何利用人。她的策略之一便是容忍甚至促成西门庆与其他女性的风流韵事(诸如宋惠莲、李瓶儿、王六儿和奶娘如意儿)以换得在其他事情上西门庆对她的让步与偏爱。而随后她又会抓住一切机会想方设法来处置这些女性。的确,她对其两个对手——宋惠莲和李瓶儿的死都负有直接的责任。身为一个一夫多妻庞大家庭中的小妾,潘金莲不得不学会如何在不利环境中求得生存:她知道既然不可能阻止西门庆与李瓶儿的交往,那最好的做法莫过于促成此事以为自己赢得一些作为回报的好处:

"头一件,不许你往走院里去。第二件,要依我说话。第三件,你过去和他睡了,来家就要告诉我,一字不许你瞒我。"(13.137)

这最后一个条件很有意思。纵然不能阻止西门庆,潘金莲至少要获知西门庆韵事的各个细节。对潘金莲来说,对细节的掌握就意味着权力与控制。在窃听西门庆与宋惠莲的幽会之后,潘金莲故意把自己的银簪插在门锁上,以令二人知道她曾来此窃听并且二人的任何所作所言都已在她的监控之下(23.247)。这一手段颇为有效,它使得宋惠莲极为心虚并感到不得不向潘金莲表示特别的顺从。在一个一夫多妻制的社会环境中,她虽然无法直接掌控她的丈夫对性伴侣的选择,潘金莲至少仍拥有了一丝掌控的得意。

而潘金莲最为有效的策略,莫过于用自己的偷情来报复西门庆。西门庆的女婿陈经济在这一点上是最佳的人选,虽然潘金莲最终为此付出了生命(在二人的奸情暴露之后,潘金莲被吴月娘发卖,武松因此得以接近并最终杀死潘金莲,为在小说伊始被潘金莲亲手毒害的武大报了仇)。因而,与西门庆一样,潘金莲的悲剧更多地在于其对权力与控制地位的极度渴求,而并非在于她的性欲或金钱欲望本身。当被迫与为西门庆带来可观财富的李瓶儿和孟玉楼竞争时,出身卑微的潘金莲会尤其感到自己的无能为力。她极其怨恨李瓶儿可以用礼物和金钱笼络每一个家庭成员的能力以及她生有儿子的事实。潘金莲公开挑战吴月娘的权威并试图削弱其家庭地位的尝试也同样是被她自己的"气",或者说是其对权力的欲望,所驱使的。

令许多传统读者将潘金莲视为邪恶化身的原因并不在于她性欲之放纵本身,而是在于她作为一个女人在纵欲的事实。换句话说,这一人物尤其令人不安的是她对自己寻找性满足的权利的坚持,虽然与西门庆相较她的性欲还是相当有节制的(张竹坡[《张竹坡批评金瓶梅》,5-6]曾算过,潘金莲与五个男人发生过性关系,而西门庆却与十九个女人和两个男人有染)。许多人认为,与西门庆的其他妻妾大多安于现状不同,潘金莲有着永不满足的欲望,而这欲望来源于她不满于其性放纵且妻妾成群的丈夫所能够给予她的有限的丈夫情。当她的丈夫对她不感兴趣或忽视她时,她便会毫不犹豫地抓住每一次给丈夫戴绿帽子的机会来使自身获得补偿。"性",虽然是使她成为西门庆的牺牲品的原因,但同时也成了一种复仇的武器。

《金瓶梅》的作者要强调的是潘金莲本来就是一个一贯的"淫妇"。这一点可以从其取材自《水浒传》时对潘金莲卑微身世的微妙改写上看出。在《水浒传》中,一个大户将潘金莲嫁给武大是因为要报复作为使女的潘金莲不肯依顺其性侵扰(第二十四回)。这里的潘金莲是一个有原则的女子,她不愿因为性或金钱的原因便随意委身他人。然而,在《金瓶梅》中,潘金莲变为了一个穷裁缝的女儿,她最初被卖在王招宣府里习学弹唱,后来又被转卖到张大户家并被张大户收用。当张大户的妻子察觉二人的奸情后,张大户便安排潘金莲嫁与武大,这样,他还可以继续与潘金莲厮会。不久,张大户便"患阴寒病症"死了(明显是性衰竭所致)。① 因此,甚至是在《金瓶梅》尚未正式开始之前,潘金莲便已然将一个男人送上黄泉。这一事件预示着出于其永不满足的致命性欲,其他男人将在她的手中遭受同样的命运。潘金莲毒害武大是为了继续其与西门庆的奸情,而随后西门庆之死的直接原因也是她在西门庆精力几乎耗尽的情况下仍坚持与其性交。潘金莲在那场可怖的性交中用口接咽西门庆精液的形象(79.1050)不由得令人想起许多艳情小说中性吸血鬼的行为。

武大和西门庆死于潘金莲之手时情形的相似性不容忽略:二人都是因潘金莲骑在他们身上并被其强行灌入毒药(对武大)或同样致命的春药(对西门庆)而致死的。② 大概再没有任何形象比潘金莲骑在一个油枯灯尽的男人身上更淋漓尽致地表现出一个女人永不满足的性欲所可能

---

① 许多学者注意到在小说伊始潘金莲的形象还是比较令人同情的,这一形象随着情节的推进而变得越来越邪恶。参见浦安迪:《明代小说四大奇书》,p.140 – 141。
② 参见崇祯本的眉批(79.1142):"此药较武大药所差几何?此吃法与武大吃法所差几何?"另可参见张竹坡的夹批(79.1277)。

引发的致命后果了。为了强调潘金莲对西门庆之死应负的责任,叙述者又特地告诉读者,甚至在西门庆就医诊治而行将崩溃之际,潘金莲仍然坚持与之交欢。再一次,潘金莲骑在了西门庆身上,她的动作导致西门庆数次不省人事(79.1055)。

　　潘金莲究竟是一个施害者还是受害者?一个女人骑在男人身上的形象也可以理解为是一种挑战的姿态:潘金莲拒绝屈服于西门庆的性统治。但是潘金莲也确实是一个受害者。事实上,在她与西门庆的关系中,尽管西门庆死于其下,她仍然是受害多于施害的。当我们从促使西门庆加速自我毁灭的叙述功能这一角度审视潘金莲时,这一点便更为确凿。虽然远非一个令人同情的角色,潘金莲却使得《金瓶梅》成了最早提出女性的性欲望这一重要议题的中国小说之一。这一议题在许多明末清初的小说中成为令人瞩目的中心。

当一个"潘金莲"讲述她自己故事的时候

　　一个女人不顾廉耻地追寻性欲满足的形象可以上溯至明代中期的小说《如意君传》。许多学者将《如意君传》视为中国第一部艳情小说。正如其题名所示,《如意君传》讲述了一个女人寻找她的如意君郎的故事。虽然这仅仅是一部小说而远非信史,但小说中的女主人公恰是唐朝(618—907)的一代女皇武则天。作为第一部地地道道的艳情小说,《如意君传》对其后同一类型的作品(包括《金瓶梅》在内),特别是在直露的性描写语汇方面,有着很深的影响。

　　另一部以性欲永不满足的女性为主人公的作品是十六世纪的艳情小说《痴婆子传》。与《如意君传》相同,《痴婆子传》也是一部文言小说。而这部作品最为引人注目之处,在于它是以女性第一人称来讲述一个艳情故事的,就好像是一个"潘金莲"自己决定,抑或别人给了她一个机会,来诉说她自己的故事。接下来,我想通过对《痴婆子传》与《如意君传》的文本对比细读来一窥当故事的讲述者和故事的主人公是同一女子的时候,女性欲望的再现是如何被复杂化的。《痴婆子传》为"淫妇"这一形象注入了不少新的含义,而这些新的含义正是我们在阅读中华帝国晚期的小说时要经常思考的。

与大多数中国传统小说情况一样,我们已不可能确定《如意君传》和《痴婆子传》写作的具体时间。在《读书一得》中,黄训(1490—约1540)有一篇题为《读如意君传》的文章。这一线索令有些学者相信在《如意君传》现存最早的版本中发现的华阳散人序中所题"甲戌"当为1514年。虽然对该序何时附于小说已不得而知,但去世于1540年左右的人曾阅读此小说的事实确可说明《如意君传》的流传当早于1540年。① 至于《痴婆子传》,根据其他明末清初的小说作品曾提及此书的事实,我们可以推断其很可能成书于晚明时期。比如,《痴婆子传》在系年于1612年的小说《东西晋演义》的序言中曾被提及,②那么它的流传必当早于是年。同

---

① 参见孙楷第:《中国通俗小说书目》,p.177;刘辉撰"如意君传"词条,刘世德主编:《中国古代小说百科全书》,p.422 - 423;另可参见刘辉在《〈如意君传〉的刊刻年代及其与〈金瓶梅〉之关系》一文中更加详细的讨论;韩南:《艳情小说》("The erotic Novel"),p.26。韩南(p.2)等学者已指出,作为中国艳情小说的开山之作,《如意君传》影响了其后众多小说。接下来我将更详尽地讨论这部作品与《痴婆子传》之间的关系。关于此小说版本流传和各种现存版本的简要讨论,可参见《思无邪汇宝》编者的"《如意君传》的出版说明"(《思无邪汇宝》,1995),p.15 - 20。
　　迄今为止对《如意君传》最为全面细致的研究是查尔斯·斯通(Charles Stone)新近完成的博士论文《〈如意君传〉与中国艳情小说的起源》("The Ruyijun Zhuan and the Origins of the Chinese Erotic Novel");在本章初稿完成之时我看到了这篇论文。感谢查尔斯·斯通为我提供了这篇论文)。斯通(p.322 - 371)认为,黄训很可能就是《如意君传》的作者。另外,他(p.415 - 421)论断小说现存版本所附序言可能是吴拱宸(约1610—约1662;短篇小说集《鸳鸯针》的编者抑或作者)所作,因此序言的日期应当定于1634年;另可参见他对小说年代和版本流传的概述(p.433 - 435)。斯通认为,尽管《如意君传》有着直露的性描写,它仍可谓是一部关于当时社会和政治现实的严肃的"寓言体"小说。
② 参见《东西晋演义》,《古本小说集成》(大业堂本的重印本),p.2;这一版本的刊刻者被认为还曾经刊刻孙楷第《中国通俗小说书目》中所著录的版本,p.45。在附于《文杏堂批评水浒传》的五湖老人《忠义水浒传序》中曾提及《痴婆子传》,而《文杏堂批评水浒传》大致刊刻于十七世纪早期,参见丁锡根:《中国历代小说序跋集》,p.1469;马蹄疾:《水浒书录》,p.17。在李渔《肉蒲团》(3.187)中,为使妻子获得性教育,男主人公让她阅读《痴婆子传》。刘廷玑(生于1653)在他的《在园杂志》卷二中也同样提及这部小说,黄霖、韩同文选注:《中国历代小说论著选》,上册,p.383。所有这些都可以证明《痴婆子传》作为一部艳情小说在清初已获得了相当的声誉。同

时,《痴婆子传》的文本内部透露出的种种迹象表明这部小说是在《如意君传》之后完成的。我们因此可以推论,《痴婆子传》应是十六世纪中晚期的作品,大概与《金瓶梅》的写作同时。①

《痴婆子传》是一个逸态飘动、丰韵潇洒的七十岁老妇的回忆。她应燕筇客之邀来讲述自己一生的故事。当她(名叫"阿娜",意为"柔美"②)十二三岁时,因窃习《诗经》中的情诗而对男女之事产生了好奇。北邻少妇将关于性的知识传授给她,她便找来表弟慧敏验证这一新知。数年后,她与仆人俊发生性关系,并随后被嫁给了栾克慵。后丈夫出外游学,阿娜难耐独守空房的孤寂而与仆人盈郎私通。当另一个仆人大徒和她丈夫的哥哥克奢先后发现其与盈郎的奸情后,阿娜又被二人要挟交欢。她又在撞上她的公公与克奢妻沙氏正在乱伦偷情后被迫与公公发生关系。在一次寺院拜佛中,她中了盈郎的诡计而被迫与两个和尚通奸。当她丈夫的小弟弟克饕得知她与公公的奸情后,又以此为勒索与之交欢。除此之外,她还与一个戏子和她的妹夫发生过性关系。然而,当她最终与她的儿子的私塾先生谷德音通奸后,她大概是被谷德音的床上功夫所深深吸引而决定断绝与其他所有情夫的关系。这一决定令她那些被抛弃的情夫怀恨在心,慧敏因而将她与谷德音的奸情告知她的丈夫。她在丈夫的一顿毒打后被休回了娘家。从那以后,她深感羞耻与懊悔而不再有性生活。在小说中她宣称自己已经禁欲三十年了。

这一故事梗概大概会给人留下这是一部关于一个性欲难以满足的女性之历险的艳情故事。这正与《如意君传》相类似。后者记述的是唐代那位淫乱的女皇追求如意君(或者说是"有着如意尺寸的阳物的君郎")的故事。确实,《痴婆子传》与《如意君传》之间有着不少的相似之

---

① 虽然有关《如意君传》对《金瓶梅》之影响的证据十分充分(参见韩南:《〈金瓶梅〉探源》,p.43 - 47;刘辉:《〈如意君传〉的刊刻年代及其与〈金瓶梅〉之关系》,p.57 - 59),我们尚未找到《痴婆子传》与《金瓶梅》相互影响的相关线索。
② 我相信这里"阿娜"等同于"婀娜"并应读作"e'nuo",字面意义为"柔美";参见《辞源》,p.1774。"a'na"的读音对一个明代文本来说似乎太过现代了。

处,而且,前者对后者的借鉴是相当明显的。当读者在《痴婆子传》的开篇被告知这是一位"发白齿落"然而丰韵潇洒的七十岁老妇(《痴婆子传》,p.107)时,小说就已很明显地透露出其对《如意君传》文本的借鉴。在《如意君传》中,武则天在获得如意君时虽已年过七十,却被描述为"齿发不衰",宛若少年(《如意君传》,p.46)。《痴婆子传》中女性叙述者的姓氏为"上官",这正与以放纵生活著称并同在《如意君传》中出现的武则天的宫嫔上官婉儿明显呼应。① 此外,武则天与未来的唐高宗的奸情也在《痴婆子传》中被详细述及(《痴婆子传》,p.127)。当阿娜的公公趁长媳沙氏晓妆企图诱奸她时,沙氏引水喷其面,阿娜的公公便引用了《如意君传》中武则天与唐高宗调情时所吟的艳情诗句:"未承锦帐风云会,先沐金盆雨露恩。"(《痴婆子传》,p.127)这两句诗是武则天(当时为唐太宗的才人)在高宗(当时为太子)戏以水洒其面时应和高宗所吟诗句而作的(《如意君传》,p.41)。严格来说,二人间是一种乱伦的关系,因为武则天是高宗父亲的才人。这一《如意君传》中的乱伦行径在《痴婆子传》中阿娜的公公与沙氏之间再次上演。而更为重要的是,这两部作品除了某些细节之外在大处也有相似的地方:两部小说都直露地描述它们的女主人公的性经历及对性满足的追求;两个女性都似乎沉迷于她们的性伴侣的生殖器的大小。然而,这两部作品之间的差异也为我们对《痴婆子传》的细读提供了一个有趣的起点。《痴婆子传》有意背离《如意君传》并别有一番用意,我们可以将它作为对《如意君传》的一种戏仿来欣赏。

虽然"年已七十"这一描述在两部作品中都很突出,但对两位女主人公来说却有着截然不同的含义:古稀之年的阿娜已经由于与塾师的奸情被丈夫休回娘家而与世隔绝近三十年;而武则天直到这个年龄才开始获得她性欲上的最大满足。一个女人一旦获得了她的如意君便为世所弃;

---

① 本书中这两部小说的引文均出自《思无邪汇宝》丛书(页码随文在括号中注出)。以上二例已由韩南指出,参见其《艳情小说》,p.11;他(p.5)还注意到《如意君传》中对女性"牝屋"的描述几乎原封不动地被《痴婆子传》所袭用。参见《如意君传》,p.54;《痴婆子传》,p.111。

103

而另一个女人在找到如意君后却享受着无限满足。当然,很明显这两个女人不同的命运与她们的不同地位直接相关:一个身为女皇而另一个只是普通的女性。武则天的皇权确保了她寻找性满足的胜利;阿娜的失败却展现着一个在父权社会中欲壑难填的女性的更为现实的故事——它讲述着当一个女性试图冲破社会樊篱而寻找性满足的时候,她将有着怎样的命运。在某种程度上,《痴婆子传》使得《如意君传》读起来就像是一个女性关于寻求性满足的狂想(正如其标题所昭示的——"如意君")。如果我们把两位女主人公的追求视作她们维护自身性正当性的尝试,或者更直白地说,是她们要自主选择和谁发生性关系的尝试,那么,武则天可以凭借其拥有与男性统治者一样的政治权力来实现自己的追求,而阿娜,作为一个普通的女子,她不得不承认这样的自主选择是根本不可能的,对她来说,一个女子的性的最终结局只能是对男性性统治权的屈服。由于这一与《如意君传》的重要差异,《痴婆子传》作为一部聚焦于普通女性性经历的小说作品便变得更具意味了。

在小说中,阿娜在她的丈夫之外与十二个男人发生过性关系(她的性伴侣名单要远长于潘金莲的,虽然还根本无法与西门庆相提并论)。因为小说的主要情节是阿娜对其历次性经历的自述,故事相对较短的篇幅使读者对其私通行为频率之高(也就是她的淫乱)的印象更为强烈。在这十二个性关系中,有六个是由阿娜主动发起的,而另外六个则是被迫发生的。小说基本的情节模式是:在一个自愿的性行为之后便跟随一个或多个被迫的性行为,其中的有些几乎就等同于强奸。有时,自愿的性行为也会演变为被迫的关系。当阿娜试图选择一个性伴侣时,会往往引出被迫接受另一个不情愿的关系的后果。例如,大徒抓住其与盈郎私通并以此勒索阿娜与之交欢,这极大地违背了阿娜的意愿。随后发生的事情更能说明这一点:在离开现场之前,她又遭遇了第三个人,即她丈夫的大哥克奢:

"二娘何急遽如是也?"予愧赧无地,不觉两手不及持裤,而裤忽下坠。伯笑曰:"二娘有所私耶。"予不应,欲走。伯即至,曳予之裤,曰:"尔其惠我。如不我私,吾将以言于弟。"予曰:"伯言于我夫,我将言于姆。"伯笑曰:"言我何为?"予曰:"言尔欲私我。"伯曰:"尚未到手。如到手,任汝言之。"

……其盈郎、大徒之余精尚在。伯抚掌曰:"何人唾余,污我两手!"即曳予裤拭之。予曰:"勿污我衣。"伯曰:"尔身且被人污,何惜一裤耶!"予愧且恚曰:"伯既私之,又复讽之,何不仁之甚也!"因用手推伯仆地,即向内走。不意裤之带为伯所压,伯起跪曰:"一言唐突,惟原宥之。"予定不肯。伯断予之裤带,亦佯怒曰:"果不肯乎?"予曰:"果。"伯即持带外走,且曰:"有此作证,我必扬之。"予以手招之,曰:"来。"(《痴婆子传》,p.122 - 123)

在这样的情况下,作为一个被逮个正着的偷情女子,我们的主人公/叙述者就不得不屡屡将自身献给当时抓住她的男性,包括自己的仆人和大伯,以图他们不要将她的丑事张扬出来。正因为对一个男性来说婚外情并不是一件大逆不道的事情,所以当阿娜以要揭发她大伯企图调戏她来威吓时,后者却把这种威胁当作笑话一样不屑一顾。反过来,作为一个女人,阿娜却不得不严肃对待来自大伯要揭露她奸情的恐吓。具有悖论意味的是,阿娜通过选择一个丈夫之外的性伴侣来重建对自己性的主导权的尝试却导致了她连原来仅有的有限的控制权也丧失了。一切都变得更加痛苦,因为那些原本尚可拒绝之事她现在都要忍气吞声地接受下来。一旦她与一个仆人私通,她作为家庭女主人的身份便变得毫无意义了:任何一个仆人都可以此要挟她,因为她是一个女人,而一个值得尊敬的女人是不应与丈夫之外的男人发生关系的(当然,同样的婚姻规范却并不适用于男主人)。因此,她不是以她"女主人"的社会身份,而是以她"女人"的性别身份被看待的。这里,一般的阶级不平等在性别不平等的语境中被重新构建。

这是一个对《如意君传》中相应情况的有趣反转。武则天作为一代女皇的巨大政治权力实际上营造出了一种崭新的性别关系。在这一关系中女性成为主宰者而男性却变为了臣服者。甚至当武则天强调她与男宠薛敖曹的关系是夫妇而非君臣之时,薛敖曹却往往以儒家社会等级不可违背的教义提醒武则天。在《如意君传》中,薛敖曹常常坚持将自己表现为一个忠实的儒臣而非一个情人,虽然令他身居高位的原因是他那硕大的阳物而非他的高深儒学修养(尽管读者被详细告知他是个博通经史的儒士)。这一矛盾成了薛敖曹持久的焦虑与懊恼的根源:

> 青云自有路,今以肉具为进身之阶,诚可耻也。……贤者当以才能进,今日之举,是何科目?(《如意君传》,p.50)

事实上,就此武则天也曾提示过薛敖曹:如果他因读书做了官,二人间也就不可能有这样一段姻缘了(《如意君传》,p.64)。

薛敖曹不得不依赖于一种特殊的威胁方式来获得一些男性的控制权。为了说服武则天复立已被远谪的庐陵王为皇太子(在儒臣眼中这是关于大统承继的最重大的事情),薛敖曹以要阉割自己来威胁武则天(《如意君传》,p.64-65)。① 他的巨大的阳物在获得武则天的眷顾之前差一点使他成为一个被社会遗弃之人,尽管他具备着儒者的能力与学识。他那奇大无比的阳物使他成了笑柄,而且大概是因为担忧房事受伤,没有一个女子敢和他交欢或嫁给他。悖论的是,一旦他开始侍奉武则天,阉割或者关于阉割的恐吓却成为他试图重振失去的阳刚之气的方式(他要被看作是一个具有儒家道德理想的男人,而不是一个男宠)。也

---

① 在李渔《无声戏·男孟母教合三迁》(p.122)中,主人公瑞郎为了表示对其男性爱人的忠诚而阉割了自己(参见袁书非(Sophie Volpp)《男性同性婚姻的叙述》["*The Discourse on Male Marriage*"]中对此故事的讨论。关于蒲松龄(1640—1715)《聊斋志异》所呈现的明末清初阉割与性别关系二者之间关联的讨论,参见蔡九迪(Zeitlin):《异史氏》(*Historian of the Strange*),p.98-106。这里,人们也许可以联想到著名史学家司马迁。他为了完成《史记》而忍受宫刑这一奇耻大辱。司马迁将遭受宫刑的耻辱转化为对其儒家学者的男性气概的强化方式(他情愿忍受这样的惩处是为了实现其作为史学家的重要职责和作为孝子要完成父亲遗愿的信念)。对司马迁忍辱求生之抉择的象征意义的进一步讨论,参见拙著《文人与自我的再呈现》,p.80。

就是说,他的本来应当是他男性象征的硕大阳物却使他的阳刚之气为之丧尽而让他扮演着通常由女性充当的屈服性角色(正如以前身为才人时的武则天所作的)。① 在这样的性别角色反转的情势下,阉割反成为他重振男性雄风的唯一方式。

在《如意君传》中,性别关系往往以政治关系的形式再现。这样一个关于臣服于女性统治者的男性专宠的故事大概令《如意君传》的男性作者颇感不宜,因而他不厌其烦地强调薛敖曹作为一个政治"主体"的美德,而非其作为一个"欲望客体/对象"的性吸引力。而后者正是我们在关于一个男性统治者与其专宠的女性的关系的经典叙述中所常见的。在这些叙述中,女性往往被说成是促使男性统治者疏离其作为帝王所应当秉持的儒家原则的祸根。而在《如意君传》中这一叙述却被反转了。当薛敖曹被迫扮演着专于邀宠的女性性别角色之时,威吓性的自我阉割却应被看作是对其被否认的男性气魄的一种象征性的提示。②

鉴于薛敖曹这一形象的性别内涵,我们也许可以将《痴婆子传》理解为是对《如意君传》的戏仿。前者揭露了蕴含于后者之中的男性的焦虑。③如果在《如意君传》中声称要阉割自己是薛敖曹悖论性地试图重振其已失去的男子气而孤注一掷的姿态的话,出于同样的缘由,声称要通过"自述"来谴责自己的性越轨的做法便成为阿娜重建其已被剥夺了的"性"的尝试。这引出了《痴婆子传》的一个重要特征——它独特的叙述方式。

---

① 特别有趣的是,当武则天身为宫女的时候,她用自己的身体获取了政治权力,而一旦政治权力被巩固,权力又使她得以驾驭众多男性的身体。然而,这是传统中国性别政治的复杂机制偶然惠及女性的特例。事实上,当武则天将自己比作春秋时(前770—前476)因宠信骊姬而疏远其子的晋献公的时候(《如意君传》,p.55),她已然清楚地认识到了自己所经历的性别角色的换位。
② 关于薛敖曹和其姓名所可能具有的象征意义的详细讨论,另可参见查尔斯·斯通:《〈如意君传〉与中国艳情小说的起源》,p.294-312(斯通认为这一没有历史依据的人物是小说作者"杜撰"出来的)。
③ 韩南(《艳情小说》,p.8)认为,《如意君传》中所描述的薛敖曹和武则天的关系是对"统治者在其宠信者的手中毁灭这一极为陈旧的模式"的戏仿,虽然他并未在此就性别政治的含义作出详细说明。

作为一部关注于女性情欲的艳情小说,《痴婆子传》得以与《如意君传》(以及几乎所有其他中国传统小说)相区分之处正在于它的第一人称叙述方式。当然问题也就随之而来,即这种第一人称自述的可信度。例如,有学者认为这个女性叙述者道德感的缺乏是相当成问题的:

> 痴婆子的话语不能仅从字面上来理解。她始终对自己行径的道德含义避而不谈。这是一个关于淫乱、通奸与乱伦的故事,它毫无良心谴责并对家庭破裂、离夫弃子的后果也是轻描淡写。这是由一个缺乏道德感的叙述者讲述的故事。这个叙述者就是一个仅仅缺乏潘金莲旺盛权欲的"潘金莲"。①

我们认同不可以只从表面来理解痴婆子的讲述,而且她在小说结尾所表达的懊悔也确实不那么真诚。作为一部堕落女人的"自传",《痴婆子传》既是对女性自我所犯罪过的坦白,同时也是对迫使其犯罪的诸多男性他者的控诉。确实,抗议的表露使得这一女性叙述的悔过性被复杂化并弱化,它令读者怀疑她是否真诚地为她的淫乱史而忏悔。这位女性叙述者刻意向我们证实她在更多的情况下是一名受害者而非施害者。②例如,她与公公的乱伦关系(这大概是重在维护家庭秩序的儒家道德体系中最严重的罪过)便是被后者强行逼迫的结果:

> 予呼曰:"翁污我,姆陷我,皆非人类所为!"……沙曰:"翁是至亲,今以身奉之,不失为孝。"予笑曰:"未闻。以子所钻之穴,而翁钻之者,假令钻而有孕,子乎?孙乎?"翁笑曰:"二美皆吾妻也,何论垂死之姑及浪荡子乎?"(《痴婆子传》,p.128)

是阿娜的公公和沙氏首先践踏了传统儒家亲情关系中最为神圣的关系——父子关系。

---

① 韩南:《艳情小说》,p.11。
② 韩南:《中国长篇小说的里程碑》,p.328。

第五章 《痴婆子传》和《灯草和尚》:女性与欲望

倘若我们微调观察的角度,这一事件可以传达出更多的信息。在许多传统小说中,一个偶然发现女主人奸情的丫鬟往往会被迫与女主人的情人发生性关系,因为这可以确保她保守秘密(比如在《金瓶梅》第八十二回中春梅便因撞见潘金莲与陈经济的调情而应潘金莲之命与陈经济苟合)。沙氏逼迫阿娜卷入乱伦事件的行径也可作如是观。但是,当读者注意到在《痴婆子传》里是一个男仆人发现了阿娜的奸情而迫使后者与自己发生性关系时,它自觉性戏仿其他作品的可能性便变得明晰起来。无论我们的女性叙述者扮演怎样的角色(被仆人抓住把柄的女主人或是撞见公公与另一个儿媳的奸情的儿媳),献出自己的身体都是这个女性摆脱困境的唯一方式。

小说中最精彩的情节大概要数阿娜的丈夫是如何获知阿娜与塾师的奸情这一段了。极具讽刺意味的是,直到小说结束,阿娜的丈夫似乎仍仅仅知晓阿娜与塾师的出轨行为——他对自己的父亲和兄弟都曾与他的妻子发生奸情一无所知。让这更具讽刺意味的是,这里阿娜拒绝淫乱生活方式的尝试却成为其被休弃的直接原因。如果她继续与所有情夫交往(像沙氏那样),就不会有人去向她的丈夫揭露她与塾师的奸情了。事实上,正是阿娜企图维护对自己"性"的自主权的行动——维护自己选择和更为重要的拒绝的权利——使她成为公众眼中的堕落女人。按照阿娜众多情夫的说法,她的堕落正始自于她的情有独钟——决定只与一个男人有关系。当她众多的情夫因她和塾师的关系被披露而对她大加谴责时,这些奸夫们之间的共谋关系便表现得再清楚不过了。其中给人印象最为深刻的情景之一就是阿娜的公公对她的冠冕堂皇的斥责——"仲子妻不端,子不幸也"。(《痴婆子传》,p.142-143)嘲弄性地模仿阿娜公公这句大言不惭的话,一位小说评点者敏锐地续上了一句"翁不义,祖宗不幸"(《痴婆子传》,p.143)。

《痴婆子传》可以被当成是对男权社会婉曲的控诉来阅读。而这一点也可以从阿娜的丈夫及其两个兄弟的名字所暗含的象征意义那里得到进一步的印证。阿娜丈夫的名字叫作"克慵"。"慵"字在汉代(前

206—220)以前常常写作"庸"。① 二字都有"懒惰无能"之义。那个要挟阿娜以身相从的大伯名叫"克奢"。"奢"通常与"淫"相联。而同样逼迫阿娜就范的幼弟名为"克饕"。"饕"意为"贪婪"。而三兄弟名字中共有的"克"字意为"能"。这三个名字与这三兄弟实在匹配。一个是惯于慵懒无能(性无能?),②而另外两个则或者纵情淫荡或者贪求性欲。这样,小说的"暗含作者"(implied author;无论此作者是男性还是女性)在怂恿读者得出这样一个结论:这位女性叙述者/女性主人公实则上是在自己的无能丈夫和淫欲无度的大伯和小叔之下的一个受害者。③

既然小说的女性叙述者成功地说服读者她是一个受害者,那么她在小说中最终没有受到严厉惩罚的事实也就容易理解了。听众/读者大概都会认可这一堕落女人的说法:她是一个男权统治之下的受害者,而非只是一个性欲无边的越轨女性。小说所采用的堕落女人自白的基本修辞方法是迫使读者去谴责那些谴责阿娜的人(诸如阿娜的公公),并由此大大削弱了那些人对阿娜的谴责的可信性。

叙述者所采取的另一个使女性性欲合理化的微妙策略是把女性生理欲望与儒家经典《诗经》联系起来。阿娜对性的好奇在一定程度上是因阅读《诗经》中的情诗而引发的。④ 事实上,读者在小说伊始便已被详细告知阿娜的家乡正好位于春秋时(前770—前476)郑国和卫国的故地

---

① 《辞源》,p.625。
② 有趣的是,除新婚之夜以外,阿娜与其丈夫的性经历在阿娜的故事中再未被提及。
③ 当然,"克"字更常见的义项是"克服"或"制胜",如《论语》:"克己复礼为仁。"(刘宝楠:《论语正义》,p.262)。如果我们按此义项来理解,则这三兄弟的名字便被赋予了相似的讽刺意味,它强调着三兄弟自我克制的彻底失败。
④ 当然,这是古代中国一个根深蒂固的文学传统。几乎所有触及性爱的文学作品都会到《诗经》中去寻找其合理性。《牡丹亭》中杜丽娘的性觉醒同样也是因阅读《诗经》中的情诗而被唤起。可以顺带一提的是,在《牡丹亭》第九出《肃苑》中,丫鬟春香转述杜丽娘之语:"关了的雎鸠,尚然有洲渚之兴,可以人而不如鸟乎!""可以人而不如鸟乎"此句正逐字引自《如意君传》(p.60;参见汤显祖:《牡丹亭》,p.49)。正如查尔斯·斯通(《〈如意君传〉与中国艳情小说的起源》,p.474)指出的,这一言说方式可以上溯至儒家经典《大学》。在《大学》中曾引用孔子就《诗经》之句而发出的"可以人而不如鸟乎"的感慨。参见朱熹:《四书章句集注》,p.5。

(《痴婆子传》,p.107),而《诗经》中的众多情诗正历来被认为发源于此地。更有甚者,北邻少妇关于性的演说虽非常露骨,但有时听上去还是颇为雄辩的。她曾借助于繁衍后代之名而为性行为正名,而这正与正统儒家学说中相关的观点相去不远(《痴婆子传》,p.110)。对于叙述者的性好奇以及她随后的性越轨行为,她的父母也难辞其咎。因为一方面她的父母甚至连《诗经》都不许阿娜问津,而另一方面她的父亲又私养着外宠(《痴婆子传》,p.118)。

我们既已对女性叙述者所持有的自我辩护的隐含立场有所了解,也就可以更深入地体会小说第一人称女性叙述视角的重要意义了。阿娜得以存活并讲述故事(她没有被处死,也没有像有些奸情暴露后的女性那样自我了断)这一事实本身就具有着重要的意义。① 叙述成为重申女性被男权社会所否认的性权利的唯一方式,正如在《如意君传》中薛敖曹不得不以阉割来重构其被否认的男性气魄。甚至这两部小说的题名都极为相似:两部作品都以"传"为名,一个是关于一个老妇的"如意君"的传记,另一个则是一个"痴婆子"的故事。武则天凭借其女皇的权势得以在七十岁高龄时因获如意君而享受到了极大的性满足;而《痴婆子传》中同样年龄的女性叙述者却不得不抓住讲述她自己的"痴史"的机会来重新维护自己的性存在。在某种程度上,"倾诉",对这个痴婆子来说,远非应邀谈论其年轻时的风流韵事的一种被动行为;对她(一个没有武则天的政治权力的老年"武则天")而言,谈论她自己过去的性生活变成了一种性欲化的行为。这几乎就是她作为女性的性存在本身。

当我们意识到在传统中国女性很少有自述的机会和权利,更不要说讲述自身的性经验,《痴婆子传》的意义就显得更为重要的。韩南所提出《痴婆子传》"是由一个缺乏道德感的叙述者讲述的故事。这个叙述者就是一

---

① 冯梦龙《喻世明言·蒋兴哥重会珍珠衫》以给予通奸女子相对怜悯的惩处而著称,但是这篇小说中的女主人公还是需要作出试图自杀的姿态,参见冯梦龙:《喻世明言》,p.25-26。关于自杀与女性贞洁的探讨,请参见本书第八章。

个仅仅缺乏潘金莲旺盛权欲的'潘金莲'"的观点确实触及了一个重要的议题。但是,如果《金瓶梅》里的潘金莲也拥有了一个讲述她自己的故事的机会,我们是否仍会将其视为一个缺乏道德感的女人呢?正是出于对"谁在讲述"的重要性的清醒认识,我们七十高龄的女性叙述者才会表现得那样热衷于自述,讲述她自己那些以男权社会的道德准则衡量绝对不堪的过去。在开始讲述故事之前,我们便被告知她"喜谈往事,叠叠不倦"(《痴婆子传》,p.107)。进而我们的叙述者又是那样热衷于自己的过去以至于她需要用两天的时间来持续讲述(她不得不"明日当再过"来继续她的故事)。一开始被邀请讲述她的故事时,她的回答是"微子之言,亦将以告子":

> 媪于是曳长袖,披素衣,欠身敛衽,笑而言曰:"老妾旦暮就木,惟是与草同腐,能不惜一生佳事终泯泯耶?"(《痴婆子传》,p.107)

她用几乎同样的语气来结束她的故事:"予老矣,无畏嘲笑,故娓娓言之。子塞耳否?"(《痴婆子传》,p.144)。晚年的武则天很大程度上是以其政治权力而获得性满足;而《痴婆子传》的女性叙述者则恰因为她不需担心被再次剥夺话语权或遭受谴责(她年事已高)才得以重申她的性存在的。

她之所以能够被给予讲述自己故事的机会的原因之一是她让人以为她的陈述是她的忏悔而已。小说的另一个重要元素是那得以"控制"这女性自我叙述的男性第三人称叙述框架。这一男性叙述者对阿娜颇为同情。尽管他称阿娜为"痴婆子"并认为她的故事只是"堪付一笑",但他在小说结尾的评语却提醒读者阿娜实则是一个受害者的事实:

> 上官氏历十二夫,而终以谷德音败事,皆以情有独钟,故遭众忌。克慵但知有谷而出妻,其余不知,蠢极矣!(《痴婆子传》,p.144)

《痴婆子传》的作者明显有意继承古典小说(诸如唐传奇)的传统,采用了"传"的形式。① 以外史氏/故事讲述者的身份就女性话语意义作了

---

① 关于唐传奇叙事传统的概述,参见石昌渝:《中国小说源流论》,p.173-182。

盖棺论定似的权威性评论,他似乎试图减弱阿娜女性自传可能的震撼效果。这一男性第三人称叙述者宣称,因为是由他执笔写下了这部女性自传,他便已然成为一部"传记"的作者:"唯其言之,堪付一笑,殆痴婆子耶。作《痴婆子传》。"(《痴婆子传》,p.144)① 从一部放荡女人的"自传"到一个男性作者为该女性所写的"传记"的转变,为这一"口头讲述"的故事得以进入公众视野提供了一个重要的先决条件:它营造了一种男性控制的安全感——女性的声音至少是被限定在了男性的叙述之中。正是由于小说的这种话语遏制结构所造成的模模糊糊的男性安全感,那具有着潜在颠覆性的女性的声音才得以获得诉诸文本的机会——刻印、流通并成为一种公共的活动。甚至在痴婆子开始她的故事之前,这个第三人称的男性叙述者便已然许诺会将她的故事出版(《痴婆子传》,p.107)。这一许诺证明了男性对公共领域的控制力,也因此表明女性话语至少必须有男性叙述框架的"保护"。现实中的性别不平等借由小说的立体式多层叙事结构而被复制,尽管如此,或者也是恰恰因为这个原因,被保护的话语同时也是对这一不平等的性别结构本身的一种有力批判。但无论如何,我们都不应低估一个女性被给予了言说的机会这一事实的重要意义,尽管它仍被男性话语所过滤。

  有学者已指出,这种立体多层式的叙述结构可能来自《如意君传》。在《如意君传》中,武则天曾向薛敖曹一一列举自己过去的性经历。② 但是,一个很明显的事实是,武则天被嵌入的话语仅仅是《如意君传》中一个极小的段落,而《痴婆子传》的全篇都几乎被女性嵌入的叙述所占据。除此之外,一个本质区别在于,武则天的听众仅限于

---

① "痴"字不仅仅有"愚笨"的意思,它还可以表示"沉迷"之义。因此,小说的作者以"痴"来形容阿娜,也是在提醒读者注意,即便阿娜已经七十岁了,她仍然沉迷于她的过去以及她被否定的性。这又一次证实了阿娜绝非全然弃绝了自己的过去。关于明清"痴"这一文化现象的重要意义的讨论,参见蔡九迪:《异史氏》,p.61-97;周汝昌:《〈红楼梦〉与中华文化》,p.117-140。
② 韩南:《艳情小说》,p.11。

她的情人,因而她的话语是私人性的,而阿娜的演说却具有着潜在的公共性(她可以向任何一个愿意聆听的人讲述她的故事,而且这个故事是即将被刻印流通的),尽管阿娜没有女皇的政治权势来使她的声音合法化。这也就是为何《痴婆子传》会显得如此耸人听闻。一个女性向公众讲述其自己淫乱史的行为大概要比淫乱本身更为放肆可怕。

《灯草和尚》:为女性欲望辩护

《痴婆子传》是唯一一部给予女性(重新)讲述和(重新)阐释自身性经历的机会的艳情小说,但是,尚有一些十七世纪的艳情小说在传统的第三人称叙述视角之下以不同程度的同情来讲述女性的性经历。关注性欲及其后果大概是艳情小说题中应有之义。女性角色在开始聚焦于家庭范围内的欲望的小说中愈发显著当不是巧合。这既是因为女性一贯与私人和家庭密切关联,也是由于欲望往往在私人领域中表现得最为透彻。① 艳情小说作为一种越轨性的文体似乎会间或以更为宽容的态度来审视越轨行为,特别是对女性的越轨。例如,在晚明艳情小说《浪史》中,当李文妃发觉自己中了丈夫梅素先的圈套而与身为仆人和丈夫男宠的陆姝交欢后,李文妃问她的丈夫为何对自己做出这"不是妇人家规矩"的勾当不加责备。梅素先竟给出了一个惊人的解释:"你便怎地容我放

---

① 因此对于中国第一部艳情小说竟然聚焦于一个女性的性经历我们无须感到意外。关于明清小说中女性形象呈现日益增多的讨论,参见马克梦:《吝啬鬼、泼妇、一夫多妻者》(*Miser, Shrews, and Polygamists*),p.11-12,99-125,176-220;吴燕娜(Yenna Wu):《中国悍妇》(*The Chinese Virago*);艾梅兰(Epstein):《美女是野兽》("*Beauty Is the Beast*"),特别是 p.13-34。小说作品中女性呈现的日益增多在某种程度上是作为一种新兴叙述文体的晚明小说(其中的一些开始关注家庭生活)所经历的私人化过程所引发的结果,参见拙文《非史书化和文际关系化》("*Dehistoricization and Intertextualization*"),p.57-58。

这个小老婆？我怎不容你寻一个小老公？"①这一出自淫荡丈夫之口的相当"女权主义"的论断确实令人惊诧。这样的论断是同样淫荡却极为大男子主义的西门庆做梦也不会说出的。

在另一部晚明小说《禅真后史》的第一回中，有一段冗长而生动的对寡妇所遭受的剧烈生理折磨的描写。当耿寡妇目睹一对飞蛾的交媾后（可能是源自《如意君传》的一个母题），她长期压抑的性欲被唤醒了。在试图引诱她的儿子的塾师而遭拒后，她尝试着各种办法来缓解她强烈的性需求：

> （耿寡妇）双手搂抱一条黑漆厅柱，两足交叉而立，不住的叠了百十余下，猛可里一阵爽快，遍身麻木，却似几桶冰水从心窝里浇将下来，直至小腹中卷了一回，豁剌地一声响，一块物件从牝门里脱将下来，就觉四肢风瘫。②

许多年之后，临终的耿寡妇以其个人体验叮咛自己的儿媳及后代切不要

---

① 《浪史》，29.196。当然，男主人公将妻子献给自己的男性情人以博得后者欢心是为数不少的明清艳情小说常有的情节。相似的情节也出现在晚明艳情小说《绣榻野史》和诸如《春灯闹》、《桃花影》等一些清初作品中。不过《浪史》中的梅素先是无性别歧视地宣称女性同样可以拥有不止一个性伴侣的权利的首倡者。在《春灯闹》中，酷爱南风的姚子昂为了和男主人公真楚玉发生性关系，不得不允许真楚玉和其妾蕙娘共寝。然而不同于梅素先的是，姚子昂承认为了满足自己的同性恋欲望，他才不得不违背一男可娶数妾而一妇不可配二夫的观念（参见《春灯闹》，2.41）。如果我们接受将《绣榻野史》的著作权归于吕天成(1580—1618)的说法，则《绣榻野史》可能是交换性伴侣传统的首倡者；《浪史》大约写成于 1620 年左右。关于这两部小说版本流传和年代考证的讨论，参见《思无邪汇宝》编者的"《绣榻野史》出版说明"，p.15 - 23；"《浪史》出版说明"，p.15 - 18。

　　与此相似的对女性仅允许与其夫发生性关系而男性却可以与众多女子交往这一不公平习俗的抗议亦可以在十七世纪四十年代的《西湖二集·寄梅花鬼闹西阁》(11.201)和凌濛初《二刻拍案惊奇·满少卿饥附饱飏 焦文姬生仇死报》(p.225)中看到。《欢喜冤家》中的许多故事也对通奸女子持以非常宽容的态度。关于在同一时期部分小说作品中有关该议题展开的讨论，参见马克梦：《吝啬鬼、泼妇、一夫多妻者》，p.51 - 52，69 - 72。

② 《禅真后史》，1.70。可参见马克梦关于女性性欲之再现的讨论（《17 世纪中国小说中的因果和遏制》，p.119 - 123）。

守寡,这再一次确证了寡妇强烈性欲难以抑制的说法。① 以上诸例可以说是在相当传统的艳情小说中难得的"女性主义"片段。当然,从整体上讲,这些小说对女性性欲的这种重新审视很少有一贯的坚持。

聚焦于女性寻找性满足的权利的一部更为有趣的作品是清初的艳情小说《灯草和尚》。② 虽然在情节和人物塑造上尚欠成熟,这部小说却包含了许多相当新颖甚至富含独创性的内容。在这一短篇小说中,灯草和尚(其得名是因为他可以随意现身或隐身于一根灯草)可以用神力将自己变化为任意的高度和尺寸(有时仅有三寸,有时可至八尺),并通过引诱杨知县家的众多女性成员而败坏了杨家门风。而所有这些都间接地起因于杨知县之妻杨夫人因丈夫的冷落和性无能而引发的性饥渴。一天,一个头脸发面俱是红色的婆子来到杨家为杨夫人变戏法消遣。她用魔力令一个三寸长的小和尚从点燃的灯草中跳出。这个小和尚突然跳在杨夫人身上并开始舔弄她。灯草和尚以其可以任意收缩的能力而在房事上表现一流。他的性能力很快便成为了这个家庭中数个女性(杨夫人、杨夫人之女长姑和丫鬟暖玉)快乐的源泉。后来,杨知县被灯草和尚的魔力吓死,而杨夫人改嫁周自如。讽刺的是,杨夫人在前夫的葬礼上便与当时身为道士的周自如发生了性关系。最终,杨夫人与周自如过上了幸福美满的生活。

令人惊奇的是小说结尾处的真相大白:灯草和尚再次现身告诉杨夫人,他之所以出现并制造了如此的混乱仅仅是因为杨知县曾审判一个乡官的夫人与小厮通奸的案件并当众痛打二人。这一按照当时的规范来说已然从宽的判决却震怒了上天。因此上天派遣灯草和尚下界来惩罚杨知县:令他的妻子与他人成奸却不受到丝毫惩治。换句话说,杨知县

---

① 《禅真后史》,14.172-174。在冯梦龙《警世通言·况太守断死孩儿》中也可以找到相似的描写,p.523-524。
② 大多数学者认同孙楷第(《中国通俗小说书目》,p.181)的说法,认为《灯草和尚》是一部清初作品。关于这部小说的版本流传情况,参见《灯草和尚出版说明》,《灯草和尚》,p.15-18。

对通奸妇女毫无同情的惩处注定他必须要被戴上绿帽子。他的通奸的妻子甚至因奸情而获得了好报,而杨知县却最终付出了自己的生命。即使是在艳情小说中,一个不贞女子背叛丈夫却又不受惩罚也是不多的,更不要说还可以获得好报。当然,杨夫人的一个情人是上天使者的事实是使她的性越轨更可获得谅解的原因之一。

这部小说似乎在表达着这样的终极观念,即在一个男人无法履行作为丈夫的职责来为他的妻子提供适当的性满足的情况下,他的妻子与其他男人的越轨行为就应当被给予同情和理解。在这部小说中,被派来引诱杨知县的四个女妖中的一个道出了女性在婚姻之外寻找性满足的权利的最为大胆的宣言:"我们姊妹四个都有丈夫,都不受丈夫管束,如今世家良宅,都是一个妇人家,谁不想偷几个男子汉?"(1.91-92)这四个被安排来惩处杨知县的女妖(因为杨知县曾试图杀害灯草和尚)以四季为名——春姐、夏姐、秋姐和冬姐——这正再一次强调着女性性需求之为一种不可抗拒的自然力量。

《灯草和尚》明显借鉴了宋代话本小说《灯花婆婆》,而《灯花婆婆》当又是本自段成式(约803—863)《酉阳杂俎》中"刘积中"一篇。《灯花婆婆》讲述了一个从灯花中跳出的三尺来长老婆婆作乱于一个官宦人家、最终被菩萨制服的故事。① 而在《灯草和尚》中,三尺长的灯花婆婆演变为一个会戏法的老婆子,这个老婆子又进而变出了三寸长的灯草和尚。这个小和尚能够任意改变自己的身体乃至生殖器的大小。由于其随意伸缩的本领,他不仅可以像正常男性一样与女性性交,而且,当他三寸长的时候,他还能够钻入女性体内,就好像他的整个身体幻化为了男性性器官一般。凭借这样的本领,他人几乎不可能发现灯草和尚正在与他们

---

① "刘积中"的故事又见《太平广记》,卷363,p.2888-2889。宋话本《灯花婆婆》已佚,但其大致故事情节被冯梦龙收入其小说《平妖传》的开篇,1.1-2。根据某些明本《水浒传》的序言所提供的信息和其他一些线索,有些学者认为"灯花婆婆"的故事是《水浒传》一些早期版本开篇内容的一部分,而在后来的版本中被删去了,参见何心:《水浒研究》,p.115-121。

的妻女交欢。正如《金瓶梅》第四十九回中那个貌如男性生殖器的胡僧一般,灯草和尚又是传统艳情小说喜欢将男性性器官比作秃头多须的和尚的实例。①

可自由伸缩延展的和尚(或者男性生殖器)这一颇有创意的形象几乎可以被视为是像杨夫人那样性饥渴女性寻求性满足狂想的化身。当他收缩后,这个令人性愉悦的"和尚"便可以很容易地隐藏起来(在小说中,这种能力被称为"缩阳法";1.45),②而当在性交之外亲吻爱抚也同样被渴求之时(正如杨夫人所期待的;2.54),他又可以长大成为一个伟岸的男人。小说中另一个有趣的片段可以进一步支持我这一解读——四个女妖能够吐出标致的男子与之交欢;而这被吐出的男子同样可以继续吐出绝色的女子。这些女妖通过从口中吐出自己的性伴侣的独特法术得以随心所欲地交媾。③ 凭借着这样的魔力,一个人的性欲可以痛快而便利地获得极大满足。

而另一方面,灯草和尚身为神仙或妖怪的事实使得诸如杨夫人的凡俗女性在奸情中显得相当无辜,因为这一切都是上天所安排的。我们有理由推断这位给予女性性需求异乎寻常同情的《灯草和尚》的作者大概从许多有关五通神的传说故事中获得了灵感。五通神崇拜在明清时代

---

① 在本书第九章将详细讨论的十八世纪艳情小说《姑妄言》(《思无邪汇宝》本,2.274)中,男性的性器官便被叫作"小和尚"。
② 后来在小说中(3.57),杨知县在给妻子讲述自己的外出见闻时又提到一个通过缩阳法假扮尼姑的和尚奸淫众多妇女的案件。在《姑妄言》第十八章中也写有一个假扮尼姑的男子借助同样方法奸淫女性的情节。
③ 这里明显受到了吴均(469—520)《续齐谐记》中"阳羡书生"故事的影响。"阳羡书生"叙写一个书生能够从口中吐出器物乃至妇人的魔力(他同样吐出的妇人共寝,妇人又吐出了另一个男人,而另一个男人又继而吐出一个妇女并与之共酌嬉戏)。这个故事又被称作"鹅笼书生",因为这个书生最初请求坐在鹅笼中同行。这个故事自南朝以来便被收入众多小说选本中;参见《太平广记》,卷284,p.2266-2267。事实上,这一故事在《灯草和尚》中曾被明确提及(5.95)。当目睹夏姐口吐男子时,杨知县说道:"我认得鹅笼长生故事。"

118

极为流行。① 这一神仙被认为是难以琢磨而易于触怒的。他既可以带给人们财富也可以摧毁人们的生命。他所热衷的勾当之一便是勾引女性。② 事实上,在那个时代的笔记轶事中多有女性通过声称是被神仙所引诱来试图掩盖自身奸情的故事。③ 然而在《灯草和尚》中,杨夫人在灯草和尚出现之前便早已与一个小厮发生过越轨行为。因而即便是被神所诱的借口也不能适用于她。当杨知县死后灯草和尚不再来看望杨夫人之时,杨夫人又在去寺院进香的过程中偶遇两个和尚并与之欣然交欢。后来灯草和尚告知她从此以后"不便修行",正是因为她已和那两个和尚"污了佛地"(12.191)。然而,灯草和尚又透露道,杨夫人会拥有一段新的美满婚姻和一个儿子,并可享年七十(12.193)。鉴于杨夫人的种种越轨行为,仅被施以禁止修行的惩罚听上去简直是近乎荒唐。在传统小说中几乎再没有如《灯草和尚》这样热衷为女性性满足的权利进行辩护的了。

《灯草和尚》,特别是《痴婆子传》,凭借其从女性视角对女性性经历的关注,在构建小说叙述中所谓"女性权威"的道路上迈出了坚实的一步。④ 在这两部小说中,女主人公不再是仅仅充当着"欲望对象",而是被呈现为"欲望主体"。实则在《如意君传》中也是如此。只是武则天作为欲望主体的地位在很大程度上是被其皇权所维系的,而同时讽刺的是,按照正统观点,这一皇权是她篡夺而来的。在《痴婆子传》中,阿娜不仅

---

① 关于中华帝国晚期的五通神崇拜和试图禁止这一崇拜的一些官方做法的研究,参见万志英:《财富的法术》("*The Enchantment of Wealth*");蔡雾溪(Cedzich):《历史与小说中的五通神崇拜》("*The cult of the Wu-t'ung/Wu-hsien in History and Fiction*")。
② 万志英:《财富的法术》,p.682 – 687。
③ "黄震"条,《智囊补》,卷七,冯梦龙:《冯梦龙全集》,册三五,p.469 – 470。
④ "女性权威"("Feminine authority"),是阿姆斯特朗(Nancy Armstrong)在其《刊后语:比较视野中的中国女性》("*Postface*:*Chinese Women in a Comparative Perspective*")中所使用的术语,p.402。但是,在此前的论著中,她在表达同一概念时的英文措词稍有不同,她用的是"Female authority"(《欲望和家庭小说》[*Desire and Domestic Fiction*],p.30):"虽然主要关注于恋爱与婚姻以及小说化的恋爱与婚姻的变迁,但是,从这一性别视角来再现性别便会形成一种政治权威的形式。"另可参见上书,p.28 – 58。

是一个欲望主体,而且更重要的,她还是一个话语主体。她拥有定义与阐释她的主观存在的力量。虽然我们无法获得确凿的证据来断定小说作者的性别,①但《痴婆子传》也许可以被看作是第一部弘扬"女性权威"的中国传统小说。②

众多艳情小说中对欲望之私密细节的沉迷几乎令人意外地触发人们对关于女性性需求乃至她们不可否认的主体性的这一议题的崭新认识。这一始料未及的结果同时也应该是顺理成章的。即使我们接受绝大部分艳情小说是男性作者创作这一前提,艳情小说文体本身所富含的越轨性还是有意无意地引发了对欲望之性别多义性的新的审视——其中便包括女性被压抑的主体性(女性作为欲望主体的潜在)。这种潜在的性别新意识或许正是对男权意识形态展开严肃挑战的可能性之所在,虽然讽刺的是,这一男权意识形态可能正是促使中华帝国晚期艳情小说兴起的主要动力。在下一章中,我们便将就这一挑战如何引发了男性的深层焦虑并因此产生出诸多骇人听闻的悍妇故事展开讨论。

---

① 按照阿姆斯特朗的定义,"女性权威"并非必然依赖于"女性著作权"。
② 因资料的缺乏和匿名创作小说的悠久传统,关于女性从事小说创作的历史的研究极为困难。魏爱莲(Ellen Widmer)《〈明遗民情结与〈红楼梦〉之后小说中女性的声音》["Ming Loyalism and the Women's Voice After Honglou meng"],p.368)推测明末清初的女性作家王端淑(1621—约1706)可能著有小说或弹词。就目前所见,梅树君(1770—1844)的文集提供了十八世纪晚期女性创作小说的最早书面证据。梅树君为铁峰夫人所著《红楼梦》续书《红楼梦觉》写有弁词。该弁词含有铁峰夫人这位女性小说家的资料。然而,《红楼梦觉》已佚,参见赵建忠:《〈红楼梦〉续书研究》,p.31-36。现存最早的女性小说创作大概是著名清代诗人顾太清(1799—1876)的《红楼梦影》。该书于1877年顾太清去世后出版,参见魏爱莲:《明遗民情结与〈红楼梦〉之后小说中女性的声音》,p.393-396;赵伯陶:《〈红楼梦影〉的作者及其他》。

第六章 《醒世姻缘传》:欲望与因果报应

《金瓶梅》的困境

现存最早的有关《金瓶梅》读者对小说的看法的记录大概要属袁宏道于1596年写给董其昌的一封信了:

> 一月前,石篑(陶望龄)见过,剧谭五日。已乃放舟五湖,观七十二峰绝胜处,游竟复返衙斋,摩霄极地,无所不谈,病魔为之少却,独恨坐无思白兄耳。《金瓶梅》从何得来?伏枕略观,云霞满纸,胜于枚生《七发》多矣。后段在何处?抄竟当于何处倒换?①

阅读《金瓶梅》让袁宏道的病情减轻,这可能正是他将《金瓶梅》与枚乘(公元前141年卒)《七发》相比较的直接原因。著名的汉赋《七发》描述的是吴客为治愈患病的楚太子而与太子展开的长篇对话。② 但是,袁宏道这一比较的重要意义当远不止于其不经意地提及阅读小说可使人

---

① 《与董思白》,袁宏道:《袁宏道集》,卷六,p.289;黄霖:《金瓶梅资料汇编》,p.227。
② 参见《七发》,《全上古三代秦汉三国六朝文》,册一,p.448-449;关于枚乘《七发》的讨论,参见康达维(Knechtges):《汉赋》(*The Han Rhapsody*),p.30-34。

神清气爽这一点。它透露出了众多袁宏道的同时代人在面对《金瓶梅》时的矛盾心态,尽管他们对通俗文学颇为热心。在《七发》中,前来探问太子病情的吴客诊断太子的病因是过度纵欲。他提出最好的治疗方法是"以要言妙道说而去之"。随后,吴客开始向太子描述音乐之美、饮食之丰、车马之盛等一系列感官享乐之事,然而,唯有第七件也是最后一件——承诺向其介绍圣人之言——引起了太子的兴趣。听了圣贤之言后,太子便奇迹般地康复了。对许多读者来说,《七发》代表了一种"劝谕"体文学,尤其是采用"讽喻"这一写法的作品,所面临的是典型两难境地。为了达到讽喻的效果,"劝"不得不尽力迎合所劝之人的兴趣。《七发》中吴客关于各种感官享乐的长篇演说大都是以此为目的。为了教导太子改变声色犬马的生活方式,吴客却必须至少在初始之时论及更多的纵欲之乐来愉悦太子。后世的评论者对《七发》带给后来赋体写作者的影响的看法是相当矛盾的。在模仿枚乘体式的过程中,许多作者未能在劝导和愉悦之间维持恰当的平衡。他们过多地聚焦于享乐的修辞铺陈而忽略了教化的目的。① 袁宏道大概已感觉到了《七发》和《金瓶梅》在利用纵欲的修辞来劝说读者停止纵欲这一策略上的相似性。由于其长篇小说的文体特性,《金瓶梅》得以有更多的笔墨描写"淫欲"。尽管作者宣称小说的目的是要警示人们此类纵欲行径的危害,但读者对小说诸多艳情篇章的反应却往往是激烈而又矛盾的。一些人认为袁宏道对《金瓶梅》过誉了。② 例如,同样痴迷于《金瓶梅》的董其昌便对是书顾虑重重。正如袁中道的日记所记录的,董其昌坚持认为《金瓶梅》"决当焚之",而他同时又毫不犹豫地称赞其是一部"极佳"的小说。③

---

① 参见挚虞(311年卒)在其《文章流别志论》中表达的观点,徐志啸:《历代赋论辑要》,p. 11 - 12;《全上古三代秦汉三国六朝文》,册四,p. 802(题为《文章流别论》,p. 801)。关于扬雄对其曾一度极其热衷的赋体的焦虑与不满的讨论,参见康达维:《汉赋》,特别是p. 89 - 108。
② 李日华(1592年进士)认为,袁宏道对这部小说的过誉是因为其"好奇之过"。参见李日华:《味水轩日记》,卷七,p. 496;黄霖:《金瓶梅资料汇编》,p. 229 - 230。
③ 袁中道:《游居柿录》,卷九,袁中道:《珂雪斋集》,p. 1315 - 1316;黄霖:《金瓶梅资料汇编》,p. 229。

这种对《金瓶梅》非常矛盾的看法——一部"当焚"而又"极佳"的小说——成为后世许多小说作者和读者长时间所面临的一个难题。《金瓶梅》不同版本的评点者和作序者都耗费了大量精力来为小说露骨的淫欲细节描写辩护。这种辩护之所以显得十分重要是因为《金瓶梅》的作者从未在小说中或其他地方为自己将如此直露的艳情段落写入小说作出明确的解释或辩护。例如,廿公的《金瓶梅》跋语和东吴弄珠客的序语都自觉肩负了为《金瓶梅》作者在这方面作辩护的任务。东吴弄珠客的辩护性论说尤为有趣:

> 余尝曰:"读《金瓶梅》而生怜悯心者,菩萨也;生畏惧心者,君子也;生欢喜心者,小人也;生效法心者,乃禽兽耳。"(p.4)

这里,东吴弄珠客把本属于作者的责任推到了读者身上。为了获得小说预期的主旨,读者必须以恰当的方式来阅读这部意在劝惩的小说。

这一对读者责任的强调在张竹坡《金瓶梅》评点本中的《第一奇书非淫书论》中再次回响:"淫者自见其为淫耳。"(《张竹坡批评金瓶梅》,p.20)① 在《批评第一奇书金瓶梅读法》中,张竹坡进一步详细阐述了这一观点:

> 看之而喜者,则《金瓶梅》惧焉;惧其不知所以喜之,而第喜其淫逸也。如是则《金瓶》误人矣。究之非《金瓶》误之,人自误之耳。……不善读书人,粗心浮气,与之经史不能下咽,偏喜读《金瓶梅》,且最不喜读下半本《金瓶梅》。是误人者《金瓶梅》也。(《张竹坡批评金瓶梅》,p.45-46)

按照张竹坡的说法,通过阅读这一"淫欲世界"来"悟圣贤学问"(回前评,《张竹坡批评金瓶梅》,25.376)的确确是读者自己的职责。

按照这些评点者的说法,问题是许多读者并不能很好地肩负起这一

---

① 关于张竹坡的阅读策略的讨论,参见拙文《中国传统小说评点中的作者(权威)与读者》("Author[ity] and the Reader in Traditional Chinese Xiaoshuo Commentary"),特别是p.56-57。

职责。他们的兴趣仅仅集中在小说前半部分西门庆所享有的一个又一个的成功,而忽略了小说的后半部分,特别是自第七十九回起西门庆突然暴亡后其家庭急剧衰落的小说最后五分之一的段落。作家刘廷玑(1653年生)表达了相似的忧虑:

> 若深切人情世务,无如《金瓶梅》,真称奇书。欲要止淫,以淫说法;欲要破迷,引迷人悟。……欲读《金瓶梅》,先须体认前序,内云:"读此书而生怜悯心者,菩萨也;读此书而生效法心者,禽兽也。"然今读者多肯读七十九回以前,少肯读七十九回以后,岂非禽兽哉![1]

鉴于"作者本寓劝惩"但"读者每至流荡",鉴于"不善读书者"要远远多于"善读书者",刘廷玑觉得为了正人心风俗必须禁毁所有的艳情小说。[2]

让为《金瓶梅》的辩护变得更加困难的,是许多读者感到小说作者在谴责小说中一些人物行径时所表现的不一致。对这些读者来说,作者——叙述者本人明显沉迷于在小说中描写一些淫秽的场景。这也就可以解释为何直到今天,在《金瓶梅》问世的四个世纪之后,几乎每一个欣赏这部小说的评论家在试图为《金瓶梅》的作者辩护时——把作者对露骨性描写的沉迷说成是其教化劝惩意图有机的一部分——仍旧会感到有些力不从心。

但是,《金瓶梅》绝不仅仅是一部艳情小说。它的内涵实在太丰富了,因而它可以很轻易地跨过艳情小说的文体界限。它的丰富内涵使其对欲望议题的探索变得极其复杂。在小说中充斥着色欲与其他形式的欲望(诸如对金钱和权力的欲望)紧密交织的细节。尽管有关纵欲危险的明确劝惩是相当醒目的,然而纵欲的直露描摹却往往又减弱了其劝惩的说服力。有时,作者——叙述者自己似乎也被他抛给读者的细节迷惑了。他反倒成了他自己的成功的牺牲品。

《金瓶梅》的作者利用小说的后二十回从"道德"上为自己在前八十

---

[1] 刘廷玑:《在园杂志》,卷三,黄霖:《金瓶梅资料汇编》,p.253。
[2] 同上书,p.254。

回中的描写"放纵""赎了一些罪",因为在这里他使几乎所有罪恶深重的人物受到了恶报。但是其后的许多艳情小说虽也常常采用这一报应模式,却在教化意义方面表现得更为缺乏劝说力和真诚感。在一定程度上,这一报应模式成为许多艳情小说的文类标志。许许多多这类作品都追随着同一个情节模式,即放荡的主人公在一系列性越轨行径后幡然悔悟并皈依释道,如晚明艳情小说《绣榻野史》就是这样。

当然,并非每一位艳情小说的作者都认同小说体现教化意义的必要性。我们在第五章中讨论过的晚明的《浪史》和清初的《灯草和尚》中的主人公便在他们的性越轨后没有受到丝毫惩罚。但是,这样的作品还是少数。大多数的小说作者屈服于教化的压力,有一些甚至还表现得相当真诚,虽然他们并未能做到一以贯之。也许我们可以并不夸张地说,自《金瓶梅》问世后,每一位关注世俗人情特别是欲望议题的小说作者都不得不考虑在描述激情与欲望之时到底应如何把握直露细节描写的适当尺度。在这方面《金瓶梅》是后来每一位小说作者都绝对不可忽视的借鉴作品。

同时代的人对《金瓶梅》的反响是那样的迅速而热烈,作家沈德符(1578—1642)告诉我们《金瓶梅》的作者不久又创作了题为《玉娇李》的续书。按照沈德符的记载,在这部续书中,作者详细讲述了西门庆等人在来世所继续遭受的因果报应。① 虽然这部作品已佚,从沈德符的简要叙述中我们可以推断,这部续书当是为了回应当时读者所感到的《金瓶梅》道德正义感缺失的抱怨而作(西门庆等人太过容易地获得了救赎)。显然作者感到极有必要改变读者对小说道德感的这一印象。

这也是《续金瓶梅》的作者丁耀亢的意图。与《玉娇李》不同,《续金瓶梅》依然存世。丁耀亢宣称他写作这部续书的原因之一是《金瓶梅》的作者对"色"给予了过多的关注,而与之相较,他决定更多地强调"空"。②

---

① 参见沈德符:《万历野获编》,卷二五,p.652;黄霖:《金瓶梅资料汇编》,p.230。
② 丁耀亢:《续金瓶梅》,43.412。

按照丁耀亢的说法,尽管作者所写"公案甚明",但《金瓶梅》对"色"的过度关注导致了许多读者被小说的前半部分所吸引而忽视了关于来生报应的"后半截"。① 因此,丁耀亢感到他有必要聚焦于这些反面人物所受到的进一步惩罚。这并不意味着丁耀亢会抑制关于情欲的细致刻画或回避"色"这一话题。然而,他确实表现出了更多的克制,并常常为自己的直露描写进行直接的辩解:

> 如今又要说起二人[潘金莲和庞春梅]托生来世因缘,有多少美处,有多少不美处。如不妆点的活现,人不肯看;如妆点的活现,使人动起火来,又说我续《金瓶梅》的依旧导欲宣淫,不是借世说法了。只得热一回,冷一回,着看官们痒一阵,酸一阵,才见的笔端的造化丹青,变幻无定。②

但是,丁耀亢所自愿承担的任务——详述《金瓶梅》人物所受的进一步惩罚——往往因其更为迫切的对北宋王朝之灭亡的关注而得不到前后一致的贯彻。这一寓言式的关注源自于丁耀亢所亲身经历的明王朝的衰亡。柯丽德、浦安迪等学者在他们对《金瓶梅》的解读中都已指出,小说巧妙地暗示了在西门庆家庭的道德沦丧和国家的政治混乱之间的微妙同构,这一家/国的关联原型早在儒家经典《大学》中便已构成。③ 在丁耀亢的续书中,这一关注变得更为重要,而且,丁耀亢对这一意图是毫不隐晦的:

> 有位君子做《金瓶梅》因果,只好在闺房中言语,提醒那淫邪的男女,如何说到缙绅君子上去?不知天下的风俗,有这贞女义夫,毕竟是朝廷的纪纲,用那端人正士。……一层层说到根本上去,叫看书的人知道,这淫风恶俗,从士大夫一点阴邪妒忌中生来……善读《金瓶梅》的,要看到天下士大夫都有了学西门大官人的心,天下妇

---

① 丁耀亢:《续金瓶梅》,31.285。
② 同上书,31.285 - 286。
③ 柯丽德:《〈金瓶梅〉的修辞》,p.28 - 44;浦安迪:《明代小说四大奇书》,p.159 - 167。

人都要学金、瓶、梅的样,人心那得不坏,天下那得不亡!①

然而遗憾的是,《续金瓶梅》的作者未能将这两条故事主线(《金瓶梅》人物个人所受报应和国家的衰亡)组织为一个协调流畅的叙述。尽管(或者也是因为)小说作者要论证道德正义的存在,小说因果报应的生硬框架和作者对小说中各色人物故事的演进历程的草草敷衍都导致了众多人物形象沦为了果报逻辑操控之下的玩偶。《续金瓶梅》从未达到其"母本"小说的深度与成功,特别是在探索个人欲望之多义性这一方面。

《醒世姻缘传》:作为对《金瓶梅》的回应

在成功处理个人欲望方面比较接近《金瓶梅》的作品,要数另一部十七世纪的小说——《醒世姻缘传》。和《续金瓶梅》一样,因果报应观念在《醒世姻缘传》中占据着显著的地位。这一事实以及其他一些因素使得有些学者相信这两部小说的作者同是丁耀亢。② 但是这一著作权归属问题尚未得到最后的解决。相较于《续金瓶梅》,《金瓶梅》在《醒世姻缘传》中的呈现并不是十分明显(虽然仍旧非常重要)。与直接定位为《金瓶梅》续书的《续金瓶梅》不同,《醒世姻缘传》并未明确宣称过自身与这部

---

① 丁耀亢:《续金瓶梅》,34.314。
② 主要根据《续金瓶梅》和《醒世姻缘传》之间的某些相似性,张清吉(《醒世姻缘传新考》)认为丁耀亢是《醒世姻缘传》的作者。而最近,徐复岭(《醒世姻缘传作者和语言考论》,p.1-132)反驳张清吉的看法,提出贾凫西(1589—1675)才是《醒世姻缘传》的作者。但是,二人都没有提供支持其各自论点的确凿证据。大体来说,《醒世姻缘传》的创作年代和作者仍然是学界尚未解决的问题。胡适在其开创性的研究《〈醒世姻缘传〉考证》中第一个试图证明蒲松龄是《醒世姻缘传》的作者。关于这一讨论的英文著作,参见吴燕娜:《〈醒世姻缘传〉研究》("*Marriage Destinies to Awaken the World*"),第一章;浦安迪:《逐出乐园之后》("*After the Fall*"),p.554-556。依据现存资料,我倾向于接受《醒世姻缘传》成书于1661年之前的说法。环碧主人的弁语作于"辛丑",而"辛丑"有可能是1601、1661或1721年。但是定为1661年的证据似乎最为充分。参见张清吉:《醒世姻缘传新考》,p.204-216;徐复岭:《醒世姻缘传作者和语言考论》,p.21-31。关于《醒世姻缘传》作于晚明的讨论(徐复岭也接受此观点),参见曹大为:《〈醒世姻缘〉的版本源流和成书年代》;胡万川:《关于〈醒世姻缘传〉的成书年代》。

十六世纪经典小说的关系。但是,我认为,《醒世姻缘传》对《金瓶梅》的借鉴远远超过了目前中国小说研究者所认识到的程度。对《醒世姻缘传》如何作为对《金瓶梅》的回应这一问题的探讨,当有助于我们更好地认识这部重要的十七世纪小说在构想与探索"欲望"议题时的与众不同。

与《金瓶梅》相似,《醒世姻缘传》的一百回可以大致分为两个部分:第一回到第二十二回和第二十三回到第一百回。第一部分写晁源和他作恶多端的一生,诸如射杀狐精、虐待正妻、通奸和不孝。晁源在第十九回被杀,但小说第二部分关于其转世投生的家庭的故事是从第二十三回才开始的。第二部分讲述转世为狄希陈的晁源在因果报应规律的作弄之下是如何遭受两个女人——被晁源射杀的狐精转世而成的狄希陈妻薛素姐和被晁源虐待致死的妻子计氏转世而成的狄希陈妾童寄姐——残忍虐待的。① 通贯小说第二部分,叙述者不断提醒读者,狄希陈在其妻妾手中所遭受的看似不近常理的折磨都是狄希陈的前身晁源所犯罪责的报应。这一篇幅要长得多的第二部分迫使读者充分目睹了道德报应的轮回不爽。这里的主旨是很明显的:恶行有恶报,今生不报来生报。

与《金瓶梅》联系来看,《醒世姻缘传》在结构上极为重要的一点在于它几乎形成了一个对《金瓶梅》构架的彻底反转:《金瓶梅》以八十回的篇幅写纵欲,用二十回写报应;而《醒世姻缘传》只用了大约五分之一的篇幅来描写纵欲,而剩余的五分之四都是围绕因果报应展开的。在《金瓶梅》中,以家族急剧衰落的方式来使西门庆遭受惩罚是从第八十回才正式开始的(且此时西门庆已因性衰竭而死)。事实上,关注道德的读者对《金瓶梅》的一个主要抗议就是《金瓶梅》的作者用了太少的篇幅来描写西门庆等人的恶有恶报。一些读者认为,这一短小的篇幅会使许多易受

---

① 当然,第一部分也可以被看成是作为小说主要情节的第二部分的一个长篇序言。

影响的读者仅仅关注于小说的前八十回而忽略其后的章节。另一个相关的抗议是,西门庆所受惩罚实在过轻,他居然在其家庭分崩离析之前便死去了。① 正如上文所论,丁耀亢的《续金瓶梅》在某种程度上正可被视为是对这些抗议的回应。然而,《醒世姻缘传》却无须被"续书"的文体规范所束缚,它因而展现给了我们一个对《金瓶梅》更为微妙也更为复杂的回应。

更确切地说,为了讨论因果报应不爽这一议题,《醒世姻缘传》是有意作为对《金瓶梅》的"回应"来结构全篇的。晁源在《醒世姻缘传》的第十九回被杀(距小说结束还有八十一回),而与之恰恰相反,西门庆的死亡却发生在《金瓶梅》的第七十九回(距小说结尾还有二十一回)。西门庆在纵欲乱交之后性衰竭而死,而晁源则是被与其通奸的女人的丈夫所杀。这看上去好比是《金瓶梅》中西门庆的仆人来旺如今得以报复给自己戴上绿帽子的主人一般。但是,对《醒世姻缘传》的作者来说,死在被戴绿帽子之人的手中显然是不够的。转世为狄希陈的晁源必须要遭受比他所犯恶行多得多的苦难。《醒世姻缘传》的重点毫无疑问在于报应与惩罚,而这正是许多传统读者认为《金瓶梅》所缺乏的。更进一步,与《金瓶梅》相较,《醒世姻缘传》在性描写方面表现得相当收敛。这进一步体现了其作者对如何在恶行细节描写和报应后果陈述之间求得适当的叙述平衡这一棘手问题持有的看法。

《醒世姻缘传》作者着意关注《金瓶梅》的这一事实还可以由小说内部的其他文本细节来确证。② 在《醒世姻缘传》第三回中,晁源的小妾小珍哥引用"潘金莲"之语:"这可是西门庆家潘金莲说的,三条腿的蟾希

---

① "予得尽览(《金瓶梅》)。初颇鄙嫉,及见荒淫之人皆不得其死,而独吴月娘以善终,颇得劝惩之法。但西门庆当受显戮,不应使之病死。"(薛冈[约1561—1642]:《天爵堂笔余》,卷二,黄霖:《金瓶梅资料汇编》,p.235)
② 关于《醒世姻缘传》和《金瓶梅》关系的概述性讨论,参见徐朔方:《论醒世姻缘传及其和金瓶梅的关系》,徐朔方:《小说考信编》,p.202-204。

罕,两条腿的骚扶老婆要千取万。"(3.40)①这里小珍哥是在撺掇晁源不要屈服于来自正妻计氏的压力(对晁源来说有太多的女人可以享用,何必要顾及计氏)。在《金瓶梅》中,这一话语并非出自潘金莲之口,而是在王婆拒绝降低发卖潘金莲的价钱而激怒了周守备的大管家周忠之时由周忠说出的。② 小珍哥引用潘金莲之语的偏好自然而然将这两个淫妇相连(和潘金莲一样,小珍哥也曾与仆人通奸),虽然对这一错误归属的描写可能还暗含着更深的讽刺意味。小珍哥不仅记忆力欠佳,而且还是一个不合格的读者,她并未意识到潘金莲在被转卖武松后的遭遇正预示着她自身的结局。另外,小珍哥在这句引语中的有些措辞要比《金瓶梅》中周忠的话语更为粗鲁,这也反映出她这个乱引其他小说人物话语的女人的不良品行。③

在《醒世姻缘传》第六十六回中,狄希陈的同窗张茂实只有在其妻智姐扯下他的裤子以窘迫素姐的情况下方才得以脱离素姐的痛打。正是他的裸体使他免于遭受素姐更强烈的暴打。这一情节明显受到《金瓶梅》中陈经济相似行为的启发:第八十六回中,在吴月娘的命令下,孙雪娥等女仆将陈经济按在地下暴打,而陈经济的脱身之策正是脱掉自己的裤子。甚至两部小说对二人裸体的描述都有几分相似(参见崇祯本,86.1230)。④但是,陈经济被打是因为其严重的恶行——他与"婆婆"潘金莲乱伦,而素姐痛打张茂实则仅仅是因为在张茂实安排的宴席上狄希陈

---

① 除特别标明外,本书所有《醒世姻缘传》的引文都出自上海古籍出版社《醒世姻缘传》。选择这一版本,是因为其不仅是一部被广泛使用的现代精校排印本,而且还有简明的注释。不足之处是该版本删掉了部分"淫秽"词句。当这些被删节的词句对我的讨论至关重要时,我将引用其他版本。
② 崇祯本,87.1242。这里的语句和词话本(87.1142)相同。因为《醒世姻缘传》作者最有可能看到的《金瓶梅》版本应为崇祯本,所以我在关于《醒世姻缘传》和《金瓶梅》关系的讨论中皆引用崇祯本。
③ 当然另一种可能是,作者只是凭记忆引用这段话而没有去复核原文。
④ 现代排印本删去了此段,可参见同德堂刻本《重订醒世姻缘传》,《古本小说集成》影印,66.9a (p.1799)。

得以与歌妓厮混。至少在表面上,对陈经济的痛打是为了为已死的西门庆挽回脸面。而恰恰相反,对张茂实的毒打则表明了一个丈夫寻花问柳的"合法"权利的丧失。这一微妙的差异正表明了在《醒世姻缘传》中男性的地位已下降了不少。

在《金瓶梅》中,西门庆之所以官运财运亨通是因为他借助钱财与朝廷要员维系着密切的关系。而晁源的父亲之所以能获得一份肥差也是因为他在两个戏子的帮助下得以贿赂当朝权贵太监王振。《醒世姻缘传》第五回中对两个戏子在朝廷中运作的详细描写不由令读者回想起《金瓶梅》第十九回和第五十五回中极为相似的情节。

晁源的正妻计氏因不能忍受丈夫和妓女出身的小妾小珍哥的虐待而悬梁自尽。随即计氏的家人便将晁源和小珍哥告上了衙门。同样,西门大姐(西门庆的女儿)因不堪忍受陈经济在娶进妓女冯金宝后对自己的折磨和辱骂而上吊自杀。吴月娘随后便控告陈经济逼死西门大姐(第九十二回)。

另一处略为含蓄然而可能更为重要的对《金瓶梅》的暗示可以从《醒世姻缘传》第七十九回的回目"希陈误认武陵源,寄姐大闹葡萄架"上初见端倪。这一对"葡萄架"的提及不由令人想起《金瓶梅》第二十七回"李瓶儿私语翡翠轩,潘金莲醉闹葡萄架"中那臭名昭著的场景。为了惩治潘金莲对李瓶儿的醋意,在自家花园的葡萄架下西门庆所施加的性折磨险些令潘金莲丧命。这一回中包含了《金瓶梅》最为直露的性描写之一。① 不妨顺带一提的是,在丁耀亢的《续金瓶梅》中,第四十四回回目的后半部分"金桂姐鬼魅葡萄架"也同样提及了那《金瓶梅》中的"葡萄架"。

---

① 在《〈金瓶梅〉中的双关语和隐语》("*Puns and Puzzles in the Chin P'ing Mei*")一文中,柯丽德提供了对该回的文本细读。她认为(特别是 p.237),西门庆将梅子投入潘金莲牝中的性游戏是理解小说题目——"金瓶梅"的关键所在。但是,徐朔方(《金瓶梅西方论文集前言》,徐朔方《小说考信编》,p.300)指出这一论断缺乏说服力。他认为,人们一般用英文"Plum"一词来笼统翻译中文中截然不同的"李"和"梅"二词,而小说中西门庆投打的是"李"而不是"梅"。

在这一回中,潘金莲转世的金桂反复梦见自己在葡萄架下与情人苟合。不久,她又因此导致性功能丧失而变成了一个"石女"。在小说的另一处,《续金瓶梅》的作者/叙述者责备读者道,"那《金瓶梅》前集说的那潘金莲和春梅葡萄架风流淫乐一段光景,看书的人到如今津津有味"①。很明显,到了《续金瓶梅》的时代,由于《金瓶梅》的流行,对许多人来说"葡萄架"一词几乎已然成为"性越轨"的同义词了。②

极为有趣的是,虽则《醒世姻缘传》第七十九回回目赫然标明"葡萄架",但在该回的正文中却丝毫没有提及"葡萄架"。我相信,这一明显的"误名"是《醒世姻缘传》的作者有意为之。他是要迫使读者通过"回忆"《金瓶梅》的重要段落来理解《醒世姻缘传》此回回目及其回目和正文内容之间的关系。③ 在小说此回中不仅没有提及"葡萄架",而且也没有任何性越轨的描述。反而,我们被告知狄希陈是如何被其悍戾的小妾寄姐捉弄而误将寄姐认作了丫头小珍珠从而被抓住了其调戏丫头的实证的。他随后为此遭受了寄姐的百般刑罚。这一回中的寄姐和《金瓶梅》第二十七回中的潘金莲唯一的相似点在于,二人都因丈夫对其他女人的兴趣而充满妒忌。但是,发掘这两回中有关因丈夫的淫荡而妒火中烧的小妾的同样场景间的微妙差异,当更可以帮助我们把握《醒世姻缘传》的作者戏仿的意图。《金瓶梅》中的"葡萄架"是作为一个暴君般的丈夫西门庆对其有反抗心的小妾潘金莲显示统治权威的背景出现的。西门庆在此要迫使潘金莲放弃她的妒忌,至少是在表面上或暂时性的放弃。这一情境在《醒世姻缘传》中则被完全反转了:虽然狄希陈和西门庆一样好色,

---

① 丁耀亢:《续金瓶梅》,31.285。
② "葡萄架"的母题也出现在十八世纪小说《野叟曝言》中,而出现原因却不尽相同。参见本书第九章对这部小说的讨论。
③ 参考马克梦:《吝啬鬼、泼妇、一夫多妻者》,p.74-75:"尽管《醒世姻缘传》里并未真正出现'葡萄架'的场面,但标题中却出现了这几个字眼,这就把寄姐对丈夫生殖器的凌虐变成一种前后跨越一个世纪之久、文际性的报复。"正如马克梦(p.75)指出的,《醒世姻缘传》第五十八回的"葡萄架"(见 p.832)充当着狄希陈和相于廷谈论惧内之夫的布景,随后相于廷又在此遭到了寄姐的攻击(58.839)。

第六章 《醒世姻缘传》：欲望与因果报应

他却是全然受控于他悍妒的妻妾。说来奇怪，《金瓶梅》第二十七回的回目也同样会引发误解，因为这一回的中心内容是西门庆对潘金莲的性虐待，而非如回目所表示的"潘金莲醉闹葡萄架"。换句话说，是西门庆而非潘金莲之"闹"。这在《醒世姻缘传》的第七十九回中被再次反转了。如今，轮到寄姐对狄希陈残酷地性虐待了，她甚至在狄希陈的阳物上作标记以检验狄希陈是否忠实于她。① 小妾成了施加控制并维护统治的人物。《醒世姻缘传》第七十九回回目对《金瓶梅》中"葡萄架"的"挪用"，正强调了丈夫一方命运的全盘反转。该回正文中"葡萄架"的缺失仅仅证明了一个事实：对狄希陈来说，武陵源这样的乐土只有像西门庆一样的暴戾男人才能享用。狄希陈根本无法想象其前辈西门庆作为一个男人和丈夫所享有的地位。这也便引出了一个更为重要的议题——"男性去势化"或"阳衰"(male degeneration)。

自《金瓶梅》面世以后，许多以男女情欲为主题的小说，特别是在那些可以明确辨别出是受到《金瓶梅》直接影响的作品中，男主人公们都呈现出一个渐进而明显的"阳衰"或"男性去势化"趋势。正如我在本书第四章末尾所说，男性去势化在《金瓶梅》后二十回的男主人公陈经济这一形象上已初露端倪。在《金瓶梅》之后，这一过程似乎更在加速进行着。

在晚明艳情小说《绣榻野史》中，男主人公自号"东门生"（因为他住在扬州东门里；1.103），这大概是对西门庆的姓氏"西门"的一种戏仿。在小说通篇中，男主人公都被叫做东门生，而他的本名姚同心则很少被提及。东门生的妻子被叫做金氏，这大概也是对潘金莲名字的一个映照。但是，在与妻子的关系上，东门生和西门庆完全不同。他明显处在

---

① 寄姐在狄希陈阳物上做标记的情节被上海古籍排印本所删；参见《重订醒世姻缘传》，79.11b (p.2164)；另可参见马克梦：《吝啬鬼、泼妇、一夫多妻者》，p.75。事实上，悍妇在其丈夫阳物上作标记以防其夫不忠的情节可以上溯至晚明小说《醋葫芦》。在《醋葫芦》第四回中，都氏专门刻成一枚印章用来盖在丈夫的阳物上以便她每日检查。这段描写更为详细且近乎滑稽。这一手段在十八世纪初的小说《姑妄言》中被另一个妻子所采用(3.455)，本书第九章有关于这部小说的详论。

了一个低下的位置。西门庆以其强盛的性能力而自豪,正是这一能力使他得以征服诸如李瓶儿的一个又一个女人,而东门生却因其早年的放荡而明显性功能不足。事实上,直到他借助于药物增强了性能力,他依旧是别人(甚至他的丫头)的嘲笑对象(1.131)。① 当然,西门庆也会利用春药来增进自身本已强大的性能力。由于东门生的性能力不足,他会安排妻子金氏和他的男性情人大里苟合,并自甘在此时扮演一个偷窥者的角色——这是西门庆简直做梦也不会想到的。② 在《肉蒲团》中,男主人公未央生也同样因他的"本钱"(或者说性器官)太小而遭受嘲笑。

《醒世姻缘传》在对"性"的处理上要含蓄很多,因而它在探讨男性去势化时更多是从男性的综合素质而非性能力本身着手。在小说伊始,叙述者告诉我们晁源本是个惧内的人。他是在其家庭突然获得了财富和权势之后才感到自己有足够的自信来忽略正妻计氏的。而这暴富则是因为晁源的父亲因纯粹偶然的机会被任命为了一个重要州府的知州。与西门庆不同,晁源对金钱和经商一无所知。他所购买的东西总是全然无用的。例如,他曾被诓骗用一锭元宝买来了一只"心经"猫,因为卖猫人吹嘘这只猫只要被挠上几挠就可以不断口念"菩萨"(第六回)。西门庆的财富主要是他自己赚来的,而晁源只会去挥霍他父亲的财产,这一点在小说中被反复提及。西门庆在勾搭仆人的妻子时从未遇到过障碍。一旦宋惠莲的丈夫来旺在发现妻子和主人之间的奸情后怨骂并声言报复,西门庆马上将其诬陷下狱并判递解原籍。西门庆在处理这件事上的足智多谋恰与晁源的无能形成了鲜明对比——晁源竟为同样的事情送了命。当小鸦儿发现晁源勾搭其妻时,便毫不犹豫地砍下了晁源的头,虽然他只是一个穷皮匠并正租住着晁源田庄的房舍。

在《醒世姻缘传》的第二部分,晁源转世的狄希陈与西门庆还有着许

---

① 顺带一提的是,在《绣榻野史》中同样写有"胡僧贡宝"的情节(1.115)。
② 关于《绣榻野史》借鉴《金瓶梅》的推测,参见韩南:《艳情小说》,p.9–10。

多对比之处。在《金瓶梅》第十一回中，西门庆为梳笼妓女李桂姐而搞得锣鼓喧天花团锦簇。① 但是，在《醒世姻缘传》第三十七回中，这一情景恰恰被反转了：十六岁的狄希陈反过来被妓女孙兰姬所"梳笼"。孙兰姬还提醒狄希陈不要忘记他是在她的手中失去童贞的："你可是我替你梳笼的，你可别忘了我。"(37.549)就好像狄希陈是一个被她梳笼而开始其妓女生涯的处女一般！

与西门庆常常鞭打妻妾恰恰相反，狄希陈正充当着他的妻子素姐和小妾寄姐施加虐待的对象，尽管作为一个男人他应当在生理上比妻妾强壮很多。狄希陈所遭受的暴力要远比西门庆施加在其仆妾身上的更为经常和惨烈。叙述者煞费苦心地以生动细节描写着这个可怜的男人所遭受的来自其妻妾的种种生理虐待与折磨。

为了确证对"他的"女人的控制权，西门庆以伤害她们的阴部为乐（诸如给潘金莲、林太太和王六儿烧疤）。这一行为在《醒世姻缘传》中再次反转了：正如上文所提及的，狄希陈为了表示完全的屈从，不得不同意他的小妾在自己的阳物上作标记。这里，轮到了女人通过标记男人的生殖器来确证自己对配偶的拥有权了。

以《金瓶梅》为参照来阅读《醒世姻缘传》，我们便不由感到素姐和寄姐正是代表着《金瓶梅》中那些被西门庆和其他男人虐待的女性来复仇的。《醒世姻缘传》就好像是被特意设计出来，以展现如果潘金莲这样的女人得以以牙还牙，将会发生怎样的故事。《醒世姻缘传》似乎呈现了在所谓男权社会中当男人不能适当地履行其作为男人的职责时，他可能面临的最为可怖的情形。尽管对女性权势有着很深的焦虑，但《醒世姻缘传》并非是一部厌恶女性的作品。事实上，它说明了男人最终应如何为自身的悲惨遭遇负责以及所谓的悍妇是如何充当着对无能而放纵的男人的惩罚媒介的。

---

① "梳笼"一词在《金瓶梅》第十一回的回目和该回的正文中多次出现（崇祯本，11.137）。

《醒世姻缘传》的因果框架

任何解读《醒世姻缘传》的尝试都势必要把握小说对因果报应的不断强调所具有的意味。《醒世姻缘传》对《金瓶梅》复杂回应中的一个重要方面就是其通过对因果轮回极为详细的展示来更为彻底地贯彻报应不爽的观念。只有借助因果报应的逻辑，小说中的许多关键情节才可能被理解。而且，小说还不断提示读者这个观念的重要性。不仅是在许多章回的惯常的开场诗中，更为刻意的是，在具体情节段落的展开中小说也会不失时机地对读者加以提醒。例如，读者被反复告知，素姐对狄希陈的刻骨仇恨是对狄希陈的前身谋杀她的前身的报复行动。素姐常常抱怨不知是何原因使她仅仅看见狄希陈的影儿就会发疯：

> 这却连我也自己不省的。其实俺公公、婆婆极不琐碎，且极疼我，就是他也极不敢冲犯着我，饶我这般难为了他，他也绝没有丝毫怨我之意。我也极知道公婆是该孝顺的、丈夫是该爱敬的，但我不知怎样一见了他，不由自己就像不是我一般，一似他们就合我有世仇一般，恨不得不与他们俱生的虎势。……他如今不在跟前，我却明白又悔，再三发狠要改，及至见了，依旧又还如此。我想起必定前世里与他家有甚冤仇，所以神差鬼使，也由不得我自己。(59.850)①

在出嫁的前夜，素姐梦到一个鬼用一颗恶心换了她的本心。在梦中她被明确告知，从嫁给狄希陈的一刻起，她就再也用不着原来的好心了(44.646)。所以，素姐对丈夫莫名其妙的残忍便可以被解释为，素姐正是她狐精前身的业果复仇者。

晁源/狄希陈，狐精/素姐，计氏/寄姐并非小说中唯一一组证实善恶报应的例子。在篇幅更长的第二部分中，小说用重要的篇章来描写晁源

---

① 相似的表述可参见44.651和45.661。

的家庭,特别是晁源的母亲晁夫人。这一虔诚的女人因其众多的善行而获得了好报(她的儿子晁梁就是因她对一个戏子的帮助而获得的善报。这个戏子出于深深的感恩之心而自愿结束自己的"今生"以托生为晁夫人的儿子)。小说第二部分叙述的重点在两条故事主线间不断交替,一条是晁源死后其亲戚和朋友的故事,另一条是狄希陈和他的家庭。有时叙述重点会在要害之处转移到另外一条情节线索,以吸引读者关注报应的对立两面(恶报和善报)所形成的讽刺性对比。如果晁夫人的故事证实着"现世报"的说法,那么晁源作为转世的狄希陈所受到的恶报就是一个更具说服力的"转世报"的例证。更进一步,小说中还写有其他许多人物的轶事,诸如晁无晏(大概是"无厌"[永不满足]的双关)或晁思才("思财")。二人都在今生就受到了现世报。在一定程度上,一些研究者之所以认为小说采用了片段式的结构方式,正部分地源于小说借助次要人物的故事来连缀狄希陈和晁夫人这两条故事主线的倾向。小说正是要以这样的结构来证实因果轮回的不同侧面。

但是,小说对因果报应的热衷也同时暴露了道德正义观念本身的一些问题。一个直接的问题就是,这一看似无穷无尽的转生与报应的轮回有时却会颇具悖论意味地削弱个人的道德责任感。例如,狐精转世的素姐就是一个复仇的幽灵,因此人们便无法将她的任何邪恶行为(对狄希陈的残忍,致死父母及公婆的不孝)看作她自己道德天性的显现。她无法控制自身行为;一种更强大的力量支配着她的一举一动。正如在小说末尾狄希陈在梦中被告知的,素姐"是奉天符报仇,不系私意"(100.1429)。素姐行为的"无关道德"性削弱了小说中许多"邪恶"形象本应遭受的道德谴责。在因果轮回中,某一恶行往往被设想成是为惩罚另一为恶者而设,因此这一逻辑便否认了任何评判恶行本身的合理道德基准。素姐之所以"恶"仅仅是因为她的邪恶是上天安排的对晁源的惩罚;晁源也可以用同样的方式来宣称自己的"无辜"。

更进一步,因果报应的逻辑还为一些人提供了作恶的借口:在充当恶有恶报的媒介的名义之下,人们给予了自己作恶的特权。这里,"报应"观念被人们所操纵,成了以他人为代价来拓展个人欲求的借口。例如,晁思才宣称晁无晏的家财零落和其遗孀的立时改嫁都是晁无晏生前所犯罪行的报应(57.878)。在一定程度上晁思才所说确为事实,因为晁无晏的的确确作恶多端,包括非法侵占了晁近仁的家产。晁思才的评论激起了晁夫人对"现报"的由衷感叹(57.878)。但是,晁思才强调报应的原因之一却是为了使自己将晁无晏的遗孤收为奴仆之事合理化(这大概是对晁无晏的进一步惩罚)。晁思才诉诸命中注定的因果报应观念,将自己奴役晁无晏儿子的图谋表现得相当正当。出于同样的原因,蒿里山的和尚道士利用人们惧怕"地狱"的心理而得以聚敛钱财(69.990－991)。

《醒世姻缘传》的作者显然意识到了因果报应逻辑过分僵化的运作可能会带来的问题。因而他让一些人物在改变因果报应的进程中得以发挥个人更为积极的作用。为了解释为何当麻从吾夫妻因做人太毒而暴死之时麻从吾的儿子麻中桂却可以幸免于难,叙述者说道:

> 若论麻从吾两口子的行事,不当有子,岂得有家?可见虽说是远在儿孙,若是那儿孙能自己修身立命,天地又有别样安排。若因他父祖作恶,不论他子孙为人好歹,一味的恶报,这报应又不分明了。(27.402)

在小说的有些场合中,一些人物得以抱怨因果报应所可能产生的不公正结果。在狄希陈的母亲去世后,素姐又再次当众痛虐狄希陈。在妻子的坟前,狄宾梁(狄希陈的父亲)痛哭流涕质问上天,为什么他的祖先、他的妻子以及他自己都从未作恶,却要遭受这般狠报(73.1044)。确实,虽然狄希陈的苦难被认为是其前生恶行因果报应的结果,但小说对狄希陈父母为何受到如此恶报却没有提供任何解释。所有这些,令人感到报应的运转也并非总是公正的。在这方面一个更大的问题是,虽然读者被反复提醒狄希陈的苦难源于其前世的罪行,但小说的主要情节——糊涂而无辜的狄希陈注定要遭受素姐和寄姐无穷无尽的折磨——并不总是令人信服的。这在很大程度上是因为狄希陈被呈现为一个有着自己的道德本性和意愿的人物形象。他和他的前身晁源实际上是相对独立的。悖论地是,作者在小说第二部分越是成功地将狄希陈塑造为一个有血有肉的人物形象,因果报应框架的说服力便会越发下降。对因果报应亦步亦趋地坚持会导致个体人物形象沦为善恶报应游戏中一颗无助的棋子,并会因此严重削弱小说在教化劝惩方面的说服力。

大概是要弥补这一说服力的缺乏,叙述者有时会试图强调环境在塑造个人道德品质方面所发挥的作用。在第一回中,叙述者便强调了教育的重要性以及父母对塑造孩子品德所担负的职责。例如,叙述者曾责备是晁源父母的溺爱和晁源结交的狐朋狗友使晁源日趋堕落(这一情节会令作者尽力树立的晁源母亲晁夫人的崇高形象受到质疑,因为她也要对其子的堕落负有一定责任)。鉴于在明末清初知识分子关于人性的论说中对"习"这一范畴的重要意义的认知,①我们便不必惊异于《醒世姻缘传》会如此频繁使用此字来谈论教育和环境的关键作用,诸如"习久性成"(1.2)、"习染成风,惯行成性"(26.378)。在描述狄希陈的初次性冒险(或为性遭遇;参见上文)时,叙述者又强调十五六岁之时正处于那可善可恶之际,因而是人生的关键阶段(40.587)。孟子所言君子三件至乐的事之一便是教育英才(小说"引起"中引述)。确实,叙述者反复唤起人们对教育和养育子女的恰当方式的重视。这一对环境和教育的影响力的强调所包含的一个重要言外之意便是:有许多因素会对个人道德品质的塑造发生作用。

---

① 这一思想的原点可以在《论语》中找到:"性相近也,习相远也。"(刘宝楠:《论语正义》,p.367)浦安迪(《逐出乐园之后》,p.579)也提及此点。出现于明末清初哲学论著中的从对"性"的讨论到对"习"的强调的焦点的转变在此也值得注意。但对这一议题的详细讨论尚有待将来。

欲望的寓言

另一进一步削弱因果报应解释力的因素是小说对过度欲望及其道德后果这一议题的持续关注。在小说写实细节背后,除了明确的关于报应不爽的说教之外,还有着一个含蓄但精心构建的关于修身和自控的寓言。许多《醒世姻缘传》的现代读者对小说第一部分晁源射杀狐精和第二部分狄希陈遭受恶报之间的因果关系颇为疑惑。首先,这场射杀并非恶意蓄谋(它发生在一次打猎中),晁源行为的罪恶程度与狄希陈所受折磨之惨烈实不相称。其次,狐精也绝非一个无辜的受害者。恰恰相反,它早有引诱晁源之心:

> 他处心不善,久有迷恋晁大舍的心肠。……今见晁大舍是个好色的邪徒,带领了妓妾打围,不分男女,若不在此处入手,更待何时?随变了一个绝美娇娃,年纪不过二十岁之下。(1.12)

这个"美女"立刻将晁源迷惑得魂不附体。但是,苍鹰猎犬却可以看穿狐精虚假的人形外表并开始捕捉它。在慌乱中,狐精现出原形并钻在晁源马肚下躲避。看到了狐精的原形,晁源便一箭射杀了它。读者被告知,"射杀"这一行为从而开启了构成小说主要情节的因果循环。但令读者感到困惑的是,鉴于狐精自身确实也有着邪恶的意图,晁源行为的过失程度似乎并不与其在小说第二部分所承受的惩罚的力度相符(即便在佛教教义中杀生是一种罪孽)。在某种程度上,这一射杀行为至少是情有可原的。

但是,随着我们阅读的深入,这一困惑会逐渐削弱。因为,与其说狄希陈随后所遭受的苦难是这一"射杀"行为的直接后果,还不如说这是一种对一个人色欲或性欲失控(晁源和狄希陈都有着这致命的毛病)的危险性的警示。对狄希陈苦难令人发指的种种描写在象征意义上是令人信服的——它们正源于狄希陈自控力的缺失,而不完全是因果报应的结果。事实上,狐精引诱晁源的企图也是被晁源放纵的行为(诸如带领妓女外出打猎)所触发。在那场围猎之后,晁源梦见他的祖父责备他不应一见化作美女的狐精便起了邪心:"(狐精)将你杀害他的原委备细对我告诉,说你若不是动了邪心,与他留恋,他自然远避开去。"因此,来自狐精的骚扰仅仅是源于晁源自身的欲望。在这一语境中,狐精可以被视作是对晁源(和狄希陈)那急需约束的性欲的寓言式象征。换句话说,狐精是晁源自身欲望的映像。在文学传统中,狐精这一形象往往与将男人引入歧途的致命色欲相联系。在这一传统中,一个致命诱惑者常被叫作"狐狸精"。① 从这一角度来看,仅仅当狐精失去了它虚假外表之后晁源才射杀狐精的事实正可被阐释为是对晁源自知之明的缺乏的象征性表达——他未能预见自身欲望失控将引发的最终后果。

围猎回来不久,晁源和他的小妾小珍哥便开始被疾病与噩梦所缠绕。小说第十一回的开场诗便明确指出噩梦和幻觉中的鬼神都是被罪孽所纠缠的心在作怪:"鬼是自家心。"(11.155)随后,在晁源的正妻计氏自杀后,晁源和小珍哥再次患病并不断被鬼所扰。这时,叙述者插入进来再一次提醒读者晁源见到的所有鬼怪都是因自己亏心(即所谓"鬼心";17.245)所致。② 晁源和小珍哥是在为他们自己过度的欲望遭受惩

---

① 例如,可能是由于女性性诱惑和狐狸精之间的惯常联系,叙述者才感到特别有必要指出,虽然晁源的妻子计氏前生是一个狐精,但在今生她却丝毫不会"媚惑人的事"(8.117)。在其博士论文《美女是野兽》中,艾梅兰(p.94-95)也指出,狐精和素姐是"狄希陈的欲望的投射"(p.90);另可参见艾梅兰关于其所谓小说的欲望和理智之间的张力的讨论(p.89-108)。马克梦也有类似的观点(《吝啬鬼、泼妇、一夫多妻者》,p.73-74)。马克梦认为,"按照小说作者的因果假设,她(素姐)只不过是在报前世在男人手中所受之冤。从形而上学的角度来说,男为因,女为果,所以丈夫和父亲是道德的始作俑者,女人则是男人形象的具体展现"。关于神怪传说中狐形象的讨论,参见(Fatima Wu):《中国神怪故事中的狐》("*Foxes in Chinese Supernatural Tales*"),p.121-154。
② 这一回的回目同样表明了这一事实("心虚见鬼")。这不由令人联想到在《西游记》中,妖魔鬼怪常常被视作是师徒四人缺乏修身的象征。参见浦安迪:《明代小说四大奇书》,p.244 脚注、258;浦安迪所引用的一位小说评点家的评点值得特别注意(p.270):"魔非由我即我。"事实上,在字面上《醒世姻缘传》中的素姐(86.1222)便被用来与《西游记》中的白骨精或白骨夫人相比较。白骨精以其化为美女引诱猪八戒的诡计而知名。

罚(小珍哥无疑是小说中欲望最盛的女人之一)。值得注意的是,读者被两次告知,晁源的正妻,就是那位随后将转生为寄姐并在晁源来世对其百般折磨的计氏,也是狐精的转世。① 所以,从寓言的角度来阐释,折磨晁源的其实是他自己的"狐精"——他那不可控制的欲望之心。很显然,晁源死于小鸦儿之手的根本原因正是其对自身欲望的放纵。

在小说的第二部分,在她们与狄希陈的寓言式关系中,素姐和寄姐也可以被理解为具有着相同的象征意义。虽然和他的前身相比狄希陈要更为无能和懦弱,但他却与其前身一样好色放荡。众多的事例证实并非狄希陈的所有苦难都可以用报应不爽来解释,其中的许许多多都是他自己酿成的。狄希陈虽则不如晁源那般邪恶,却同样是个沉溺于女色之人。他十六岁时领受妓女孙兰姬的性启蒙与性诱惑,预示着这个易受影响的青年今后将一次次地因自身不可控制的欲望而成为女人的牺牲品。狄希陈过于迷恋孙兰姬,因而虽然考试完毕后他再也没有借口留在省城,他还是拒绝离开他的新情人的居所。仅仅当他被哄骗说家中也叫来歌妓时,狄希陈才同意返回家乡。所以,和晁源一样,狄希陈经常与妓女相纠缠,而这正是他遭受先后来自其妻妾的生理和心理严重虐待的原因所在。另一次,他因数日与一群性饥渴的尼姑苟合而险些因"过度消耗"而丧命(64.922)。

读者也许会奇怪,既然其妻如此暴虐,狄希陈为何不休弃她。我们可以在狄希陈的一段自白中找到些许答案。在刚刚遭受寄姐毒打的惊慌失措中,狄希陈找到一个算命先生寻求帮助。他被告知命中注定会在婚姻中受难,而唯一获得解救的办法就是休妻来过单身的生活。狄希陈很不情愿。他作了一段伤心的自白:"我几番受不过,也要如此。只是他又甚是标致,他与我好的时候也甚是有情,只是好过便改换了,所以又舍

---

① 晁夫人在梦中得知计氏的前世是个狐精,她得以在来生托生为女身寄姐而非狐狸,是因为念了三千卷宝经的功德(30.446)。此前,叙述者也曾特别述及了这一事实(8.117)。

不得休他。"(61.878)①素姐的迷人魅力使狄希陈无法离开她。

从寓言的角度来看,狄希陈是在被他自己的"狐精"所折磨;他是在遭受自己淫欲的惩罚,而素姐则是这一淫欲的化身或者象征。有好几次狄希陈遭素姐虐待的直接原因都是其与另一个女人(通常是妓女)的纠缠。一次,素姐痛打狄希陈是因她偶然看见了孙兰姬送给狄希陈的礼物(第五十二回)。很值得注意的是,孙兰姬在外貌上与狄希陈悍戾的妻子十分相像(一个会算命的尼姑曾预言狄希陈会娶模样和孙兰姬相近的女子为妻;40.589)。具有象征意味的是,狐精因狄希陈被"她自己"所吸引而惩罚狄希陈;换句话说,是狄希陈自己的淫欲在惩罚他或者说他是因自己淫欲过度而受到惩处。还有一次,狄希陈被邀请参加一个有妓女作陪的酒宴。他因美妓的在场而玩得不亦乐乎,全然忘记他本不应在这类场合停留,因为如果他悍妒的妻子发觉此事,他将为此付出沉重的代价。但是他却无法控制自己,因为他"一见个油木梳红裙粉面的东西,就如蚂蝗见血相似"(66.941)。讽刺的是,当他得知素姐已获知了他的行径,他便不得不用镰刀砍伤自己的胳膊来摆脱朋友的拉扯以迅速跑回素姐身边,而正是浑身的血迹才得以使其免去了一顿酷打。其后,狄希陈遭受寄姐的毒打也是因为寄姐发现他伺机调戏丫头小珍珠。而值得注意的是,小珍珠正是那被晁源纳为小妾的妓女小珍哥的转世。

对狄希陈近于情愿地接受素姐和寄姐折磨的一个更为确切的解释是,狄希陈缺乏控制自身色欲的意志力。这一弱点为狄希陈和晁源所共有。狄希陈的第一个情人妓女孙兰姬可以进一步证实这一共有性。孙兰姬是小班鸠的转世,而小班鸠正是在小珍哥入狱期间晁源找来厮混的

---

① 随后,在素姐企图杀害狄希陈之时,狄希陈决心来考虑休妻的可能。但是他被一向足智多谋的周相公阻止了。周相公认为狄希陈不可休妻,因为这段婚姻源自天意;狄希陈注定要遭受其妻的虐待以偿还前世的冤仇。如果他休弃了她,来世还要从头报起(98.194-198)。这是对小说所宣扬的因果报应逻辑的明确表述。但是,我们也可以换一种方式来理解这段话,即,除非狄希陈能够去除他自己心中的"狐精",他的苦难才可能终结。

妓女(40.587-588)。狄希陈要为自己的苦难承担主要责任。

狄希陈受尽苦难是因为他不能控制自身的"狐精"。这大概正是为何许多读者会常常感到狄希陈的苦难是他心甘情愿承受的——他甚至有受虐狂的倾向：

> 狄希陈见素姐与了一二分温柔颜色，就如当初安禄山在杨贵妃宫中洗儿的一般的荣耀，不惟绝无愁怨之言，且并无惨沮之色。这岂不是前生应受的灾愆？薛如卞口中不言，心里想道："一个男子，到这等没志气的田地，真也是顽顿无耻，死狗扶不到墙上的人。怎怪得那老婆恁般凌辱！"(63.909)

在小说的另一处，狄希陈被称作"是顽皮心性，打着才疼，不打不怕"(95.1359)。所以，颇具寓言意味的是，狄希陈是在因自身道德自律的严重缺失而身受种种磨难(被转世的狐精——即"色"或性欲的象征——所惩治)。这正如他的前身晁源不得不为其自身的(性)越轨行为而承受最终的审判。①

小说中许多男性人物都有这一对性诱惑无力抗拒的致命弱点，而其中的一些甚至因过度纵欲而死。汪为露，一个土豪无赖样的老秀才，在娶进魏才的十六岁女儿后很快就病入膏肓(第三十九回)。同样，晁无晏在娶了年轻的寡妇郭氏后便因过度纵欲而亡(第五十三回)。晁无晏的死前自白令此事更具讽刺意味：

> "我合你做夫妇虽是不久，那恩爱比几十年的还自不同。我这病也生生是爱你爱出来的。咱虽无千万贯的家财，你要肯守着吃，也还够你娘儿四五个吃的哩。……也不消另嫁人了。"(53.765)

而我们随后便得知这个寡妇在他死后马上就席卷所有家财改嫁了。年

---

① 关于晁源和狄希陈的相似之处的研究，参见吴燕娜：《〈醒世姻缘传〉中的重复》("Repetition in Xingshi yinyuan zhuan")，p.62；朱燕静：《〈醒世姻缘传〉研究》，p.128-130。

近五十的周龙皋在续娶年轻而淫荡的程大姐后刚到两年就病死了(第七十二回);香岩寺的两个住持也先后死于性衰竭(第九十三回)。所有这些死亡都在强调着控制自身欲望的重要性及缺乏此类控制的可怕后果,这与小说伊始狐精的象征意味十分接近。令这一关于自我控制重要性的主旨变得更加有趣的是,作为因果报应的媒介,素姐有时却也会忘记她作为复仇天使的职责而同样变得欲火难耐:"素姐被那酒香触鼻,欲火攻心,明知与狄希陈是前世冤仇,到此田地,不得不用他一用。"(61.881)当然,考虑到小说中素姐与狐精的象征性联系,其难抑的欲火也就并不令人感到惊奇了。

确实,小说中人物的行为常常需诉诸因果报应之外的其他原因来解释。除却因果报应逻辑的束缚之外,狄希陈和素姐可谓可怖的婚姻不致破裂的原因正在于"色迷"。从寓言的角度来看,狐精不仅是强烈色欲的象征,同时也是与这种欲望相关的危险后果的象征。这也就在一定程度上解释了为何晁源和狄希陈的生命中许多重要的色欲强盛的女性都与狐精有着某种关联。她们要么是狐精的转世,要么是与前身为狐精之人面貌相似。

对环境作用的强调以及对自控和修身重要意义的寓言式暗示,至少在表面上与小说关于因果报应的明确主旨相矛盾。如果每一个人都是其前生的转世并不得不全部承担其前世行为的道德后果,如果每一件事都被前生经历所预先注定,那么后天环境所可能施加的影响和个人主观能动所可能发挥的作用也就微乎其微了。虽然道德公正看似被转世轮回的逻辑所维系(一个人的罪愆如果在今生不能赎清,就要在来世继续偿还),但从具体个人的一生来看,却并无道德公正可言,因为每个人都是以一次次轮回的形式存在的。人生一世,个人的命运都被其前身的行为所完全注定,而"修养"或"环境"以及个人的意志与这个转世与报应的永恒框架几乎毫不相干。阅读这一部复杂的十七世纪作品时的一个重要问题就是如何调和小说发送给读者的各种各样看似矛盾的信息。但是对作者和他的同时代人来说,这些信息可能并不如此相互矛盾。或者,也许作者根本不会把我们这样的现代读者的困惑视为问题。① 但是,在讨论这部小说的复杂性之前,我们势必要仔细考察小说文本本身为我们提供的诸多线索——这些线索也许能告诉我们:为什么尽管作者已经注意到了许多因果报应理论所无法解释的现象,但他仍要将这一概念作为小说的基本道德和叙述逻辑基础。

儒家道德秩序的瓦解

《醒世姻缘传》充斥着行为越轨、邪恶与道德败坏的人生像;人人似乎都被无法满足的欲望吞噬着。除去许许多多详细具体的事例外,作者还从宏观上展示了社会道德的沦丧。小说中留给人们印象最深刻的关于道德沦丧的故事大概要属明水村惊天动地的变化。作者首先描绘了明初一个乌托邦式的小村庄,在这里人们看不到罪恶的踪迹(第二十三、二十四回)。② 但突然,很令人费解的是,③ 人们一下子变得邪恶无比(第二十六、二十七回)。善人百中一二,恶者十常八九(28.414)。明水村道德败坏之风泛滥难抑,以致玉皇大帝降下毁灭性的大水来惩罚堕落的众生。而正是在这场道德的迅速退化中,狄希陈和素姐(分别是小说第一部分中晁源和狐精的转世)和他们各自的家庭出场了。换句话说,小说第二部分的主人公是在传统道德秩序瓦解的语境中走入读者视野的,这

---

① 参考何谷理(《十七世纪中国小说》[*The Novel in Seventeenth-Century China*],p.138)对袁于令(1592—1674)的小说《隋史遗文》的评论:"这些在当代读者看来似乎是相互矛盾的态度,对袁于令来说却并非如此;他在不同的情形下将人类行为的道德责任归于上天或人。"
② 小说中的许多篇章都表达了对明初的缅怀(参见 24.354 和 27.390)。这一对明初美好岁月的追忆在许多作于明末(当明王朝的统治行将崩溃时)和清初(当明代已经成为一个"堕落"和"覆灭"了的王朝时)的叙述文学中是具有典型意义的。参见韩南:《道德责任小说》("The Fiction of Moral Duty"),p.190。
③ 叙述者只简要地提及王朝的兴衰气运来作为引发这一突变的可能原因(24.363)。

时读者的感觉是小说中的社会道德变得更加混乱。① 小说作者告诉我们,本书最为重要的主题之一——悍妇/惧内这一"反常"现象,②仅仅是越来越严重的社会弊病和道德败坏的表征而已;用小说中吴推官的话来说,这是一个"阳消阴长"的世界:"阳消阴长世道,君子怕小人,活人怕死鬼,丈夫怎得不怕老婆?"(91.1304)这是一个道德是非被完全倒置的宇宙,一个儒家父权社会秩序彻底崩溃的世界。

在这个混乱的世界中,传统的儒家经典道德教义与现实生活变得越来越没有关系了。为探究正在分崩离析的道德传统失效的原因,小说中所惯用的一个重要策略是将缺乏道德的人物与儒家经典中的有关具体教义并排对照:由此生发出许多讽刺性的幽默场景来凸显世道的堕落。这里的讽刺就好似一把双刃剑——儒家经典的道德教化力量以及引用经典之人的道德品行都同时受到了质疑。

当晁源告知他的岳父他打算休弃妻子计氏时,他通过引述一段自认为出自《大学》的语句来试图为自己在圣人那里寻求支持:"非礼不看,非礼不听,非礼不走,非礼不说。"事实上,这一语句出自《论语》,而由于其学识浅陋,晁源不仅搞错了出处,而且还记错字句导致误引——他变"勿"为"不",变"动"为"走"(8.119)。③ 更有甚者,晁源的实际行径正与其所引篇章倡导的行为恰恰相反——他因小妾对正妻的诽谤而决定休妻(明显是一种非礼行为)。晁源的宣称——小珍哥虽然曾是一个歌妓,一旦嫁入晁家为妾,她就会成为一个合礼的妻子——进一步强化了小说的讽刺效果,因为事实上这里没有丝毫"合礼"可言。晁源所使用的词

---

① 充斥小说之中的对种种道德堕落现象的详细描写反而常常使得明水村的美好岁月显得那样遥不可及,作者似乎也有意通过与桃花源的类比来强化读者的这一印象(23.241)。这一独立的故事在此被插入的原因之一便是为了强调这一美好世界的不复存在和这一遥远记忆可能带来的辛酸无奈。
② 关于传统中国小说中悍妻与惧内形象的研究,参见吴燕娜:《婚姻层级的反转》("*The Inversion of Marital Hierarchy*"),吴燕娜:《中国悍妇》;马克梦:《吝啬鬼、泼妇、一夫多妻者》。
③《论语》原文为:"非礼勿视,非礼勿听,非礼勿言,非礼勿动。"(参见刘宝楠:《论语正义》,p.262。

语——"入门为正"(8.119)——大概带有着双关的含义:它既可以被理解为"一旦嫁给了他,她将变成一个端庄守礼的女人",也可以被读作"一旦嫁入,对他来说她就会成为一个正式的妻子"(代替计氏成为正妻)。晁源以妾代替原配夫人来充当事实上的"正"妻的谋划,明显就是对儒家礼教观念的公然违背。

和晁源一样,狄希陈也是一个常常错误借用儒家经典的不合格学生:

> 狄希陈心里想道:"人生在世,虽是父母兄弟叫是天亲,但有多少事情,对那父母兄弟说不得、见不得的事,只有那夫妇之间可以不消避讳,岂不是夫妇是最亲爱的?……我影影绰绰的记得《论语》里有两句说道:'我竭力耕田,供为子职而已矣。父母之不我爱,于我何哉?'如此看将起来,这分明是前生注定,命合使然。"(61.873-874)

狄希陈所引用的语句出自《孟子》而非《论语》,①而且原文本是要强调子女竭力孝养父母的责任。但狄希陈却认为他从经典中找到了可以支持其夫妻关系重于父/母子关系观点的权威性证据。这一认识明显与经典原文不相一致,不过它却是作者很认同的,这点我们将在下文予以讨论。这一误用说明狄希陈根本没有理解《孟子》的教义,而同时,正如叙述者在小说通篇持续强调婚姻关系重要意义的作用一样,这类误用也暗示着经典中的观点应当有所调整了。小说人物实际的行动往往与所引经典篇章宣扬的观点相悖,而二者之间的这种相悖只能从讽刺的角度来体味。

科举考试的题目(一般都取自儒家经典)同样给叙述者提供了表达其观点的机会:叙述者会由此展示儒家教育与普通个人的日常道德实践之间的不相关联,并对具体人物的道德行为加以讽刺。在童生试中,狄希陈的考题出自《孟子》:"相泣于中庭,而良人未之知也,施施从外来。"

---

① 参见焦循:《孟子正义》,p.360。

(37.543)①这个故事中的丈夫常常酒足饭饱后归家,并向其妻妾吹嘘自己总是与富贵之人相交。然而后来他的妻妾发现她们的丈夫竟然是天天去向上坟的人乞讨食物。故事中的丈夫所表现的无能与虚荣都是狄希陈随后将一一展现的。男性的无能与女性的权势正是这部小说的重要主题。②

随后,在获得秀才资格的考试中,狄希陈在四书试中的题目出自《论语》:"不图为乐之至于斯也。"(38.557)③叙述者说道,狄希陈欣喜若狂是因为这个题目他正巧事先准备过;对他来说,看到这个题目就和见到了他正在迷恋的妓女孙兰姬一样欢喜。由于对经典的巧妙提及,狄希陈对妓女的沉迷和他猜中试题(一种靠不住的备考方式)的喜悦被颇具讽刺地用来和圣人面对古礼乐时的入神状态相提并论。为了增强这一圣/凡并置的讽刺效果,叙述者将狄希陈的经题设置为出自《诗经》的一句:"宛在水中央。"(《秦风·蒹葭》)这首诗通常被诠释为一首情诗或是一首责备秦襄公不用周礼的政治寓言诗。④ 然而这句诗却非常符合狄希陈的处境,虽然是带有讽刺性的符合。在一场场的考试中,狄希陈的心思根本不在那些可以检测他对圣贤道德教诲的理解的文章上面。虽然接受着儒家教育,这个十六岁男孩年轻的心早已被妓女所俘获。所以,对这一古典诗歌的提及既暗示着狄希陈的爱情冒险经历,也显示着他需要被质疑的道德品质。此前,在新的老师的谆谆教导下,狄希陈终于学会了如何对取自儒家经典的题目进行破题(写作八股的一个重要方面)。当他面对一道出自《论语》的题目"子见南子,子路不悦"⑤时,狄希陈设计出了

---

① 焦循:《孟子正义》,p.358。
② 事实上,叙述者在小说"引起"部分便已提及《孟子》中的这则故事(p.3-4)。在"引起"中,叙述者借此说明妻子在丈夫的道德向善方面发挥的关键作用。
③ 刘宝楠:《论语正义》,p.141。
④ 关于传统注家对此诗的解释,参见郝志达等编:《国风诗旨纂解》,p.473-479。
⑤ 刘宝楠:《论语正义》,p.131。这是一个很有争议的段落。一些注家相信孔子是在特殊的情况下不得不去见这个淫荡女人南子的,孔子被子路误解了;参见刘宝楠:《论语正义》,p.131-132。

这样的破题来阐释题目的含义:"圣人慕少艾,贤者戒之在色焉。"(37.540)这里,再一次微妙地转达了狄希陈和妓女孙兰姬的恋情以及他面对性诱惑时抵抗力的缺乏。他被再一次与圣贤相并置。儒家经典被以一种极其讽刺的方式赋予了新的含义。所有这些例证都似乎是在证明着儒家教义已不得不被从新的角度来理解,因为它们已然脱离现实并急需修正。①

在小说的"引起"中,叙述者甚至公开质疑了圣人的权威。他声称夫妻之乐应当被加入孟子所说"三乐"之中。② 可以明显看到,叙述者认为孟子未能对人类生活的一个非常重要方面——夫妻关系给予足够的关注。事实上,这部小说似乎都在说明这一观点。狄希陈在经历了种种痛苦的经历后才意识到这一观点。这不由令人想起晚明极富争议性的思想家李贽关于夫妻关系的激进观点。李贽提出夫妻关系重于父子关系,这无疑是对正统儒家"三纲"观念所维系的社会等级结构的一个挑战。③与这一质疑儒家传统的态度相关的是小说中对两位理学大儒程颐(1033—1107)和程颢(1032—1085)颇乏敬意的态度:

若见得这家奶奶是有正经的,他便至至诚诚,妆起河南程氏两夫子的嘴脸来,合你讲正心诚意,说王道迂阔的话。(8.117)

甚至孔子本人在小说中都会受到公然嘲弄。当谈及求学乐道之前的实际温饱需求时,叙述者特别提到了孔子:

圣贤千言万语叫那读书人乐道安贫。……我想说这样话的圣贤,毕竟自己处的地位也还挨的过得日子,所以安得贫,乐得道。……孔夫子在陈,刚绝得两三日粮,那从者也都病了……孔夫

---

① 当然,并非所有小说中写到的考试题目都是用来讽刺参加考试者的,例如,晁梁试题的含义是否可以这样解读就不那么确定了(46.669)。
② 参见焦循《孟子正义》,p.533-534。
③ 参见《夫妇论》,李贽:《焚书 续焚书》,p.90-91。

子虽然勉强说道:"君子固穷,小人穷斯滥矣。"①我想那时的光景一定也没有甚么乐处。倒还是后来的人说得平易,道是"学必先于治生"。(33.478)

这一对圣贤(特别是孔子本人)的直接讽刺在中华帝国晚期的文学作品中并不是很常见。② 小说作者公然质疑儒家经典与日常生活的相关性。值得注意的是,小说在对圣贤近乎空想的"安贫乐道"加以讽刺之后,还以冗长的篇幅描述了许多秀才的落拓经历。这些秀才忍饥受冻,因为他们的有关经典的知识无法给他们自身及其家庭带来温饱(大概是作者所处时代情景的真实反映)。传统儒家教义和智慧常常成为讽刺与嘲笑的对象。

一些评论者为《醒世姻缘传》的作者在第二十回后逐渐淡化了"微观—宏观"(修,齐,治,平)类比结构而感到惋惜,认为小说未能尽力保持像"《金瓶梅》在它强有力的结尾处所展现的类比结构"③。鉴于小说中流露的对儒学作为有效意识形态的全然失望,我们不得不接受这样的可能:作者大概对《大学》所倡导的这一"微观—宏观"类比结构的阐释能力也同样失去了信心。对个人修身和国家安康之间被构想出的"必然"联系(即修身必然最终会导致平天下的逻辑)的质疑在十七世纪一些著名思想家那里也多有显现,诸如王夫之、李塨(1659—1733)和唐甄(1630—1704)的观点。④ 这反过来便至少可以部分地解释,为何对《醒世姻缘传》的作者来说,因果报应观念会变得如此吸引人。

---

① 刘宝楠:《论语正义》,p.331。
② 对圣贤言论的戏仿可以在李渔的小说作品中看到,诸如《肉蒲团》;但是,李渔作品中的叙述者很少表现出严肃的道德义愤。
③ 浦安迪:《逐出乐园之后》,p.574。
④ 沟口雄三:(《中国前近代思想的演变》,p.291)对这一议题有精彩论述。

神义性的寻觅①

　　小说中关于道德腐化和堕落的纷繁故事都有力地突显着作者为这一无道德权威可依的世界而深感焦虑。这一源自对儒家经典中道德学说之有效性丧失信心的焦虑,在很大程度上引发了小说作者对佛教因果报应观念的热衷。小说作者将它作为一种抑制手段,来遏制因人们不可控制的欲望而引发的"道德混乱"。如果人们不能被"教"而从善(这一观点与孟子人性本善的信念和正统理学的认知正相抵触),至少他们可以被"吓"而为善,这也许就是为什么小说中有那么多有关恶有恶报的惨痛故事。儒家道德秩序的瓦解所遗留的空缺急需填补,而小说所找到的填补内容就是于十七世纪已成为大众道德文化有机组成部分的因果报应佛教教义。在一个被邪恶所控的世界中,毫无正义可言,言行无所可本(儒家教义已变得没有意义),因果报应这一概念便提供了一个心理上急需的安慰:正义终会得到伸张,不在今生,便在来世。一个没有做过一件恶事却遭受艰难困苦的人一定曾作恶于前生。事实上,当因果报应的理论被引入中国后,它就变作了一个关于延迟性正义的理论表述。②

　　这一理论的合理化策略之一是以来世中正义的最终降临来解释今生中正义的明显缺失。简单地说,这是一种拖延的策略。个人行为的道德后果只有在其来世才可能获得全盘显现,而个人正在经历的种种要由其前生的行为所解释。这正如《二刻拍案惊奇》的一则故事中所引用的佛经所言:"要知前世因,今生受者是;要知来世因,今生作者是。"③对个

---

① 译者按:这里作者借用了基督教中 theodicy(神义性)的概念:上帝的正义是怎样最终战胜貌似强大的邪恶而得到伸张的。
② 关于印度对中国报应观念的影响的讨论,参见刘道超:《中国善恶报应习俗》,p.81-91;冉云华(Yün-hua Ran):《中国人对业报的理解与吸纳》("The Chinese Understanding and Assimilation of Karma Doctrine")。
③ 凌濛初:《二刻拍案惊奇》,卷二四,p.481。

人行为道德后果的判断因而不得不常常被延迟到来生之中。

在《醒世姻缘传》末回中,当僧人胡无翳向晁梁揭示了狄希陈所经历的所有苦难都源自其前身晁源之作恶多端时,晁梁惊异于晁源为何没有受到更严厉的惩罚,诸如转世为畜,不得投胎人身。胡无翳解释道,这是因为晁源在托为男身之前曾是一个极贤极善的女子。因此,他的轮回是准确而公正的。这里,现世被再一次用过去、甚至是非常遥远的过去("三世前";100.1425)来解释。现世的合理性是通过将它消解于过去(之因)和未来(之果)之中。这种消解现世的理论对那些无从解释恶欲横流之现实的人来说必定有着强大的吸引力。诉诸因果报应观念可以说正是一种神义论(宗教用来解释上帝或主与邪恶存在关系的理论)的尝试:

> 神义论问题在形式上得到最为完整的解决要算印度的"业"的教义——所谓灵魂轮回信仰——的独特成果。世界被看作是一个伦理性报应关系包罗紧密的秩序界。尘世里的罪业与功德必定会由灵魂在来生中加以报应……人在此世的苦难——从报应观点看来是不公平的苦难,应该被看作是前世所犯罪行的报偿。①

对照十八世纪学者纪昀(1724—1805)所撰《阅微草堂笔记》的一则故事中主人公发表的评论来看,将更为清晰地理解马克思·韦伯以上的论说:

> 盖儒如五谷,一日不良则饥,数日则必死;释道如药饵,死生得失之关,喜怒哀乐之感,用以解释冤怨,消除拂郁,较儒家为最捷。其祸福因果之说,用以悚动下愚,亦较儒家为易入。②

---

① 马克思·韦伯(Max Weber):《宗教社会学》(*Sociology of Religion*), p.145。
② 《滦阳消夏录》,卷四,纪昀:《阅微草堂笔记》, p.93。从十八世纪末文人对神怪的态度这一角度来研究该书的英文著作,参见陈德鸿(Leo Tak-hung Chan):《作为议论的叙述》("*Narrative as Argument*")。

尽管这段话带有权宜的口吻，因果报应观念确实被视作了一种维护道德秩序的手段，这一点韦伯也已点明（尽管后者更为"形而上学"）。总之，这是神义论问题的一种解决方式，而这一问题对正经历着巨大社会动乱的十七世纪中国来说尤为紧要。①

这引导我们去关注小说中另一个有趣的段落。在对堕落之前的明水村的描述中，叙述者指出，在这里，长久保持人们行为端正的道德秩序在佛教传入以前便早已存在了：

> 正是那淳庞朝气的时候，生出来的都是好人，夭折去的都是些丑驴歪货。大家小户都不晓得甚么是念佛吃素，叫佛烧香；四时八节止知道祭了祖宗便是孝顺父母。（23.340）

在这段话中，叙述者特别提醒我们所有这些都发生在佛教因果观念传入之前。这里我们可以更好地体味作者以"西周生"为名的寓意。在小说中，明水村完美的道德秩序被特地与西周时代相比较，而西周正是儒家传统所向往的道德黄金时代（26.378）。叙述者在此明显对这个人们还不知因果报应之说的时代充满缅怀（或者更直截了当地说，这是一个还无须借助因果观念来惊动下愚从善的时代）。这看上去似乎与小说对因果报应普遍性法则的热衷相矛盾。但是，对作者来说，这也许并不显得矛盾，因为他仅仅是将因果报应视作了一种解释这一传统儒家意识形态逐渐失效的世界的权宜之计，以及惊动人们向善的一种道德威慑力。

从权宜之计的迫切性和人们需要道德是非判断的可循性的角度来阐释，则小说对因果的强调可以被理解为作者为迅速瓦解的现存道德秩序找寻另一种伦理模式的奋力尝试。对这位对其所处时代的道德状况颇为悲观的小说作者来说，《醒世姻缘传》的报应结构无疑是极其必要的：它提供

---

① 关于十七世纪中国的许多小说作品所展现的对因果报应观念的高涨热情背后的可能动因，以及其与大动荡的王朝更替之间的关系的研究，参见拙著《〈醒世姻缘传〉中的因果报应和说教困境》（"Karmic Retribution and the Didactic Dilemma in the Xingshi yinyuan zhuan"），p.398-404。

了一个稳固的道德制高点,由这点出发作者才敢于面对小说所揭露和谴责的种种道德败坏的可怕事件。这部小说需要以某种方式在纷繁复杂的违抗传统准则(诸如来自传统儒家的训导)的社会现象之上构建一种新的道德模式。从这个意义上来说,当其他意识形态都无法对万恶的世界作出解释时,因果报应的的确确是可以找到的最佳解决方式。

更进一步,因果报应的框架为小说作者提供了一个急需的保护伞自由空间,使他得以用长长的篇幅来详细描写诸般社会越轨行为和恶行,而又免于遭受那些《金瓶梅》所受到的批评。这些恶行如今都可以作为激怒上天的后果或因果报应的惩罚手段(诸如素姐的施虐狂行为)来对待了。

但是,在某种程度上,小说对因果报应的热衷又并不仅仅是一种权宜之计。从结构上来看,小说需要以此来为它所描写的纷乱世界提供一种叙述流畅所必需的道德一致性和结构上的目的性。读者经常会被小说中不断的离题和许多冗长的回前"开场白"所扰。① 在小说的因果框架所特有的黑白分明的道德秩序和小说叙述的纷乱(小说中充斥着各种离题段落以及由看似并不相关的事件和人物所构成的独立短篇故事)之间,存在着一种有趣的张力。而另一方面,在叙述者频繁闯入故事来提醒读者因果报应之无所不在时,这一闯入也在叙述者及小说人物间制造了一种距离感。这种距离感使叙述者得以通过正确的诠释和道德的判断来保持为小说中道德混乱世界导航的权威。在小说人物对自己命运一无所知的对比下,叙述者对小说人物因果报应的了如指掌使其看上去似乎站在了一个道德的高地之上。站在这个高地上,他(就像神一样)得以俯视芸芸众生,揭露、嘲笑和讽刺着人类的蠢行。具有悖论意味的是,小说所详细展现的人类欲望及其可怕后果的寓言,虽则一方面看上去似

---

① 一些典型的例子见于第三十四、三十六、六十二和九十回。这些冗长的开场白常常会使读者想起冯梦龙、凌濛初等通俗故事作家所经常使用的"入话"手法。关于这些作家的开场白使用情况的研究,参见韩南:《中国白话小说》,p.127-128,149-150。确实,如果没有小说因果报应框架所提供的结构上的牵制,《醒世姻缘传》的很大一部分读起来就会像是许多长短不一的短篇故事集。

乎会削弱因果报应观念(因为这些人物都是有血有肉而有主观能动性的,而不是由外在神力所驱使的),但同时却也正依赖着因果这一特殊观念而增强其说服力。正如上文所论证的,晁源、狄希陈、素姐、寄姐等人错综复杂的寓言式关系在很大程度上正依赖于这些人物相互之间的因果报应关系来维系和加强(例如,既然狄希陈是晁源的转生,那么二人都因不可控制的淫欲而受难的事实从寓言角度便会更容易理解)。所以,因果的框架和欲望的寓言并非势必矛盾;有时它们也是互补的。为了道德的一致性,那借助传统儒家教义已难以控制的欲望仍然需要被抑制,即便这就意味着势必要诉诸并不那么完美的佛教因果报应理论。

因为《醒世姻缘传》的基本结构和主要故事情节都被一种对因果报应之有效性的史无前例的关注所制约,这一观念同时也是其叙述权威和策略的道德逻辑基础,我们不应将这一因果框架仅仅视作陈旧的民间迷信或是作者对通俗小说叙述传统的屈从。很明显作者经营得非常用心良苦。同时,将小说中的因果报应仅仅当作没有任何严肃的意识形态含义的纯审美或纯形式工具也是同样不恰当的,因为正如前文的讨论所试图证实的,因果报应已构成了小说道德框架的一个有机组成部分,尽管它有时可能会显得比较牵强或它的道德含义并不总是前后一贯的。① 更为微妙的是,从悖论的意义上来看,因果报应的概念也十分重要:小说暗示尽管(或因为)因果观念使用起来极其"简洁方便",这一概念并不可能解释所有的人类现象,而与此同时,小说又成功地迫使读者去深思在这一报应不爽的神义论概念失灵的时候,他们所要面对的可能发生的种种道德和社会后果。

---

① 参考浦安迪的研究(《逐出乐园之后》,p.577):"整个因果报应的框架基本上被削弱成为一种结构功能,同教谕的意味相比,它更具有美学的意义。"(Eve Alison Nyren)也有同样的看法。Nyren 认为,"因果框架看上去仅仅是作为结构上的便利来使用的"("译者按",《醒世姻缘传》[*The Bonds of Matrimony*],p. ix)。

第七章 《弁而钗》和《林兰香》:"情"与同性恋

在前面几章所考察的小说作品中,欲望通常是被泛化地呈现出来。几乎没有一部小说去刻意区分"情"和"欲"(狭义上的肉体欲望)的差异,虽然小说中展现的是各种各样关于"欲"的情境。当然,这并不意味着"情"这一词语未曾出现或者情感未被提及。但是,"情"在这些小说中被用来指称肉体上性吸引的情况要多得多,而其中情感的含义却很少,正如"情色"一词所示。要了解致力于探索"情"在男女情感方面的小说,我们需要去关注另一些作品,特别是那些诞生于十七世纪到十八世纪的小说。在那些小说中,我们可以看到一个从对"欲"的迷恋到对"情"的极度热衷的鲜明转变。

在晚明关于同性恋的小说集《弁而钗》中,"情"这一概念被用作维护和颂扬男性同性恋的核心理念,正如该小说集中四篇小说的题目所体现的:《情贞纪》、《情侠纪》、《情烈纪》和《情奇纪》[1]。作者对"情"独特的分类策略可能是受到了冯梦龙的名著《情史》的影响。在《情史》中,所有的

---

[1] 学者普遍认为,《弁而钗》和《宜春香质》这两部同性恋小说集都出自"醉西湖心月主人"之手,并都于崇祯年间(1628—1644)首次出版。关于这两本小说集的作者以及现存版本情况,参见萧相恺分别为《弁而钗》和《宜春香质》所写"前言",《明代小说辑刊》第2辑第2卷,p.575 - 576,759 - 761;"弁而钗出版说明",《弁而钗》,《思无邪汇宝》,p.17 - 20;"宜春香质(转下页)

故事被分成不同的类别,以此来体现冯梦龙所理解的"情"的不同侧面。

在第一个故事《情贞纪》的伊始,叙述者宣称其主人公"大为南风增色",因为这两个恋人"始以情合,终以情全"①。这四篇小说所传达的一个中心意思就是,正是这些男性同性恋者的痴"情"才使他们成了同性恋人。

在《情贞纪》中,"情"因其具有"超越"性别界限的力量而受到颂扬。在两个恋人发生了肉体关系之后,其中之一的赵王孙叹息说,他这么一个男人之所以甘愿像女人那样献出自己的身体,只是因为被其爱人的"痴情"所打动。他的男性恋人风翔则赞美"情"道:

> 且情之所钟,正在我辈。今日之事,论理自是不该;论情则男可女,女亦可男。可以由生而之死,亦可以自死而之生。局于女男生死之说者,皆非情之至也。我尝道:海可枯,石可烂,惟情不可理灭。
> (1.818)

正如马克梦所指出,这段感悟之言使人联想起汤显祖《牡丹亭》题词里那段著名的"情"的宣言。② 然而,重要的是,汤显祖所赋予"情"的超越力量

（接上页）出版说明",《宜春香质》,《思无邪汇宝》,p.17-20。另可参见吴存存:《〈弁而钗〉与〈宜春香质〉的年代考证》。据萧相恺所言,《明代小说辑刊》中这两部小说的版本是根据笔耕山房本(很可能是清初刊本)整理而成的。这个本子现存于日本天理图书馆和北京图书馆。《思无邪汇宝》中的这两部小说则是依据另一个清初笔耕山房本,此底本现存于台北故宫博物院图书馆。在讨论这两部作品时,我依据的是《明代小说辑刊》本。这主要因为该整理本比《思无邪汇宝》本缺字要少。然而,所有现存的笔耕山房本都可能是由于印版(显然最早出产于崇祯年间)损坏的缘故,而在清初重印时有程度不等的漫漶残毁。不过,《思无邪汇宝》本的《弁而钗》有一些行间评点是《明代小说辑刊》本所无。

① 《弁而钗》,《明代小说辑刊》,1.797。下文引用《弁而钗》时,回数和页码将随文在括号中注出。

② 马克梦:《17世纪中国小说中的因果和遏制》,p.74-75。对《弁而钗》更详细的讨论,参见魏瞩安(Vitiello):《模范的男风》("Exemplary Sodomites"),p.83-132。在本书第二章中,我曾提到冯梦龙坚持在被普遍接受的"三不朽"(即"立德"、"立功"、"立言")之外将"情"视为第四项"不朽"。事实上,冯梦龙在发此大胆言论时也提及了同性的"情"。参见冯梦龙:《情仙曲序》,《太霞新奏》,《冯梦龙全集》,册一五,1.18b-20a,p.40-42;徐朔方:《冯梦龙年谱》,p.427-428。

在此却被用作重新界定传统的性别界限。在此,汤显祖所构想的"情""理"二分被强调以使同性恋合理化。这一"情"的逻辑在《情烈纪》第一回的开场诗中被推演得更加深远:

> 生死由来只一情,情真生死总堪旌。
> 以死论情情始切,将情偿死死方贞。
> 死中欠缺情能补,情内乖张死可盟。
> 情不真兮身不死,钟情自古不偷生。(1.875)

在这首简短的诗中每一句都有"情"字,而"情"的无所不在及其超越力量也正是在这对"情"字的反复使用中获得了强调。在接下来的故事中,一个演旦角的男戏子文韵通过牺牲自己的生命以保全对恋人云汉的贞洁来报答其爱情;然后其魂魄又托为女身并将他/她自己卖给一位官员作妾以换取足够的钱财供其恋人参加科举考试。正如这一故事梗概昭示着,为了恋人可以牺牲自己的生命,乃至死后还要作为鬼魂重返人世来继续他的自我牺牲。所有这一切之所以可能,就是因为"情"的凌驾一切之上的力量(在此作者用《牡丹亭》中"情"的超越生死的逻辑来书写同性恋情)。《情奇纪》中也有着相似的情节:李又仙为了报答匡时将他从受尽屈辱和虐待的男妓生涯里拯救出来,先是乔装成女子给匡时作妾,而在后者被诬入狱后,又冒着生命危险抚养他的儿子。后来,此子长大成人并高中状元,终于使得父母团圆并向迫害其双亲的人报了仇。

除了不断强调"情"的相互欣赏、忠诚和贞洁等方面,《弁而钗》同时也丝毫没有忽略同性恋中的肉欲成分;爱情只有通过肉体的结合才会最终实现并达到极致。① 在《情贞纪》中,叙述者用直露的词语来描写风翔对赵王孙的肉欲吸引,诸如赵王孙"甚是动火"(3.813),"欲火正炽"

---

① 参看马克梦的评论:(《17世纪中国小说中的因果和遏制》,p.75):"他(作者)的主题的另一方面,是要展现'情'的情感实现离不开感官的补充。"

(3.813),"脸上欲火直喷,腰间孽根铁硬"(3.812)。为了强调"情"与"欲"的不可分割,叙述者有时选择"情根"指代恋人的阳物(《情烈纪》,2.889),而用"情窟"来指代其性伴侣的后庭(同上,2.889;又见《情侠纪》,3.855)。

在这四个同性恋故事中,"身体"始终占据着重要的位置,其中"情"在同性恋关系的语境中既颠覆同时又复制甚至强化着"男"与"女"之间传统的性别等级,而这样的性别等级在父权和一夫多妻制社会中是很典型的。正如上文所说,风翔通过声言"情"可以使通常的男女性别差异变得无关紧要来论证同性恋的合理性;但悖论的是,《弁而钗》又借助于展现同性恋者在维护父权制度的性别观念方面颇有胜过异性恋者之处来为同性恋的合理性展开辩护。即这些恋人们,尽管或者因为他们是同性恋者,能够而且确实比那些"正常人"做出更为忠贞和更为孝顺的举动。除了《情侠纪》之外,在另外三个故事中,那些扮演被动角色的恋人都被期待要像异性关系中的贞妇烈女那样做出种种可歌可泣的壮举。"情"的终极行为——一个在同性恋关系中承担被动角色的恋人所作出的爱的庄严承诺——便是将自己的身体奉献给性伴侣。在《情贞纪》中,赵王孙对病中的风翔坦陈自己决定留下以便照料他恢复健康:"业已身许吾兄,自当侍奉汤药。"(3.816),而赵王孙的"因情捐身"也正是风翔所期望的。

在《情烈纪》中,云汉将文韵从当地一恶霸的侮辱和迫害中拯救了出来,文韵为了表达感激之情,决定装扮成女子来诱惑云汉,并将自己的身体作为最后的礼物献给了他,因为他相信"我将何以为谢,只此一身,庶几可报万一"(2.888)。在他的诗里,文韵把自己献身给恋人的行为描述为"舍身酬知己"(2.890)。后来他又发誓"我当以死报兄,断不辱身以为知己丑"(3.895)。既已扮演着女性的角色,"被动"的恋人一旦将身体奉献给了他的恋人,就理当保持贞洁;而他的恋人也就理应扮演"主动"的角色(即,男性的性别角色)。

第七章 《弁而钗》和《林兰香》:"情"与同性恋

在《情奇纪》中,李又仙之父押解的官府钱粮被强盗抢劫一空,李又仙为了替身陷囹圄的父亲偿还罚金,决定以一百两银子卖身。然而,他担心"儿系男身,安能值得百金"(1.920),这一观念在此故事中被多次强调。但是,一个妓院老板却因为他的女性化外貌而决定支付这个数目。李又仙在不知情的情况下将自身卖进了男妓院("南院")。在那里,每个男妓都被打扮得像女子一般,相互间以姊妹相称。这样,对于一个社会地位低下而且贫穷的男子来说,其"身体"的金钱价值是由其男性身体所表现出的女性化程度所决定的,因为只有女子的身体才可能成为带有商业价值的商品。不止于此,在与另外一个男人恋爱之后,李又仙冒着生命危险抚养这一男人(他的恋人/丈夫)匡时与其正妻所生的儿子,确保自己做得像一个模范姬妾。① 为了做一个模范的姬妾,他的身体也必须女性化。他用一种特殊的液体洗脚以便使它们缩小到就像是裹过的小脚(3.394)。他甚至在给匡时的书信里也以"男妾"落款(4.955)。②

而《情侠纪》却并不像其他三篇故事那样去复制父权社会的性别等级。③ 很有男子气概的张机是个"文武双全"之人,他被钟图南下药并随后在沉睡中被钟图南鸡奸了。在这一过程中,张机渐渐沉浸于性的快乐之中,读者被告知他已"几不知此身是男是女也"(3.856)。尽管在这一同性性行为中张机始终是"接受者",但令人意外的是,叙

---

① 同性恋关系中充当"被动"角色的恋人坚持成为模范的"女人"或"姬妾"以回报他的恋人,是那个时期同性恋小说中一个常见的主题。参见李渔的小说《男孟母教合三迁》,《无声戏》,p.107 - 131。在这个故事中,"被动"的恋人瑞郎为了在道德和在肉体上成为一个完美的"女人",不仅裹了小脚,甚至还阉割了自己。关于这个故事的英文研究,参见袁书非:《男性同性婚姻的叙述》。李渔的故事独特于令同性恋者结成了婚姻,这和大多数男性同性恋故事(包括《弁而钗》)中往往"临时性"的关系不同,参见马克梦:《17 世纪中国小说中的因果和遏制》,p.78。
② 在古代中国,女人常用"妾"来称呼自己(这几乎成了一个女人的第一人称反身代词)。
③ 另一篇以男性同性恋为主题但未明确复制当时异性恋关系中典型的父权社会性别等级的故事,是席浪仙《石点头》的最后一篇《潘文子契合鸳鸯冢》(参见《石点头等三种》,p.304 - 323。

述者很少强调他的女性化特质。甚至,当张机明白了在他睡梦中所发生的事情之后,"身体"又变成了钟图南为了平息张机的愤怒而巧言辩解的一个概念:

> 今业已完吾愿矣,请斩吾头以成两美,令天下后世知钟生为情而甘丧其身;张生为失身而诛匪友,吾两人俱可不朽于天壤。(3.856)

虽然当钟图南准备去死时,就其字面意义而言,失去身体就等于是失去生命("丧生"),但当张机的身体被另一个男人鸡奸时,就其隐喻意义而言,失去身体则必须被理解为类似于一个"女人的"身体被一个男人进入了。在同性恋关系中,因性伴侣的不同,"身体"一词可以有相当不同的"性别"含义:它取决于这个身体是"进入"(像一个男人)还是"被进入"(像一个女人)。张机被钟图南关于"情"的宏论打动了,他很快就宽恕了钟图南并且愿意在他们的同性恋关系中"甘为妾妇",尽管他刚刚娶了两个美女并在这一夫多妻的婚姻中充分证明着他作为一个男人的性别角色。

但是,不管"情"有多深,当一个男人被"降格"为一个"女人"并在同性恋关系中被要求献出自己的身体时,总还是会感到一种深深的羞耻。这种羞耻感在赵王孙对其恋人风翔的表白中十分明显:

> 感兄情痴,至弟失身,虽决江河,莫可洗濯。弟丈夫也,读书守礼,方将建白于世。而甘为妇人女子之事,耻孰甚焉?(3.818)

正是赵王孙这段关于羞耻的表述引发了我们前面已经讨论过的风翔关于"情"及其凌驾一切之上的力量的那段宏论。但与此相悖的是,作为像赵王孙这样"被动"的性伴侣,他在像女人一样献出自己的身体之后所具有的羞耻感越强,其为"情"牺牲的姿态对于他自己和别人来说就越发显得高大。换句话说,牺牲"身体"的行为所象征的"情"的程度,与此牺牲行为给牺牲者带来的可感知的羞耻感成正比。其逻辑是这样的:因为赵王孙是如此爱恋风翔,他甚至愿意忍受变成"一个女人"的耻辱。因而,在男性同性恋的语境中,"情"的姿态显得更富表现力,这恰恰是因为它可以使异性恋关系中典型的父权社会性别等级获得重新确认。一个"被动"的性伴侣可以通过放弃自己作为男人的"权利"变成一个"女人",以此证明对其恋人的奉献和"情",然而这一牺牲姿态却不是一个异性恋关系中"真正"的女人所能做出的,因为作为一个"真正"的女人,她已经处于性别最低下的位置了,她不能将自己进一步"降格"来宣称自己做出了牺牲。

因此,在《弁而钗》中,"情"的一个重要主题是关于自我牺牲的种种壮举,这些壮举的目的是为了能让担当"被动"角色的恋人为其性伴侣的利益而不惜一切地捍卫其"身体"的"纯洁"。故事经常以"主动"的恋人为了"被动"的恋人先做出某种牺牲开始,然而,这种牺牲后来只会引出"被动"的恋人做出更多更实质性的牺牲作为回报,而这些更具实质性的牺牲总是故事叙述的主要焦点。"被动的"恋人的牺牲行为通常采取两种方式:要么为了"主动"的恋人的乐趣而将"身体"献出,要么就得毁弃这一"身体"以免遭到其他人的玷污。这里,"情"的逻辑将任何对忠贞的侵犯视作对"身体奉献仪式"的神圣性的严重亵渎。这两种行为(献出或毁弃同一个身体)都被视为是"被动"的恋人的深深感激或相互有"情"的一种有力标志。但是,这一标志只能在被镌刻到"被动"的恋人的身体之后才能被"表达"出来(正如我们将在第八章中看到的在异性恋关系中一个女人对其身体通常所做的一样)。因为对于一个"被动"的恋人或"被动的"性伴侣而言,他的"身体"几乎是他明确表达"情"的唯一有效的媒介。

如果说心月主人的《弁而钗》是一部在同性恋关系中将"情"与"欲"完美结合的典范故事集,那么他的另一部故事集《宜春香质》则显然是要证明同性恋关系中纵"欲"的危害。这部小说集子中的四个故事分别叫作《风集》、《花集》、《雪集》和《月集》。众所周知,当"风"、"花"、"雪"和"月"这四个字连读为"风花雪月"时,通常是指在两性关系上的过度纵

欲。在第一个故事的开头,叙述者对"情"以及避免放纵的必要性展开了一番长篇大论:

> 太上忘情,其下不及情。情之所钟,正在我辈。我辈而无情,情斯顿矣。盖有情则可以为善;无情则可以为不善。降而为荡情,则可以为善,可以为不善矣。世无情,吾欲其有情;举世溺情,吾更虑其荡情。情至于荡,斯害世矣。荡属于情,并害情矣。①

这部小说集中的所有故事都是用来对放纵行为的恶果提出警告的。在最后一个故事的第一回末尾"自评"中,作者提醒人们,逃避"情"是无益的:"世有娇人,自谓超越情上,不受情辖,不知早已颠倒其中矣。"②他似乎在建议人们唯一可取的态度只能是直接面对"情",而且人们只有在经历"情"之后才能获得启迪。最后一个故事就是在证明这一观点,它讲述的是主人公如何在一个漫长而曲折的迷梦中经历各种各样的"情"事并最终成仙的。③

如果正如叙述者在《弁而钗》第一个故事的开篇所宣称的那样,"情"是一个能为男性同性恋带来尊荣的有力概念的话,那么在清代小说《林兰香》中,这同一个概念再次发挥着关键的作用,它重新限定而同时又使性别关系复杂化了。虽然不像男性同性恋在《弁而钗》和《宜春香质》里表现得那样直露,女人与女人的关系或者女性同性恋关系堪称这部小说

---

① 《宜春香质》,《明代小说辑刊》,1.611。另可参见魏瞩安的《模范的男风》中关于《宜春香质》的讨论(p.133-180)。
② 《宜春香质》,1.726。该回末尾不不山人的评点似乎与这一段"自评"略有矛盾,它对"情"的态度要积极得多:"尝恨世间无情谱,为千古一大缺陷事,得心月主人传出情字面目,世之情人不愁无皈依,大是快事,大是快事!"(1.725)在《弁而钗·情侠纪》第三回的末尾,作者的"自评"也受到另一位评点者呵呵道人的反驳(3.857)。这就使吴存存关于这两位评点者的评语都出自小说作者之手的论点变得复杂起来。参见《〈弁而钗〉与〈宜春香质〉的年代考证》,p.67。
③ 关于这个故事的讨论,参见魏瞩安:《模范的男风》,p.163-180,及其《丑男孩的奇妙旅行》("The Fantastic Journey of an Ugly Boy")。

第七章 《弁而钗》和《林兰香》:"情"与同性恋

在探索"情"与"欲"的多义性方面的重要议题。①

作为一部聚焦于"情"以及一个大家庭内妇女形象的小说,《林兰香》被认为在许多方面可谓是十八世纪的巨著《红楼梦》的先声。一些学者还特别论证了《林兰香》充当着《金瓶梅》和《红楼梦》之间重要的历史性锁链。② 虽然《金瓶梅》对《林兰香》的影响相当明显,但后者与《红楼梦》的关系却因其成书年代问题而较为复杂。《林兰香》的写作年代是一个关键的问题,不仅因为我们对其作者"随缘下士"所知甚少(尽管在与传统小说打交道时这并非特例),而且也源于这部小说现存最早版本的年代太晚了(1838)。因此,到目前为止,关于这部小说的写作年代众说纷纭:晚明,清初甚至晚至清嘉庆(1796—1820)或道光(1821—1850)年间。③ 基于目前掌握的有限材料,我倾向于接受将《林兰香》的写作年代定为清初的说法。据我所知,陈洪的文章是唯一对这部小说写作年代进行了比较实质性探讨的论文,它提供了一些有说服力的线索,显示这部小说最有可能写于清初,尽管他的大多

---

① "女同性恋"或"女同性恋主义"是难以轻易界定的负载深厚的词语。我在一个相当宽泛的意义上使用这两个词语,它包括一般理解的"浪漫的友谊",这样的友谊可以是同性恋的,但未必有同性间的肉体联系,对此的理解和探究可参见艾德里安娜·里奇(Adrienne Rich):《强迫异性恋和女同性恋的存在》("Compulsory Heterosexuality and Lesbian Existence");利莲·费德曼(Lillian Faderman):《超越男人的爱》(Surpassing the Love of Men)。在此,与我的讨论相关的还有(Tess Cosslett)《女人对女人》(Woman to Woman)。使用这源于西方并有着强烈争议和深切政治意味的词语来指称中华帝国后期的一种目前研究甚少但又非常复杂的文化与社会现象,是有些冒险的,我期待能找到更好的研究方式。在处理二十世纪以前的女同性恋的"历史"时,对"女同性恋身份"构成的理解是一个特别棘手的议题。对此的简要讨论,参见维西鲁斯(Martha Vicinus):《引言》("Introduction")及其《"他们奇怪我是那一性"》("'They Wonder to Which Sex I Belong'")。
② 参见于植元:《〈林兰香〉论》(另作为《林兰香》的附录出版,行文稍有不同。见《林兰香》,春风文艺出版社,p.498-516);张俊:《论〈林兰香〉与〈红楼梦〉》;陆大伟(David Rolston):《〈林兰香〉与〈金瓶梅〉及其〈金瓶梅〉与〈红楼梦〉之间失掉的链环》("A Missing Link Between the Jin Ping Mei and the Honglou meng?")。我非常感谢陆大伟将他的这两篇文章复制给我。
③ 参见曹亦冰为《林兰香》(1838年本的影印本)所写前言,p.1。

数证据还只是间接性的。①

正如许多人已指出的,《林兰香》这一题名中的三个字分别取自小说中三个主要女性人物的名字:"林"代表林云屏,她是男主人公耿朗的第一个妻子;"香"代表任香儿,第四房太太;而"兰"则代表燕梦卿,第二房太太。显然,"兰"字并没有出现在燕梦卿的名字里,它们之间的联系来自《左传》中的一个典故:郑文公最宠幸的姬妾燕姞梦见了兰草("燕姞梦兰")。② 从几个女性人物名字中分别取一个字组成小说的书名,这种做法自《金瓶梅》以来已十分普遍。然而《林兰香》与《金瓶梅》的相似之处还远不止此。《林兰香》的评点者"寄旅散人"便在其评点中反复寻找二书之间的相似性。③ 与《金瓶梅》相似,《林兰香》也描写了一个由六个妻妾和一个丈夫组成的一夫多妻家庭。男主人公耿朗对妻妾间的口舌之争的轻信和敏感也和西门庆很是相像。④ 但是,就本书主题而言,我更有兴趣关注的,是《林兰香》如何有意或无意地与《金瓶梅》相剥离。

与《金瓶梅》以肉"欲"为主要因素不同,《林兰香》聚焦于"情"的多义

---

① 陈洪:《〈林兰香〉创作年代小考》。陈洪的论证主要建立在小说中对北京城的描写与北京城实际经历的历史演变之间的关系上。他的结论是,这部小说最有可能作于康熙年间(1662—1722)。陈洪的看法已经被许多中国学者接受;参见齐裕焜等编:《中国古代小说演变史》,p. 377;张俊:《清代小说史》,p. 146。

② 《林兰香》(春风文艺出版社),1.1。参见:杨伯俊:《春秋左传注》"宣公三年",p. 673 - 674。除另有注明外,下文对这部小说的引用皆出自这一版本。就我所知,此版本是唯一的现代排印本。这个版本的一个问题是,它将1838年本中的行间评语都作为尾注置于每一回的末尾。这样至少会令读者很不方便,因为它迫使读者去逐一回忆评点所涉及的上下文。

③ 回末评,58.451、62.480;行间评,第46条(63.490;在下文中,将在圆括号内用三个数字标出行间评语的出处:回数.页数.注释数)。寄旅散人的评语非常充实且常常具有启发性,我在论述中将经常引用。有些学者认为评点者与作者可能是同一个人(参见马克梦:《吝啬鬼、泼妇、一夫多妻者》,p. 207)。然而,如果在小说文本之外没有新发现的独立证据的话,这些评语中的一些特质表明,我们或许还不得不承认评点者另有其人。比如,第五十四回的回末评中说:"《林兰香》通部此等赘笔极多,欲尽删之而未能也。"评点者似乎在暗示要么作者没有完全按照他的劝告去做(假如他本人认识作者),要么在小说出版或再版时他没能对其进行彻底的编辑/修改(在中国古代,编者/评点者在一部小说作品出版或再版时往往有此自由)。关于"评点者"和"作者"之间复杂关系的讨论,参见拙文《中国传统小说评点中的作者(权威)与读者》。

④ 关于《金瓶梅》与这部小说的关系的更详细讨论,参见陆大伟:《〈林兰香〉与〈金瓶梅〉》。

第七章 《弁而钗》和《林兰香》:"情"与同性恋

性。更进一步,这部小说不仅细致探究异性恋语境中的"情"(比如耿朗和他的妻妾们),而且,也许还更为重要的是,它还关注于女人之间,特别是耿朗的几个妻妾之间的"情"。在《金瓶梅》中,女人之间的关系往往是竞争而充满敌意的,几乎每个女人都在力争获得当家男人西门庆的关注和宠幸。而在《林兰香》中,尽管争宠对某些妻妾(比如在许多方面类似潘金莲的任香儿)来说依然是一个重要的内容,但是在林云屏、燕梦卿和宣爱娘三人的关系上却出现了一种新因素——她们之间的相互依恋。在林云屏和燕梦卿嫁给耿朗后,宣爱娘之所以答应也嫁给他,并不是由于她被这同一个男人所吸引,而是因为只有这样她才能实现与自己喜爱的女人生活在一起的愿望。也就是说,使她们聚在一起的因素是她们"女人"间彼此的"情",而不是对同一个男人的相同感情。

关于这三个女人在嫁给耿朗前彼此间如何变得如此亲密的故事正是这部小说前面部分的主要焦点。首先,我们被告知林云屏和宣爱娘是亲戚。她们"自幼相亲,本期长久"(11.84)。第四回的回目中即有"二小姐密室谈情"。在这一回中,她俩一面品茶、赏玩花园雪景,一面饶有兴味地"清谈"。看到被雪覆盖的树和假山,她俩彼此把对方比作"玉山"和"玉树"。在传统文学中,这两个词经常被用来描绘人的俊美,尤其是形容一个有才能的年轻男人。① 这就是为什么宣爱娘要问林云屏为何这两个词不能用来形容女人。她觉得语言常规中的性别偏见是不适当的。依循这样的逻辑,林云屏接着问道:"我便称姐姐作玉山玉树何如?"然而,从宣爱娘的回答中依然可以感觉到传统的力量:"妹妹既称我作玉山玉树矣,妹妹岂不是我的玉人儿了!"(4.27)在此,宣爱娘顺承林云屏把她比作"玉树"和"玉山"的说法,宣称自己既作为一个"男人"那就理应有个"玉人"或女性恋人来相配。"玉人"是对恋人的委婉称呼(无论男女)。

---

① "玉山"的用例,可参见《晋书》卷三五《裴秀传》所附《裴楷传》,p.1048。就在同一页中,裴楷又被称为"玉人"。这表明"玉山"和"玉人"都可以用来描写俊美的人。关于"玉树",可参见刘义庆《世说新语》"言语",徐震谔辑注本,p.82。

比如,在唐代著名的传奇《莺莺传》中,女主人公莺莺就曾吟出"拂墙花影动,疑是玉人来"这一句诗。① 但是,当宣爱娘自己以一个"男人"的口吻说出此话时,她同时也就重申了她自己原先试图挑战的语言常规中的性别偏见。这样的重申也出现在林云屏的回击中:"倘然我若变了男子,姐姐亦必定以玉山玉树称我。"这再一次承认了这两个对现代读者来说颇具男性生殖器崇拜意味的词语仅能被用来形容男人。

在其他的语境中,"玉山"也可以用来代指某人的身体,比如在《牡丹亭》那段有名的艳情戏《寻梦》中就有"待把俺玉山推倒,便日暖玉生烟"之句。② 这种用"玉山"代指"身体"的特殊用法在《林兰香》中也有出现:林云屏的侍女枝儿引用了李白(701—762)《襄阳歌》中的一句诗"玉山自倒非人推"(4.27)。③ 在诗中,李白所形容的当然是酣醉的状态,这是男人享有的一种典型特权,但枝儿的引用却是来形容两个女子间的"情"或爱慕。宣爱娘的侍女喜儿更是强化了她们谈话中的女性同性恋因素,她开玩笑地说,希望在两个女主人和两个侍女之中各有一人能变成男子,以便两对主子和婢女都各自能结为夫妇(4.28)。后来,林云屏的姑姑花夫人看到这两个姑娘彼此亲昵得像一对分拆不开的小两口时,也重申了这样的希望:"他姊妹影不离形,形不离影,好似一对小夫妻,偏都是女子,若不然两位姑母正好再结婚姻,省得又商议选择女婿。"(4.29)评点者寄旅散人认定刚刚在这两个女人间发生的事是一幕重要的"定情"场景(4.31.32);后来在第十三回中,叙述者也同样使用"定情"一词来描绘发生在燕梦卿和宣爱娘之间的事情(13.98)。这种发生在两个女性"情人"之间的有趣交往,总体上带有着某些女性同性恋的暧昧性质:她们试图挑战社会规范(这当然是异性恋的规范),但最终还是复制甚至重申了

---

① 《莺莺传》,汪辟疆辑:《唐人小说》,p.136。
② 汤显祖:《牡丹亭》,p.66;另可参见:白之(Birch)译:《牡丹亭》(The Peony Pavilion),p.59。白之将"玉山"译为"jade limb"而非"body"。
③ 李白:《李白全集》,卷七,p.371。

这一异性恋规范的价值(下文将详论)。一方面,她们试图挑战在"玉树"、"玉山"等词语用法上的性别偏见,但另一方面,她们又不得不依赖于这些带有"偏见"的语言常规来交流她们的"情"。

在林云屏嫁给耿朗之后,宣爱娘非常想念她,以致在和家人扫墓的途中,她在墙上题诗一首。这首诗正好被燕梦卿看到了,她从附于诗后的四句隐语中猜出其作者可能是个女子。她暗想:

> 此等女子,亦可谓多情矣。我梦卿生长深闺,无一知己,似这般女子,又只空见其诗,殊令人可恨。不免用他原韵和诗一首,写在旧诗之旁。或这女子重至此地,见彼此同情,亦可作不见面的知己。(7.51)

题诗之后,燕梦卿忘了取走她刚才插在墙缝上的金簪。宣爱娘和燕梦卿的诗都聚焦于离别与寂寞的主题。后来,宣爱娘读到了燕梦卿"大有同病相怜之旨"的和诗,并从落款中猜出作者是燕梦卿,而此时的燕梦卿已因在父亲蒙冤失职后自愿代父受罚的孝行而名声大噪。这样的经历使宣爱娘怀疑要寻找一个知己是否真的像人们所说的那么难(7.52)。但同时,燕梦卿却开始焦虑起来,因为此刻她不能确定那首诗的作者的性别身份。假如原诗的作者是个男子,那么她会因和诗而感到羞耻。燕梦卿多次被评点者称为"道学",①对于她来说,两个女人之间交换这样性质的诗作是适当的,但这其中决不能有男子的介入。②

---

① 参见行间评(7.55.29):"梦卿道学人,而有此言情之作,是即宋广平(舒璘,1136—1199)之《梅花赋》也。喜怒哀乐,为人之情。"在另一处(7.55.34),评点者又指责燕梦卿后悔和诗的想法是"道学通病"。
② 参考高彦颐(Dorothy Ko)在《闺塾师》(*Teachers of the Inner Chamber*)中关于明清女性诗人之间的友情的讨论,p.262-274。她注意到(p.270,272)"尽管(在一个女子的诗中)直露地表现另一个女子的妖媚腰肢或摇摆步履可能会被视作趣味低下,但在十七世纪中国的性别体系中,女性之间的相互吸引还是能够被接受的",而且,对另一个女子的"艳情感觉"也被女性诗人写入了诗歌。但是,高彦颐并未使用"女同性恋"来指称这种女子间的情谊;另可参见上书,p.344注49。高罗佩(R. H. van Gulik):《中国古代房内考》(*Sexual Life in Ancient China*,p.163)认为,在中国古代,女同性恋"相当普遍"且是"被宽容看待"的。不过,除了简单提及李渔的戏剧《怜香伴》外,高罗佩并未详述或提供进一步的"证据"。关于中国古代"女同性恋"的简要讨论,另可参见韩献博(Hinsch):《断袖之情》(*Passions of the Cut Sleeve*),p.173-178。

在第十一回中作者写道,几年以后,这两个女子大喜过望地发现她们其实是隔壁邻居。一天,位于两家花园之间的界墙由于雨水过多而"很巧"地坍塌了一处,她俩才得以偶然相见。在确认了此前诗作的归属后,燕梦卿叹道:"我两人三年知己,今日才觉。若非闲暇相遇,何时能得提起?"(11.84)然后,宣爱娘抱怨她是如何"失去"了林云屏,因为后者已经嫁给了耿朗,如今她又将失去另一位知己燕梦卿,因为燕梦卿即将嫁给同一个男人。"而贤妹不久又于归耿氏,反合林家妹妹相守百年。"(11.84)这引发了"多情"的"道学"燕梦卿一长段关于"情"的感悟之言:

> 天下有情人大抵如此。情得相契,则死亦如生;情不能伸,则生不如死。我梦卿自先父获罪,既已心如死灰。后见姐姐之诗,不觉情又一动。今与姐姐相会,此情方为之一畅。但不知此后是为情死,是为情生,可得与姐姐常通此情否?(11.85)

要保持她们三人(包括林云屏)之间的"情",燕梦卿和宣爱娘都认同最好的办法就是让宣爱娘也嫁给耿朗("同事"一夫;11.85)。作为女性,迫于现实情形,她们不得不这样做:"男儿知己,四海可逢。女子同心,千秋难遇。"(11.85)评点者在此立即指出:"爱娘之嫁,为知己而然,非私耿朗之美少年也。"(11.87.40)评点者的用词是很有意思的,他用"私"这个带有贬义的词来刻画宣爱娘可能具有的对一个男子的异性恋感觉,并将之与她和其他女子之间更值得钦佩的同性之情作一对比(下文还将对"私"有所讨论)。

后来,燕梦卿将自己的另一枝金簪作为"定情"信物送给了宣爱娘(她无意中插在墙缝上的一枝金簪已被耿朗捡去):如果将来自己不信守"情"的誓言,"必就如此簪半路分折,伉俪不得长久"(11.85)。这里,"伉俪"一词的意思是很含糊的,不知是指她与耿朗的婚姻,还是她与她的女性朋友/恋人之间关系的一种隐喻。然而,这一章中的另一些象征意象,比如多次提到的对对飞翔的蜻蜓(11.83–84),以及她们的一些特殊用词(比如"有情男女";11.85),都给她们之间的"情"的交流赋予了一种含蓄的意义,这种意义至少是潜在地含有着女性同性恋的意味。

时隔良久,燕梦卿在将死之际为宣爱娘画像。宣爱娘请求她:"妹妹既合我同心,何不将自己也画上作个伴侣?"燕梦卿就将自己与宣爱娘画在一起,以使她们之间的那段爱恋在她死后也能得以永存(34.265)。重要的是,作者在第三十四回目中使用的是"情人"一词:"写遗肖情人作伴"。在评点宣爱娘当初请求燕梦卿为她画像时所说的"妹妹何惜数日笔墨,而使我爱娘不自知其面目耶?"(34.265)时,评点者特意引用了传说中的才女小青的两句诗"瘦影自临春水照,卿须怜我我怜卿"来强调宣爱娘的自恋(34.267.25)①。而自恋正是"情"的一个重要方面,它在《牡丹亭》的《写真》一出中也得到了颂扬。在那一出中,杜丽娘在临死之前为她的梦中恋人画了一幅自画像(参见本书第三章)。当然,一个重要的区别在于杜丽娘的恋人是个男子。而小青正是《牡丹亭》的女性读者中最为著名的一位,据说她正是因为阅读这部戏而死。显然,评点者期望《林兰香》的读者们能够关注这部小说与《牡丹亭》之间暗含的互文本联系。然而,使这种联系更有意思的,是在这部小说的新语境中所展现的可能的女性同性恋含义。评点者进一步指出:

> 天下惟情之一字,断不容假。无论男女私情,缠绵百岁,即使男与男、女与女,情投意合,亦将固节终身。此梦卿爱娘所以画在一处也,可称世间情侣。(34.267.27)

小说对其他文本的借用并不局限于《牡丹亭》。在才子佳人小说中常见的异性恋母题,诸如透过花园墙洞的偶然相遇、互赠诗篇以及意外丢失或捡到簪子之类的首饰等等,都被这部小说所借用来描绘花团锦簇的女性同性恋关系。

同事一夫的两个女人之间的爱情也是李渔的剧作《怜香伴》的主题;

---

① 关于小青的传说以及她在《牡丹亭》的女性接受中的角色的讨论,参见魏爱莲:《有关小青的文学作品》("*Xiaoqing's Literary Legacy*");高彦颐:《闺塾师》,p.91-112。

而杜丽娘也是该剧中女性恋人之一曹语花所效仿的"情"的楷模。① 《怜香伴》写于1651年前后,如果我们接受《林兰香》作于康熙年间的说法,那么《林兰香》的作者很有可能读过《怜香伴》。这部戏剧和小说有许多相似之处:它们都描写同事一夫的女人之间的关系,而在描写这一关系时的用词都很相近。与燕梦卿和宣爱娘一样,《怜香伴》中崔笺云和曹语花的爱情也是从庵中偶遇时互赠诗篇开始的。为了保证将来能生活在一起,崔笺云提议曹语花也嫁给她自己的丈夫。她们的"情"也是用"知己"之类的传统词汇以及对才貌的相互欣赏来表达的。② 与《林兰香》中林云屏和宣爱娘开玩笑地说要成为夫妇一样,崔笺云和曹语花也就谁做"丈夫"谁做"妻子"展开讨论,而且和《林兰香》如出一辙,她们的侍女也在争论同一个问题。后来,崔笺云和曹语花由前者打扮成男人真的举行了"拜堂"仪式(这在《林兰香》中并未发生)。甚至"伉俪"一词也被用来描写她们的"同性恋结合":在第五出里,释迦佛也决定要让这两个女子"结成伉俪"(p.17)。

有时,她俩的"情"变得非常近于艳情,而且她们对此并不羞于表达。崔笺云欣赏曹小姐的美貌,叹息说:"你看他不假乔妆,自然妩媚,真是绝代佳人。莫说男子,我妇人家见了也动起好色的心来。"(p.20)在第十出"拜堂"仪式之后,崔笺云再次非常直露地表白:"又看了你这娇滴滴的脸儿……不但我轻狂,小姐你的春心,也觉得微动了。"(p.33)在她俩的同性恋关系中,由于崔笺云是"丈夫",她经常从"男子"的视角看待事情并经常扮演"主动"的角色;而作为"妻子"的曹语花则通常扮演"被动"的角色,就像"女人"应该表现的那样。她发誓说烈女不更二夫,为了永远与崔笺云在一起,她决心嫁给崔笺云的丈夫(p.33)。当然,在这样的同性恋关系中,嫁给一个男人是她们结合的前提,并不会损害她们彼此的忠诚。结果,就像《弁而钗》所描写的男性同性恋关系一样,在女性同性恋

---

① 李渔:《怜香伴》,《李渔全集》,卷四,p.69-70。
② 《怜香伴》第五、六、十出,p.17、21-22、34。下文引用时,页码将随文在括号中注出。

关系中,异性恋的父权社会性别等级不得不再次得到重申。①

不止于此,作者又细致地向我们保证,在这两个女人之间并没有发生什么"真正"的事情。在第十三出中,曹语花的侍女告诉我们:"夫妻虽是假的,[她女主人的]相思病倒害真了。"(p.42)后来在第二十一出,通过曹小姐之口,作者再次向观众确证她俩的爱恋是"柏拉图"式的:"呆丫头,你只晓得'相思'二字的来由,却不晓得'情''欲'二字的分辨。从肝膈上起见的叫做'情',从衽席上起见的叫做'欲'。若是为衽席私情才害相思,就害死了也只叫做个欲鬼,叫不得个情痴。从来只有杜丽娘才说得个'情'字。"(p.69-70)然后,她继续将自己的情形与杜丽娘作对比,坚信她和崔笺云将会因爱情而为对方去死。在《怜香伴》中,尽管有上述讨论的那些同性恋影射,其重点显然在于"情",即一种"精神性的女性同性恋",它被当作是一种解决一夫多妻制婚姻中妻妾嫉妒问题的方法,②这一问题在《林兰香》中被多次提及,尽管里面夹杂着一些复杂的含义。

---

① 参考韩南(《李渔的创造》[*The Invention of Li Yu*, p.162])的观点:"总的来看,崔小姐的想法是艳情的、现实的,而曹小姐的想法是热情的、理想的,其表达形式是道德的。那两个侍女对其主人的婚礼的滑稽模仿,则是粗俗下流的,充斥着即便在崔小姐的说白和唱词中也不存在的直露的肉欲表达。"

② 在此,我们可以回想《红楼梦》第五十八回中的"女同性恋"事件。在舞台上扮演小生的女伶藕官,与她的女搭档小旦药官相爱。药官死后,藕官又与代替药官扮演小旦的女伶蕊官相爱。然而,藕官尽管爱上了另一个女伶,却仍继续纪念她先前的恋人。她这样做的理由是,一个男子在妻子死后另娶是被允许的,只要他不忘记死去的妻子。这当然是真"情"的一种可歌可泣的姿态,难怪宝玉为这故事会如此感动。(《红楼梦》,58.827)但有趣的是,在女同性恋关系中,藕官显然以"主动"的恋人自居,因此也就可以享受男子的"特权"。例如,如果是藕官因某种原因死了,蕊官则不应与其他的女伶相爱,因为她在这一关系中是"被动者",她必须像异性恋关系中的"女人"应该做的那样去做。对一个女人来说,再嫁不是件体面的事,就像曹小姐向崔小姐宣称的爱情誓言一样。从《红楼梦》的这个例子中我们可以看到,在这一温情的同性恋关系中是如何以一种更微妙的方式再次确认着父权社会性别等级中的性别观念的。

参见《怜香伴》第十二出中关于"嫉妒"的展演,p.40-41。学者们推测《怜香伴》也许与李渔自己的一夫多妻婚姻有某种联系。参见李渔的朋友虞巍为该剧所写题词(p.3);另可参见孙楷第《李笠翁与十二楼》中的相关讨论,《沧州后集》,p.177;韩南:《李渔的创造》,p.15-16。《怜香伴》以歌颂这种共事一夫的妻妾间的同性恋而得名非常有名,以致在十八世纪沈复(1763年生)的自传《浮生六记》中,当他的妻子试图使她的一个妓女朋友嫁给他做妾的时候,沈复就明确提及了这出戏。关于《浮生六记》的讨论,参见罗溥洛(Paul Ropp):《两个世界之间》("Between Two Worlds"关于《浮生六记》中暗含的女同性恋的议题,参见 p.114-118)。

将《林兰香》和《怜香伴》区别开来的重要一点是,在《林兰香》中,虽然从未提及三个妻子之间直露的性爱,但对另一些女性同性恋者的性行为还是有直接描写的。这使小说中的女性同性恋含义大大复杂化了。李寡妇的男相好算命瞎子未能践约,李寡妇在失望之余只好求助于一种叫作"角先生"的性工具聊以自慰。后来,她又与任香儿的侍女红雨分享这私密的快乐,她俩"从此互相雌雄,遂成莫逆"。当事情暴露后,她俩都被赶出了家门。然而,对这起女性同性恋丑闻,评点者的观点却很有意思:"天下久旷之妇,久怨之女,如李氏、红雨者不少。使皆借重于角先生而不行钻穴逾墙之事,则角先生之功固大矣。"(28.222.49)①具有讽刺意味的是,燕梦卿与宣爱娘的花园初逢正是"钻穴逾墙"这般的"通奸行为"。显然,在评点者看来,只有异性间的丑闻才是可耻的,因为女性同性恋行为(甚至包括直露的性活动)仅仅是女人因得不到男人而采取的补偿之举。在小说《续金瓶梅》的第三十二回和四十一回中,对桂姐(潘金莲的转生)和梅玉(春梅的转生)之间的同性恋性行为便有着更鲜活也更细致的描写。她们的同性恋行为再次被描述为是因得不到"真家伙"而试图进行的补偿。进一步说,在《续金瓶梅》中,这种寻找补偿的迫切需求也正是对这两个"淫荡"女人在"母本"《金瓶梅》中所犯罪孽的因果报应。

在小说中,作为异性恋性生活替代品的女性同性恋的性行为与林云屏、燕梦卿和宣爱娘之间的"精神性"恋爱有着本质的差异;后者是非肉体的,因而也是可以为之辩护的,它表现的是纯粹的"情",而非女同性恋性伙伴之间的性活动所表现的那种肉体上的"欲"。女性之间的"情"是被歌颂的,而她们之间的"欲"则是绝对要受到谴责的(正如《怜香伴》第二十一出中曹小姐所谴责的那样)。事实上,在《林兰香》中,肉体上的女

---

① 尽管这段评点对女同性恋的态度已相当宽容,但还是有很强的性别歧视。不过,在别的地方,评点者确实表达过对男子迷恋女人"裹脚"的不满(10.80.59)。如果我们接受《林兰香》作于康熙年间而且评点者是作者的同时代人的观点,那么,它可谓开一个多世纪后李汝珍《镜花缘》中类似观点之先声。

同性恋常被故意安排来与精神性的或者说非肉体的女同性恋相对比,强调后者对一夫多妻制家庭内的男性绝对权威不构成任何威胁,这一点很重要。更有甚者,和李渔的《怜香伴》一样,小说作者似乎认为丈夫应当热切期望妻妾之间非肉体的同性恋,因为它有助于将妻妾间的嫉妒和争斗减小到最低程度,对一个多妻男子来说,它简直是一种罕有的"福分"(如《金瓶梅》中的西门庆和《醒世姻缘传》中的晁源及其转世狄希陈就没有这种福分)。在某种意义上说,这可以被视为是为《金瓶梅》所提出的尖锐问题提供了一个解决办法,它告诉人们在一夫多妻制婚姻里如何处理相互嫉妒的妻妾之间的吵闹与争斗。当然,在《林兰香》中,并非每个妻妾都认同"女性情谊":比如任香儿就坚持要在这个一夫多妻制家庭里扮演潘金莲的角色而处处作梗。但是,一旦女性之间的感情超越了"精神性",即成了肉体上的关系的话,它就不能被允许或容忍了。所以,像李寡妇和红雨那样沉迷于肉体女同性恋的就势必要受到相应的惩罚了。

耐人寻味的是,有时,《林兰香》中所表现的女同性恋到底是肉体的还是非肉体的,其区别颇成问题,不容易把握。这两种女同性恋关系并不像人们想象的那样泾渭分明。虽然在她们互赠的诗篇和挑逗性的交谈中包含着女同性恋的暗示,燕梦卿和她的女性朋友们,或者更准确地说,和她的"情人"们(正如在小说中她们偶尔称呼对方的),都会警觉于被与"肉体同性恋"相混同的危险。在李寡妇和侍女红雨的事败露后,燕梦卿开玩笑地对宣爱娘说:"同睡不妨,恐姐姐有李婆子骗红雨的物件耳!"(30.235)这样的自觉意识透露出燕梦卿对她们之间的"情"之是否妥当存有着焦虑和不安。

如果说遭受谴责的肉体上的女同性恋被说成是因缺少或得不到男人的一种补偿性尝试的结果,那么非肉体的或精神性的女同性恋看起来却是由对男人的失望引起的,或至少与男人的"无能"相关。尽管小说中的三个女人极力要维持她们之间情谊的纯洁性,但它还是补偿式的:像燕梦卿,当她在异性婚姻上受挫时,在一夫多妻境遇下,她只能在深闺局限里寻找另一种"家庭",以此作为情感抚慰,如不是作为肉体需求移转的象征对象的话。对燕梦卿这样一个道学气颇重的女人来说,这是与一夫多妻制的痛苦婚姻达成妥协的一个重要方式,她只能在恶劣的境遇中寻求相对最好的结果——珍惜妻妾间可能得到的同志关系和情感满足(这在一夫一妻制婚姻中反而不能获得),虽然这种关系被假定为非肉体的。这与《怜香伴》里的情形有很大不同。《怜香伴》中的丈夫是一个才貌双全的完美"才子",而《林兰香》中的丈夫耿朗则在与众妻妾的关系上有失公允(与《金瓶梅》中的西门庆有几分相像)。

    使对肉体女同性恋的明确谴责变得更成问题的,是小说令人颇为费解的结尾。在那里,被逐出家门的肉体女同性恋者李寡妇和红雨再次出现了。李寡妇已经不再是寡妇,她被称为"李婆",嫁给了一个梨园教师,而演戏职业是人所共知的同性恋的温床。叙述者告诉读者,由于那时候所有与耿家有关系的人都死了,已没有人再提起他们的事了。幸运的是,在许多年前,目睹耿家兴衰的李婆根据耿家故事编了一出戏。这出戏直到李婆死后多年才被搬上舞台,一经上演便很快流行起来。而在这出戏不再流行之后,做了多年妓院老鸨且已经目盲的红雨,成为一位弹词写作者和演唱者。她根据耿家故事编了个本子并开始演唱。这个弹词颇为流行,直到红雨出家为止。小说以作者/叙述者直接对读者的一段宣讲结尾:"一百余年,特为儿女子设一奇谈,则设此奇谈者,将以己为梨园外弹词外梦幻外之人欤?人或信之,吾不以为然!"(64.495)显然,通过将此小说比作弹词和戏曲,作者/叙述者将他/她自己与李寡妇和红雨这两位女同性恋者相等同,示意读者这部小说可能正是从这两位曾经是同性恋者的女子的视角讲述的。① 这一示意显得相当重要,因为弹词

---

① 参看马克梦的观点(《吝啬鬼、泼妇、一夫多妻者》,p.210):"这种确确实实的女同性恋关系成为这两名女子相伴生存的方式,同时也成为对那些因与男子有染而遭摧残的女子的一种哀悼。"当然,严格地说,李寡妇在其与红雨的同性恋事件后也与男子有染,因为她再嫁了梨园教师。

是一种与女性密切相关的通俗叙事文体;在清代,大多数弹词是由妇女或为妇女而写作的。① 我们可以猜测《林兰香》的作者兴许是一位女子,尽管我们目前还没有任何过硬的证据来证实或否定这样的猜测。

在《弁而钗》和《林兰香》中,"情"这一颇多歧义的概念被借用来维护同性之恋的正当性,但这一概念几乎常常发挥着自相矛盾的双重作用。一方面,"情"可以被用来开辟一个新空间,在那里,对规范的某种背离,比如同性恋,是可以被接受甚至是值得歌颂的;另一方面,这种接受与歌颂又基于这样的理由,即当这些看起来不太正常的举止都是出自真正的"情"时,反而可以比"正常"的举止更加有效地去维护传统的价值规范,比如忠贞、孝道甚至一夫多妻制度等等。② 在此,对同性恋的辩护与对"情"的辩护采用了同样的策略。正如"情"能使人变成忠实的恋人甚至成为忠臣节妇一样,同性恋,尽管许多人认为它不太正常或不规范,但如果出自正当的"情",就能够做得比"规范"更规范。

当然,在《林兰香》中,"情"这一概念的重要性决不限于对女同性恋的呈现。正如上文所指出的,同性恋间的欲望与小说中其他形式的欲望紧密相关,而小说持续而有意识地通过对"情"的去性欲化来使"情"与"欲"相区分。将精神性的女同性恋与肉体的女同性恋有意对立的做法仅是诸多的区分策略中的一种。在异性恋关系中,比如在耿朗的家庭里,三个妻妾林云屏、燕梦卿和宣爱娘结成了一种女同性恋间的"情"的联盟,这便与另外

---

① 英文著作中关于弹词的研究,参见(Maria H. Sung):《〈再生缘〉的叙事艺术》("*The Narrative Art of Tsia-sheng-yüan*");胡晓真(Siao-chen Hu):《文学性的"弹词"》("*Literary tanci*")。当然,《林兰香》的这一处理方式在小说和戏曲中是有先例的;在一部小说或戏曲中,常常会出现一个弹词演唱者来概括作品本身的情节,以便营构一种独特的"距离感"。例如,在《西游补》第十二回中,唐僧和小月王便在听三个盲女演唱名叫《西游谈》的弹词故事;在洪昇(1645—1704)的《长生殿》中,第三十八出即以"弹词"为名,在那一出中,乐师李龟年试图演唱杨贵妃的悲剧故事。而重要的是,在《林兰香》中,这个弹词演唱者本人是一个女同性恋者,而且她演唱的弹词在很大程度上正是一个关于女同性恋的故事。
② 这一策略也被李渔《男孟母教合三迁》中的叙述者所采用。在故事中,担当"被动"角色的男同性恋者瑞郎变成了一个比"真女人"还要忠贞的"女人",比"真母亲"还要好的"母亲"。

两个性欲望旺盛的妾婢任香儿和平彩云形成了对照。正如她们努力维系着在精神同性恋上的忠贞一样,当耿朗意欲将与她们的夫妻关系性爱化或肉欲化的时候,这三个女人都在不同的程度上予以了拒绝。

这一拒绝的倾向在燕梦卿身上表现得尤为强烈。这也许是她和耿朗关系紧张的部分原因所在。当燕梦卿决心代父受罚因而取消了与耿朗的婚约后,她和耿朗第一次见面。而此时,耿朗对燕梦卿的"肉欲化"倾向就已十分明显了:在他的眼里,燕梦卿是"欺小蛮之杨柳"①,"胜潘女之金莲"②(2.13)。这两个历史人物均以色相知名,一位是艳冶的歌女,另一位是令皇帝迷醉的妖媚妃子。而将"潘妃"故意写作"潘女",应该也是在提醒读者耿朗的联想可能与《金瓶梅》中臭名昭著的"淫妇"潘金莲相关联,因为在那六字句中,似巧非巧地包括了"潘金莲"的全名,而且那句话也可以被读作"(她的小脚)胜过那潘姓女子的小脚"。③ 而正如她的名字所表示的,潘金莲正以纤巧的小脚而知名。评点者提醒读者注意在耿朗贪看燕梦卿的那段描写背后可能隐藏着的作者动机:

> 不写梦卿见璘照(耿朗)何如者,恐唐突梦卿也,故单写璘照之见梦卿,见璘照之情私特甚也。吾意晚间春畹必告小姐曰:"是人两目炯炯,大不蓄好意也。"(2.15.77)

在此,评点者又一次使用"私"这个轻蔑的词来描写耿朗"性爱化"的"情"。这样的"欲"或"私情"正是后来燕梦卿作为一个具有强烈道德感的妻子在夫妻关系上所极力回避的,这可以由她托梦耿朗时所说的话为证:"妾不敢以儿女私情劳君痛瘵也。"(37.286)这也便是燕梦卿疏远耿朗的原因之一,而"性感"的任香儿却得以笼络住耿朗对自己的爱意。叙述者在解释耿朗对任香儿之死大为悲痛的原因时,又借助了"私情"这个

---

① "事感",孟棨:《本事诗》,13b–14a。
② 参见废帝东昏侯和王茂的传记,《南史》,卷五,p.154;卷五五,p.1352。
③ 我认为这并非印刷错误。"潘女"也出现在《林兰香》的1838年本中,2.9a(p.37)。

概念:"大概男女之间,情为第一,理居其次。理乃夫妇之正理,情是儿女之私情。耿朗与香儿私狎处最多,故情亦最深。"(51.392)

在关于小说中"情"的含义的讨论中,有些学者试图根据上引那段话的首句得出作者重"情"轻"理"的结论。① 但事实上,上引那一整段话表现了一种对"情"颇为矛盾的态度(至少在此具体语境中对"情"的解释是这样的)。这种对肉体的亲昵或"性爱"的"情"的厌恶态度显然也为评点者所共有。第二十八回是小说中仅有的对淫荡人物进行最直露性爱描写的两回之一,评点者在该回末尾说道:

> 此书一部中淫荡者惟此回与第十回耳,然皆不成实事,盖成实事则便索然矣。试思男女未媾精之前,是何样情致,既媾精之后,是何等意味,不言可知矣。(28.221)②

对燕梦卿来说,她作为妻子的主要职责是规劝丈夫(必要时还要有所抗议)并帮助他整顿家务,就像一个大臣在与君主的关系中所应该做的那样。燕梦卿是从职责而非情感的角度来看待婚姻关系的。她应该因其智慧和道德而非身体来赢得丈夫的尊敬甚至"情"。这种对性爱化的不情愿,可能正是燕梦卿在被迫允许耿朗与她亲昵时感到特别羞辱的原因,当时她因规鉴丈夫而遭疏远,正试图与丈夫和解。可是当耿朗偶然因酒醉后吐脏的衣物而回想起燕梦卿对他的规劝时,他再次从燕梦卿身边走开了。当宣爱娘试图安排二人共宿以弥补他们之间破损的关系时,燕梦卿因深感羞辱而终于爆发:

> 不可! 日间相会,亦是以色媚人。夜复相就,则是以淫自献。以色与淫强邀人之容己,难宽解于万一,如其不容,姐姐又何以处我!(32.248)

---

① 参见张俊:《论〈林兰香〉与〈红楼梦〉》,p.71。
② 这种纯"情"的观点在十八世纪的小说《野叟曝言》中有更为极端也更为详尽的表达,参见本书第九章的讨论。

然而,这次爆发后不久,燕梦卿却被赋予一个难得的机会为耿朗献出"身体",这次,是处于完全没有性爱含义的状态。读者被告知,耿朗病了,大概是由于他无节制的生活方式(过度的饮酒和性事,这正是燕梦卿不顾一切想要她丈夫远离的生活方式,为此,燕梦卿不仅以言辞规劝,而且还拒绝让自己的"身体"被性爱化)。燕梦卿想到了割股疗伤,决心让她的"身体"为丈夫发挥有益的作用。她切下一根手指给耿朗做药汤,这下她那不愿被性爱化的"身体"在实际和隐喻两方面都能有益于丈夫的健康了,而她丈夫的健康却正是毁于那些被性爱化的"身体"(即与他淫逸的妻妾任香儿、平彩云的"酒色过度"[32.248])。① 当然,这并不是燕梦卿第一次牺牲她的"身体"。此前,为了使她被诬渎职的父亲免受官府惩罚,她自愿没为官奴。她在一个太监的帮助下才保住了自己的贞洁。这里,我们可以联想起《弁而钗》中的李又仙。他为代父还债而将自己卖进了男妓院。他得以实现孝心的主要原因是他的"女性化"相貌吸引了一位买主。只有女人的身体或"女性化"的男人的身体才能使这一孝行的宣示成为可能。

一个后弗洛伊德时代的读者会怀疑,燕梦卿除了精神性女同性恋之外,可能还想从这种忠孝英烈行为中为她那长期被压抑的(性或非性的)欲望寻找到升华的释放。就像她先为父亲后为丈夫不断作出的牺牲那样,她对自身性欲的严谨克制成为她捍卫自己作为一名德才兼备的女子之价值的唯一有效方式,然而,这样的女子却一直不被理应是她生活中最重要的人——她的丈夫——所赏识。这就是为什么对她来说与林云屏和宣爱娘的友谊会变得如此重要。她的婚后生活甚至可以被视作是在不被丈夫认可的情境下不断努力寻找被认可而又不断受挫的历程。在第三十四回的回末评中,评点者哀叹燕梦卿与其丈夫的婚姻乃是她的"虚名之误"(34.266)。当然,正如在本书第三章所论,寻觅自身价值的

---

① 马克梦关于这部小说的讨论(《吝啬鬼、泼妇、一夫多妻者》,p.213 - 217)中的一个小标题就叫作"多妻者的淫逸姬妾"。

被认可以及认可他人的价值是文人文化所定义之"情"的基本组成部分。

与燕梦卿的故事相对照,描写耿朗的另两个妾任香儿和平彩云的段落就往往以性爱意象为主导了,尽管《林兰香》的作者在这方面要比《金瓶梅》和《弁而钗》的作者克制得多。就性描写而言,第十回也许是小说中最露骨的篇章了。在此,小说中最为贪淫的男性人物茅大刚由于纵欲过度而丧生(显然他可以被看作是另一个西门庆)。不仅他的名字茅大刚显然带有男性生殖器的含义,评点者(10.71.45)还提醒我们注意他那更具讽刺性的字"思柔"。当茅大刚开始用丹药来增强性能力时(10.75),叙述者提示读者其与西门庆是何等相似,并重复着欲望无限而精力有限的陈词——这正是《金瓶梅》的叙述者在西门庆因性交过度衰竭而死时所特别引用过的。同样是在这"最淫秽"的一回中,平彩云遇到了一个骑马射箭的英俊少年。从她的眼中看此少年——"控纵合宜,往回有度"、"捕花蛱蝶"、"点水蜻蜓"之类,都暗示着平彩云似乎正在幻想着与此少年的性交(10.73-74)。① 随后我们在这一回中获知,前一回中所说茅大刚在道士妖术之下所淫媾的女子正是这个性饥渴的平彩云。后来,平彩云被恶人装入皮箱劫持,又被一位游侠救下并托放在耿朗的一处庭院中。她被耿朗发现并成为他的第五房妻室。正如评点者在第二十八回的回末评中指出的,就"淫荡"而言,第十回和第二十八回是小说中最露骨的两回(28.221)。第十回是异性恋故事,而第二十八回则含有女同性恋性行为,二者都是"欲"的例子,它们与林云屏、燕梦卿和宣爱娘三人所代表的"情"形成鲜明的对比。

另一个淫逸的妻妾是任香儿,她的父亲被控在一次火灾中有非法行为而入狱,为了感谢耿朗帮他获释出狱,她的父亲就将她作为礼物送给了耿朗。服侍任香儿的两个侍女的名字分别叫作"绿云"和"红雨",而当

---

① "蝴蝶"和"蜻蜓"是描写性行为时惯用的隐喻表达,参见《金瓶梅》第六回接近末尾处的韵语(6.58)。

"云"和"雨"两个字合为"云雨"时,就成了汉语中惯用的性交委婉语。红雨后来因为与李寡妇的同性恋行为而被逐出家门。然而,代替红雨的侍女仍旧被叫作"红雨"。所有这些显然是用来强化任香儿的淫逸形象的。

在小说中,沉迷于肉欲或"私情"固然遭到明确的谴责,而像燕梦卿所表现的那种道学气的"情"有时也被含蓄地加以质疑。作者试图通过对田春畹的塑造来提供一个更佳的选择。田春畹是燕梦卿的贴身侍女,在女主人死后被提升为耿朗的第六房妻室。她是一个守"义"的女子,但是她对待耿朗的策略要远比她的女主人的行为有效。① 她低贱的侍女出身所养成的美德使耿朗感觉更加舒适,而燕梦卿,由于她孝顺和忠贞的卓著声誉和所受的良好教育,经常使耿朗有不安全感。而且,田春畹以其"又似有情"、"又似无情"(43.331)的游移态度成功地吸引了她的丈夫。她将这种对耿朗的矛盾心理概括为这样的"有情"和"无情":

> 妾辈虽蒙夫人慈命,朝夕服事,然上下之分当严,男女之别当讲。尽心竭力,故似有情。远避嫌疑,故又似无情也。(43.331)

当耿朗问田春畹为什么以前她丝毫不理睬他的调情时,她进一步解释说:

> 人非木石,谁能无情?一则关系家风,二则败坏行止。且作奴婢的若一有所私,便为主人所不齿,安得到有今日?(43.331)

正如叙述者所论,这是一种两难境地:"正是才子情深,过情则未免伤义;佳人义重,守义则恰似忘情。"(51.395)最后,正是田春畹的"义"才软化了耿朗的"情",耿朗认识到:"我岂可教守义佳人笑我多情才子!"(51.396)但是,作为能在"义"(有时可等同于"理")与"情"之间达成恰当平衡的理想人物,田春畹这一角色并非总是让人信服。寻找"义"与"情"的完美平衡的任务继续被十七世纪和十八世纪的许多小说作者所牵挂,我们将在第八章和第九章中对此予以讨论。

---

① 参见马克梦在《吝啬鬼、泼妇、一夫多妻者》中的讨论,p.217-219。

第八章　三部才子佳人小说:"情"与身体的贞节

才子佳人小说在十七世纪似乎骤然的兴起一直没有得到充分的研究。直至最近学者对长久以来被忽视的从十三世纪晚期到十六世纪的一批小说才开始给予新的关注。① 中国传统小说的研究者通常将才子佳人小说溯源至有关汉代司马相如(前179—前117)和卓文君(前150—前115在世)的风流韵事的叙事文和著名的唐传奇《莺莺传》。但是,这样的溯源中留有数个世纪的空白。② 有些学者试图将诸如《西厢记》的戏剧作品也纳入十七世纪才子佳人小说的源头之中,以此来填补这一空白。③

---

① 到目前为止,关于元明文言传奇小说最为全面的研究是陈益源的《元明中篇传奇小说研究》;特别是第一章《绪论》(p.1-18)对这些作品所作的文类上的探讨。这一研究也对其中的许多小说展开了关于文本演变的具体讨论。
② 陈大康(《通俗小说的历史轨迹》,p.33-66)提出中国小说史上"近二百年停滞局面"(约为十四世纪晚期到十六世纪中期),他为此时期而深表惋惜。而恰是在这一时期,文言传奇小说十分流行(也许因为这些是文言小说,陈大康没有将它们看作通俗小说。当然不是每一个学者都会赞同用文言或白话来决定一部小说是否是通俗作品这一标准)。但是,在其近作《论元明中篇传奇小说》中,陈大康明显修订了他对所谓"停滞局面"的看法。在我所看到的关于明代文言传奇小说和十七世纪才子佳人小说间关系的研究中,《论元明中篇传奇小说》可谓是最有价值的一篇文章。
③ 参见赫斯尼(Hessney):《美、才、勇》("*Beautiful, Talented, and Brave*"),p.38 115。关于明清戏剧中才子佳人主题的研究,参见姚(Yao):《才子佳人:元明清时期的爱情戏曲》("*Cai-zi jia-ren: Love Drama During the Yuan, Ming, and Qing Periods*")。

而对元明时期被长久忽视的文言传奇小说的考察使我们认识到它们正是十七世纪才子佳人小说的直接源头。① 叶德均估算大约有四十篇甚至更多的这类文言传奇小说创作于明代。② 其中约有一半的作品仍流传至今,这在很大程度上是因为它们被收入了在明代十分流行的"通俗类书"之中,如编成于1587年的《国色天香》。③

这些传奇小说有着许多共同的特征。它们都是用文言写成。它们都讲述着玉树临风的才子和才貌双全的佳人之间的爱情故事。吟诗互赠是这些故事中不可或缺的重要情节。在这些文本之间常常形成互文式的借用,尽管它们的创作年代可能相隔一个世纪或更久。它们通常都是20000字到30000字的篇幅。最长的作品——《刘生觅莲记》有40000字。与大多数唐宋文言小说相比,这样的篇幅已相当之长,但是却远远短于大部分白话长篇小说。一些学者将它们称为"元明中篇传奇小说";另一些则以"长篇传奇小说"称之。④ 归名于宋梅洞(十三世纪晚期在世)的《娇红记》通常被认为是第一部这样的传奇小说,它激起了众多明代文言传奇小说的创作。《娇红记》明显借鉴了《莺莺传》,不过它的传奇故事(近20000字)则远远详细于《莺莺传》。与《莺莺传》中抛弃恋人(莺莺)的男主人公不同,申纯深爱着王娇娘。这对恋人更为坚定地追求他们的幸福,最终为

---

① 王重民大概是第一个指出这些明代文言传奇小说是十七世纪才子佳人小说的直接源头的学者,参见其《中国善本书提要》中"绣谷春容"条目,p.399。虽然《中国善本书提要》是在1983年,即王重民去世后的第八年出版的,但书稿当写于1939年到1949年之间。关于明初文言传奇小说对才子佳人小说发展的影响的可能性,另可参见林辰:《明末清初小说述录》,p.63。但是,林辰认为《娇红传》(即《娇红记》)是明初的作品。不少学者持有这一观点,如侯忠义和刘世林(《中国文言小说史稿》,2:110)。
② 叶德均:《读明代传奇文七种》,p.535。
③ 大概是孙楷第(《日本东京所见小说书目》,p.127)率先使用"通俗类书"一词来指称一种各式作品(从信札、笑话到小说)的汇刊集。"通俗类书"在明代极其繁荣。
④ 陈益源(《元明中篇传奇小说研究》)和陈大康(《论元明中篇传奇小说》)都曾使用"中篇传奇"一词。何长江(《论元明长篇传奇小说的发展历程》)则使用了"长篇传奇"一词。

爱而亡。与《西厢记》齐名,《娇红记》成为有明一代最著名的爱情故事之一。①

归名于邱濬(约1421—1495)的《钟情丽集》的问世是明代文言传奇小说发展中的一个重要里程碑。在这部小说中,"情"被给予了史无前例的强调。爱情在这类小说中大概是第一次取得了胜利。《钟情丽集》有着一个圆满的结局(圆满的结局也是十七世纪才子佳人小说重要的文类标志之一)。尽管作品大力强调"情"和爱情中的忠诚,却并未躲避"性"的话题。与《娇红记》中的恋爱场面相较,《钟情丽集》中的描写明显更为具体也更为直露,虽然它们仍然通过婉语来表达。② 在《娇红记》和《钟情丽集》中,"情"与"欲"的关系不成问题,二者并未被呈现为互斥性的。但是,欲望二分为"情"与"欲"却成为其后同类作品的重要特征。

在诸如《天缘奇遇》、《寻芳雅集》和《李生六一天缘》这些作品中,"欲",或者说肉体的欲望,成为叙述的焦点,而香艳的性行为被相当细致地描述出来,虽然这样的描述从未达到这一时期如《如意君传》或其后的《痴婆子传》等艳情小说的直露程度。③《天缘奇遇》之类的文言传奇小说对诸如晚明的《浪史》和清初的《春灯闹》、《桃花影》和《绣屏缘》这类白话艳情小说产生了重大的影响。这些白话艳情小说往往以英俊才子和数个女子的艳遇为主要内容。④

---

① 将《娇红记》归名于宋梅洞仍然存在争议。关于《娇红记》的文本流传及影响的研究,参见陈益源:《元明中篇传奇小说研究》,p.19-46;及其《明清小说里的〈娇红记〉》一文。另可参见王岗:《"情"的崇拜》("The Cult of Qing");程毅中:《宋元小说研究》,p.198-210。
② 关于《钟情丽集》的研究,参见王岗:《浪漫情感与宗教精神》,p.114-135。
③ 同一时期的文言艳情小说并不具有这些文言传奇小说所共有的一些重要特征,诸如连篇累牍的诗歌和对才子佳人间爱情的关注。另一方面,艳情小说以更为直露具体的性描写为突出特征。
④ 关于这些文言传奇小说以及它们对其后作品产生的影响的研究,参见陈益源:《元明中篇传奇小说研究》,p.212-215,244-245。王岗在其《浪漫情感与宗教精神》中对《天缘奇遇》有详细的论述,p.135-182。李梦生《中国禁毁小说百话》,p.59)也论及《天缘奇遇》可能影响了其后的艳情小说。关于《桃花影》和《绣屏缘》等清初白话艳情传奇小说的研究,参见马克梦:《吝啬鬼、泼妇、一夫多妻者》,p.126-149。关于《绣屏缘》是如何"篡改"了"情"的概念来为男主人公的艳遇辩护的考察,可参见拙文《欲望的情愫》("Sentiments of Desire"),p.179-183。

但是另一方面,诸如《双卿笔记》和《刘生觅莲记》等文言传奇小说的重点却在于忠贞的"情",特别是女主人公的忠贞。① 有趣的是,《刘生觅莲记》特意对以好色的男主人公知名的《天缘奇遇》予以了严厉的批评。② 很明显,《刘生觅莲记》的作者有意要将他的作品与《天缘奇遇》之类的小说相区别。《刘生觅莲记》一类的小说要尽力将"情"限制在"理"的范围之内。③ 对婚前童贞的坚守成为"情"的一个重要方面。④ 在《刘生觅莲记》的结尾,两个女主人公在新婚之夜自豪地声明自己仍是处女之身。⑤ 通观明代文言传奇小说,像《刘生觅莲记》等作品中女主人公极力躲避婚前性行为的小说并非主流。但是,它们却预示着以婚前的守身如玉为准则的十七世纪才子佳人小说的发展趋势。⑥ 我们不妨说,《刘生觅莲记》等文言传奇小说在塑造忠贞之"情"的传统方面对十七世纪才子佳人小说起到了关键的作用。因此,在晚明特别是清初,形成了两类有着相当大差异的白话爱情小说:"纯情爱情小说"(又被称为才子佳人小说)和"色情爱情小说"。前者在清初占据统治的地位,其数量要明显

---

① 关于《刘生觅莲记》文本流传及其对后世影响的研究,参见陈益源:《元明中篇传奇小说研究》,p.219 - 238。何长江(《论元明长篇传奇小说的发展历程》)认为,明代文言传奇小说的发展可分为两个阶段:第一阶段为"情波奔涌",第二阶段为"回归礼制"。虽然人们可能对这一"历史顺序"的精确性产生些许质疑,但是在我看来,他对明代文言传奇小说这两种日益显著的趋势的描述是相当准确的。
② 《刘熙寰觅莲记》,《绣谷春容》,p.97。在《国色天香》、《绣谷春容》等不同通俗类书中的同一文言传奇小说的文本有着相当大的差别。例如在《绣谷春容》中,《刘生觅莲记》变成了《刘熙寰觅莲记》。关于这一作品的不同版本的研究,参见陈益源:《元明中篇传奇小说研究》,p.222 - 223。
③ 参见《刘熙寰觅莲记》,《绣谷春容》,p.114、118。
④ 同上书,p.125、129。
⑤ 同上书,p.132。
⑥ 参见陈大康所作元明文言传奇小说和才子佳人小说的共同特征的列表,陈大康:《论元明中篇传奇小说》,p.55、62。

超过后者。①

三部纯情爱情小说《金云翘传》《定情人》和《好逑传》可谓是清初在协调"义"与"情"上作出更为有意识的尝试的代表。它们通过对"情"的纯化来实现这一协调。这些作品甚至可以被视作一种反拨的行动,反拨如晚明艳情小说《浪史》等作品所展示的通过忽略"情"与"欲"的差别来推进欲望合理性的趋势,也反拨《金瓶梅》等作品以"情"为代价对"欲"展开的强调。"情"在《浪史》中总是过度性欲化的(肉体的欲望被作为"情"的主要方面来强调)。而在众多的清初"纯情爱情小说"中却有着一种相反的趋势。它们努力地使"情"去性欲化。②

在本章中所详细考察的这三部清初小说的一个共性是,它们的作者都付出极大的努力来证明肉欲与"情"无关,而且它甚至是常常有损于在他们的作品中所颂扬之"情"的。在这三部小说中,所有的主人公不仅成功拒绝了婚前性行为,甚至有时还会避免婚后的性行为以证明自身的全然清白。在《好逑传》和《定情人》中,"情"之所以最终取得胜利恰恰是因为恋人们禁绝了任何肉体的关系,在几乎不可抗拒的情境之下仍然履行了儒家关于"礼"的最为严格的规范。《金云翘传》意味深长地扩展了"贞洁"的概念,并且将"性"呈现为甚至在婚姻中亦非必须或合理之事。为了恢复"情"的纯洁,这些清初小说作家试图通过重新定义"贞"来重新确立"情"的内涵。对这一努力的仔细探讨,对于理解这一时期的小说论述中"情"的多义性及其对后世作品的可能影响都至关重要。

---

① "纯情爱情小说"和"色情爱情小说"的说法出自马克梦:《吝啬鬼、泼妇、一夫多妻者》,p.103 - 107。在评论明代艳情小说和清初艳情传奇小说的差异时,马克梦(同上书,p.147)指出:"在晚明艳情小说中,恋人们是在没有父母之命媒妁之言的情况下相见的,但是他们无法成婚,也就无法使他们非法的性关系获得救赎。他们中的大多数都是以悲剧告终。而在清代(艳情)小说中,性关系因被带入了婚姻之中而受到了驯化。性愉悦不再破坏社会秩序,反而归属在了这一秩序之中。"考察《天缘奇遇》或《李生六一天缘》这类明代文言传奇小说,可以发现马克梦所总结的清初艳情小说的诸多特点在这些明代文言传奇小说中已初露端倪。
② 另可参见马克梦(《吝啬鬼、泼妇、一夫多妻者》,p.148 - 149)对才子佳人小说("纯情爱情小说")中的"去性欲化"的讨论。

《金云翘传》:"情"和贞洁身体的苦难

小说《金云翘传》是依据一位生活于十六世纪中叶的女子王翠翘的"真人真事"写成的。但事实上,我们对这个女子的生平知之甚少。一些文人作家所提供的关于她的细节大概都是根据一些传闻和他们自己的想象。她因传说与臭名昭彰的海盗徐海(死于1556年)有牵连而且可能在这个可怖海盗的迅速覆灭中起到重要作用而大大吸引着作家们的注意。她被认为是劝服徐海投降明廷之人,此举最终导致徐海被处死。如此众多的文人作家书写过她,将关于她的传说总称为"王翠翘故事系列"也许并不为过。最早的对王翠翘相对详细的记载是谢湖老人所写的一个短篇传记。这篇传记因附于著名作家茅坤(1512—1601)的《纪剿徐海本末》而得以留存至今。① 其后,王翠翘的故事继续受到文人作家的青睐。王世贞(1526—1590)将她的传记收入其《艳异编》的"妓女"部中。② 极为有趣的是,在黄宗羲的《明文海》中,王翠翘的传记却被编入了"烈女"一类,这可能正反映着在刚刚经历了易代之痛的众多文人的心目中王翠翘地位的提升。③ 此时的王翠翘以为国捐躯的"贞洁妓女"形象被怀念甚至被颂扬。同样的观点在余怀(1616—1693)所作王翠翘传中获得回响。④

王翠翘的故事开始被改编为白话小说作品是在明王朝的最后数十

---

① 在新近出版的现代排印本茅坤集中的《纪剿徐海本末》(p.817-824)却没有附谢湖老人的王翠翘传。《百部丛书集成》所收《纪剿徐海本末》也同样没有将谢湖老人的传记附入。这一传记(约500字)被董文成关于王翠翘故事演变的论文《〈金云翘传〉的故事演化》全篇引用,p.30。另外可以参照茅坤关于王翠翘的诗作,茅坤:《茅坤集》,卷一,p.8。董文成的文章是至今有关王翠翘故事演变的最为详实的研究。
② 王世贞:《续艳异编》,卷六,王世贞:《艳异编》,p.1583-1587。
③ 黄宗羲:《明文海》,414.17-20(册五,p.758-759)。不过这篇传记题名为《李翠翘传》。
④ 张潮:《虞初新志》,8.4-6(p.255-256)。王翠翘的传记还可见于冯梦龙的《智囊补》,卷二六,《冯梦龙全集》,册三六,p.1594-1597。

年中。在周清源(1619—1654在世)的《西湖二集》中,第三十四个故事便聚焦于胡宗宪(卒于1565年)率领的政府武装对海盗的镇压。但在这个故事中,王翠翘还只是一个边缘人物。而在另一部十七世纪白话短篇小说集《型世言》中,第七个故事则特别关注王翠翘在徐海的覆灭中所发挥的作用。《型世言》被认为是陆人龙所编,他是更为有名的出版者和作家陆云龙(约1586—1644)的弟弟。这个故事中王翠翘的形象比这一故事系列中的其他文本都更为接近《金云翘传》的女主人公。在《型世言》中,王翠翘第一次被塑造为一个孝女的典范。为了解救担任低微官职的因监管的粮仓失火而身陷囹圄的父亲,她自愿卖身。与此前王翠翘的故事相比,《型世言》包含了她初卖为妾、再卖为妓的更为详细的情节。《型世言》中王翠翘的形象应当影响了《金云翘传》的书写。①

将《金云翘传》和王翠翘故事的其他文本进行简要比较,便可以辨明这部小说的关键性新意所在及其独特的小说构思。虽然王翠翘在《型世言》等故事中被强化的"义侠女子"形象②仍然被《金云翘传》所承继,《金云翘传》却用大量笔墨来塑造一个新的形象:忠贞而重"情"的才女。对探索这部小说中"情"的含义最为关键的,当属其作者要将王翠翘的故事纳入才子佳人小说框架之内的精心而相当艰难的尝试。"义侠女子"形象和"贞洁才女"形象之间的张力透露了小说中关于"情"的新认识。在《金云翘传》中,我们被详细告知,在卖身救父之前,王翠翘已经遇到了一个俊俏才子金重并与之私订终身。而王翠翘与大盗徐海的关联以及她在明政府镇压徐海中可能起到的重要作用都降至了小说的边缘位置,只占据小说二十回中的三回篇幅。这比几乎占据六回篇幅的"才子佳人"

---

① 大多数学者将《金云翘传》定为清初的作品,参见林辰:《明末清初小说述录》,p.257;李致忠:《校后记》,《金云翘传》(春风文艺出版社),p.216-224。李致忠曾推测《金云翘传》的作者可能会是余怀,即著名的《板桥杂记》的作者。而一些学者认为《金云翘传》是晚明的作品,参见董文成:《〈金云翘传〉版本考》;董文成:《〈金云翘传〉版本考补正》;欧阳健:《〈金云翘传〉的刊本与抄本》。我认为定为清初的证据更具说服力。

② 参见《型世言》,7.151。

式的故事缘起明显要少得多。在王翠翘故事系列中《金云翘传》之前的所有作品都关注于她在大盗徐海的最终覆亡中所起的作用,而她的一生之所以重要,也完全是因为她协助平息了徐海的叛乱。然而这一关注随着《金云翘传》的出现而发生了巨大的转变。至此,王翠翘的私人生活,而非其平息可怖叛乱的公共角色,成为叙述的焦点。

王翠翘与金重的一见钟情显然十分符合才子佳人小说的程式。在与王家姐妹初会之后,金重偶然捡到了王翠翘遗失的金钗。金重借归还金钗之机向王翠翘表白了他的心意。二人的爱情随着互赠诗歌等爱情表达而进展迅速,虽然王翠翘两次断然拒绝了金重的性要求。然而,正当二人爱情弥深之时,和许多才子佳人小说中的男主人公一样,金重不得不与王翠翘分别了。他要护送叔父的灵柩远归家乡。几乎就在同时,王翠翘的父亲被无辜牵连进一起响马案而身受重刑。似乎能够筹集足够银两救出父亲的唯一办法就是王翠翘卖身了(这是一个到目前为止我们已相当熟悉了的模式)。在离家前,王翠翘请求妹妹翠云代嫁金重以实现自己对金重的誓言。她获得了家人的许诺。从此刻起,小说情节开始与典型的才子佳人小说的故事模式相脱离。在不知情的状况下,王翠翘误将自己卖进了妓院。不久,她答应给一个家事富饶的游学书生束守做妾而得以赎身。但是,束守的妻子发觉此事,并精心设计了一个圈套将王翠翘迷倒后劫掠至家,使她成为了自己的奴仆。束守不敢向妻子承认王翠翘是其小妾的事实,也无法阻止妻子对王翠翘的百般折磨。王翠翘后来逃出了束家,但这次只不过是被卖到了另一个妓院而已。徐海,那个大名鼎鼎的强盗头领爱上了她,并娶她做了压寨夫人。在徐海的帮助下,王翠翘得以向所有迫害过她的人复仇,这其中包括妓院老板、两个妓院老鸨、束守的妻子,等等。

在屡屡受挫于徐海后,明大都督胡宗宪派信使去劝降徐海。虽然劝降未遂,这个信使却敏锐地洞察到王翠翘的归降之意。胡宗宪送来两个女子服侍王翠翘。这两个女子鼓动王翠翘劝说徐海归降。然而,胡宗宪的军队却假意接受徐海的归顺而暗中偷袭并彻底剿灭了徐海的部队。徐海在征战中被杀,王翠翘被俘。在庆功宴上,胡宗宪酒醉失态调戏王翠翘。而次日天明,胡宗宪悔于这样的行为而将王翠翘嫁给了他手下的军官为妾。王翠翘为徐海之死而深深自责,因此跳入江中以求了结。然而如奇迹般,王翠翘被一个她往昔结识的尼姑救起并得以与金重重逢。此时的金重已娶了她的妹妹翠云。在金重、翠云和王翠翘父母的极力坚持下,王翠翘勉强同意嫁给她的初恋情人,不过她以失节为由而拒绝与金重圆房。小说以二女共事一夫为结束,回应了其标题《金云翘传》所示——才子金重与两姐妹翠云、翠翘的故事。与典型的才子佳人小说一样,《金云翘传》有着一个大团圆的结局,尽管它的女主人公最终只是勉强参与其中。

正如这一内容梗概所示,小说的主体部分(大致为第七回至第十九回)——王翠翘做妓做妾的痛苦经历以及其成为压寨夫人的起伏命运——都绝非典型的才子佳人小说所能容纳。在小说才子佳人的框架章回(前六回和末回)和框架之内女主人公的悲痛遭际之间形成了一种张力。这一张力在很大程度上是因王翠翘作为贞洁"佳人"的形象(正如每一个典型才子佳人小说的女主人公那样)和其作为遭人蹂躏的"万人妻"(1.3)①的经历之间的强烈冲突造成的。

在小说才子佳人的框架式章回中(前六回和末回),叙述的焦点在王翠翘坚定守护其贞洁以及最终通过重新定义"真正"的贞洁来救赎自己的失节。在小说前六回中,"身"这一词汇出现频繁(除了在小说正文中的无数次使用外,在第四回、第六回和第七回的回目中也同样出现)。和《弁而钗》中一样,《金云翘传》中所呈现的"身"也是一个关键性的象征场域。在这一象征场域中,贞洁之"情"的含义被质疑、重新探讨并记录。

---

① 除另注明外,所有小说引文都出自春风文艺出版社的《金云翘传》;章回和页码随文在括号中注出。

王翠翘的"情"和她的贞洁(二者在小说中是几乎等同的)被逐一镌刻在她的身体之上——她是否向一个男人献出她的身体,她何时不得不这样做,她为何这样做,以及她一旦失身后身体所遭受的折磨与羞辱。

王翠翘的童贞最初被呈现为她的贞洁的"情"的象征。虽然她很快接受了金重的爱,她却两番拒绝献"身"给金重。她的理由是,像《莺莺传》中那种婚前的性行为与她所追求的贞洁之"情"是不相容的:

> 只恨始因情重,误顺良人,及至联姻,已非处子。……此固女子不能自爱,一开男儿疑薄之门,虽悔何及!崔、张佳偶也,使其始莺娘有投梭之拒,则其后张生断无弃掷之悲。……惜莺娘轻身以媚张生,张生身虽暱之,心实薄之矣。……愿郎以终身为图,妾以正戒自守,两两吹箫度曲,甑月联诗,极才子佳人情致,而不堕淫妇奸夫恶派。……则吾二人独踞一席,作万古名教风流榜样。(3.19)

其后不久,当金重再一次情欲难抑时,王翠翘又作了一番表白:

> 女人之守身如守瓶,瓶一破而不能复全,女一玷安得复洁?他日合卺之夕,将何为质乎!……君念及此,即使妾起不肖之念,君方将手刃之,以绝淫端。(3.25)

正如陈益源所指出,王翠翘的这一番论说可能是受到明代文言传奇小说《寻芳雅集》中娇凤的启发。在《寻芳雅集》中,娇凤在拒绝委身吴公子时也有着类似的言论。① 极为有趣的是,《寻芳雅集》因其对婚前性行为的直露描写而臭名昭著。借助于对《寻芳雅集》互文式的暗示,《金云翘传》的作者似乎是在有意强调着王翠翘与娇凤的不同——娇凤最终还是向吴公子屈服了。王翠翘似乎是一个被精心打造的形象,她否定着某些才子佳人小说中女主人公难以抵挡婚前性诱惑的传统模式。事实上,小说

---

① 《吴生寻芳雅集》,《绣谷春容》,p.20。关于《金云翘传》对《寻芳雅集》的其他"借用",参见陈益源:《元明中篇传奇小说研究》,p.195。

第三回正是致力于讲述王翠翘是如何在与金重共度一晚时能守身如玉的。这正如第三回回目所昭示的：“通宵乐白璧无瑕”。在第一回中，王翠翘就曾告诫她的妹妹"女人之身，重之则太山，轻之则鸿毛"(1.7)。她通过对婚前性行为的拒绝来与如莺莺般(在小说中她称之为"莺娘"；王翠翘还谈论过《娇红记》中的女主人公，3.21)的佳人相区分的不懈坚持，在她决定为了救出父亲而牺牲自己这极力守护的身体的时候便显得更为重要了("舍身"一词在小说回目和正文中反复出现)，虽然这一事实也带有些许讽刺的意味。她对自己态度的剧烈转变的解释是相当雄辩的：

> 你做良臣，孝事父母；我做忠臣，杀身成仁罢了。……舍我一身，保全一家，苦事亦是快事。我已看破此身，①一任东皇磨灭。(4.30)

王翠翘还进一步将这一解释合理化："前为金郎守身，是道其常也。今遭大变，女子一身，苦乐由人，何能自主。"(4.31)这里，"身"被用来代指女性的命运。而正如小说所证实的，王翠翘的"命运"，或者说是她的命运的故事，的的确确正是她的身体的历史：从最初如何保护身体的贞洁，到为孝而失去贞洁，到最终这一身体神圣性再次得到伸张。

正如一位佚名评点者所言，很明显，王翠翘确信"孝重于情，情为孝本"②。也就是说，父亲对女儿的"身"(身体/生命)的索取要比女儿的丈夫更为合情合理。因为这一观点认为，女儿的"身"(身体/生命)首先是她的父亲的赐予，正如天花藏主人在《金云翘传》的序言中所宣称的那样：

> 故视辱身非辱也，行孝也；茹苦非苦也，甘心也。何也？父由此身而生也，此身已为父而弃也。此身既弃，则土也，木也，死分也；

---

① 这里，"身"可以被理解为"生"(生命)，在下文中还将就此有进一步的讨论。所以，"我已看破此身"也就可以被理解为"我已看破此生"。在小说中，有用"身"来代替"生"的倾向，这可能是为了强调"身体"的象征意义。

② 《金云翘传》，浅草文库本，4.19a(p.35)。因为我所见到的这部小说的现代排印本都没有收入回前评点，因此当引用评点时，我采用日本浅草文库藏康熙年间刊本的影印本。

生,幸也,何敢复作闺阁想?(p.1)

而另一方面,王翠翘不断地向他人强调所卖者是她的"肉身"(4.34);其言下之意便是,她的"真"身或贞洁是永远不会被出卖的。

但是,当王翠翘决定卖身之时,她却开始重新思考此前拒绝金重占有自己身体的意义:

> 向全此身,不从郎欲,只怕合卺之夕,无物为质。千不肯,万不肯,以质情郎。早知如此,守何为乎!(4.32)

当然,恰恰是因为王翠翘此前如此谨慎地维护着自己的贞洁,她的身体的牺牲才越发显得道德高尚而值得称赞。与此同时,王翠翘感到她不得不恳请她的妹妹嫁给金重,只有这样她的恋人才能最终拥有她的"身",虽然是以一种象征性的替代方式。为了履行她作为金重未婚妻的职责,她必须坚守贞洁的身体以成为一个童贞新娘。但最终,作为一个女人,她不得不时刻准备着为她的丈夫或父亲而放弃自己的身体。终究,这部小说似乎在提示着人们:"身"的问题的确关系重大。

当读者读完小说的最后一页,他/她不禁会感到,实际上小说中的一切都围绕着"身"这一事。"情"或女性德行,在根本上都依赖于"身"才能显现其意义。在小说末回中,当王翠翘终于与金重重逢时,她很不情愿地答应嫁给金重。然而在他们的新婚之夜,王翠翘重演了她在小说伊始作为一个贞洁女子时所采取的行动——她拒绝将身体献给金重。不过,这一次的拒绝缘由似乎已经全然不同了。小说提醒读者要注意到其中的相似而又不同之处:起初她作为一个处女在与金重的幽会中守护贞洁的行为和她在小说末尾作为一个失身女人所采取的相似举动。在这两个情境中,她都是先后两次回绝了金重。先前,她拒绝他是为了守护自己身体的贞洁。如今,她的拒绝则是因为她的身体不再贞洁,尽管,作为丈夫的金重的性要求是受到婚姻制度的保护而显得十分正当的。而第二次王翠翘正是因为他们的关系已缺乏了这种正当性而又拒绝了他圆房的要求。王翠翘坚持认为,在充当了那么多男人的"妻子"之后,她不再配得上金重。换句话说,她之所以拒绝是因为她相信自己不干净的身体会破坏金重的"贞洁",尽管作为一个男人,金重有权拥有多个妻子。男人身体的"贞洁"在此被呈现为女人的职责。一个被玷污的女性的身体会玷污一个男性的身体。但是她却同意成为他的妻子。似乎通过结婚却并不献出自己的身体这一做法,王翠翘便得以为自己被玷污的身体的贞洁进行辩护了。当然,此时的王翠翘还有着其他的辩护理由:因为金重已经与她的妹妹翠云成婚,所以他定然已享有着美满的婚姻,而且,更为重要的是,其家的香火也因此得以延续。

在二人的新婚之夜,金重和王翠翘千般恩爱,只不言云雨之事。叙述者宣称,他们已因宿缘得成夫妻,但是却避免了因性爱而污染了他们的"情"。这样的"风流"才值得借助于小说来广为流传(20.213)。这一风流故事的关键所在,正是小说通篇中其男、女主人公之间肉体关系的全然缺席。即便为了表明她的全身心奉献,也为了担负她作为一个忠实妻子和"情"中巾帼的职责,王翠翘不得不将她的妹妹作为另一个"身"献给金重以弥补自己身体的不可得,但是,身体只有在与性关系相隔绝之时,才最为与"情"相关(至少是在王翠翘这样的贞洁女子看来)。而虽然身体恰在自身缺席之时与女性的"情"最为相关,但对于男性的"情"来说,身体最终还是必不可少的,因为一个男人的"情"需要通过传宗接代的肉体行为而获得确认——这是儒家传统中男性的重要职责。因此,"情"超越了"身",但同时具有悖论意味的是,"情"又依赖于"身"以突显它的意义。对一个贞洁女子来说,"情"的肉体的内涵只有在"身"被有意排斥在外的情况下才能显得丰富无比。

除却小说家所尝试的通过女性身体的复杂含义来阐明何为贞洁女子之真"情",另一个在小说中定义"情"的重要因素便是"苦难"——一个贞洁佳人的身体被玷污或被象征性地毁坏("碎身";5.39)的过程。在第一回的回前评中,佚名评点者指出小说中最重要的两个概念就是"情"和

"苦";他甚至提出"情苦"这一新概念来概括王翠翘的经历。①

在小说的主体部分,有时甚至是以直露的细节展示着一个美貌的才女是如何沦落为"万人妻"的。王翠翘在一个可鄙至极的妓院老板马龟的蹂躏中被迫失身,因为马龟已用450两银子买了她。就在这悲痛的经历之后,趁着这个无耻马龟的昏睡,王翠翘援笔成诗以寄托自己的悲伤。她似乎是在表白她的诗才,如同她贞洁的身体一样,是如何被断送的。后来,她被骗与一个青年楚卿私奔,而事实上,楚卿却是在妓院老鸨的安排下实施惩罚驯服她的计划的一分子。在私奔被抓回后,王翠翘被"赤身露体"(9.80)吊起,连裹脚都被扒去,又经受了无数次的鞭打。王翠翘感到她的身体再一次被侵犯了。在众人前暴露她的身体以及这一身体所受鞭打,都正是对其贞洁的进一步亵渎。其后,王翠翘被束守赎身并成为其小妾。当王翠翘被束守的正妻宦氏派手下绑架之后,她再一次经受了肉体的折磨,而她的身体也再一次成为施暴的对象。与小说才子佳人的框架式章回中对贞洁身体的迷恋并行的,是这些章回中对"身"的极度关注。这里,叙述的焦点在于这一贞洁身体所经受的侮辱和虐待。在第十八回中,已身为压寨夫人的王翠翘又反过来折磨和伤残着所有这些施暴者的身体。鉴于小说所表达的对女性身体的极大兴趣,王翠翘诉诸肉体的复仇方式也就不足为怪了。

当读者意识到王翠翘有时似乎是在有意寻找自己被亵渎的机会的时候,她的贞洁身体所受侮辱便具有了更多的深意。远在王翠翘不得不卖身救父之前,她就断定女子是生来受苦的。她以胡琴技艺而闻名,而她所谱乐曲正名为《薄命怨》。这只曲子常常催人泪下,虽然那时的王翠翘还未曾经历任何的苦难。当路过名妓刘淡仙之墓时,王翠翘深深感到了她与这个死去女子之间的默契,并动情地悼念刘淡仙悲剧的命运,就

---

① 《金云翘传》,浅草文库本,1.1a(p.1)。因为我所见到的这部小说的现代排印本都没有收入回前评点,因此当引用评点时,我采用日本浅草文库藏康熙年间刊本的影印本。

好像她已经预料到不久以后她自身便要遭受同样的命运。当她的妹妹和弟弟惊异于翠翘对一个素昧平生的已故妓女如此伤悲时,王翠翘给出了一个带有哲理意味却略显牵强的解释:

> 红颜无主,从古皆然。这刘淡仙生来难道就是妓女! ……安知你我不是他再来人? 况人生在世,这生老病死是躲不过的。而最可怜者,无如美人。你看古来那些女子,如西施,如贵妃,能有几个得善始善终的? (1.4)

随后,王翠翘又梦见断肠教主令她作词十首,首首的题目都是"红颜薄命";她的过去和现在都无法解释她深深的悲观情绪的由来。在小说前几回中,王翠翘如此坚信她是一个薄命红颜,以致会令读者怀疑她似乎是乐于将自己视为一个受害者,虽然在对自己施加肉体伤痛方面她并非受虐狂。但是,她的的确确喜好给自己施加精神的痛苦。她的卖身(以前在恋人金重面前,为了这个身体的贞洁她却用了那么大的毅力去捍卫)的决定,就像是一个期待已久的事件,似乎她所有守护贞洁的努力都是为了增强她以后所作牺牲的悲剧效果一般。在某种程度上,这一身体的玷污是身体所有者自愿的。王翠翘的一举一动都是在实践她关于自己红颜薄命的谶语。

如果王翠翘在才子佳人框架式章回中对贞洁的坚持是真诚的,那么在故事主体部分这一贞洁的毁灭就更加证明着她作为一个女子和女儿的美德。在小说末回中,当王翠翘拒绝用自己已然被玷污的身体玷污金重的贞洁的时候,她的贞洁被重新树立和确认。借用评点者的话来说,王翠翘是"辱身之为洁身"①。这里我们不妨回忆一下妓院老鸨向王翠翘传授的吸引客人的"经营谋略"。方法之一便是"苦肉计"(10.89)。为了留住客人,妓女要在自己的身体上烧香疤。疤痕往往被认为是情深的标

---

① 第八回回前评,《金云翘传》,8.8b(p.84)。

志。另一种计策叫作"献身说法"(11.92)①。妓女要"展示"自己身体的每一个部位来引诱客人。倘若从王翠翘自我牺牲的高尚行为的语境来看,则这两个计策便具有了相当讽刺的意味:王翠翘情愿自己的身体被玷污来救助父亲(这样她就成为了孝女)正是"苦肉计"和"献身说法"的一种表现。通过这一行为,正如王翠翘自己公开承认的,她将"名传不朽"(5.39)。和妓女生活一样,对贞洁的追求也是一种对"身"的经营。一个是以身换钱;另一个是以身换名。在小说中,卖身十三年后,王翠翘再次声称卖身正是其贞洁的象征。换句话说,正如她所受亵渎不得不写在她的身体之上,她的贞洁也必定会被作为女性美德的肉体象征而镌刻于其身。而另一方面,如此一个美丽而贞洁的身体被玷污所引发的强烈悲痛感,正是小说中所定义的"情"或"情苦"的最为重要的要素之一。

事实上,叙述者将"痛苦"视作"情"的基本要素的观点在小说开篇便已呈现出来。在小说一开始,叙述者便提及才女小青的传说,并断言道,如果小青没有遭受诸般的苦难,她是不可能像现在这样名传不朽的。叙述者决定讲述王翠翘的故事,因为王翠翘的悲惨命运正可与小青相类比。王翠翘的苦难使得叙述者肩负起令其不朽的责任。对男性文人作者和读者来说,没有什么比目睹一个美貌才女的苦难和凋萎更令人动情了。② 为了替王翠翘在卖身妓院后自杀未遂辩护,评点者提出,虽然自杀是最容易的解脱方法,如此的了结势必会剥夺她经历苦难来证明"大节"的机会,那么人们也就不会将她铭记。③ 在这一薄命红颜的小说形象之上,投入了太多男性的焦虑。小说中的王翠翘曾将自己与那苦难男性文人的终极形象——屈原(公元前4世纪在世)相类比(4.31)。当然,在许多文人写作中,小青也同样被与屈原这位经典的悲剧人物紧密相连。④

---

① 这一短语是惯用表达"献身说法"的双关语。
② 参见拙著《文人与自我的再呈现》,p.84。
③ 《金云翘传》,浅草文库本,8.8b(p.84)。
④ 参见清初文言小说集《女才子书》中的小青故事,p.1。

在这一语境之中,《金云翘传》作者的名号——"青心才人"也就获得了一些有趣的含义:首先,这一名号明显涉及"情"这一概念,因为"情"正是由"心"和"青"组成的。其次,"青心"又与"倾心"同音。因此,"青心才人"也就可以被理解为"才女的倾慕者"。在小说通篇,王翠翘的"情"的一个重要方面就是她凭借自身所遭受的种种苦难而获得这种"倾心"的能力。

《定情人》:要定得住的"情"

与《金云翘传》相比,《定情人》是一部更接近典型的才子佳人小说的作品。在下定决心去寻找一位可以相配的美貌才女后,《定情人》的男主人公双星以游学为名踏上了旅程。他与父亲好友的女儿江蕊珠彼此坠入情网。就在即将论及婚嫁之时,双星的母亲命他速去考取功名。在双星离开江家期间,一个高官的儿子赫炎听说了江蕊珠才貌双全的盛名并试图逼婚。在遭到拒绝后,气急败坏的赫炎唆使姚太监将江蕊珠选入宫中。为了使父母免受迫害,江蕊珠假意答应与姚太监前往京城,但事实上她已决心自尽以表明自己对双星的忠贞。在启程之前,江蕊珠说服父母认侍女彩云为女儿,并留下一封信给双星,请他迎娶她的替身彩云,以使她的父母得享天伦之乐,老有所依。高中状元而归的双星虽然为了满足江小姐的愿望而勉强与彩云成亲,但是由于秉持着对江小姐的忠诚,即便在他岳父母的压力之下,他还是坚持拒绝与彩云发生任何肉体的亲密关系。故事的结局是皆大欢喜的:江小姐在投河自尽被救起后得以与家人重逢。故事在江蕊珠和彩云共事双星的大团圆中收场。

《定情人》的情节与《金云翘传》才子佳人框架式章回中的故事有着重要的相似之处。在这两部小说中,恋人都互赠诗篇。两个男主人公都不得不在与各自的恋人成婚之前突然离开。灾难性的事情发生了,女主人公将属于他人。在女主人公离家之前,她们都为自己的恋人安排了一个替代的新娘。之后,在女主人公试图投河自尽之时,她们都会奇迹般地获救。而两个男主人公都不得不各自拥有一个名义上的婚姻。而两部小说最终都以二女共事一夫的美满婚姻为收束,虽然读者明白《金云翘传》中男、女主人公有名无实的婚姻并非如《定情人》中那样是一种暂时性的安排——王翠翘被玷污的身体将使她永远不会和金重圆房。但是,在以上诸多相似性之外,这两部小说之间的各种差异则更为重要。

正如小说题目所示,"情"的概念在《定情人》中占据着更加显著的地位。在小说的序中,素政堂主人就提出"情"是很难稳定住的,因为"情"虽然近似于"心",却又不等同于"心",虽然近似于"性",却又过于流动。随后他列举了一系列在爱恋中不能使其"情"稳固的历史人物。他声称,这些人物之所以如此,是因为没有找到足够出色的恋人来定住他们的"情"。他的结论是,"情不难于定,而难于得定情之人"①。

正如双星所抱怨的,他在相亲中见到的所有女子都"不足定人之情"(1.4)。而一个女子是否能成为"定情人",是要"凭吾情以为衡量"(1.5)的:"吾情既不为其所动,则其人必非吾定情之人。"(1.6)②在这部小说诞生的时代,全心全意相爱之人才能成婚的观念已经成为小说中的陈词滥调。但是,《定情人》的作者却借助于"定情"的概念来重新表述这一观念,并对其中的主观性加以强调。关键之处在于要找到值得定情之人。双星论断,"君臣父子之伦,出乎性者也,性中只一忠孝尽之矣。若夫妻和合,则性而兼情者也"(1.6;参见第七章所论《林兰香》中叙述者对"理"与"情"的关系的看法)。在小说开篇,读者便立即被告知"好色原兼性与情",而正因为"情",才"故令人欲险难平"(1.1)。这就引出了一个重要的话题:如何通过"情"、"性"的并提来保持"情"之纯净。

就此而言,小说的题目"定情人"可以被理解成"值得定情之人"。但事实上,小说的主要焦点却在于一旦定情,该如何履行这一定情的誓言。

---

① 《定情人序》,《定情人》,p.154。下文引用《定情人》时,章回和页码随文在括号中注出。
② 另可参见《定情人》,5.42,11.101。

在此,"定情人"便应当被理解为"践行爱情誓言之人"。换句话说,值得定情的人就是能够忠于爱情并使爱情恒久的人。当被她的侍女追问为何不与双星定终身大事时,江小姐解释道:"才貌虽美,但不知性情何如?性不定,则易更于一旦;情不深,则难托以终身。"(4.31)这里,江蕊珠在试图将"情"的观念合理化,她通过把"定情"与宋儒程颢等所阐释的"定性"①这一新儒家概念相联系来达到这一目的。其后,江小姐获得了她的恋人"定性"的确证:当一个侍女错传了江小姐的话,告诉双星既然他已被江小姐之父认作义子,那么再娶江小姐就犯了乱伦之罪时,双星当即病倒了。这一情节大概启发了《红楼梦》的作者。在《红楼梦》第五十七回中,当紫鹃向宝玉谎称林黛玉已被许配他人时,贾宝玉立刻病得不省人事(这两部作品中的许多小细节都很相似)。②

在《定情人》中尤其有趣的是,它讲述着男主人公是如何接受"贞洁的检验"的。在随后的故事中,双星高中状元,而有权有势的驸马屠劳("徒劳"的双关)为女儿向双星提亲。如同许多才子佳人小说中的男主人公一样,因为对江小姐的一往情深,双星拒绝了这桩亲事。但是,双星做得更多。他甚至在听到江小姐的死讯后以头撞柱,意欲殉情。这样的贞洁行为通常是对女性的要求(正如小说的女主人公江小姐就已经以投河自尽来证明自己的贞洁)。这一姿态在《金云翘传》的男主人公金重那里就未曾看到。更为与众不同的是,双星虽然和彩云结为夫妇,却拒绝与彩云圆房。这一举动不禁令人想起《金云翘传》中王翠翘和金重在新婚之夜的相似情境(但是,在《金云翘传》中,是女主人公拒绝圆房的)。双星只有在阅读他的未婚妻的遗嘱后,才同意接受名义上的婚姻。当然,与《金云翘传》不同的是,在与江小姐重逢并确认了大、小妻子的名分

---

① 关于程颢《定性书》的研究,参见张永儁:《二程学管见》,p.1-36。
② 关于《定情人》对《红楼梦》的可能性影响的研究,参见李真瑜:《一部对〈红楼梦〉产生过影响的小说》。最近,在《〈金云翘传〉对〈红楼梦〉艺术创新的多重影响》一文中,董文成还讨论了《金云翘传》对《红楼梦》的可能影响,虽然其所提供的一些证据并不完全令人信服。

关系之后,双星同意了与彩云圆房。然而没有一个《金云翘传》的读者会妄想金重和王翠翘有朝一日得以圆房。《定情人》极为重要之处在于,它刻画了坚守贞洁的男主人公形象。在与彩云的新婚之夜,双星请求彩云不要逼他出"名教"之丑,就好像他对江小姐的爱情誓言是与严格的儒家行为准则联系在一起的(事实上,夫妻同寝是不会违背任何儒家学说的),这正如早先江小姐坚持"定情"与"定性"之间的因果关系一样。在彩云保证不会勉强双星之后,双星不由感激彩云能够允许他保全"名节"。而"名节"一词,通常是用在女性身上的(例如,在描述《金云翘传》中的王翠翘时便曾使用此词(20.209);此词也会用于形容男性臣子对其君主的忠诚)。

事实上,在小说中双星的女性气质被一再强调:他"女儿一般标致"(2.17)的外表,他的多愁善感,他试图自杀的方式——以头"撞柱"(14.127),以及最终他将自己对江蕊珠的钟情视作他的"节"的明证。似乎这部小说对"定情"的强调在小说中导致了一种新的性别流动(gender fluidity)。这一趋势在《红楼梦》中更为显著,虽然这一性别流动并不能自动提升女性的性别地位。①

小说以男、女主人公最终的团圆为结尾,这应当是为了符合才子佳人小说的文类要求。但是,江小姐之所以奇迹般地获救还有着更为重要的原因:大团圆结局使小说家得以避免因双星"贞洁"誓言导致其拒绝与彩云圆房所引发的两难局面。如果不是这样的结局,这一誓言将与传宗接代等男性更为庄重的职责发生冲突。因此,男性对"贞洁"或"定情"的坚持常常会因为这类传统的要求而大打折扣。

《定情人》中对"贞洁"的阐释要比《金云翘传》严格得多。一个原因是,《金云翘传》中的女主人公身为"万人妻",因此作者不得不提出一个关于"贞洁"的更为微妙的解释,来由此强调其"精神的维度"。由此,《金

---

① 关于我所谓的《红楼梦》中"性别流动"的探讨,参见拙著《文人与自我的再呈现》,p.88—97。

云翘传》对男女肉体的接触抱有更多的宽容;而相似的行为在《定情人》和《好逑传》这类小说中则会被斥为"不贞"。例如,尽管屡次拒绝向金重献出自己的身体,王翠翘却可以接受她与金重间其他形式的肉体接触。当金重初次试图拥抱她时,王翠翘斥其太过"轻狂"(3.18),但随后,她却自己投入了金重的怀抱(3.21)。这当然不是一个贞洁女子应有的行为。在《定情人》中,情形便发生了剧烈的变化。双星与江小姐不仅在他们的相恋中没有任何肉体的接触,而且他们几乎未曾单独相见。他们的大部分交流都是通过江小姐的侍女从中传递而得以进行的。在和侍女彩云反复商量助双星病愈的计划的可行性之后,江小姐才同意远远地见双星一面。她站在院子中的假山上透过一间空屋的圆窗与双星相见(6.51)。而且,要不是被告知双星如不能获得她亲口的爱情允诺便会危在旦夕,江小姐仍然是不会同意这一会面的。这样的对肉体贞洁的谨慎守护,就决定了她会在被迫入宫的路上而身体还没有受到任何威胁的情况下便试图自尽了。所以,在小说中,所有的"身体"在最后大团圆时都仍保持着童贞,包括已经成婚多日的两人。事实上,《金云翘传》中的王翠翘也遇到同样的问题,但是她最初并没有选择自杀。读者被详细告知,这是因为王翠翘相信买者既然已经买下了她的身体,一旦寻死,买者一定会去向她的父母寻事(7.58)。这一对肉体贞洁的坚持在《好逑传》中被表现得更加谨小慎微。在本章中所要讨论的最后一部作品就是《好逑传》。

《好逑传》:"情"与道德的考验

《好逑传》讲述的是男、女主人公铁中玉和水冰心对敌人损害他们高尚道德的企图进行种种抵抗,并最终取得胜利的故事。二人成功地坚持履行着最为严格的道德准则,即便是在极端暧昧的情境之中。在小说结尾,二人终于奉圣旨成就了美满的姻缘。铁中玉和水冰心不得不经历一番又一番的考验来证明他们毫无瑕疵的贞洁。例如,在第一次考验中,铁中玉被奸人算计,吃了和尚提供的有毒食物而病体沉重。为了救护他,水冰心,一个像《林兰香》中的燕梦卿一般的"女道学"(7.96),竟将铁中玉带至自己家中以便照料,尽管作为大家闺秀,她这样的做法似乎并不合乎礼法。在铁中玉整个养病期间,这两个青年人的举止无可指摘。当他们交谈时,中间总是悬着一挂珠帘。虽然他们的谈话彼此"相亲相爱",有如至交密友,却没有一字涉及男女"私情"(7.94)。①

小说中有大量篇幅被用来描述铁中玉和水冰心抵抗逼他二人结为婚姻的压力(其中包括来自各自父母的压力),而这仅仅是由于他们认为一旦结为夫妻,他们此前行为(铁中玉救出水冰心,和水冰心照料病中的铁中玉)的道德正义感势必会受到损害,人们会以此为借口来质疑他们行为的根本动机。用铁中玉的话来说,就是"既在患难中已为良友,安可复为夫妻"(8.107)。二人所持的理由也许会令人有些迷惑不解。铁中玉和水小姐似乎将自身陷入了一种两难境地,他们一定要坚持展现出他们间的相互援助是出自一片赤诚之心。如果他们婚配,那么他们的动机的纯正性就会受到玷污。铁中玉向他的父亲的一番表白就点明了这一两难困境的本质:

> 二大人跟前,孩儿不敢隐瞒。若论水小姐的分明窈窕,孩儿虽寐寤求之,犹恐不得,今天从人愿,何敢矫情? 但恨孩儿与水小姐无缘,遇之于患难之中,而相见不以礼;接之于嫌疑之际,而贞烈每自许。今若到底能成全,则前之义侠,皆属有心。故宁失闺阁之佳偶,不敢作名教之罪人。(14.193-194)

无论是对铁中玉还是对水小姐来说,证明他们的动机之纯贞比其他任何事情,甚至是比他们婚配的欢愉(他们确实偶尔会在心中承认他们敬重并爱慕着对方),都更为重要。这里,名声就是全部。直到他们获知

---

① 参见第七章对《林兰香》中反复提及"私情"概念的讨论。所有小说引文都出自中州书画社出版的《好逑传》;章回和页码随文在括号中注出。

一些人正谋划着迫使他们接受与他人的不堪婚姻时,二人才同意结为名义上的夫妻。但是,在水冰心的处女身份得到皇后的验证(以证明二人之间没有任何违礼之事发生)之前,二人竟始终没有圆房。皇帝与水小姐就此的谈话十分有趣:

> 天子又道:"你既知脱祸,怎不避嫌? 却移铁中玉于家养病。"
> 水冰心道:"欲报人恩,故小嫌不敢避也。"
> 天子又笑道:"当日陌路,且不避嫌,今日奉父母成婚,反异室而居,又何避嫌之甚?"
> 水冰心道:"当日之嫌,一时之嫌也,设有谤言,从夫即白。今日之嫌,终身之嫌也,若不存原体以自明,则今日之良人,即前日之陌路,剖心莫辨,沥血难明。"(18.247–248)

皇帝的定论是对水冰心之贞洁的最终认证。同时,皇帝还总结出二人毫无瑕疵的道德行为所具有的突出特质:

> 女子守身非偶者,古今尚有之,从未闻君子淑女相为悦慕,已结丝萝,而犹不肯草划合卺,以防意外之谗,如汝之至清至白者也。(18.250)

这部小说有意展示出,这一对夫妻因坚持将"情"与严格的正统儒家道德准则完美结合而理应获得回报。小说的中心意旨可以用一句话来概括:"调乎情与性,名与教方成。"(14.196)换句话说,只有通过证明肉欲与真"情"无关而实现"情"的去性欲化,才能说明"情"为何物。

虽然《好逑传》一向被视为一部才子佳人小说,但是小说中的许多要素都根本不符合这一文类的特征,而其中的一些甚至就像是对某些传统才子佳人小说主旨的有意批判。① 虽然铁中玉貌似"美人"而又精通儒学,他在小说中却首先被呈现为一个有勇有谋的侠客。这与才子佳人小

---

① 参见曹亦冰:《〈好逑传〉非才子佳人小说论》。

说中主人公的惯常形象(诸如那颇有女性气质的书生双星)形成鲜明的对比。在铁中玉和水冰心之间,没有一方拾到另一方所遗之物而引发一见钟情的传统模式。二人的相识源自铁中玉见义勇为解救被劫持逼婚的水小姐。二人也没有互赠诗篇的举动,虽然水小姐确实想过要写一些诗歌。刚刚恢复健康的铁中玉马上决定离开此地以尽快避免任何违礼的可能。水小姐意欲送给他一些礼物以表谢意,却被他回绝了。这使得水小姐对他更加敬重。其后,水小姐想到也许可以写诗相赠来表达感激之情,但是她随即便放弃了这一想法,因为她确信,这样的做法会因堕入儿女私情而贬低了他们之间的关系(6.74)。

铁中玉也一向将"恩"与"情"仔细区分。他坚持认为他与水小姐的关系是"恩"而不是"情"(8.109)。正是他们毫无瑕疵的道德正义感和他们对"才子佳人"式行为的拒绝,才使他们得以一次次挫败敌人的阴谋。例如,一次,过其祖等人派小童向铁中玉谎称水小姐约他在水家后花园幽会,以期在铁中玉赴会时逮住并羞辱他。但是,他们根本不会得逞,因为道德高尚的铁中玉绝对不会同意与女子私相幽会。而且,铁中玉也明白这样的邀请绝非出自水小姐之口。以礼法持身的水小姐是绝不会自贬身份来发出这样的邀请(11.150-151)。"私订终身后花园"是才子佳人小说的主要情节模式之一,诸如《金云翘传》和《定情人》都写有这样的场景。但是,在《好逑传》中,这样的行为却被视为必须禁绝的"私情"举动。

在这三部小说对"欲望"的探索中,"私情"虽然有着不尽相同的含义,却往往是与"公"相对而言的。在《金云翘传》中,作者没有像人们所期待的那样来渲染王翠翘这一角色在徐海及其部队的覆灭中所可能展现的"私"与"公"之间的张力(即,她劝说徐海归顺朝廷这一对国家的公共责任和她对徐海的私情之间的冲突),而是着意强调她不与金重圆房的决定所具有的"公"的属性和婚姻之"私"所引发的冲突:

> 金重道:"夫人励名节,诚足起敬。但思至私者,莫如夫妻。闺

阁之私，犹有甚于此者？何夫人偏于至私者，而转立至公之论？"

翠翘道："至私者虽妻夫，而你知我知，则至公者，又夫妻也。妾公而不欲私者，非为他人，即为郎也，即为妾之心也。使妾有私而郎隐之，不独妾愧郎，而郎亦愧妾矣。倘邀郎爱，使妾既私而尚有不私者在，则白璧虽碎，而犹可瓦全也。且妾受辱之贞，惟此一线。"(20.209)

借助于这一对"私"与"公"的复杂含义的曲折演绎，王翠翘得以说服金重不再要求与她圆房，也不再对她已被玷污的身体作出任何"私"的举动。她正是以此来保持她的身体之"私"的。

"私"与"公"的对比在《定情人》和《好逑传》中获得了更多的关注。这一关注的增强是与这两部作品对"贞洁"越发严格的解释相并行的。在《定情人》第十五回中，侍女彩云被描述为是因"公"而嫁给双星的（她是受女主人之托）。但同时读者又被告知，她的"一片私心"却是要让双星将她视为一个"真正"的妻子(15.139)。当双星意欲自杀之时，他的岳父又是以"怎敢忘公义而徇私情"(14.127)这一公共职责来劝慰双星的。[①]

在《定情人》中，读者被告知，只有在"私"与"公"完全等同之时，"情"才变得可以被接受。[②] 在真正的"情"中，"私"与"公"是和谐一致的——青年男女间的浪漫爱情理应有助于他们道德的进一步提升：

情不贪淫何损义，
义能婉转岂伤情。
漫言世事难周到，
情义相安名教成。(15.140)

这里，"情"是激发忠义和忠诚之感的强大道德力量。这并不是因为如有些晚明激进作家所强调的那样——"情"与个人相联，而是因为"情"与公

[①] 另可参见《定情人》第六回、第七回回目中对"私"的提及。
[②] 另可参见第二章中我对明末清初思想家借助公共利益来使个人欲望合理化的讨论。

共道德或"性"是和谐相融的——按照新儒家的观点,就是"情"本是人的天性所固有。①

而在《好逑传》中,"私"与"公"的对比被给予了更多强调。对"私"的沉迷被认为是对贞洁名声的最大威胁。铁中玉之所以回绝了水小姐的礼物,正是因为对礼物的接受会有损他的侠客行为,并使见义勇为的举动在他人眼中变作一种"私"行(6.73)。当铁中玉获知水小姐已成功克制按院逼她与过其祖成婚的企图后,他用"假公济私之嫌"来警戒自己无须再与水小姐会面了(11.149);而的确,"假公济私"正是过其祖对铁中玉行为动机的猜测(7.87)。同样,水小姐之所以放弃赠诗铁中玉,也是鉴于这是一种"私情"的表现。水小姐还常常赞扬铁中玉"情用于公"(9.122)。这样的"私"、"公"二分提供了一个基本的道德框架。水冰心正是在这个框架之中来描述她和铁中玉的"情"的:

> 然此时养病,心虽出于公,而事涉于私,故愿留而不敢留,欲亲而不敢亲。至于今日,父母有命,媒妁有言,事既公矣,而心之私犹未白,故已成而终不敢谓成,既合而又不敢合者,盖欲操守名节之无愧君子也。(15.210)

《定情人》和《好逑传》最为重要的主旨,就是强调抵御肉体诱惑的重要性。终极的"情"是去性欲的,甚至是不依赖于实体的。"情"必须始终如一坚持这一点,直到它通过一系列复杂的考验而被证明与"公"高度一致,并且还要获得来自父母和社会的认可。如果将它与科举考试作一类比,那么科举考试是检验个人理解名教道义的能力,而双星则出色地完

---

① 这里,我们不禁回想第二章中曾讨论的冯梦龙"私情化公"的名言。冯梦龙当然是晚明尊"情"的重要人物,但是,他的一些观点又同时预示着清初试图"驯服""情"之激进含义的保守倾向。

成了一个"好逑的题目"(1.7)①,并证实了他的"答卷"中的"情"在道德上是无可指摘的。从《金云翘传》到《定情人》再到《好逑传》,我们见证了对"贞洁"的愈发强调与对"情"的看法的愈发严格的过程。正如我们将在下一章中看到的,这一关于"情"的保守观点对十八世纪小说《野叟曝言》产生了极为深远的影响。

---

① 《定情人》和《好逑传》之间的相似性是确实存在的,虽然我们需要更多的证据来推论是《好逑传》直接影响了《定情人》还是相反。这里,《定情人》对"好逑"的提及(明显用《国风·关雎》典故,参见郝志达等编:《国风诗旨纂解》,p.1)成为对《好逑传》标题所使用的相同典故的有趣呼应。

第九章 《野叟曝言》和《姑妄言》:欲望的"情"、"欲"两极化

《野叟曝言》:儒学话语下的"情"

与上一章中的三部清初小说不同,本章中所要讨论的两部十八世纪的长篇小说,《野叟曝言》和《姑妄言》,包含着大量直露的性描写。虽然和那三部十七世纪的作品一样,这两部十八世纪的小说继续将"情"定义为"欲"的对立面,但是,它们的作者却刻意将"情"与"欲"相并置,并给予了二者同等分量的全方位关注。其言下之意便是要提供一个包含着各色各样欲望的全息图,无论这种欲望是正面的还是反面的(而这些小说庞大的篇幅也为这种全息图的展示提供了有利的条件)。与三部清初小说的作者比起来,这两位作者对那业已"遥远"的晚明艳情传统的反感显然小了不少,他们在描写"欲"时很少回避艳情的细节,特别是《姑妄言》的作者。

《野叟曝言》的作者夏敬渠(1705—1787)自觉承担起了继续清初"纯情作者"(诸如《好逑传》的作者)试图为"情"的外延作严密界定的任务。但他通过对"情"的重新定义,使"情"还包含了除却直接性交之外的各式肉体亲密行为。当然其前提是,具体的情境确实有这种"权宜的亲密"的

第九章 《野叟曝言》和《姑妄言》：欲望的"情"、"欲"两极化

必要,且当事人的动机是无懈可击或者没有任何不良意图的。

《野叟曝言》的故事围绕男主人公文素臣的事业与生活展开。他在中国、日本乃至欧洲坚定地消除诸如佛教、道教之类的异端,同时通过坚守儒家正统(主要是程朱理学)而使明王朝重新天下太平。文素臣在公共领域的赫赫伟绩与他在私人生活领域的成功交相辉映。在私人生活方面,文素臣赢得了众多美女的芳心,并在他的母亲,即贤明的水夫人的帮助下,构建了一个融洽的一夫多妻、子孙满堂的家庭。

文素臣不仅是一位大儒,还是个英俊潇洒、道德高尚、才华满腹之人。更有甚者,正如叙述者所极力标榜的,文素臣还是一个"多情"(9.136)①的情种,尽管他又是一个一本正经的"道学先生"②。在小说一开篇,读者便被告知,"说他不会风流,却多情如宋玉"(1.3);他还被称为"情重之人"(6.94)。叙述者和评点者在描述他几次忘情之际的反应时,都使用了"英雄气短,儿女情长"(7.107;另可参见 6.87,夹评 20.331)这

---

① 以下对这部小说的引用皆出自吉林文史出版社出版的《野叟曝言》,回数和页码将随文在括号中注出。据编者《后记》(p.2483),这一版本所依据的是毗陵汇珍楼本和申报馆本。就我所知,这个本子也是唯一将上述两个晚清版本中所有评点全部收入的现代排印本。古本小说集成本是毗陵汇珍楼本的影印本。当现代排印本所删除的直露性描写和两个版本间字句的不同与我的讨论密切相关时,我将引用古本小说集成本。回数和页码仍随文在括号中注出。若同时引用两个版本,则现代排印本的回数和页码在前。
《野叟曝言》现存的晚清版本主要有两种:1881 年的毗陵汇珍楼本和 1882 年的申报馆本。毗陵汇珍楼本有 152 回,并带有夹评和回末评,但有各种脱漏。申报馆本 154 回,只带有回末评,其内容与毗陵汇珍楼本的回末评相似。另外,这部小说还自 1882 年 5 月 19 日起连载于上海《沪报》(1882 年 8 月 10 日更名为《字林沪报》);整部小说的连载直至 1884 年 12 月 15 日结束。连载本同样有 154 回,大概与申报馆本相同(在此感谢韩南提示我这部小说连载本的存在)。这无疑可以证明这部小说在晚清的流行。许多学者认为,毗陵汇珍楼本更接近夏敬渠的稿本,而申报馆本,尽管(也是因为)其内容之全,可能是经他人之手的增补本。参见孙楷第:《夏二铭与〈野叟曝言〉》,p.238-240。欧阳健(《〈野叟曝言〉版本辨析》大概第一个提出,这两个版本均非全本,但都直接来自夏敬渠的稿本,因而同样接近小说原貌。欧阳健这一观点似乎可以被 1878 年一个与申报馆本相同的手抄本所证实。关于这部小说的稿本的介绍,参见"野叟曝言"条目,刘世德主编:《中国古代小说百科全书》,p.669;王琼玲:《清代四大才学小说》,p.81-115。
② 在第二十回中,评点者在对素臣为素娥治病一段的夹评中赞扬素臣既有"道学气节",又具"儿女情长"(20.331)。

一套语。在小说中,特别是在前面数回中,素臣接二连三地与多位才貌双全的女子卷入情网,而每一次,他都在不逾"礼"的前提下显得那么多情。在临近小说结尾处,一些曾被素臣救助而欲嫁素臣为妾未遂的女子坦承,大概是由于她们过去的经历,她们觉得很难称呼文素臣。从"情"的角度来说,他应当被尊为"恩父",但是水夫人认为这是不合于"礼"的。这令这些女子非常不安。她们的焦虑促使水夫人发表了一番关于"情"与"礼"关系的道学说教:

> (素臣)辞婚作步,不过不悖于礼,不忍于情,何足为感?先王因人情而制礼,礼即情也,惟品节其过与不及耳。各位之不安,皆过于情者也。正当以礼节之,使本生与假合判然分途,乃得其心之所安。即有感激之念,原可默存于中,并行不悖也。① (145.2339)

文素臣在小说中便总是被呈现为"礼"与"情"完美平衡的典范。他正是水夫人理论的活化身。若借用十七世纪作家李渔的说法来表达,则小说是在试图塑造一个"风流道学"的人物形象(《金云翘传》中王翠翘的行为也被说成是"名教风流";3.19)。

在小说中,文素臣所示范的"情"首先是被理解为"欲"的对立面的。在素臣与他未来的小妾璇姑的对话中,便阐明了"情"与"欲"理应具有的差异:

> 男女之乐原生乎情。你怜我爱,自觉遍体俱春。若是村夫俗子不中佳人之意,蠢妻骄妾不生夫主之怜,纵夜夜于飞,止不过一霎雨云,索然兴尽。……况且男女之乐原只在未经交合以前,彼此情思俱浓,自有无穷乐趣。既经交合,便自阑残。(8.126)

这一说法引发出璇姑一段更为有趣的评论:

---

① 这里,水夫人对"节"、"中"等词语的选择提醒读者关注"中庸"之道;参见下文相关论述。评点者称赞她"礼即情也"的观点见解深刻,"可入注疏"(145.2339)。

> 窃以为乐根于心,以情为乐,则慾念轻,以慾为乐,则情念亦轻。即如前日,自觉慾心稍动,便难消遣,情之一字几撇天外。……恐雨云巫梦,真不过画蛇添足而已。(8.126;6.11b[p.150])①

而评点者在回末评中又进一步发挥了这一观点:

> 如演剧者,前数十出,极尽悲欢离合之致,令人欲歌欲泣。至团圆一出,则皆视为可有可无之事矣。夫优伶演剧,必至团圆后已。犹男女会合,必至云雨后已。其实云雨之可有可无,亦如团圆之可有可无。而非深于情者,不知也。彼《西厢记》等书,极摹云雨之乐,止可称慾鬼耳,岂情种哉!(8.128;6.13b[p.154])

评点者的论说不禁令人想起李渔《怜香伴》中的曹小姐和《林兰香》的评点者的观点。他们都试图宣称肉体欲望与"情"的不相关(参见第七章)。《野叟曝言》的评点者相信,这是一场争斗,在这里,"天理"战胜了"人欲"(7.103)。素臣和璇姑的对话正昭示着,"情"是心中所体悟到的情感,而"欲"则是纯粹的肉体欲望。更为有趣的是,肉欲与真"情"的实现没有关联,甚至是根本多余的。归根结底,"情"与"欲"是互斥的。一个人感受到的"情"增多了,则"欲"的空间就会缩减,反之亦然。

"情"与"欲"的二分,在充满着"情"的儒家世界与充斥着"欲"的异端世界的反复对比中被进一步加强。"情"的世界以文素臣为代表;"欲"的世界则是被受到道教、佛教和邪恶官员蛊惑的人所控制。王朝的衰落在很大程度上归结于明宪宗(1465—1488在位)对自身肉体欲望的失控,以及对各种释道恶势力的轻信。因此,在小说中,"欲"与异端学说相等同,而它与儒家"情"的世界的价值观念构成直接冲突。"欲"被展现为与任何意识形态上的异端一样危险,它是一股应当被全然消灭的邪恶力量。在小说中,几乎所有的反面角色都是因为无法控制自身的"欲",特别是

---

① 在这里和其他一些地方我引用1881年本,因为现代排印本使用的是简体字,未能对"慾"、"欲"二字加以区分。

肉体欲望,而走向邪恶的。而他们的"欲"之所以难以控制,是因为他们身处在释道邪恶势力的支配之下。

更进一步,"欲"会令人脆弱而易受财色的诱惑。事实上,熟知如何利用敌方由"欲"而导致的弱点,正是素臣取得护卫君主的显赫功绩的原因之一。更有甚者,对文素臣来说,假装经不起诱惑还成了一种必要的策略。文素臣通过自己沉溺于声色犬马而无意政治的假象而得以躲避猜忌并分散敌人的注意力。在小说第一百三十二回中,文素臣在听到狮子吼声后立即病倒,并开始了纵情肉体享乐的生活。他在如此的放纵中度过了七年。直到第一百四十九回,读者才通过水夫人所提供的一个有趣解释而获知了这一怪病的病因:当日文素臣向孝宗奏除佛道,太上皇宪宗震怒。为了保护素臣,孝宗暗示素臣装病。在宪宗去世、孝宗正式亲政的即刻,素臣便奇迹般地恢复了健康。这里,"欲"的沉迷是一种伪装,因为素臣并非真的沉溺于感官的愉悦(他只是"托病"),他从未因肉体或精神的放纵而变得脆弱。

但是,即便是对道德上无懈可击之人来说,肉体之"欲"仍然会引发问题。按照儒家的理念,在一个美满的婚姻中,夫妻间的性生活应以繁衍后代为唯一目的。这也就是为什么素臣奉行"寡慾多男"的独特理论,他只按照妻妾的经期每月与她们每人同房一次(88.1380;86.2b[p.2362])。评点者称之为"纯阳寡慾"(回末评,38.637;36.14a[p.1051])。因此,"欲"会妨碍履行孝道——繁衍子孙以维系家族香火的能力。尽管妻妾众多,文素臣"却并未目击其(阴部)形"(69.1082)——这更进一步证明素臣使"情"免受"欲"的污染的能力。但是,这并不意味着素臣总是可以经得住"欲"的诱惑。有时,他也不得不付出特别的努力来压抑自己的"欲"(例如,小说对他面对璇姑恳求时的微妙描述;6.112)。

《野叟曝言》的评点者反复以《金瓶梅》为"负面"典型,并同时赞扬《野叟曝言》对其的超越(参见4.81,70.1105,71.1123)。评点者论断《野叟曝言》要比《金瓶梅》高明很多。他用来支持这个论点的一个有趣例证是《野叟曝言》的作者对出自《金瓶梅》的著名母题"葡萄架"的改写方式。"葡萄架"也出现在《续金瓶梅》和《醒世姻缘传》中(参见第六章)。而在《野叟曝言》第六十二回中,"葡萄架"不再是像在《金瓶梅》中那样作为淫欲的背景出现,而是成了众丫鬟讨论理学派别朱熹、陆九渊之异同这一思想史议题的场所。① 评点者观察到:

> 《金瓶梅》葡萄架下,主妾投壶,(在此,评点者用这一游戏来隐喻《金瓶梅》中葡萄架下的性行为)小厮窃看。此则丫鬟论学,主母窃听。天趣、鬼趣,人国、兽国,分别何如!(60.975)

评点者力求让读者看到《金瓶梅》和《野叟曝言》之间的距离。在水夫人英明领导下的无比和谐的家庭生活,是不会为西门庆家中那样泛滥的肉体纵欲提供场所的。在文素臣的家庭中,性生活仅仅是为了繁衍子孙!但是,评点者也会不失时机地指出,当进行直露的肉欲描写时,《野叟曝言》的作者常常会令《金瓶梅》相形见绌,虽然两位作者有着全然不同的意图(69.1090)。评点者援引第六十九回来证明此点。在这一回中,拥有众多姬妾而又性变态的李又全要喝文素臣的精液,还派他的姬妾表演各式肉体杂耍来引诱素臣。② 评点者强调,在《野叟曝言》中,"欲"这一概念只与恶人相关,而"情"则是文素臣一类人的领地。讽刺的是,西门庆与文素臣的一个重要区别却是通过人们争饮他们尿液这样一件颇令人作呕的事来揭示的。正如我在第四章的讨论中已经指出的,在《金瓶梅》中,潘金莲和奶妈如意之类的女人喝下西门庆的尿液以取悦西门庆以示(或假装)对他的顺从。而在《野叟曝言》中,许多人争饮文素臣的尿液在很大程度上是因为他们将之视为补药(68.1069 和 70.1096)。而且在第二十回中,文素臣还将自己的尿液与草药混合来为素娥配药(20.335)。评点者还提醒我们,素娥是第一个饮下文素臣尿液的人

---

① 对这类小说间差异的重要意义的讨论,参见拙著《文人与自我的再呈现》,p.129 – 133。
② 申报馆本的这一回对应毗陵汇珍楼本的第六十七回。

(20.335),这也就暗示着随后还将会有许多人喝下它。在这一"欲"与"情"的对比中,甚至体液(或排泄物)都承担了不同的含义!①

在第八章中,我分析了三部清初小说的作者为了将"情"去性欲化所付出的特殊努力。《野叟曝言》在区分"情"与"欲"上也作了许多尝试,尽管事实上它包含着不少直露的性描写。一个常用的策略就是上溯至文人传统中"知己"这一永恒的话题——了解并赏识自己才能的人。素臣之所以决定纳璇姑为妾,便是基于以下的理性思考:"世上最难得者,是慧心解人。古人云:'得一知己,可以无憾'"(8.121)。在读了他未来的小妾湘灵的诗作后,素臣论断:"此晚生一知己也,一畏友也。"他甚至将湘灵与春秋时(前776—前476)干将的妻子莫邪相比。富有传奇色彩的干将莫邪是以他们高超的铸剑技术和彼此为爱献身而闻名(21.350)。②事实上,素臣的四个小妾分别是四"艺"中一艺的专家,即一算、一医、一诗、一兵。而素臣则是通晓四艺的全才,得以经常和她们讨论这些"高深"的题目,正如在志同道合的男性文人中发生的那样。这里,《野叟曝言》为在关于"情"的男女爱情小说中的"知己"模式注入了新意。在一部典型的才子佳人小说中,一场恋爱总要突出恋人们的诗才,③但没有哪部作品像《野叟曝言》走得这样远——它试图通过坚持以恋人们的才力作为"情"的基础(不仅仅是诗才)而使"情"知识化。最能说明小说中"情"的去性欲化和知识化的程度的戏剧性场景大概要数素臣和璇姑对算学问题的讨论了——素臣借助璇姑的腹部和香脐来解释他的观点(8.115 - 116)。这里,肉体不但被去性欲化,而且成了交流知识的教学用具。就

---

① 李又全的第九个小妾喝下李又全的尿液,是因为她怕李又全在大冷天里出外小解着凉(68.1069)。这明显与《金瓶梅》中潘金莲和如意喝下西门庆尿液一脉相承。关于在十九世纪小说《儿女英雄传》中"小解"所具有的艳情意义的讨论,参见马克梦:《吝啬鬼、泼妇、一夫多妻者》,p.274 - 277。另可参见马克梦对其他小说中作为叙事策略的"小解"的讨论,《17世纪中国小说中的因果和遏制》,p.20 - 21。
② "知己"的观念在素臣与其他男人的交往中也有突出的体现,诸如素臣与鸾吹的父亲(20.327)和洪长卿(11.172 - 174)的往来。
③ 关于才子佳人小说和诗歌传统的有趣讨论,参见萧驰:《从才子佳人到石头记》。

"情"的纯化而言,夏敬渠确实大大超越了他那些写作才子佳人小说的前辈们。

另一方面,和其他才子佳人小说一样,在儒家"礼"的规范之下探索"情"与男女之悦的关系,《野叟曝言》也往往诉诸儒家的"经权"观念。在《好逑传》和《定情人》等作品中,特殊的情况常常迫使主人公作为一个有"情"人必须守礼而又要变通。文素臣即是一个开拓各类权宜情境的能手。他经常采取一些新奇甚至看似荒唐的手段,诸如用令女人赤身裸体的方式来达到"惊吓"的医疗效果,或用他自己赤裸的身体来温暖女性病人以治病(素娥在文素臣病中也同样用自己赤裸的身体温暖他)。这些情节都是为了证明"权"(权宜变通)的重要意义。"权"可以使人在"情"与"礼"之间找到最佳的平衡,特别是在极其无奈而又非常紧急的情况之下。①

《野叟曝言》与才子佳人小说的叙事模式有着相当复杂的关系。虽然明显借鉴后者将"情"去性欲化的基本策略,《野叟曝言》却经常通过戏仿或者其他的批评策略以显示自身与后者的不同。《好逑传》大概是率先在才子佳人小说中运用儒家"经权"概念来使主人公关于"情"的各式行为合理化的作品之一。当水冰心将病重的铁中玉接到自己家中后,她的叔父以"男女授受不亲"的儒家准则责难她。作为回应,水冰心上溯至《孟子》中关于"经权"的儒家经典章句②展开了一番雄辩为自己辩护(6.82-83)。她将自己对病重的铁中玉的照料与"嫂溺叔援"相比,而"嫂溺叔援"正是经孟子借助于"权"的观念来合理化的行为。而与"权"相对的"礼"则规定男人不得与妻子之外的任何女人有肉体上的接触。在《定情人》中,双星病体沉重,当江小姐获知双星的病因是误信了她不同意与

---

① 这里,"情"在"特殊情境"下与"理"非常接近,正如"情理"一词所示。关于小说中的"经权"观念,参见拙著《文人与自我的再呈现》,p.129,193-194 注 25-28;马克梦:《一个道学和性欲的案例》("*A Case of Confucian Sexuality*"),p.44-47。
② 焦循:《孟子正义》,p.306-307。

其婚配的传言后,江小姐和侍女彩云讨论是否应当向双星传递信息以表真心。她们对通信与否的讨论,也同样是限定在"经权"概念的框架之内。

在《好逑传》中,水冰心的贞洁在她的处女身份被皇家检验后获得了确证。这大概启发了《野叟曝言》的作者来讲述一个关于素娥的相似故事。当素娥和文素臣病重之时,二人因精通医术而相互为对方看病治疗。但是他们所采用的却绝非传统的治疗方法。这里,夏敬渠在挑战"经权"观念的极限上远远超越了《好逑传》的作者。素娥和文素臣用他们赤裸的身体互相温暖。这与《好逑传》形成了鲜明的对比,因为当铁中玉康复后,水冰心在与铁中玉谈话时不得不坐在珠帘的另一侧。不过,和水冰心的纯洁得到最后的验证一样,在《野叟曝言》第十八回中,素娥的处女身份同样被确认,只不过这次的确认是由知县夫人完成的,而非皇后。

《好逑传》在《野叟曝言》中曾被直接提及,虽然提及的方式令人怀疑夏敬渠是否情愿承认其对《好逑传》的借鉴。在第三十一回中,听从李四嫂的诡计,连城试图通过让璇姑阅读"色情"读物来引诱她。他所选的三种读物分别是《会真记》、《娇红传》和《好逑传》。《会真记》(又名《西厢记》和《娇红传》(又名《娇红记》)虽然几乎没有直露的性描写,但毕竟被认为在道德上有所欠缺(大概是因为二书都围绕青年男女的爱情展开)。但是,《好逑传》竟然也列入其中,却实在令人有些意外,因为在所有爱情小说中,《好逑传》是最为"道学气"一部,而《野叟曝言》尽管迷恋于艳情描写,却继承了《好逑传》的道德迂腐气。这可谓是为"影响的焦虑"提供了一个有趣的例证——《野叟曝言》的作者有意将自身与明显影响到自己小说的作品疏离开来。

关于这一疏离的另一个例证可以在素臣的朋友金成之和闵小姐的恋爱故事中找到。金成之和闵小姐恋爱的情节遵循的是才子佳人小说的经典模式。二人一在驴背,一在车中,因无意中听到彼此吟诗而一见钟情。他们的爱情不久便因吟诗互赠而加深。为了和闵小姐接近,金成之应邀成了她的弟弟的塾师。然而,闵小姐的父亲却一心要将女儿嫁与富人家。将这一情节变作对才子佳人主题的批评式戏仿的是素臣对他这个沮丧朋友的建议。素臣认为,如果不能获得她的父亲对婚姻的认可,金成之就应当忘掉闵小姐:"吾兄所处,大是危机!须要守定身心,不特跳出色圈,并跳出情圈。"(48.779)当然,最后由于命运的安排,有情人终成眷属,闵小姐的父亲也勉强认可了这桩婚姻。这一故事对许多才子佳人传奇作品中无视父母之命的爱恋(最为著名的当属晚明戏剧《牡丹亭》)展开了直接的批判。

在才子佳人小说中,"才"和"貌"通常是男女相爱的两个最为重要的条件,而"才"几乎就被等同于诗才。在《野叟曝言》中,这两个条件虽然仍很重要,但绝不足以构成一个"情"的姻缘。气愤于连城的无赖追求,已许心素臣的璇姑便宣称道:"休说文相公圣贤学问,豪杰胸襟,有貌有才,能文能武,比这恶奴单单生得一副俊俏面庞,略略做得几首浮华诗句者,相悬天壤,就是一个蠢然无知、奇形怪状之人,我也只知一马一鞍,心无二念,任他子建般才,潘安般貌,也一毫动我不得!"(27.456)石氏也赞成道:"那些词文小说上,动不动爱着才高,怜着貌美,就私下把终身相订,那父母所许的丑陋丈夫就视之如仇,投河落井,要去跟那有才有貌的人。我常时看了那种不通的邪书就要生气。"(27.457)很明显,这是对诸多才子佳人小说所大力赞颂的自主选择婚姻伴侣行为(如《定情人》)的批判。但是,文素臣又如何呢?在这方面他并非无可指责,虽然作者不厌其烦地赘述文素臣在没有得到母亲认可之前是如何一次次成功地抗拒了与好几个女子圆房的压力。另一个为其辩护的理由是,文素臣的情事纠缠往往是由他无法控制的情境抑或他英雄救美的行为引发的。

而正如《野叟曝言》所定义的,"情"绝不仅仅是纯粹的情感。事实上,除却直接性行为,许多肉体亲昵行为都被容忍、甚至是尊奉为真"情"的表达方式。作者似乎对"身体"相当沉迷,特别是对赤裸的身体。正因为肉体通常被与"欲"和性欲望相联系,而通过强调"身体"作为纯洁无邪之"情"的载体,小说作者试图达到最大限度地使"情"去性欲化的目的。"身体"是一个重要的战场,善("情")与恶("欲")在此交战。肉体接触甚至爱抚往往被作为"柔情"的表达方式而获得强调;个人能否自控并避免堕入"欲"中(即,发生性关系)便成为对此人之"情"的终极考验。这在素臣与璇姑和素娥的"情感"交往的生动描写中就可一窥端倪。这些交往都包含着抚摸和拥抱等非常亲昵的举动。《野叟曝言》的作者显然相信,这些亲密的接触是"情"的适当的表达。只要这些接触在当时的情形下是有必要的(需要权宜之时),并且恋人双方能够避免性关系的发生,它们就不会堕落为"欲"。儒家礼制规定,父母之命是男女双方结为夫妻的一个基本前提。所以,一个行为是被判定为道德的"情"还是不道德的"欲",最终是依赖于它是否被儒家的"礼"所认可,虽然权宜之计还是必要的。

但在小说中"经权"的概念常常过于延展,两个爱人间的肉体接触太过亲昵,以致"情"和"欲"变得难以区分,尽管小说坚持认为二者互不相容。例如,当原本极其贞洁的素娥误服了春药"补天丸"后,她感到自己欲火中烧。这引发了小说中关于"情"与"欲"的最具戏剧性的冲突之一。素娥紧抱素臣并央求他与自己发生性关系。有趣的是,素臣通过用嘴哺住素娥之口,又抚摸她的全身甚至私处的方式来拒绝她的性请求(17.268);按照一般的标准,这样的亲昵已属"性欲"的范围。但是,小说作者却坚持认为素臣的举动是"情"的行为,因为他的意图是与性欲或者"欲"毫不相关的。他是在治她的病;因此这是一个出于"情"的行为,他的诸般爱抚都是去性欲化的。讽刺的是,这些关于"情"的"去性欲化"的行为似乎最为有效地抑制了素娥看似难以控制的肉体欲望。当素臣得知素娥肉欲的突发是丸药所致时,他给素娥灌入凉水以平息她的欲火。但是,在这一露骨描写的段落中,"情"的含义变得相当暧昧:在描写素娥状态的"情兴勃然"(17.267)一句中,"情"显然是被用来指称肉体的"欲"的;而在他处我们见到的表达却是"情深似海"(17.269)。在不同的词语组合中,"情"这一词既可指肉体的欲望,也可指无邪的恋情,而叙述者则煞费苦心地突出着这二者的差异。当然,这也与"情"在二十世纪以前的中国的各式论述中含义的模糊性有关。

事实上,读者被不断提醒着,"情"需要与"礼"相一致,否则,它将有堕落为"欲"的重大危险。在得知素臣因触怒宪宗将被处斩时,他的妻妾完全沉浸在了悲痛之中,虽然素臣的母亲水夫人仍然相当镇静。她的镇静令儿媳们颇感困惑,由此引发了一向睿智贤明的水夫人的一番冗长的关于"情"的道学式论说:"天下岂有不爱子之母哉!喜怒哀乐四者,情也。而有裁制此情者,是以发皆中节;若徇私情,忘天理,则不中其节矣。"这无疑是一个关于"情"的典型道学式的观点。紧接着,水夫人又援引数位历史人物来分析他们关于"情"的说法有"情之正"或"情之贼"(40.661–662)的差别。为这一宏论所震撼,几位儿媳顿时意识到"儿女私情与圣贤学问,相悬不啻天壤"(40.662)。"以理节情"(20.331)或"多情守礼"(50.807)之类的表达常常被用来形容某一人物的行为举止。这也就是为什么素臣会力劝他的朋友金成之,如果他和闵小姐的爱情不能得到闵小姐父亲的祝福,他就应当跳出"色圈"和"情圈"。"情"的确可以沦为陷阱甚至"情坑"(50.803),而最终"情"也会和"欲"同样危险(如果不比"欲"更危险的话),这部分地源于"情"更为微妙,也因此更为危险。所有这些,都是为了强调以"礼"作为适当约束来节制"情"的必要性所在。

但是,《野叟曝言》对"情"的态度并非总是一以贯之。有时,小说的行文会令读者怀疑"礼"似乎是在扼制着"情"。素臣在苗地之行中便见识了苗人对"情"与"礼"的对立所持有的相当不同的观点。这些未曾受过儒家学说影响的人,男、女之间不必回避,婚前性行为被视作和谐婚姻的必需。这里我们读到了苗人的土圣人的有关论断:

> 况天地之道,阴阳而已。天气下降,地气上升,谓之交泰;若天地不变,谓之否塞。峒里女人,与男子拉手、搭肩、抱腰、捧脸,使地

> 气通乎天,天气通乎地,阴阳交泰之道也。若像中华风俗,男女授受不亲,出必蔽面,把阴阳隔载,否塞不通。男女之情不畅,决而思溃,便钻穴逾墙,做出许多丑事;甚至淫奔拐逃,争风护奸,谋杀亲夫,种种祸端,不可救止。总为防闲太过,使男女慕悦之情,不能发泄故也。(94.1475)

土圣人对儒家婚姻观念的批判更是细致:

> 至婚家之礼,又只凭父母之命,媒妁之言,不许男女自主,两情岂能投合?若再美女配着丑夫,聪男娶了蠢女,既非出彼自愿,何怪其参商而别求苟合!若像峒中风气,男女唱歌,互相感慕,然后成婚;则事非出于勉强,情(感情;具体情况)自不至乖离;遇着男子,又得拉手搭肩,以通其志;心所亲爱,复得抱腰捧脸,以致其情;其气既畅,不致抑郁遏塞,一决而溃,为钻穴逾墙等丑事矣!人心不可能强抑,王道必本乎人情。(94.1475 – 1476)

这是一番相当雄辩并合乎常情的关于性爱的论说。尤其有趣的是,在通常情况下,文素臣不会放弃任何机会来对与正统儒学相抵触的意识形态展开批判,但是这次他却始终保持着沉默。① 文素臣的沉默,可以被理解为是为了避免与这些未曾受到汉文化教化的苗人发生冲突。但是,这一关于"情"的异端学说在小说中得以照录,本身就很能说明问题。更为有趣之处在于土圣人是如何为苗人婚姻习俗展开辩护的。土圣人充分利用了"情"这一概念所具有的含义的模糊性("情"被解释为感情、真相、现实,甚至人性)。这一关于"情"的另类观点仅在所谓未经教化的族群中才存在的事实,也就是在告知读者,正统儒家的"情"的观念仍然是唯一可行的,尽管有着这一有趣然而相当出乎意料的例外。

---

① 关于小说中"苗人性欲观"的探讨,参见吴清原(音译;Kuriyama):《小说中的儒家学说》("*Confucianism in Fiction*"),p.174 – 185。

进一步使《野叟曝言》对欲望的呈现复杂化的,是作者坚持将文素臣描述为具有过人的性能力的做法,尽管文素臣与典型艳情小说中的男主人公不同——他从不利用这一超凡天赋发生越礼的性关系,而且还深信男女房事本身也许是多余的。叙述者反复提醒读者,素臣的性能力仅作繁衍后代之用。但是,由于他的英俊外表和非凡的性能力,素臣常常会受到"不速之客"的关注。一次,素臣在小解时便被一个侍女偷窥。读者被告知,素臣的阳物魁伟,大概正因为此,他一次小解就需半时(67.1050)。随后小说写道,当素臣被药倒后,李又全吸食了素臣大量的精液。结果,素臣的精液比李又全吃过的任何东西都更为滋补(当然也比春药有效)。素臣精液的神效令李又全一夜"战"败了十四个姬妾。在小说中素臣被他屡次赞为"纯阳"(如,67.1057)。李又全家中的几乎所有女人都发疯般地迷恋素臣的尿液和精液,因为它们滋补或壮阳(阴)的效力。其中一个女人还评价他的尿液香甜过茶(68.1068)。这些女人对素臣如此疯狂,以至歌姬杏绡在李又全下令将这"活宝"(素臣)从杏绡处搬出转交他人照看时,杏绡竟一头撞去,跌死在地。这一定是因她为自己失去这一"纯阳"之人而绝望。文素臣是男性性能力的终极象征,即便他从未有意使这一天赋被滥用。所以,尽管小说不断宣称除了繁衍后代的唯一目的外,性欲都是多余的,但肉欲对文素臣来说确实关系重大,甚至是当肉欲的目的有时转变为性愉悦而非繁衍之需的时候。为了完成对文素臣作为超级文人和全才(包括性"才能")的塑造,文素臣不得不被说成是一个拥有强大性能力之人(就像许多典型艳情小说中的男主人公一样),尽管,或者也是恰恰因为,在小说中性欲是多余的而肉体欲望又是受到谴责的。为了增强这种谴责的有效性,小说中文素臣必须具有非凡的性能力,而且这一能力还必须被反复颂扬。

《姑妄言》:"情"与"欲"

中国小说的研究者大都认为,十六世纪晚期和十七世纪早期代表了中国艳情小说的全盛时期,在十七世纪以后,艳情小说显著衰落。但是,《姑妄言》的发现迫使我们修正这一观点。这主要是因为,这部十八世纪长篇艳情小说展现了超乎寻常的创造性以及超越此前所有同类作品的意图。几乎所有重要的中国传统小说书目都把《姑妄言》列为"未见"或者根本不作提及。小说的一部分(大约两回)曾于二十世纪三十年代单独印刷出版,流传甚窄。直到1997年,小说全本的现代排印本才得以问世;其底本是莫斯科的俄罗斯国立图书馆所藏十九世纪全抄本。① 这部近百万言的长篇小说仅分为二十四卷。每一卷以一对联语为回目,又以另一对联语为附目。这在中国传统小说中是相当特别的。

　　《姑妄言》主要讲述的是童自大(富裕的地主和商人)、宦萼(高官的亲戚)、贾文物(一个进士)、钟情(穷书生,后高中亚魁)和钱贵(才貌双全的妓女)五人的故事,同时还伴随着冗长的枝节来讲述众多次要人物的故事。大量的人物都具有一个共性的特征——他们都被欲望所吞噬,其中的许多人因无法控制自己的欲望而遭受着悲惨的结局或是遭到了可怖的报应——这是许多艳情小说中淫欲无度人物的惯常命运。一些众所周知的明末清初历史人物,诸如臭名昭著的官员阮大铖(1587—1646)和农民起义头领李自成(约1605—1645)等,也都在小说中出现并获得了充分的关注。但是,在小说中,这些历史人物的"邪恶行径"都被归因于他们强烈的肉体欲望。我们被详细告知,他们过度的肉体欲望是如何导致他们道德的堕落,或者他们腐化的道德是如何引发他们不惜一切代价去寻求肉体欲望的最大满足的。尽管叙述者对各式人物的艳遇的刺激性细节描写毫不吝惜笔墨,但是,就像一位典型的艳情小说叙述者一样,《姑妄言》的叙述者不断地提醒我们,不可控制的肉体欲望是灾难发生的

---

① 关于这部小说的版本流传和俄藏抄本的简要介绍,参见《姑妄言出版说明》,《姑妄言》,《思无邪汇宝》丛书,p.15-27。除另行注明外,对这部小说的引用皆从此版本,回数和页码将随文在括号中注出。在本章初稿完成后,我又读到了一种新的排印本(1999),由北京中国文联出版公司出版。但是,我怀疑这一版本可能是《思无邪汇宝》丛书本的盗版,只是它把露骨描写全部删除。

根本原因(事实上,他认为明王朝的衰亡在很大程度上要归咎于众多高官和无赖的淫欲失控)。这部篇幅浩大的小说所呈现的社会图景就是一片汪洋"欲海"。

童自大、宦萼和贾文物的妻子都是对其丈夫实施恐怖统治的悍妇,这一定是因为她们的丈夫无法满足她们的性需求。但是在小说的后半部分,在这些丈夫获得了精通房中术的和尚和道士的帮助后,他们重新获得了家中的权威地位和妻子的驯服。事实上,这些丈夫所受到的指导在很大程度上是他们在道德上改过自新后得到的善报。小说展现的是在艳情小说中反复宣扬的"房中术"原理,即性交有如"打仗"——一场男女之间的战争。性伴侣中的一方如果能比另一方在性交时更为"耐久"(一个性耐力的问题),他/她便可以获得统治的权威。这些男人用房中术驯服了他们的悍妻(妻子因房事不畅而折磨她们的丈夫,但更具象征意义的是,这些妻子是因果报应的媒介,她们的丈夫因道德的败坏而受到她们的惩罚,而道德的败坏又由性能力的缺乏来象征)。由此,性的重要意义在小说中获得了间接的承认,尽管小说也十分关注淫欲过度或导致邪恶的必然性——这正如小说中的大多数人物所证实的那样,他们因自身对肉体欲望的失控而遭受毁灭。更为准确地说,叙述者并未将肉体欲望本身视为邪恶,尽管他关注于这一欲望失控时所导致的危险和后果。

当然,讲述淫欲之危险的劝惩故事是中国艳情小说的固有传统。《姑妄言》对一些著名艳情小说的借鉴是很明显的。一方面,小说会直接提及诸如《如意君传》(24.2952)和《灯草和尚》(5.645)等作品,而评点者也会不断提醒读者比较这部小说与《金瓶梅》等作品的异同。小说中也有直接的借用。例如,《姑妄言》所有意模仿的一部经典艳情小说是托名于李渔的十七世纪作品《肉蒲团》。在卷八中,郑氏故意叫嚷她在洗澡所以任何人不许在外张望来引诱小厮爱奴。当然,她的真实意图是要吸引小厮的注意并邀他入内(8.990)。这一女主人通过在澡盆中展示自己以勾引小厮的情景,很可能是受到《肉蒲团》相似情景的启发。① 明显是对《肉蒲团》开篇关于女色利弊的诙谐言论留有深刻印象,《姑妄言》的叙述者也一度在小说中发表了相似的论说:

> 此时方知道《本草》上不曾载的这种发物(女性性器官)如此利害……我因此在《本草》上后添了一段,使后人见之好知避忌。……譬如人参,偶然服些,自有补益;若把他当做饭吃将起来,可有不伤命者?岂是人参之过? 乃取参人之过耳。(6.730 - 731)②

但是,《姑妄言》超越了它所模仿的对象。就我所见,没有哪一部中国长篇小说会如此连篇累牍地展开直露的性描写;甚至著名的《金瓶梅》与之相较也难以匹敌。《姑妄言》包含了中国传统艳情小说中可以找到的所有性行为描写的类别:通奸、群交、采战、早熟孩子的性觉醒、狐精与人交欢、人兽交合,还有各种春药的使用。事实上,小说已然被称为一部中国传统文学中所有重要艳情母题的"集大成"之作。③ 借助于其浩繁的篇幅和包罗万象的内容,《姑妄言》以其对各式性行为详细而露骨的描写超越了其前所有的艳情小说(大多数艳情小说都是中篇;《金瓶梅》已是少有的例外)。

对我们的讨论来说更为有趣的另一个《姑妄言》的与众不同之处是,与《肉蒲团》等许多艳情小说相异,这十八世纪小说的作者在广阔的"欲"的沙漠中开拓出了"情"的绿洲。确实,在一个兽欲横流的世界中,钟情和妓女钱贵的爱情故事脱颖而出。有意与小说中几乎所有的人物形成对比,钟情和钱贵是一对忠贞的爱人,他们对彼此的许诺从未动摇。借

---

① 在《肉蒲团》第十四回中,玉香用同样的手段勾引仆人权老实。参见李渔:《肉蒲团》,14.376 - 377。

② 参见李渔:《肉蒲团》,1.136 - 137。李渔对《姑妄言》的影响不只体现在此处。例如,《姑妄言》第十九回中对甄氏如何在道人和丫鬟的合谋之下被骗失身以及她如何自尽的描述,都很可能受到《拂云楼》入话的启发;《拂云楼》,李渔:《十二楼》,p.152 - 153。

③ 《姑妄言出版说明》,《姑妄言》,p.19。

助这一对"特别"的爱人,小说将男女关系分化为两个截然不同的类别:忠诚的爱恋("情")与淫乱的性欲("欲")。与对其他人物性行为的细节描写迥然不同,叙述者往往小心回避着对钟情和钱贵亲密场景的直露描摹,就好像他担心对二人关系中肉体方面的直接提及会亵渎二人忠诚爱情的圣洁性以及二人所象征的"情"的神圣性。显而易见,这样的圣洁,在与小说其他部分对纯粹兽欲直露细致描写的对比之下变得更为出众。①

正如"钟情"这一姓名所直接提示的,这一人物就是"情"的直接象征。钟情和钱贵的故事——一个穷书生如何爱上一个美貌的妓女,并最终在她的帮助与鼓励下金榜题名、事业有成——是中国爱情小说中的传统情节模式,《姑妄言》于此并无创新。而令这一模式复杂化并因此更为重要的,是它与各式纯粹肉欲在小说中的精心并置。这里,"情"的概念在压倒性的"欲"(淫欲)的语境中受到重新审视。这一在许多清初才子佳人小说中典型的去性欲化的"情",在充斥着过度性欲的艳情叙述中被重新精心塑造。

下面对这一独特的艳情小说所采取的"去性欲化"的特别策略的细读,会使上述论说更为清晰。在小说开篇,钱贵在她的母亲——一个欲望强盛的淫荡娼妓的逼迫下成为妓女。钱贵貌美而多才,拥有"名妓"的一切特质。她之所以甘心忍受作妓生活,是因为她期待有朝一日得遇一有才有貌的情郎以从良。她拒绝了富家子弟祈公子的求婚,因为她确信祈公子的兴趣在"色"而不在"情"(3.376)。与钟情初次相遇,钱贵便立即为他的才学和深"情"所吸引。之后,钱贵向

---

① 当然,在涉及"正面"人物的亲密场景时,传统小说中的叙述者有意避免具体描写的做法并不少见。正如陆大伟(《〈林兰香〉与〈金瓶梅〉》,p.117)所指出,张竹坡的《金瓶梅》评点和寄旅散人的《林兰香》评点中都已觉察到,小说作者面对小人物和"负面"人物时倾向于运用更为直露的性描写。参见张竹坡:《批评第一奇书金瓶梅读法》,第51条,《张竹坡批评金瓶梅》,p.41-42;《林兰香》,13.103.30,21.167.10,和回末评28.221。但是,《姑妄言》中的对比运用得更为自觉,因而其效果也更为显著。

钟情发誓道,她决定毫不犹豫地以性命来"守节",尽管,或者也是因为,她那时已经做了好多年的妓女(4.466-467)。① 读者被告知,作为女性贞洁之"情"的象征,钱贵喜欢引用传奇人物小青的诗歌(12.1375),而"小青"这一名字已然成为明末清初重"情"才女的同义词(参见第七章和第八章的相关论述)。在小说中,钱贵一度被称为"矢贞妓"(卷十四回目,p.1623)。

而钟情,和钱贵同样忠贞。在两人私订终身之后,钱贵向钟情表露了她的担忧——她担心钟情一旦高中,便会将她抛弃。钟情特意提醒她(也是提醒读者)"钟情"的名字所具有的象征意义(4.467)。他的名字不禁令人联想到冯梦龙《醒世恒言·卖油郎独占花魁》中的男主人公秦重("情种"的双关)。事实上,钱贵就曾提到,她要以李玉(约1591—约1671)的戏剧《占花魁》中的女主人公(一个嫁给卖油郎的妓女)为榜样,而《占花魁》很可能受到了《卖油郎独占花魁》的影响,并与之有着相同的情节。而且,钟情还有过多次"却色"的举动。例如,当一个美妇愿意以身相许时,钟情说道:"好色人之所慕,我若不曾聘过,岂不愿得你这样佳人?要说我不相爱,便是矫情之语。我虽有十分怜爱之心,但于礼有万不可行者。"(9.1136)这当然是一种拒绝女色的外交辞令,文素臣也常使用这套话语。

在小说中,钟情因重"情"而受人敬佩,因为他坚持履行自己迎娶钱贵的诺言,尽管钱贵是一个妓女,而那时他已经考取功名。他的"情"之崇高在很大程度上依赖于钱贵身为妓女("万人妻";借用《金云翘传》的说法)的事实。但是,这一事实也令小说作者感到有点焦虑不安。叙述者刻意强调,钱贵的丫鬟代目虽已十八岁,却还"保住了女身"(14.1683)。评点者马上提醒读者这一重要事实的意义所在:代目后来在她女主人的安排下嫁与钟情为妾。如果钟情不能有一个处女做妻妾,那

---

① 之后,当钱贵被其母逼迫接客时,她确实试图自杀(5.655-656)。

就太惨了(14.1683)。随后,作者甚至暂时违背了他的与钟情相关的肉体愉悦不予描述的惯例,通过对钟情和代目新婚之夜的描摹(而对钟情和钱贵的亲昵场景,叙述者却总保持着相当的沉默),来强调是夜钟情是如何"得尝新物"(14.1742)的。这无疑是对钟情的一种补偿,因为身为妓女的钱贵无法为钟情提供每个丈夫都有权享受处女的"愉悦"。"代目"这一名字是钱贵所起,钱贵因目盲不得不依赖于代目的眼睛。这里,丫鬟不仅为女主人"代目",而且还提供了自己的处女之身来为女主人"代身"以补偿钟情。《金云翘传》中的王翠翘让妹妹翠云代嫁金重,也同样是诉诸"代身";当其中的一个女人不再是处女时,处女之身就变得尤为重要。钟情确实与曾为妓女的钱贵圆房,但金重和王翠翘却终未圆房,而这恰恰是因为王翠翘曾经身为妓女,尽管替代品(处女之身)已被提供。钟情对钱贵的爱无论多么完美,小说还是要以处女之身(甚至是以替代品的形式)接受父权社会性别价值体系的审查。"情"的去性欲化从不意味着与身体相关者(特别是女性的处女之身)不再重要。事实上,"身"变得更为重要,虽然身体的重要性似乎常常是在其本身缺席的情况下得到一再强调的。

佳人沦为妓女或歌女,但却慧眼识才子,并在才子发迹之前托付终身——这是中国男女爱情传统中自隋代"红拂"故事流行以来的惯常主题。再一次,"知己"的观念,或者用小说中的说法,"知心"(4.451-452),在钟情和钱贵的关系中非常突出。事实上,钟情之所以同意初访钱贵,正是因为他被告知钱贵具有慧眼识英才的本领:"弟岂敢疑兄之妄,私心窃料恐世间无此尤物。今日之须眉男子,无一人能于尘埃中物色英雄,况此一瞽女而具此侠肠,有此巨识乎?"(4.451)评点者立即提醒读者,钟情的这番"无一人能于尘埃中物色英雄"的沉痛哀叹是整部小说的"骨子"(主旨)。为了进一步强调落拓才子得佳人赏识的重要意义,评点者告诉读者,小说家有意设计一位目盲的佳人来讥讽那些有眼无珠者,因为,与有眼男儿不同,一个瞽妓尚能辨识英才(也就是说,那些男人才是"目盲";参见回前评,2.192)。如果我们接受评点者的阐释,那么钱贵就是一个具有特殊修辞功能的人物,她的形象被用来羞辱那些"盲"于他人才能的人。《姑妄言》的独到之处是这部赤裸裸的艳情小说中还包含了一个精致的有关"专情"的故事。而如果我们认同小说所提供的内部线索以及声称自己与小说作者私交甚密的评点者的提示的话,那么,这部小说更耐人寻味的是,作者竟以艳情小说为媒介,来发泄自身怀才不遇的失意之感。①

小说中所构想的"情"与文人书写中的所谓"知人"的母题有着密切的联系(参见第三章)。换句话说,这里,"情"在很大程度上被定义为一种发现、欣赏、追求尚未发迹的才子的能力、渴望和决心;同时这种"情"又可被视为是一种寻求知己的意愿和对已相遇知己的感激之情。钟情甚至在未与钱贵谋面之前就已经爱上了她,因为朋友的话令钟情确信钱贵具有识英雄的慧眼。而就钱贵来说,作为一个有"情"人的她只会爱上像钟情这样的才郎——这也是才子佳人小说中一个相当常见的主题。但是,《姑妄言》的独特之处在于,它有意把这一段忠贞的爱情放置在肮脏纵欲的世界之中,却又不把这两个世界混同为一(在小说中这两个世界界限分明)。在清初艳情小说中,艳情的细节和才子佳人的主题往往被精心地合为一体,但是《姑妄言》绝非如此。这一极端的淫欲与贞洁的并置似乎有点勉强,但它迫使读者对熟悉的才子佳人主题——那个在十七世纪众多小说作品中已成陈词滥套的主题——加以重新审视。

另一个在这部艳情小说中被突出强调的"情"的传统维度是爱情的忠贞(就女子来说就是"贞洁")这一熟悉的观念。例如,钱贵在她的丫鬟为她读《烈女传》中杜小英的故事后更加坚定了要嫁一个才郎从良的信

---

① 关于评点者对自己和作者为契友的声称,参见《总评》(p.75)。关于作者对自己的孤独和无人赏识的落寞的抱怨,参见其《自序》(p.65)。在清初艳情小说《桃花影》的《自跋》中,作者烟水散人(p.221)宣称,文人常常写作这样的艳情小说(诸如《桃花影》)来发泄他们的失意之感,所以这些小说应当被视为寓言体的作品。

念。杜小英大概是一个真实的人物,她的故事载于诸多文人作品之中。①在她小的时候,杜小英就发表了对花木兰女扮男装从军的批判。按照杜小英的说法,木兰纵然完身无玷,但跻身男儿中还是有失贞静之道。这正表明了杜小英极为强烈的贞洁意识。后来,杜小英被明王朝平定农民起义的军队抢到营中。在军队主帅面前,杜小英正色斥责道,朝廷派军队讨贼以救百姓,但军队却抢劫良家子女,有负百姓之望。为了守护她的贞洁,杜小英在被主帅侵犯之前投洞庭湖自尽。然而在自尽之前,她写下了十首绝命诗以表白自己不惜一切代价守护贞洁的心志。在听了杜小英的故事后,钱贵流泪而誓:

> 为女子者,不当如是耶?我生不辰,出于烟花,身已污矣,死于无及。虽失之于始,尚可悔之于终。倘异日得遇才郎,必当洁身以待,万不可随波逐流,笑杀多人也。(3.367)

在杜小英的故事中有一个意味深长的事实:在自尽之前,她将绝命诗贮于衣间,以期打捞其尸体之人能够看到。她在诗序中说,因为武昌是省会之区,士大夫多集于其间,且当贡举之年(因此众多应试者都会来到省会),杜小英相信,如果正直的士大夫打捞到她的尸体,他们会将诗歌送达她的父母(3.363-364)。杜小英似乎确信,文人士大夫是能够欣赏她的贞烈壮举并为她扬名之人。被这些文人所赏识似乎也是她有此壮举的一个潜在的原因。她的期望没有被辜负:她的故事和她的诗歌,在文人的努力下确实广为流传。这也就难怪钱贵在听了杜小英的故事后立誓在得遇才郎之后必洁身以待了(当然,钱贵身为妓女的事实使这

---

① 在近作《〈姑妄言〉素材来源初考》(p.306-307)中,陈益源指出,《姑妄言》中杜小英的故事几乎是照搬自陈鼎(1650年生)的《留溪外传》。唯一的不同是小说家增加了杜小英向主帅的慷慨陈词(由此,她不仅是一个贞洁的女子,还颇富政治眼光)。杜小英的故事还见于当时其他文人的写作之中。关于陈鼎《留溪外传》的概述,参见谢国桢:《增订晚明史籍考》,p.739-741。关于杜小英自身创作的考察,参见方秀洁(Fong):《"身体"的深意》("Signifying Bodies")。

一维护贞洁的壮举更加非同寻常)。所以,在这里,女性的贞洁被呈现为"情"的一个重要特质,它与文人的道德性有着某种联系——只有正直的文人才会欣赏贞洁女子高尚的行为。"烈女"的形象在《姑妄言》中多次出现(7.814,19.2408 和 21.2581)。这一事实在与充斥着淫荡故事的小说其他部分的对照中显得更有意义。

这一女性的贞洁行为,又与一些男性人物政治上的忠贞互为呼应。小说中最令人赞叹的"忠臣"非钟情莫属。小说作者似乎坚持认为,男性私人生活中的操行和他在公共领域内的政治美德有着紧密的对应关系。正如钟情的故事所昭示的,一个忠实的爱人也一定会是一位忠诚的官员。钟情不仅在与钱贵的爱情中是一个楷模式的爱人,也同时是一位对朝廷正直忠诚的臣子/官员。正如钱贵情愿以生命来守护贞洁,钟情,出于他强烈的忠君意识,冒着生命危险向崇祯皇帝进谏。讽刺的是,他得以免于廷杖致死仅仅是因为皇帝被提醒道,如果钟情因进谏死去,他必定会享有死谏忠臣的声誉(16.1955 – 1959)。这不禁令人想起文素臣的相似壮举。① 小说似乎在暗示着,忠臣也一定是重"情"之人(专一的爱人),而诸如阮大铖之流的奸臣一定是欲火中烧的淫荡之人(小说用相当长的篇幅叙述阮大铖及其家人的可怖故事。为了满足无尽的肉体欲望,他们完全无视任何社会和道德的规范)。

在《姑妄言》中,"情"意味着在个人关系和帝国政治中的双重忠诚。有时这两重忠诚几乎是可以互为置换的。但是,如果不得不在二者之间加以选择的话,政治忠诚却要高于个人之间的信用。在小说结尾,随着政治理想的彻底破灭(中国已处在满族的强硬统治之下),钟情决定潜踪远遁。这一对覆灭王朝的终极忠诚姿态几乎就等同于对个人之"情"的弃绝(他离开了钱贵和家庭)。这一结尾不由令人想起《桃花扇》中的最终结局(如果《姑妄言》确实作于 1730 年左右,那么其作者很有可能读过

---

① 关于文素臣的讨论,参见拙著《文人与自我的再呈现》,p.132 及其后,p.138 及其后。

《桃花扇》,或者曾看过《桃花扇》的表演)。此时,我们也许就可以更好地理解为何这一部艳情小说的作者竟会如此沉迷于"烈女"的形象——这无疑具有政治的含义。叙述者哀叹没有一个官员愿意为南明王朝的弘光小朝廷死节(24.3027)。钟情的遁世因此应当被视作为覆灭的明王朝守节的行为,正如"烈女"牺牲自己的生命来守护贞洁一样。① 二者都无疑是"情"的行为。

小说作者很清楚,如果墨守一些艳情小说的成规让纵欲的男主人公最后成仙成道,并在仙界与他的爱人(现已是妻子)享受性愉悦,那么他很可能要遭受责难。因此,小说的叙述者宣称,他不能确定钟情是否最终成仙。当然,钟情是一个忠诚的情人和道德很高的官员,而非一个淫荡的纵欲者。可能正是这一"政治"意识使《姑妄言》得以与其他艳情小说区别开来,并决定了"情"在小说中的具体内涵。钱贵的贞洁和钟情的忠诚相互衬托。二人的故事给了读者这样一个启示:"才子和佳人的关系具有着两个男性文人的友情特征","一对爱人用话语代替了肉体:诗歌、信札和推心置腹。就像两个文人朋友一样,他们成了'知己'"。② 这一关于"情"的故事明显是对小说中艳情世界的矫正。它几乎是有意反艳情的。通过将关于欲望的两个对立面的故事——艳情的和"反艳情"的——并置在一起对比,小说家申明了自己的观点:作为崇高感情的"情"必须去性欲化,而"欲"(狭义上的)一定是过度放纵性欲的结果。《姑妄言》表明,在"情"的纯化过程中,男女爱情必须去性欲化而转化为两个志同道合文人间的关系。由此,小说对关于爱情的传统论述中一个更为普遍的现象加以强调——在男女关系中"情"的分量常常是与"性

---

① 关于晚明"烈女"情结的概述,参见柯丽德:《晚明烈女传版本中对女性德行的社会性借用》("*The Social Uses of Female Virtue in Late Ming Editions of Lienü zhuan*")。关于明清易代的动荡岁月中文人面对"节"时的矛盾心理,参见赵园:《明清之际士大夫研究》,p.23-57。
② 马克梦:《吝啬鬼、泼妇、一夫多妻者》,p.103。另可参见他以下相关论述(p.99):"女人获得优势地位,仅仅因为她们扮演了男性化的角色,即穿着男性服装,像男人一样行动及写作。这样,才子和佳人的关系就具备了两个男性文人的友情特征。"

233

欲"的分量成反比的。换句话说,肉欲在"情"的关系中必须为男性之间的"同性社交"(homosocial)关系——即文人如何寻找"知者"的故事——所代替或比拟。①

讨论至此,似乎《姑妄言》中的人物都可以被归入截然不同的两个阵营:少数几个圣人式的情人,以及许多被无法控制的欲望全然支配之人。作者想必也感到了描述一些"中间人物"的故事的必要性。在小说中,确实有两个阵营难以清晰区分的时候。阴氏的故事就是一个很好的例子。

阴氏十余岁时便已与多个男孩发生性关系。她的淫荡名声使得她的父母无法为她找到一个体面的丈夫。最终,她的父亲无奈之下将她嫁给了戏子嬴阳(在传统中国社会中,唱戏是最为卑贱的职业之一)。嬴阳因曾受到恶棍聂变豹的强暴而性功能上有所损伤,因此无法满足阴氏的性需求。二人还经常受到贫穷的折磨。但是他们彼此的感情却似乎并未因这些不幸而动摇。一天,阴氏遇到了一个富贵人家子弟金矿,而金矿正有意于她。这引发了阴氏的一番思索:"我若勾上了他,倒还不愁穿吃……但恐怕丈夫责怪。"但是,她随后便转念一想:"他如今也穷极了,又劳苦得很,若有碗现成饭吃,他也落得闲!我看他自己多病动不得,见我青春年少,孤眠独宿,他也有些过不得意……我要瞒着他做,就是我没良心了,竟同他商议,看他如何说。"(6.743)这一计划可以一举两得——她的丈夫可以免除工作的劳苦而专心养病,而她也可以满足自己的生理需求,虽然在与她的丈夫商量时,阴氏并未明确谈及这第二点好处。按照阴氏自己的说法,她这是"舍身养活"或者"舍身养夫"(6.744)。这的确是一个兼顾"情"与"欲"的计划。阴氏对她丈夫的劝说充满了柔情:她一把拉着他的手,堕泪纷纷,恳求道:

你今后也不必进班去了,养养身子里。哥哥,我实心为你,你不

---

① 参见赫斯尼(《美、才、勇》,p.95)对典型才子佳人小说中性别关系的论说:"如果才子和佳人共有他们最主要的特征,那么他们在本质上是可以互换的。"

要疑我是偷汉,说这好看的话欺你。我若是图己快乐,你多在外,少在家,我岂不会瞒着你做,又肯告诉你么?"(6.745)

这一关于"情"的热忱表白最终说服了她的丈夫接受这个安排。而这一安排确实为她家带来了大量的钱财并同时也满足了她的肉体需求。阴氏就自己身体所做的交易,不禁令人想起《金瓶梅》中那臭名昭著的王六儿。在她丈夫的支持和怂恿之下,王六儿与西门庆勾搭成奸以赚取银钱。和嬴阳一样,王六儿的丈夫韩道国每当妻子的情人(西门庆)前来就自觉回避。但是,在《姑妄言》中,阴氏的行为被描述为"情"(她为她的丈夫的健康考虑),虽然她同时也是受自身肉体需求的驱使,因为她的丈夫嬴阳无法满足她。相比之下,《金瓶梅》中王六儿的行径则完全出于贪财。尽管阴氏和金矿的关系是"商业性"的,但二人之间也确实存有爱意,而王六儿对西门庆则从未有过这样的感情。《姑妄言》的评点者对此的评论可谓准确:"以阴氏所为言之,淫只可谓之三,而情有七。"(7.793)

阴氏的故事似乎暗示着,"情"和"欲"的分界并非总是泾渭分明。在某种程度上,阴氏的故事比钟情和钱贵的经历更有意思,这部分因为"情"的传统文人价值观使钟、钱的故事负担太重,也就是说,这种价值观有时会将男女关系去性欲化到一种政治的抽象滥调的程度。不过,尽管有着这样的模棱两可,《姑妄言》的基本论说方式仍主要在于"情"与"欲"的两极分化。

阴氏的故事还似乎传达着,女性有权去寻找性满足,即便这意味着与丈夫之外的人苟合。这一看法在小说中被反复明确表达。当性功能缺失的郇合("乌合"的双关)得知妻子与和尚的奸情后,他表现出了相当的理解:"我一个废人,把你一个花枝般的少妇耽搁着。"(7.757)

这里我们不妨将《姑妄言》和《醒世姻缘传》作个比较。和《醒世姻缘传》一样,在《姑妄言》,尤其是其前半部分中,充斥着惧内的丈夫和悍妒的妻子的故事。叙述者甚至自造了一个滑稽的词汇"情怕"来形容这些男人对他们的妻子的恐惧(2.291)。这些妻子对丈夫施加生理折磨的暴力方式与《醒世姻缘传》中的描述极为相似。再也无法承受来自妻子的生理虐待的童自大试图向他的亲友寻求帮助。但令他极度惊异和沮丧的是,所有他接触到的男人都比他更为惧内。甚至那个知县也不例外。这不由令人想到《醒世姻缘传》第九十一回中所描述的,所有狄希陈的同辈都是惧内的,他们都生活在悍戾妻子的折磨之下。更有甚者,童自大在茶馆中听到传言,说知县的妻子为了不让丈夫与其他女人有染,在他的生殖器上盖章,每日回家后验看。如果图章被擦掉了,她便获得了丈夫不忠的证据,继而对丈夫施以严厉的惩罚。这也就是知县如今走路总是弯着腰的缘故(3.355)。在《醒世姻缘传》第七十九回中,寄姐同样对狄希陈使用过这一奇计(当然,《醒世姻缘传》也并非这一妒妻行为的首创者①)。

但是,《姑妄言》中似乎为这些女子成为悍妇的原因提供了一个不同的解释。一旦她们的丈夫借助于春药和房中术而能力大进,这些女人便一变而为贤妻。换句话说,这些妻子之所以成为悍妇,仅仅是因为她们的丈夫没能恰当地履行作为男人的职责而令她们的性欲难以获得满足。叙述者为这些妻子辩护道:"至于枕席上之事,又是妇人常情,不足为责。"(17.2032)因此,肉欲的重要性在小说中获得了间接的承认,尽管作者的首要关注点在于肉欲导致纵欲和邪恶的可能性。

在这部小说和《醒世姻缘传》之间还有着其他相似之处。二者都笼罩在因果报应观念之中,虽然《醒世姻缘传》在这点上更为突出。两个叙述者都喜欢引用《太上感应篇》等道德劝善书,还都常常在小说中穿插笑话。两部小说有着同样的讽刺语调,特别是在描述惧内丈夫的困窘之时。铁化(钱贵之母的相好竹思宽的朋友)幼年时的刁钻行为(2.237)使人想起了《醒世姻缘传》中狄希陈童年的淘气和种种恶作剧。以上这些相似之处,以及《姑妄言》后半部分中对明王朝衰亡的哀悼,都不由令读

---

① 参见第六章注27。

者感到它是一部带有典型清初"情绪"的作品——因而可能会与大约成书于清初的《醒世姻缘传》写作年代相仿,尽管作者的《姑妄言》序标为1730年。

而另一方面,推测《姑妄言》和《红楼梦》的关系,以及曹雪芹曾阅读过《姑妄言》的可能性,都是很吸引人的话题。《姑妄言》的作者在小说自序中自称为"三韩曹去晶"。在清初,辽东地区(今属辽宁省)常被称为"三韩"。而我们知道曹雪芹的先祖可能正在此地。[①] 这两个曹家是否会有所关联,是一个有趣的问题,虽然至今还没有找到任何证据。另外,曹去晶和曹雪芹二人明显都对南京非常熟悉(南京是《姑妄言》中的重要场景)。[②]

更为重要的是,在《姑妄言》的开篇以及小说正文的零星显现中,已具有了一种元小说的自觉意识。尽管《姑妄言》和《红楼梦》有着诸多明显的差异,但是《姑妄言》的这一自觉意识可能正预示着《红楼梦》及其更为精心设计的开篇。《姑妄言》的作者常常中断他的叙述来和读者开开玩笑,以提醒他/她注意某些元小说的关键点所在。例如,当在小说开篇初次露面的峨眉山道士再次被提及时,作者便在考验着读者的记忆力:

> 且说这峨眉山人突然从何而来?莫非是做书的人强为捏合,凑成贾文物这段佳话?凡看书者须要有眼力,前后注意。又要有记性,始终照应,方知作者苦心笔力。这个老道就是向年在南京朝天宫做寓,会着到听的那人。(15.1838 – 1839)

在小说结尾,当钟情已然看破红尘,离开家庭而归隐山林后,作者就自己这部小说与通俗小说传统之间的关系作出评论:

---

① 关于曹雪芹的祖籍主要有两种说法:一说在丰润(今属河北省);一说在辽阳(今属辽宁省)。关于这一论争的综述,参见张庆善:《曹雪芹祖籍论争述评》(张庆善倾向于"辽阳"说)。这两种说法似乎都认同在十七世纪中期,曹家已经居于辽阳。
② 参见《姑妄言出版说明》,《姑妄言》,p.16 – 17。

> 但他这样一个盛德君子,我虽不敢效小说家说他成仙了道的俗套,大约自然也寿享遐龄,做一个出世的高人去了。(24.3047 - 3048)

当我们意识到作为艳情小说的《姑妄言》所具有的文类特性后,其元小说的成分就显得更为重要了。一个纵欲的男主人公在无数次的性经历后成仙成道并享受更多的性愉悦,是许多艳情小说作品的共同特征。诸如《浪史》、《桃花影》、《杏花天》等都是如此。① 虽然《姑妄言》的确是一部极端艳情的小说,但很明显,身为一个精通儒学且重"情"的男人,钟情绝非艳情小说中那典型的纵欲主人公。这大概正是作者所试图突出强调的一点:《姑妄言》是艳情小说中的卓然独立者。

《姑妄言》最为精心设计的元小说段落是在小说开篇。《姑妄言》故事的正文("引文"之后)始于一个闲汉。这个闲汉姓到,名听,字图说——这明显是"道听途说"一词的双关。而"道听途说"正是班固(32—92)《汉书·艺文志》对"小说"的经典定义。② 到听以听小道传闻为乐,而且能够过耳不忘。他以听传闻和说"白话"而知名。一日他在街上闲行,遇到四五个说着闲话的人。这些人拉住到听不放,让他说个"白话"。到听谎称有要紧的事要做以摆脱他们的纠缠。而这些人却非要知道是什么事。到听告诉他们,因为莫愁湖近日出了许多鱼,人们都借网打鱼去了,他自己也要打些鱼来下酒。这些人信以为真,一起兴冲冲来到湖边,才知道被到听哄骗了。当被问及为何要戏弄他们时,到听解释道,是他们非要让他讲"白话"的。

随后的一天,到听在酒醉后不觉睡去。他梦见自己来到地府,无意

---

① 关于《桃花影》和《杏花天》的研究,参见马克梦:《吝啬鬼、泼妇、一夫多妻者》,p.142 - 146。关于对《桃花影》和《杏花天》等作品产生重要影响的明代文言传奇《天缘奇遇》中的"道教因素",以及这一因素对小说中纵欲主人公携妻妾成道成仙传统的形成所起的作用,参见王岗:《浪漫情感与宗教精神》,p.135 - 164。
② 班固:《艺文志》,《汉书》,p.1745。

中听到了鬼魂罪犯的判决。这些鬼魂按照前世所犯罪过而一一获得报应惩处并转世为人。其中的五鬼正转生成为小说中的五个主要人物：钱贵、钟情、宦萼、童自大和贾文物。这四个男人在他们的前世中都与钱贵的前身有瓜葛。五鬼中的女鬼在前世名叫白金重。由于她的绝色，她立志要嫁给天下最富的男人，但是她的父母却希望她嫁个俊俏才郎。白金重爱上了一个容貌丑陋的富家之子黄金色。她的父母反对这桩亲事。最终，黄金色相思而死。白金重怀着"女为悦己者容"的信念而殉情。另外，还有三个青年文士因遭白金重拒婚而在相思中死去。王者判白金重转世为髦妓，以惩罚她对金钱的痴迷和面对才郎时的"目盲"。在来生中，她将爱上一个贫穷才子。既然前生爱财，她的名字将叫作"钱贵"。黄金贵被判转生为一个贫穷才子钟情，而三个文士都将转生为无才的富人。而且，这三个富人还被判娶悍妇为妻，以惩罚他们对女色的贪婪。

　　这一颇为滑稽的因果报应构想，是对才子佳人传统的讽刺。而更有意思的，是小说对这一传统的自觉戏仿。在故事中，钱贵和钟情恰恰分别扮演着才子和佳人的角色，而这两个角色都是他们在前世中不能扮演或拒绝扮演的。三个青年文士被判以悍妇为妻，这是他们前世慕色的因果报应，而慕色的行为却是每一部典型才子佳人小说中的男主人公所从事的。这一悍妇角色的安排似乎正与我们在讨论《醒世姻缘传》时提出的寓言式象征相符（悍妇是她们的丈夫难以控制的欲望的象征）。只不过，基于在《姑妄言》中这些悍妒的女子随着她们丈夫性能力的增强（和道德的提升）而一变为贤妻的事实，《姑妄言》对悍妒的因果阐释不由变得更为复杂。

　　一觉醒来，到听试图告诉人们他在梦中所"见证"的一切。一个少年听众根本不信，还质疑到听道：

　　　　"兄这些事醒着听见的？还是睡着了梦中听见的？"
　　　　到听道："我是醒着听见的。"
　　　　那人道："兄此时是醒着说话？还是睡着了说话？"

到听道:"你这位兄说话稀奇得很。大青天白日,我站在这里说,怎说我睡着了?"

那人道:"兄不要见怪,你既是醒着,为何大睁着眼都说的是些梦话?"……

又一个道:"不是这样说,兄这些话是独自听见的?还是同人听见的?"

到听道:"半夜三更,就是我一个,哪里还有别人?"

那人道:"兄自己错了,怪不得人说。"

到听道:"我怎么错了?"

那人道:"兄方才说看见有许多判官小鬼,该把那判官也罢,小鬼也罢,拉住一个做个证见。此时这些鬼话,就不怕人辩驳了。你不曾想到这上头,岂不是错?"

众人拍手打掌,又笑了一场。……

只见人丛中走出一个道士来,上前笑着道:"天下奇怪的事何所没有,这位居士也未必全是诌出来的假话,或有些影儿也不可知。列位何必如此认真?若信他是真话,就听他这一遍新闻。若疑他说鬼话,就不必信。"(1.145 – 148)

到听在小说的末卷中再次出场。此时,小说的故事已至结尾,到听的梦随着读者的阅读而获得确证。叙述者/作者告诉我们,这也就是为什么他要撰写这部小说。这里的逻辑似乎有些陷入循环论证:到听的话语是被小说的叙述所证实,而小说的合理性又反过来被到听的话语所确证。但即便如此,这仍旧是一个有趣的元小说手法的运用。在小说的作者自序中,作者试图解释小说题目中"妄"字的含义,同时,作者认为,他自己是一个独醒者(他称他的居所为"独醒园")。作者论说到,以自己之醒视他人之昏,便自然可以洞察昏者之"妄",而昏者又会反过来以作者为"妄"。因此,实在很难分辨到底何者为"妄"(p.65)。"醒"与"醉"的表述在小说的末尾再次出现。作者/叙述者解释道,他之所以将小说命名为

"姑妄言",是因为他预料到,几乎不会有人相信他的小说家言,众人都会以之为"妄"。所以,他别无选择,只得将自己的言论冠以"妄言",又继而以"姑妄言"作为小说的全名。这里的自嘲透露出作者深深的失意与辛酸。《红楼梦》的作者也是同样如此。

这里的"妄言",不禁令人想起曹雪芹用以描述《红楼梦》的"荒唐言"一词。在梦里无意中听到主人公命运的预言,对梦境真实性的质疑,以及寻找证人来确证梦境的笑谈,都无一不体现着元小说的自觉意识,而这也是《红楼梦》的特征所在。但是,令《红楼梦》得以与《姑妄言》和其他众多小说截然区分之处在于,没有哪部作品像《红楼梦》一样将元小说的自反性持续地纳入整个情节的发展之中。在《姑妄言》中有着诸多精彩的篇章,但作为一个整体,它远未达到《红楼梦》所展示出的精妙绝伦。

第十章 《红楼梦》:"情"和不愿长大

虽然有着些许界限不明的时刻,《野叟曝言》和《姑妄言》中对"情"与"欲"二分的坚持仍是相当一以贯之的。更为著名的十八世纪长篇小说《红楼梦》明显同样着迷于此,尽管"情"的概念在这部小说中变得更为微妙也更为复杂。

从小说第一回甄士隐在梦里无意听到的僧道对话中,读者获悉,这个即将逐渐展开的故事不是通常的"风月故事",而是一部关于"儿女之真情"(1.8－1.9)①的小说。而这也是作者/叙述者在小说一开篇就力图在读者心中建立起的观念。确实,"情"与"欲"这一组常常对立的概念在《红楼梦》中仍然占据着重要的地位,但是,它被重新构建为"皮肤滥淫"和"意淫"的对立。这一新的对立由小说第五回中宝玉梦游时所遇警幻仙姑明确提出。乍看上去,"皮肤滥淫"和"意淫"似乎可以大致对应人们对"欲"与"情"的惯常理解:肉体欲望和儿女情感。既然"意淫"被呈现为"皮肤滥淫"的对立面,那么前者也就可以被理解为"精神的爱恋"而与肉

---

① 除非另行说明,所有对小说的引用都出自人民文学出版社 1982 年版《红楼梦》。这一版本的前八十回是以庚辰本为底本。当提及小说的其他稿本时,我遵从冯其庸主编的《脂砚斋重评石头记汇校》中对各稿本的命名。

体欲望分道扬镳。但事实上,"意淫"的含义要复杂得多,因为在宝玉的梦中,警幻仙姑曾令宝玉与一位名叫兼美的仙姝共寝。一觉醒来,宝玉还坚持要和他的丫鬟袭人同领警幻所训云雨之事,就好像他的梦境需要被现实生活证实一般。因此,肉体欲望并未被完全排除在"意淫"之外(下文将有进一步论述)。然而,"意淫"的具体含义远未清晰。它的模糊性被警幻仙姑对它"惟心会而不可口传,可神通而不可语达"(5.90)的警示性描述所强调。它无法用言语来准确表达,这与中国文化史中"情"的概念的模糊性不无关联。①

但是,仙姑的警示性描述并未削弱众多读者试图定义这一新概念的热情。在十八世纪中叶小说的手抄本刚刚开始流传之际,评点者脂砚斋便借助于"体贴"这一近乎于情感上的利他主义的词汇来尽力界定这一概念。② 更进一步,脂砚斋试图将"体贴"与他所谓的"情不情"相联系。而按照他的说法,"情不情"是小说末尾宝玉在警幻仙姑"情榜"中所属的门类,不过这一"原"稿中的情节已经佚失(甲戌本眉批;参见朱一玄,p.152)。贯穿于他的小说评点,脂砚斋反复使用"情不情"一词来解释宝玉那些看似奇怪的行为举止。例如,在第十九回中,宝玉特地去看望书房中挂着的一轴美人图,因为他猜想这个画中的美人大概会有寂寞之感。根据脂砚斋的说法,这正是一种"情不情"的行为——爱恋不可能回应其爱恋的人/物(蒙府本侧批;朱一玄,p.267)。画中美人明显属于"不情",但是宝玉却可以对它产生感情。的确,小说中有极多的例子来证明宝玉具有强烈的"体贴"之心;有时,他对所接触的才貌双全的女子的热

---

① 与之相关的一点是适合表达"情"的话语的缺乏,正如小说中宝玉和黛玉间纠结的恋情所展现的。在下文中我将具体论述此点。
② 我以为,在白话小说中,将"体贴"视为"情"的重要组成部分并加以强调者可以上溯至冯梦龙《醒世恒言》第三卷《卖油郎独占花魁》中所颂扬的"帮衬"概念。另可参见甲戌本中脂砚斋的侧批,朱一玄:《红楼梦脂评校录》,p.102。本章中对脂砚斋评点的引用都出自这一校录本,版本和页码随文在括号中注出。为了便捷,我将"脂砚斋评点"视为集合名词,代称所有脂评本的评点。这些评点有时署以畸笏叟等名。关于脂砚斋的身份这一复杂议题的讨论,参见孙逊:《红楼梦脂评初探》,p.43-77。

爱看上去简直达到了全然忘我的境界。在第三十回中,当暴雨骤至之时,宝玉首先担心的是戏子龄官可能着凉,并催促她赶紧避雨,却全然忘记了自己也同样立于雨中。在第三十五回中,再一次,当热汤泼在了自己手上,宝玉却只顾关心丫鬟玉钏儿是否烫伤,竟没有感到自己的疼痛。这引发了傅秋芳家两个来请安的婆子的讥笑;她们确信宝玉"是个呆子"(35.482)。①

但是,宝玉的"情不情"还包含着一个更为微妙的方面,它显示出"意淫"的一个与众不同的内涵。最近,有批评者已注意到"主观性"对理解宝玉的欲望所具有的重要意义。事实上,"意淫"中的"意"字具有着对"主观意志"的强调。在传统哲学论述中,"意"的"私人"属性有时被用来与"志"的"公共"含义相对立。朱熹便用"志是公然主张要做底事,意是私地潜行间发处"②来区分二者。我还想强调的是,作为欲望的形式之一,"意淫"更多地关注于"意欲"行为本身,而非任何具体意向的实现或是意向的客体/目的(下文将有进一步论述)。

在最近对这部小说的研究中,余国藩指出,宝玉的欲望"更多地取决于他自己的主观性,而不是决定于欲望的客体。在智力和情感上明显高于那些沉迷于直观的肉体刺激的凡夫俗子,但宝玉也通过在记忆或想象中设身处地地参与而受着其欲望的控制"。③ 余国藩接下来便将第十九回中宝玉对画中美人的拜访行为阐释为宝玉欲望的强烈主观性的例证。我们也许可以再推进一步:恰恰因为其对欲望客体的冷漠,才使我们发觉了宝玉之"意淫"的一个更为微妙的与众不同之处,即,他极端的自我

---

① 关于借助脂砚斋"情不情"的概念对宝玉"意淫"的详细讨论,参见李惠仪:《迷幻与警幻》,p.202-210。
② 朱熹:《朱子语类》,卷五,p.96。
③ 余国藩:《重读石头记》,p.202-203。

沉溺甚至是自恋的倾向。① 例如,我们将第三十回宝玉和龄官相遇的那一段文字回置于上下文中再仔细审读一下,就会发觉宝玉对龄官看似无私的关心可能不会显得那样忘我了:

> ……只见一个女孩子蹲在花下,手里拿着根绾头的簪子在地下抠土,一面悄悄的流泪。宝玉心中想道:"难道这也是个痴丫头,又象颦儿来葬花不成?"因又自叹道:"若真也葬花,可谓'东施效颦',不但不为新特,且更可厌了。"(30.425)

当宝玉误以为龄官是在试图效仿黛玉葬花时,他感到厌恶,这明显是因为他认定只有如黛玉般优雅的小姐才配得上如此雅致的举止。但是,当他发现这个女孩子并非丫鬟,倒像是十二个学戏的女孩子之一时,他改变了想法(在宝玉看来,大概戏子比丫鬟高出一等)。宝玉被她在地上不断地划"蔷"所感动;他痴想着她一定有什么说不出来的大心事,并恨不得能替她分担些。随后,暴雨骤至。这里,宝玉最初的错误设想——一个丫鬟对美人葬花这一圣洁举动的亵渎,使他所谓的对他人的深切关怀("情不情"的行为)受到了质疑。

宝玉审美地看待万事万物,就好像他是一个全然公正无私的观察者一般。但是,这一审美的观察因宝玉的认知——戏子比丫鬟更有资格模仿黛玉——而复杂化。这难道是因为演戏本身就是一种从事模仿的职业?但随后,在第三十六回中,这一审美距离立刻消失了;当宝玉目睹了贾蔷和龄官的交往后,他作为一个公正无私的观察者的身份再也无法维持了。奇特的是,贾蔷和龄官间交往的种种不禁令人想起宝玉和林黛玉间的爱恨纠缠关系(龄官貌似林黛玉)。令宝玉颇为沮丧的是,他被迫得出了一个痛切的结论:他有充足的权利来分担龄官心事的设想是大错特

---

① 参见李惠仪的观点(《迷幻与警幻》,p.207):"这一无私奉献的反面就是极端的自我沉溺——要使万事万物的秩序顺从自己的意志。"但是李惠仪并没有就此展开论述。关于宝玉"自哀自怜"的自恋的讨论,参见陈维昭:《轮回与归真》,p.143-145。

错了!一个女子不仅明确地不愿与他分享,而且,更令他震惊的是,并不是每个女子都乐于接受他的关照。这一事实的揭露之所以令他震惊,正是因为他以前从未遇到像龄官这样美丽的女孩子会去对自己之外的其他男人产生好感(一个颇为自大的想法)。

当然宝玉这一想法实在有点不知天高地厚,正如他的父亲贾政所指出的那样。用宝玉自己的话说,如今他领悟到他的"不能全得"了:

> "我昨晚上的话竟说错了,怪道老爷说我是'管窥蠡测'。昨夜说你们的眼泪单葬我,这就错了。我竟不能全得了。"(36.495)

在这一痛苦的领悟之后,宝玉开始担心将来究竟谁会用眼泪来葬他。宝玉显然一直迷恋着这样一个想法,即所有的佳人都会因他的离逝而流尽眼泪。无独有偶,在第五回宝玉的梦境中,警幻仙姑给他的茶、酒便名为"千红一窟"和"万艳同杯"(5.82-83),分别是"千红一哭"和"万艳同悲"的同音双关。① 对这一痴迷最为直接的提及是宝玉明确表示他期待自己死时所有女孩儿都会为他而哭泣(讽刺的是,就在其明确声称这一期待的翌日,他便遇到了龄官,并被迫承认了一个简单的事实:并非所有美丽的女孩儿都关心他,她们中的许多人根本就不会在乎他的生死):

> 比如我此时若果有造化,该死于此时的,趁你们在,我就死了,再能够你们哭我的眼泪流成大河,把我的尸首漂起来,送到那鸦雀不到的幽僻之处,随风化了,自此再不要托生为人——就是我死的得时了。(36.486)

早先,当宝玉发觉宝钗等人在他遭受父亲毒打后为他流泪时,他感动地自思道:

> "我不过挨了几下打,他们一个个就有这些怜惜悲感之态露出,令人可玩可观,可怜可敬。假若我一时竟遭殃横死,他们还不知是

---

① 参见甲戌本的脂砚斋侧批,朱一玄,p.96—97。

何等悲感呢！既是他们这样,我便一时死了,得他们如此,一生事业纵然尽付东流,亦无足叹惜,冥冥之中若不怡然自得,亦可谓糊涂鬼祟矣。"(34.462)

在这一自我反思中十分突出的,是宝玉对所有女孩儿都将为他"悲感"而自得。这也就可以解释为何宝玉因不能同时取悦黛玉和湘云而苦恼:"目下不过这两个人,尚未应酬妥协,将来犹欲为何?"(22.306)言下之意便是他将赢得更多女孩儿的钦慕。鉴于同样的原因,也就可以理解宝玉在有机会奉承他的兄弟的宠妾平儿和香菱时为何会如此兴奋了。对他来说,这是"今生意中不想之乐"(44.611)。他终身的愿望就是取悦所有他遇到的美丽女子,并赢得她们的钦慕。因此,读者需要更深地体味小说开篇所提供的寓言式解说——黛玉的眼泪是为了偿还她前世欠下宝玉的恩情,因为宝玉的前身神瑛侍者对黛玉的前身绛珠仙草有灌溉之德。宝玉对女子的关照并非全然无私的:他对别人的关爱需要那个受益者用"眼泪"的形式来偿还。换句话说,宝玉的付出所要得到的报偿,是这些女子在失去他之后的失落之感。

就此而言,当宝玉无意中听到黛玉哭诵《葬花吟》时,他随即的悲恸反应也就更加意味深长了。黛玉是小说中最为自恋的人物之一,①而她的《葬花吟》就是最有力的证据。但此时,她的自恋表达却引发了宝玉的一番同等极端自恋的回应:

> 试想林黛玉的花颜月貌,将来亦到无可寻觅之时,宁不心碎肠断！既黛玉终归无可寻觅之时,推之于他人,如宝钗、香菱、袭人等,亦可到无可寻觅之时矣。宝钗等终归无可寻觅之时,则自己又安在哉？且自身尚不知何在何往,则斯处、斯园、斯花、斯柳,又不知当属

---

① 黛玉诗歌中最主要的主题就是自怜,正如她自己的诗句所言:"满纸自怜题素怨。"(38.525)黛玉的自恋不禁令读者想起《林兰香》中的燕梦卿,且与《金云翘传》中的王翠翘有几分相似。所有这些人物似乎都乐于自己薄命女子的形象。另外,在小说中,黛玉还常常被与《牡丹亭》中的自恋女主人公杜丽娘联系起来。

谁姓矣!(28.385)

在此,最终的归着点是他"自身"。黛玉对自身命运的哀叹令他伤悲,因为所有女孩儿都可能在他之前离开这个世界,而这将剥夺他在死时享有来自她们的哀悼的机会。对索求所有女孩儿的泪水的痴迷是宝玉"意淫"的要素。对宝玉而言,要自我得意,最有效的方法莫过于想象他自身的消逝对所有这些女孩儿可能造成的影响了——他的"自身"的终极意义只能通过他的消逝施加给所有这些女性他者的悲伤来衡量。被哀悼就是被欣赏,反之亦然,被欣赏也就是要引发他者对自己的哀悼。不是受到一个女子的哀悼,而是被所有的美丽女子所悼念,这是宝玉所期待获得的终极欣赏。

正如前面的章节所述,在文人文学中,失意文人得遇佳人赏识是关于"情"的一个惯常主题。一旦进入男女爱情故事,对被众人所忽视之才能的赏识这一主题往往使"情"变化成为一种自恋的姿态——一个男性文人的未被认可的价值被一个美貌而深情的女子的青睐所证实。更为重要的是,女性恋人的美貌还必须与她的智慧相匹配,因为智慧才得以使她慧眼识才子。所以,正是男性文人的自恋(自负感)使性爱在"情"的名义下最终合理化。这样的爱恋在很大程度上被"同性社交"化了——女性的赏识成为男性之间关系的一种表征。事实上,正如我们所见到的,许多清初才子佳人小说的作者强调"识"或"知"对"情"所起到的重要作用,以之作为将他们的关于"情"的故事与聚焦于肉欲满足的艳情小说相区分的策略。宝玉的自恋与这一"同性社交"之"情"的传统有相当深的渊源关系。他与秦钟(这个名字本身就令人回想起在第九章所讨论的爱情作品中那一系列具有相似寓意式姓名的有"情"人)等一些男性角色暧昧的同性恋关系便依稀提醒着读者对文人文学所极力赞扬的"知己"这一永恒概念的关注。在秦钟初会宝玉时,他坚持读书一事须有一二"知己"为伴(7.117)。巧合的是,在第三十二回中,黛玉也同样用"知己"一词来描述她与宝玉的关系(32.446)。但是,尽管与文人文学中"知"的主题有着必然的联系,宝玉的"情",或者说是"意淫",似乎含有一种对女性不完全一样的"知"的期许。事实上,佳人辨识出尚未建功立业之男性文人的潜在才能这一模式化的情节在小说的开篇便被戏仿了——贾雨村与甄士隐的丫鬟娇杏("侥幸"的双关)那相当缺乏浪漫的相遇,以及二人后来的婚配,都源于贾雨村误将这个丫鬟的偶然回头视作了对怀才不遇的他的赏识。至少在表面上,宝玉所追求的那来自他所尊敬的女子的赏识,与男性文人怀才不遇的抱怨自怜并没有多少关联。宝玉所追寻的,是这些女子对他欣赏她们的"女性素质"的能力的反欣赏。欣赏他者的能力需要被他者回报式的欣赏所确认。

使宝玉与众不同并得以延缓对其才学(例如他是否可以取得仕宦的成功)的公共判断(在传统中国几乎每一个受教育的男子都必须面对这一判断)的一个因素,似乎是他的年少,或者是他对自己仍然年少的宣称。① 这一宣称使他几乎得以无限期地推迟那可怕的判断。这至少可以部分地说明他为何不愿长大,或者说,他为何拒绝被提醒自己正在长大。换句话说,宝玉之所以能沉浸于他的"意淫"之中,是以他还是少年为前提的,而在某种程度上,他所体验的"意淫"是他坚持自己还是一个少年的结果。脂砚斋便将宝玉特有的"情不情"行为与他的"小儿心意"(己卯、庚辰、列藏本夹批,朱一玄,p.267)相联系。宝玉的许多"意淫"行为(诸如吃胭脂,和鸟儿讲话,或者无缘无故地哭泣)都可以被解释为一个古怪而娇惯的孩子的举止。同时,对年少的宣称令读者很难将宝玉的自恋与众多"情"的故事中失意文人的自我陶醉(诸如《姑妄言》中的钟情或《野叟曝言》前半部分中的文素臣)相混同。小说一方面试图超越传统"知"的观念所规定的"情"的界限,另一方面又缺乏恰当的语词来形容宝玉在自己仍然年少的宣称之下(虽然成长无可避免)所立志追求或发明

---

① 家庭背景应当是另一个因素——贾家是贵族家庭的事实更加减弱了这一社会判断的迫切感。关于宝玉与文人身份关系的讨论,参见拙著《文人与自我的再呈现》,p.104-106。

的另一种"情"。二者之间形成了一种张力。①

令这一问题更为复杂化的,是小说中宝玉的年龄表述的不一致。小说复杂的文本历史和众所周知的小说中许多主要人物年龄的前后矛盾,都引发了读者对宝玉年龄的疑问。宝玉的行为并非总如他的实际年龄所示是个孩子的作为。他的一些举动明显属于成年人。按照看上去似乎可信的小说内部纪年,②第六回中宝玉领梦里警幻仙姑之训,与袭人初试云雨情时只有八岁!在第十三回中,十一岁的宝玉就已能够极为精明地建议贾珍请王熙凤来协理宁国府;第二十六回中,十三岁的宝玉有妓女相伴;而在第三十五回中,同样是十三岁的宝玉表露了对傅秋芳的爱慕,而傅秋芳已经二十三岁!这样的例子不胜枚举。这一年龄的错位又因小说中其他重要人物年龄的前后不一致而加剧,因为她们的年龄对确定宝玉的年纪至关重要——读者常常被告知某一人物比另一人物年长或年少多少岁。③ 许多研究者相信,这些前后矛盾和错乱应归因于小说复杂的创作与改写过程。对这一过程的某些方面的简要探讨有助于我们更好地理解"情"与"欲",或者"意淫"与"皮肤滥淫"的概念是如何被作者所构建和再构建的。

有强有力的证据表明,我们今天看到的《红楼梦》是由一部名为《风月宝鉴》的早期手稿发展而来的。《风月宝鉴》作为小说的曾用名之一,

---

① 宝玉对年少的坚持似乎也是为了回避"欲"可能带来的不良后果。正如我们在第一章中讨论的,许多晚明文人都对"欲"的后果这一现实问题有所关注。通过追求他的"意淫"或"情",宝玉也在试图将自己与《金瓶梅》中西门庆之类的人相区别——西门庆为"欲"的放纵而付出了生命的代价。尽管宝玉表示愿在所有女孩儿之前死去,但他似乎对死亡相当畏惧。保持年少也是反抗死亡的一种方式。
② 鉴于小说的复杂情形,没有哪一种纪年可以做到绝对准确和前后一致;读者只能在几种可能的纪年中选择最为可信者。关于小说复杂的纪年的讨论,参见杜景华:《红楼梦的叙事流年及其隐喻探考》。
③ 关于一些人物的年龄的时序错误和混乱的全面讨论,参见戴不凡:《时序错乱篇》。

在《红楼梦》正文中有明确的提及:"东鲁孔梅溪则题曰《风月宝鉴》。"①
(1.6)更令人好奇的是,脂砚斋在甲戌本第一回的眉批中说道:"雪芹旧有《风月宝鉴》之书,乃其弟棠村序也。今棠村已逝,余睹新(稿)怀旧(人?),故仍因之。"(朱一玄,p.7)这一简短的评语引发了学界的诸多争论:《风月宝鉴》是曹雪芹还是他人所作?《红楼梦》又是否是曹雪芹在他人作品基础上的改写?除非发现新的证据,否则这些问题都不可能获得确凿的回答。但是,有一点是毋庸置疑的,即我们今天看到的《红楼梦》的很大篇幅是以一部更早的稿本为基础的:诸如秦氏和她的离奇死亡,贾瑞对王熙凤的迷恋和他的最终死亡,第九回的学堂情景,第二十一回和四十四回中贾琏的奸情,以及铺叙尤氏姐妹的数回。所有这些情节都更富闹剧性质和很快的节奏,并常聚焦于性越轨行为。② 可以由此推想,《风月宝鉴》很可能是一部讲述寻求"欲"("皮肤滥淫")的即时满足所造成的可怕后果的劝惩小说,应与《金瓶梅》等包含艳情细节并带有说教意味的白话小说同属。实际上,被脂砚斋拿来与《金瓶梅》作比较的《红楼梦》中的章节很可能就出自《风月宝鉴》。③

尽管后来曹雪芹极力抑制来自《风月宝鉴》的艳情细节,但是这些情节还是在今本《红楼梦》中建构了一个相当清晰的"欲"的世界。这个世界与小说中的另一个世界——宝玉和他的姐妹们徜徉其中的"情"的世界——形成了鲜明的对比。很可能这一关于"情"的世界的精致故事正是曹雪芹对《风月宝鉴》的大规模改编或重写所在。更为具体地说,大观

---

① 张爱玲(《红楼梦魇》,p.74)认为,通过告诉读者这一书名是由来自儒家发源地之人所题,叙述者在强调着它的教化意义。但是,甲戌本和庚辰本中的一些评点也署名"梅溪";参见第十三回中的评点,朱一玄,p.186。
② 关于这些情节的共性特征的英文研究,参见李惠仪:《迷幻与警幻》,p.237-242。
③ 例如,甲戌本第十三回中对贾珍询问棺木价格的眉批(朱一玄,p.189),可以透露出《金瓶梅》中就李瓶儿葬礼的描述对《红楼梦》中秦氏葬礼的可能性影响;甲戌本第二十八回中对薛蟠说酒令一段的眉批(朱一玄,p.413),指出其与西门庆在妓女李桂姐家饮酒一回不相上下;己卯本第六十六回对柳湘莲断言宁国府除了门前石狮外都不干净这一段的夹批(朱一玄,p.518)中,脂砚斋联想到了《金瓶梅》中的相似用语。

园的故事最有可能是曹雪芹的增补或扩充的结果。这一论断被梦稿本第十七回的回目所证实。梦稿本的回目题作"会芳园试才题对额",而其他所有版本都题为"大观园"。① 这不由令我们怀疑,也许在《风月宝鉴》中并没有大观园,大观园是在后来的改写中才出现的。在所有现存的小说稿本中,会芳园本是宁国府的一个花园,它在为元妃省亲修建园林时并入了大观园之中。但是,会芳园在今本《红楼梦》中仍然占据着重要的位置,因为它是贾瑞与王熙凤致命相遇的所在。在《风月宝鉴》中,会芳园一定充当着许多关键性事件的重要背景,比如秦氏和她的公公贾珍的乱伦奸情应当就发生于此,只不过曹雪芹在一位评点者的劝说之下删掉了这段情节(参见靖藏本中脂砚斋的回前评和甲戌本的回后评;朱一玄,p.184、193)。

如果我们接受在《风月宝鉴》中贾家并未如今本《红楼梦》那样分作荣、宁二府的假设,②那么就可以推断,通过在其后的改写中加入宁国府,并将大部分性越轨事件限定于其中(在第六十六回中,柳湘莲便宣称宁国府除了门口的一对石头狮子外再没有东西是"干净"的),曹雪芹得以在荣国府中为宝玉和他的姐妹们营造了一个相对干净的环境。当然,在小说中,他们随后便搬入了一个更为干净的所在——大观园,而正如第十六回所述,会芳园此时已并入其中。因此,会芳园也成了纯"情"世界之背景的一部分,身处其中,宝玉得以追求他的"意淫"。这一因素令大观园作为纯"情"乐土的地位复杂化。

大观园中的居住者的一个共同特征是他们的青春年少。李纨是唯一的例外。宝玉对大观园中成为李纨居所的院落稻香村的评论便透露了其与周围建筑相较"不天然"和"穿凿扭捏"的性质。按照小说似乎可信的纪年,宝玉搬入园中时是十三岁,而到了小说第五十三回他仍是十

---

① 冯其庸:《脂砚斋重评石头记汇校》(以下简称《汇校》),p.792。
② 张爱玲:《红楼梦魇》,p.241。

三岁(他在前八十回结束时也只有十五岁)。他的姐妹们也多与他年纪相仿,至多不过相差一二岁。和大观园的故事一样,这些人物的青春年少大概也是曹雪芹在他的改写中有意经营的结果。在现存稿本中各式人物年龄上的矛盾暗示出一个改写的过程。在这一过程中,一些重要人物的年龄被逐渐减小。

有时,在小说某些现存版本中明确提及的人物年龄要比按照小说纪年推算出来的大很多:例如,在己卯本和梦稿本第三回中,初进贾府时,黛玉告诉王熙凤她是十三岁(二人的这段对话只见于这两个本子)。① 而按照第二回的说法,这比她的应有年龄增大了七岁!② 但是,在庚辰本第四十五回中,黛玉又说自己如今十五岁,而脂砚斋还特意在夹批中重申此点(朱一玄,p.475)。③ 然而按照小说的纪年,第四十五回的事件应发生在第三回故事的六年以后。因此,按照庚辰本第四十五回的线索,则第三回中的黛玉应当是九岁。所以,当黛玉在第三回中初进贾府时,她可能是六岁、九岁或十三岁。那个十三岁的黛玉大概与《风月宝鉴》中的纪年相一致,而九岁的黛玉则符合小说形成今天面貌(此中黛玉是六岁)之前的稿本中的纪年。④ 这也就可以解释今本第三回中所描述的在黛玉的实际年龄(六岁)和她的早熟的举止——她的聪慧与成熟——之间的明显矛盾了。黛玉的年龄被先后减小两次的事实——从十三岁到九岁,再到六岁——显示出对一些主要人物的年龄的逐渐削减应当是曹雪芹增删改写中的一项重要工作。

出于同样的原因,今本中宝玉举止如成熟青年的情节段落大概也是

---

① 《汇校》,p.131。
② 在所有版本的第二回中,黛玉都是五岁(《汇校》,p.73 - 74)。那么当她次年进贾府时,就应该是六岁。
③ 所有稿本中都是如此,参见《汇校》,p.2415。
④ 蒋文钦(《红楼梦成书的三重系统》)根据第三回中黛玉年龄的三种说法,推测小说复杂的写作过程中有三个主要阶段。另可参见张爱玲:《红楼梦魇》,p.147 - 148;陈庆浩:《八十回石头记成书初考》和《八十回石头记成书再考》。

出自《风月宝鉴》。这一"成熟"的宝玉形象经常与小说其他部分中那更为年少的宝玉不相一致。并非以"意淫"为动机,这个"成熟"的宝玉更接近诸如薛蟠、贾琏那些皮肤滥淫的角色,而薛蟠之流在《风月宝鉴》中应当占据着比在今本《红楼梦》中更为突出的地位(鉴于这一早期稿本明显更多地聚焦于肉体欲望,这一点也就顺理成章了)。① 例如,在第二十六回中,宝玉与贾芸的交谈围绕的都是"谁家的戏子好"、"谁家的花园好"或者"谁家的丫头标致"这类话题,这里的宝玉看上去更像是薛蟠(26.364)。在第六十六回中,当柳湘莲向他询问尤三姐之事时,宝玉的回答甚至更加令人迷惑:

> 湘莲道:"你既不知他娶,如何又知是绝色?"
> 宝玉道:"他是珍大嫂子的继母带来的两位小姨。我在那里和他们混了一个月,怎么不知?真真一对尤物,他又姓尤。"
> 湘莲听了,跌足道:"这事不好,断乎做不得了。你们东府里除了那两个石头狮子干净,只怕连猫儿狗儿都不干净。"(66.944)

宝玉和柳湘莲的交谈之所以令人迷惑,是因为读者难以想象宝玉这个在其他时候对女子极其尊敬和"体贴"的人会说出这样的话。事实上,宝玉的一番评论在无意中将尤三姐推到了自尽的边缘,因为它促使柳湘莲加重了对尤三姐不干净的过去的怀疑并因此下决心取消婚约。宝玉所使用的"混"一词暗示了他和尤氏姐妹的瓜葛。令人同样震惊的,是宝玉竟然用"尤物"一词来形容尤氏姐妹。"尤物"常用来描述迷人然而危险的女人,它还可以反映出使用此词之人不屑一顾的情绪。这里,宝玉和贾琏、薛蟠等人之间的区别已变得微乎其微了。置于这一语境之中,则第六回宝玉的梦遗和梦醒时丫鬟袭人发觉他的大腿"冰凉一片沾湿"的情节都为第十二回中贾瑞浸在一大滩精液中的可怕死亡做出了铺垫。两

---

① 从略有不同的角度对这一议题的有趣讨论,参见薛瑞生:《大宝玉与风月宝鉴》。我是在完成这一章的草稿后才读到这篇文章的。

个年轻男子同样梦遗,同样体验着这个年龄段的男子所应有的经历(如果我们从第三回中黛玉已经十三岁的事实作出推断,那么宝玉梦遗时应当是十四岁左右)。① 宝玉梦醒后与袭人的一番云雨是被当时的社会准则所允许的,而贾瑞对王熙凤的渴求则是一种"越轨"。尽管有着这样的差异,两个事件都体现出了追求肉体欲望的必然性。所有这些都提示着读者,在《风月宝鉴》中,宝玉大概是一个沉浸于肉体欲望之人,因为这些情节(包括他和袭人的第一次性行为)很有可能都取自这一早期稿本。和改写令人费解的尤三姐等其他一些人物一样,经过曹雪芹对小说的反复改写,宝玉一定经历了一个纯化的过程(被"再现");宝玉从对肉体欲望的沉迷一变而为对"意淫"的痴迷。

同样令人费解而饱受争议的秦氏也经历了同样的纯化过程。在当代研究者中,大概是俞平伯率先提出假设,认为秦氏是在与公公贾珍的乱伦之事败露后自杀身亡的。俞平伯相信,人们对这一假设的质疑是源于作者不愿将秦氏表现得过于负面。② 但随着甲戌本和靖藏本的发现,脂砚斋等人关于秦氏的不寻常故事的一些重要评点被发现(靖藏本已佚失,但其评点被抄录下来而留存至今),③我们因此可以断定,秦氏这一人物的前后不一致在很大程度上源于作者的反复改写。在甲戌本第十三回的眉批和回后评中,脂砚斋提及他曾让作者删掉一些情节,包括有关秦氏自尽的内容(朱一玄,p.184、193)。

如今,学者公认在早期稿本中包含着对秦氏和她的公公乱伦奸情的详细叙述。但是,秦氏和宝玉的关系又当如何呢?首先值得注意的是,在今本的小说中,当宝玉在他的侄媳妇秦氏的卧房中睡午觉时,他梦到

---

① 在第三回中,当黛玉初会宝玉时,宝玉被描述为一位"年轻的公子"(3.49;小说的所有现存版本中都是如此;参见《汇校》,p.153)。形容一个十四岁的男孩为"年轻的公子"是恰当的,但以此来代称七岁男孩就很不合适了(按照最为可信的小说纪年,此时黛玉年方六岁,而宝玉是七岁)。
② 俞平伯:《论秦可卿之死》。
③ 参见孙逊:《红楼梦脂评初探》,p.22-23。

自己和与秦氏同名之人发生了性关系。宝玉的梦暗含有乱伦的倾向,它可谓是对秦氏和她的公公间更为直露的乱伦行为的一种重复。与公公的奸情暴露明显是《风月宝鉴》中秦氏自尽的原因。在甲戌本第七回中,一位佚名评点者点出宝玉和秦氏之间存有乱伦关系。在焦大醉骂"养小叔子"这一惊人之语的侧批中,这一评点者坚持认为"宝兄在内"。而在上文宝玉问熙凤"爬灰"之意时,评点者在眉批中发出了一连串的反问:"反是他来问。真耶?假耶?欺人耶?自欺耶?然天下人不易瞒也。"①虽然这些评点并非脂砚斋所作,但它们确实体现出一种可能性,即评点者曾阅读过详细叙述宝玉和秦氏乱伦事件的小说早期版本。② 这一推测颇有可信度,因为现存的甲戌本只有十六回。而且,充斥于秦氏卧房中

---

① 《乾隆甲戌脂砚斋重评石头记》,7.15b(p.111)。
② 脂砚斋的批语通常为朱批。甲戌本中一些墨批的作者身份问题仍很棘手。在《跋乾隆甲戌脂砚斋重评石头记影印本》中,胡适(p.9-10)认为,根据第三回署名左绵痴道人的长篇眉批(3.2b;p.35a)中表达的观点和孙桐生(1824—1904)所作《妙复轩批红楼梦叙》(这里应当是"石头记",而非"红楼梦")中的见解之间的相似性,孙桐生就是这一眉批的作者。胡适的推论似乎被孙桐生在这篇叙中所记录的他曾向刘铨福(约1818—1880)借阅小说评点本的事实所支持。藏书家刘铨福正拥有甲戌本(参见《妙复轩评石头记叙》,一粟:《红楼梦卷》,p.39-40)。刘铨福在甲戌本末尾跋语中提到他得到了妙复轩《红楼梦》(p.246a)。由此至少可以推测刘铨福曾将甲戌本借给孙桐生,而孙桐生可能正就此加以评点。但是,胡适又进一步依据"相似的笔迹"而推论墨批就是孙桐生所作。但就我个人来看,这些评点的笔迹并不相同,它们至少应为两人所作。我所引用的第七回眉批明显和第三回署名左绵痴道人(被认为是孙桐生的别号)的评点分属二人。胡适对甲戌本墨批的作者的判定被一些学者所认可。参见潘重规:《甲戌本石头记覼论》;邓庆佑:《孙桐生与红楼梦》(邓庆佑还是冯其庸、李希凡编《红楼梦大辞典》中"孙桐生"词条的作者)。虽然我不是书法家,可在我看来两种笔迹间的差异是相当明显的,但我却没有看到任何质疑胡适关于所有评点皆为一人所作的观点。直到最近,欧阳健(《从左绵痴道人眉批字迹鉴定看甲戌本的真伪问题》)通过对署名左绵痴道人的评点和确证为孙桐生所书笔迹的比较,对胡适将所有评点归于孙桐生名下提出了质疑。但是,欧阳健并未涉及甲戌本其他眉批的作者是否为孙桐生或左绵痴道人所作的议题。欧阳健这篇论文的主要目的是质疑甲戌本的真实性。他的颇受争议的观点是,所有稿本中脂砚斋的评点都是晚清(如刘铨福)甚至民国时人伪造的。胡适也是参与者之一(无论是自愿还是被迫)。这一"造伪"活动一直持续到二十世纪(关于欧阳健的论辩,参见其《红楼新辨》所收文章)。个人以为,要证实这一假设,欧阳健需要提供更为充足的证据,虽然他目前的发现确实令我们注意到脂砚斋评本的诸多问题。

的艳情意象(5.71-72)更加强了她与肉体欲望相关联的可能性。①

更为重要的是,在宝玉的梦境中,警幻仙姑以秦氏为"兼美"(兼有黛玉和宝钗之美)的理想伴侣。这引出了宝玉梦中所读金陵十二钗正册中秦氏的判词:

> 情天情海幻情身
> 情既相逢必主淫
> 漫言不肖皆荣出
> 造衅开端实在宁(5.81)

这里的"情身"一定是指秦氏,她在宝玉的梦中出现并与他一番云雨。当两"情"(宝玉/贾珍和秦氏)相遇时,越轨行为在所难免。这也就是为何宁国府之人(诸如秦氏)会被指责为将荣国府之人(诸如宝玉)引入了歧途。② 尤其有意思的是"情身"一词。这里的"情"被构想为一个充满魅力的女性之身,它拥有"意淫"和"皮肤之淫"的双重含义。这些细微的证据都表明着作者有意无意地在纯化秦氏和宝玉时做得并不彻底(关于作者对宝玉的纯化,下文还将具体论述)。

尤三姐是另一个因改写不彻底而充斥着矛盾性的人物。一些研究者推测,在《风月宝鉴》中,尤三姐的形象要负面得多。这一推测被蒙府本、戚序本和戚宁本中第六十五回的回目所支持。在该回目中,尤三姐被称为"淫奔女"③。通过比较现存不同版本中对尤三姐用词的细微差异,张爱玲论断,曹雪芹去除了尤三姐和贾蓉、尤二姐的调情场面而尽力

---

① 参见俞平伯:《劄记十则》,《红楼梦辨》,p.313-315。陈诏(《也谈秦可卿的出身问题》,特别是 p.734)认为,秦氏卧房的"艳情"描述一定受到了晚明艳情小说《绣榻野史》中对金氏卧房的相似描写的启发(参见以醉眠阁本为底本的现代排印本,2.157-158)。而我的印象是,这两部作品间的相似性太过泛泛,我们很难得出二者之间存在互文关系的确切结论。但我同意陈诏的主要论点,即今本《红楼梦》中的秦氏是小说数次修改后的结果,而《风月宝鉴》中的秦氏一定与《金瓶梅》中的李瓶儿较为近似。
② 参见蔡义江的评论,蔡义江:《红楼梦诗词曲赋评注》,p.54。
③ 《汇校》,p.3678。

为尤三姐开脱。① 虽然曹雪芹的纯化式改写成功地减弱了尤三姐从淫荡女子到忠贞情人的根本转变的突兀感,但大部分读者仍然很难以将这一人物归入"意淫"或"皮肤之淫"的门类之中。换句话说,尤三姐这一角色在质疑着这两种人物分类的恰当性(对此下文将有进一步论述)。

对宝玉和香菱之间关系的考察可以显示出宝玉在小说的改编或重写中是如何被纯化的。关于二人关系的核心故事发生在第六十二回末尾处:香菱在与几个女孩儿斗草时因手持"夫妻蕙"而被取笑,在争斗中,她的新裙子被污水弄脏了。宝玉恰在此时到来,并建议香菱将污裙与袭人的一模一样的裙子互换,这样薛姨妈等人就不会察觉了。在袭人拿来她的裙子后,香菱在换衣时让宝玉背过脸去。这一情境已然很关键了——虽然宝玉被命转身,但在宝玉在场的情况下脱换衣服无疑展现出香菱所感知的她自身与宝玉之间的亲密程度。这一行为在香菱和其他园中未婚女孩儿迥异的身份下显得更为重要。正如小说提醒我们的,香菱是另一个男人的小妾:

> 宝玉笑着,方起身走了去洗手,香菱也自走开。二人已走远了数步,香菱复转身回来叫住宝玉。宝玉不知有何话,扎着两只泥手,笑嘻嘻的转来问:"什么?"香菱只顾笑。因那边他的小丫头臻儿走来说:"二姑娘等你说话呢。"香菱方向宝玉道:"裙子的事可别向你哥哥说才好。"说毕,即转身走了。宝玉笑道:"可不我疯了,往虎口里探头儿去呢。"(62.884)

一个晚清评点者将这一场景视为典型的"意淫"。② 但是,"意淫"可能并非形容二人关系的确切词汇。香菱明显意识到自己和宝玉间发生

---

① 张爱玲:《红楼梦魇》,p.192-196。张爱玲(p.196、241)推论,对尤三姐的纯化始于数部稿本。这一说法与她自己的早期观点和他人的看法(即,纯化始于程高本)相异。
② 参见护花主人(王希廉,1832—1875在世)回评,冯其庸主编:《八家评批红楼梦》,p.1535。

了什么重要的事情,有意思的是,她还有意提醒宝玉这一事情的含义。①而宝玉显然从一开始就已洞悉于此。这一插曲令人想起早先宝玉在王熙凤和贾琏辱骂平儿后抓住宝贵机会抚慰贾琏的妾室平儿的情境。在这两个场景中,宝玉都因平儿和香菱衣服的污损而请二人换上袭人的衣服(鉴于袭人是宝玉"非正式"的小妾,这一衣服的互换便承载了更多的象征意义)。但是,一个关键的不同点在于,这次,小说明确写到,香菱和宝玉都全然意识到二人间发生的事情是有些不合于礼的,因此需要保密。依俞平伯之说,其后在薛蟠手中香菱命运的急剧转变,便与香菱与宝玉的交往被揭露后薛蟠的极度猜忌密切相关。② 薛蟠确是个猜忌之人。在部分稿本的第二十五回中,在描写宝玉和王熙凤被赵姨娘的魔魔法所控之后,是接下来这一段特别的文字:

> 别人慌张自不必讲,独有薛蟠更比诸人忙到十分去:又恐薛姨妈被人挤倒,又恐薛宝钗被人瞧见,又恐香菱被人腠皮——知道贾珍等是在女人身上做功夫的,因此忙的不堪。忽一眼瞥见了林黛玉风流婉转,已酥倒在那里。(25.345)

这一段文字的特别之处,首先在于它打断了小说叙述本来的流畅次序;可能正是因此,它被其他一些稿本以及后来的印本所删除。③ 在所有小说的现存版本中,再没有他处透露出宝玉和香菱间有进一步的发展,虽然我们会觉得在一些早期版本中二人之间很可能发生了什么。在庚辰本的夹批中,脂砚斋提醒读者注意,作者筹划再三编创出薛蟠因遭柳湘莲毒打而无颜面对亲朋好友,因此决定远行的插曲。脂砚斋相信,所有这些纷繁事件都是为香菱合理进入大观园找寻借口(朱一玄,p.482)。

---

① 此段在不同版本中存有异文:在蒙府本和程甲本中,都写到香菱两次脸红,"嘴里却要说什么,又说不出口来"(参见《汇校》,p.3486)。很明显,这两个版本令人更强烈地感觉到二人之间的暧昧关系。
② 俞平伯:《香菱地位的改变》。
③ 参见《汇校》,p.1329 - 1330。

但是香菱入园后并未发生什么特别重要的事情。这很可能是因为,作者后来决定降低宝玉和香菱间故事的重要意义,并减少其他包括二人在内的旁证性事件(其中的一些事件很难用"意淫"来解释)。作者想法的改变是有可能的。毕竟,在《风月宝鉴》中,围绕薛蟠的许多插曲似乎都在后来的改写中被删除了。①

"呆香菱情解石榴裙"的事件还别有意趣——它对"意淫"和"皮肤之淫"的界限提出了质疑,并使这一组极端对立概念的含义与年龄因素的关系复杂化。女孩儿们的"斗草"看上去就是天真无邪的儿童游戏,直到"夫妻蕙"被香菱所提及。甚至香菱在宝玉在场时解开裙子的行为也可以被理解为儿童的纯真举动,但当香菱极为自觉地请宝玉不要告知她的丈夫薛蟠时,她便是在有意提醒宝玉她作为已婚"成年"女子的身份了。当然,宝玉根本就不可能告知薛蟠,而香菱也明晰于此。香菱的嘱咐因此是冗余和不必要的,而宝玉是可以感知这一蓄意冗余背后的意图的。对薛蟠所代表的"皮肤之淫"的成人世界的提及带来了相当意想不到的含义,它似乎是在提醒宝玉,他再也不能以他的年少为借口而沉迷于"意淫"之中了。在小说开始部分,当宝玉的嬷嬷反对"叔叔"宝玉睡在侄媳妇秦氏的卧房中时,秦氏以宝玉的年纪还小为借口而忽视了这一异议。因为他年龄的不确定性,不论他自身的意图为何,宝玉与女孩儿们的纠缠似乎是无"性"的。而在香菱石榴裙事件中受到质疑的,正是宝玉之"意淫"的纯洁性以及宝玉不断宣称自己仍然年少的合理性。

至此,我们已经考察了人物的年龄和该人物与欲望的两种门类的关系之间的密切联系。这一密切的联系可以解释为何众多人物的年龄成为曹雪芹不断改写中的关键议题。从聚焦于"欲"到痴迷于"情"的转变,在很可能来自《风月宝鉴》的那些篇章和小说其他部分的对比中体现得

---

① "薛潘戏秦钟"就是一段被删除的插曲。金荣在大闹贾家学堂时受辱,为了报复秦钟,他调唆薛蟠对秦钟进行性骚扰。对此更为详细的讨论,可参见刘世德:《解破了红楼梦的一个谜》;另可参见张爱玲:《红楼梦魇》,p. 109。

十分清晰,而作者对众多人物越来越年少的改写正与小说这一从"欲"到"情"的转变相一致。曹雪芹在改写中对"情"的愈加关注,或者借用第一回中僧人之语,即对"儿女真情"的愈发注目,使得作者觉得有减小人物年龄的必要。在《风月宝鉴》中充斥着"欲"的成人世界,在改编后的小说中被看上去纯真的"情"的世界所替换。在"情"的世界中,青春年少者可以将自己卷入一个又一个情感纠葛之中,却不会受到危险的"性"的威胁——这对成年人来说是难以实现的。青春年少似乎就意味着无忧无虑的天真或者对"皮肤之淫"的腐蚀的免疫。无怪乎对宝玉来说最为恐怖的事情就是他的姐妹们的出嫁了——婚姻是一个女孩儿成年的终极标示。的确,宝玉关于"情"的诸多奇特行为,诸如与鸟交谈或者对画中美女是否寂寞的担心,都只有在被视为孩子的行为或被嘲笑为是孩子气的行为时才顺理成章。

293

从另一个角度来说,年少也是宝玉追求"意淫"的必要条件;他的年少使他免受怀疑,因而他与女孩儿们的交往不会被认为是出于性需求,也不会受到谴责。例如,在第十九回中宝玉和黛玉共卧一床说笑;无论是他们的长辈还是读者都不会认为这是可耻的行为,这便归因于小说所传达的他们仍然是两个孩子的印象。因此,宝玉"意淫"的合理性和纯洁性在一定程度上决定于他给人们留下的仍然年少的印象。对宝玉和他的姐妹们来说,大观园这一花园世界的首要功能就是为他们提供一个安全的环境。在这个环境中,他们可以仍然(假装)像孩子一样生活。事实上,人们会很快发现宝玉在不断成长,他与姐妹们的耳鬓厮磨已不再合礼。宝玉的不愿长大明显与他对"情"的理想的极度渴求和他追求"意淫"的自主行为相关联。但是,既然成长在所难免,逻辑上的结论便是宝玉必须放弃他的"意淫"。通贯整部小说,"情"或者"意淫"往往与抗拒时光流逝的尝试相联系。花园的抒情世界似乎得以使它的居住者,特别是宝玉,至少暂时无视或忘却他们正在成长和终将被迫面对潜藏在花园背后的成人世界的事实。常常,成人世界闯入花园之中并非是源于花园世界的围墙脆弱得难以抵御外界的干扰,而是因为它的居住者年龄的模棱两可——宝玉时而像个孩子,时而又像个成人。而更为深刻的是,正如香菱和宝玉的故事一样,一个以孩子间天真无邪的游戏开始的事件,终将化为"成人"间的秘密。

只要宝玉得以坚持他的年少,只要他人也愿意接受这一坚持,宝玉就能够继续追求他的"意淫"。但是,他的追求经常被对他已然成人的突如其来的提示所打断或阻止。当曹雪芹决定在改写中减小笔下人物的年龄后,他却未能保持这些人物年龄的"一致性"。这一"失误"可能正悖论式地强调着试图保持年少或维持"意淫"之纯洁性的最终徒劳。宝玉行为的不一致(在一些场合他的举止类似薛蟠)便体现出成长的痛苦以及伴随成长而来的"皮肤之淫"的不可避免。在所有现存的小说稿本的第六回中,宝玉都被呈现为一个"成人",也就是说,几乎是在小说一开始,宝玉就和他的丫鬟袭人经历了一个性启蒙的仪式。尽管(也是因为)作者的改写,这一"成人"的呈现正强调着"他仍然年少"只不过是一个宣言而已。这样也就不必奇怪为何宝玉会对宝钗的雪白酥臂如此着迷了。肉体欲望的确吸引着他。两类欲望之间的差异有时难以维持,而这组极端对立的概念无法为小说中的一些爱情故事,特别是常常以自尽为终结的"烈情"故事(诸如丫鬟司棋、尤三姐、冯渊、金哥的命运),提供充分的解释。① 从它们的闹剧化倾向来看,这些充满激情的半独立式插曲很有可能来自《风月宝鉴》。在改写后的小说中,《风月宝鉴》世界中的痕迹并未被完全抹去这一事实对宝玉的"意淫"呈现的复杂化起着关键作用,并且它对"意淫"作为"皮肤之淫"以外的选择的有效性提出了质疑。

对"意淫"的坚持,以及相伴而生的关于如何令宝玉的年龄与其举止相符的问题,与宝玉和黛玉曲折甚至纠结的关系有着密切的联系。二人

---

① 参见第六十六回脂砚斋的回前评(朱一玄,p.517)。在这一评点中,脂砚斋赞扬尤三姐的自尽是"正情"的行为(正如第二章中所述,同时代的戏剧家蒋士铨也曾使用这一词汇)。"正情"与"淫"截然相别。但是,尤三姐的模糊性却使这一赞扬不能完全令人信服。

只有在自己和他人都确信他们仍是小孩子的情形下才得以亲密无间。但是,他们越是亲密,也就越会意识到自己的成人身份:黛玉因父母双亡而担忧自己和宝玉的婚事无人做主,宝玉则以各种"间接"的方式表白自己的爱意来排解黛玉的焦虑与怀疑,而这却常常使黛玉更加焦虑。黛玉拒绝承认她的内心情感的成人属性,因此也就决定了她的情感只能间接地传递出来。二人陷入了矛盾之中——他们不得不借助于可以使自己和他人确信他们尚未成人的一套话语来表达他们的"成人情感",而这套话语必须允许他们继续保持各自年龄的模糊性。

宝玉和黛玉之间的所有误解似乎都源于缺乏一套可以解决此矛盾的话语体系。因此,二人不得不在很大程度上依赖他人的言语来表达自己的情感,诸如对著名爱情戏剧《西厢记》和《牡丹亭》唱段的引用。但是,最终的结果同样令人沮丧。黛玉喜欢阅读关于成人欲望的书籍,但她不容许宝玉或其他任何人将这些成人话语套用在她的身上,因为一旦套用,她自身和他人都有可能意识到她对宝玉的情感所具有的成人属性。这将剥夺她与宝玉的接触机会,因为他们的亲密接触只有在他人相信他们仍然年少的情形下才有可能。

借用他人的话语以及模仿文学人物的冲动还有着另一种危险:

> (黛玉)因此心下忖度着,近日宝玉弄来的外传野史,多半才子佳人都因小巧玩物上撮合,或有鸳鸯,或有凤凰,或玉环金珮,或鲛帕鸾绦,皆由小物而遂终身。(32.445)

的确,有时黛玉会对他人的"话语"感到厌烦,特别是当这些"话语"对她的情敌有利的时候,因为她和宝玉的关系包含有超越才子佳人小说模式的因素。将他们的爱情与这些小说的陈腐套路区别开来的,是他们的爱情孕育自宝玉和她的共同"成长"之中(悖论的是,二人独特爱情的成熟却依赖于他们成长过程的终结——他们已然长大)。

为了克服所用话语体系的不足,黛玉不得不诉诸一种奇特的"阅读"

方法。黛玉只有在"无意中"偷听到宝玉在湘云和袭人面前称赞她从未劝他关注仕途经济学问时才得以确认宝玉对自己的深情（第三十二回）。宝玉随后对黛玉的坦诚表白却因前者的过于激动而找错了倾诉对象——宝玉在黛玉突然离开后误把袭人当作了黛玉。而黛玉的抽身而走，也正是因为她不敢面对这一成人情感的直接表白。对黛玉来说，宝玉的表白中流露出的情感是永远不应该用言语表达出来的。它们只应在"偶然"的情况下由一方不经意地提及（正如宝玉在他人面前称赞她）。对这些禁忌的成人感情的成功表达，依赖于听者在另一方不经意地提及的背后发掘应有之意图的能力。将成人情感用言语表述出来是很危险的。言语的表述最终会导致这些情感的无法实现。黛玉的担忧至少被部分地证实了。袭人从宝玉找错倾诉对象的表白中立刻感到宝玉有可能做出不当之事。这与宝玉不再是个孩子的事实以及他与日俱增的成人情感相关联。当然，在某种程度上，袭人一定早已意识到这一点，因为按照今本《红楼梦》中那有些令人困惑的纪年来看，袭人在数年前就已与宝玉发生性关系（第六回）。① 在误听表白后不久，袭人便以"如今二爷也大了"（34.467）为由，建议王夫人令宝玉搬出大观园并与众姐妹保持距离。这里，黛玉的似乎无意的偷听行为被袭人不知不觉地重演——袭人不应当是宝玉的表白的听者，正如同黛玉不应是宝玉的赞美之词的听者一样。

　　两番偷听各自引出了一种事实真相，虽然二者有着全然不同的含义：黛玉从宝玉那里始料未及地获得了他对自己的真情的确认，而袭人

---

① 在一些更早的稿本中，宝玉与袭人的初试云雨情很可能并非发生在小说开篇。这一论断被可能与曹雪芹相识的明义（约1740—1805）所证实。明义的《题红楼梦》诗（收入其《绿烟琐窗集》）被认为是他按照小说时序对其所读《红楼梦》的主要情节所作的总结。在《题红楼梦》其六中，宝玉的梦游与其写作"四时即事诗"同时，而在所有现存版本中，即事诗的创作都发生在第二十三回。参见明义的诗歌，一粟：《红楼梦卷》，p.11。关于明义的诗歌就其所读《红楼梦》为何种版本提供的线索，参见朱淡文：《红楼梦论源》，p.201-259。关于明义，参见吴恩裕：《明义的绿烟琐窗集诗选及其题红楼梦二十首诗》。

却洞察到了宝黛情感间存在的严重危险。其后,宝钗无意中听到宝玉的梦话而得知宝玉更喜欢黛玉——这是另一个偷听事件(第三十六回),虽然当宝钗坐在睡梦中的宝玉身边时本来并未期待可以听到什么(下文还将就此展开论述)。所有这些缠绕式的交流——"向不应该听这话的人说了这句话"或者"听到本不应听到之语"——都至少可以部分地归因于这些年轻人之间缺乏一种恰当的交流话语。他们都想说出那(关于他们不再是个孩子的)无法言说之事。①

黛玉为寻找一套表达自身成人情感的话语所作的重要尝试,大概要数她在宝玉所赠手帕上的题诗所展开的大胆表白了,但是这些诗作的读者只能是她自己。它们不是为交流而作,因而在其他人可能看到之时,它们就必须被焚毁(如果我们接受小说后四十回的作者高鹗的续写是对前八十回的有效解读)。

另一方面,对他人的成人欲望的阅读成为宝玉和黛玉自身欲望的延展,虽然他们并未很有效地对这些他者的话语加以改造而自用。② 当宝玉全然满足——即他似乎获得了所有渴求之物的时候,他常常会转而去阅读他人的欲望。宝玉"意淫"中的一部分,似乎就是对欲望本身的欲望——他需要处于持续的欲求状态。这就决定了一旦宝玉获得满足,他一定会立刻找寻一个新的欲望客体来保持他的欲求。(可以比较西门庆在看似拥有一切之时找寻新的欲望客体的尝试,参见第四章中的相关论述。虽然作为一个"皮肤之淫"的人物,西门庆和那个"成人"宝玉的形象的差距并不是那么大。)在第二十三回中,正当宝玉搬入大观园后心满意足之时,他却又感到百无聊赖,因此他开始阅读小厮茗烟买来的各色男女爱情传奇:

一日,宝玉因各处游的烦腻,便想起《牡丹亭》曲来,自己看了两

---

① 正如第四章中所论,"偷听"在《金瓶梅》中也发挥着重要作用。但是,其在《红楼梦》中的关键意义是与"交流"(特别是关于"情"的沟通)这一重要问题相联系的。
② 关于阅读他人欲望如何引发宝黛自身欲望的探讨,参见余国藩:《重读石头记》,p.210-218。

遍,犹不惬怀,因闻得梨香院的十二个女孩子中有小旦龄官最是唱的好,因着意出角门来找。(36.493-494)

阅读他者的欲望仍然不够。宝玉还要让另一个他者来实际表演他者的欲望。百无聊赖之际,宝玉需要以双重的距离来见证他者欲望的重新展现——一个他者的欲望被另一个他者所模拟。但是,龄官竟拒绝了宝玉要她唱《牡丹亭》曲的请求——他拒绝为宝玉而唱。相反,她选择了一种截然不同的展现——她与贾蔷的真爱。因此,宝玉未能目睹文本中他者欲望的重新展现,却得以见证了他周围的真实的人是如何应对自身欲望的。他这才第一次视龄官为一个拥有自身欲望的人,而不仅仅是一个只会模仿他人欲望的戏子——正如他曾经误认为龄官是在模仿黛玉葬花。对宝玉展开挑战的简单事实是,有相当多的女孩儿拒绝模仿(龄官并未模仿黛玉);而他没有权力因林黛玉情愿以泪相报就企图获得所有女孩儿的泪水。悖论的是,观看模仿他者欲望的欲求致使宝玉意识到他者的欲望远不限于模仿。这迫使他面对自身欲望的自恋性——它至今仍常常装饰着"利他"的外表("情不情")。而另一方面,模仿(扮演那些爱情戏剧中的某一角色,并引用他们的话语)对宝玉来说十分重要,因为他需要以模仿来维持自身的欲望。但是,模仿有它自身的危险。完美的模仿是不可能的——正如黛玉会因他频繁引用那些戏中的唱词而恼怒——因为模仿的同时也就在强调着模仿者和被模仿者之间差异的存在。

对成人话语的惧怕也同样作用于另一位重要的女性角色。否认她对宝玉的不得体的成人欲望,对宝钗来说也是非常重要的(如果不是更重要的话)。对宝钗而言,将这些情感用言语表达出来,甚至是向她自己表露,都是绝对不可想象的。她不得不持续地压抑着这些欲望。但是,这是非常困难的。毕竟,在这个男女授受不亲的社会中,宝玉是宝钗在日常生活中可以接触到的唯一青年男性。在《红楼梦》中,宝钗是一个颇富争议的人物,这不仅是因为她明显保守的观点和她时而圆滑的性格,也是因为作者为这一人物而采用的特殊呈现方式。① 小说通篇中,叙述者常常拒绝进入宝钗的内心世界,因而读者无法清晰地了解她在某一特定时刻的心理活动。与叙述者就黛玉的内心世界提供的充足信息相较(最具代表性的例子是在第三十二回中,当黛玉偷听到宝玉对她的赞扬时,黛玉的内心活动被详细而冗长地描述出来),宝钗在同样的真情显露时刻的心理状态却是一片空白:

> 这里宝钗只刚做了两三个花瓣,忽见宝玉在梦中喊骂说:"和尚道士的话如何信得?什么是金玉姻缘,我偏说是木石姻缘!"薛宝钗听了这话,不觉怔了。忽见袭人走过来。(36.492)

在这另一次关键性的偷听中,叙述者选择了沉默。袭人适时地归来使宝钗的反应自然而然地缩短了,因而叙述者得以免于详细描述宝钗的回应。留给读者的,只是一个含义非常模糊的描述——"不觉怔了"(36.492)。这当然是作者有意的安排。叙述者的沉默与他对黛玉情感的冗长描述形成了鲜明的对比(都处于因偷听而真情流露的时刻)。② 正是作者这一有意的"曲笔"提醒着读者在理解宝钗时需要采取一种不同的阅读策略。宝钗复杂的人格要求读者透过表象来解密其中的隐秘含义和动机。而这一点在小说对宝钗在大观园的居所蘅芜院的微妙描写中已得到了暗示:

> 贾政道:"此处这所房子,无味的很。"因而步入门时,忽迎面突出插天的大玲珑山石来,四面群绕各式石块,竟把里面所有房屋悉皆遮住,而且一株花木也无。(17-18.234)

---

① 关于一些晚清评点者对薛宝钗"奸诈个性"的评论以及其他小说中可能充当宝钗"原型"的人物的研究,参见陆大伟:《中国传统小说和小说评点》(*Traditional Chinese Fiction and Fiction Commentary*),p.216-223。
② 在黛玉无意中听到宝玉在湘云和袭人面前赞扬自己时,小说中对黛玉的心理活动有着精彩的描述。参见拙文《中国传统小说中的性格塑造初探》("Notes Towards a Poetics of Characterization in the Traditional Chinese Novel"),p.18-20。

要想欣赏到宝钗未来居所的全景之美，就必须绕过这些"大玲珑山石"。

事实上，需要穿透表象来欣赏宝钗之美的论断，在小说第五回中就已提及。在宝玉的梦游中，他翻看的金陵十二钗正册中的图画和配词便透露出此点：

> 只见头一页上便画着两株枯木，木上悬着一围玉带，又有一堆雪，雪下一股金簪。也有四句言词，道是：
>
> 可叹停机德，
>
> 堪叹咏絮才，
>
> 玉带林中挂，
>
> 金簪雪里埋。(5.77-78)

很明显，画与诗涉及林黛玉和薛宝钗二人。"玉带林中挂"的前三字"玉带林"如果倒转来读，就成了"林带玉"，正与黛玉的全名同音。而诗歌尾句透露的信息，以及金簪埋入雪中的画面，都可以令读者从"雪包钗"联想到"薛宝钗"的名字。换句话说，簪子的金光闪闪很难被欣赏，因为它被雪所覆盖。当然，在小说通篇中，宝钗便常常因"薛"、"雪"同音而与"雪"建立联系并承继了雪之"冷"。早在小说第四回，薛家在"护官符"中便被用"雪"来代称："丰年好大雪，珍珠如土金如铁。"(4.59-60)在宝钗的居所蘅芜院中，几乎没有任何装饰品，它看上去空落落的，好似"雪洞一般"(40.555)。宝钗的确和黛玉有着很大的差别，她很少表露自己的情感，也几乎从未失去她冷淡的外表。她被称为"冷美人"是当之无愧的。

非常有意思的是，这一常常被与"冷"和"雪"相联系的"冷美人"，却患有奇怪的病症——"热毒"(7.108)。而更为有趣的是，这一热毒只能被一味叫作"冷香丸"(7.109)的药所控制。也就是说，尽管有着冷淡的外表——这可能是刻意控制(使用"冷香丸")的结果，宝钗的内心实际上是十分温暖甚至炙热的,这正如她的名字的同音"雪包钗"所象征性暗示的。这一点似乎也可以由她"自写身份"的诗歌所证实:"珍重芳姿昼掩门"与"淡极始知花更艳"(37.505)。所有这些都展示着宝钗这一人物的复杂性——她的情感要比她表现出来的样子丰富得多,这是因为她天生就带有"热毒"(一些她自己都可能并未意识到的被压抑的欲望)。

  对第八回中宝玉探访宝钗的一段生动叙述的文本细读,有助于我们对宝钗的这一特质了解得更为清晰。在这次探访中,是宝钗首先要求细细赏鉴宝玉的通灵玉的。很明显,她对宝玉之玉的兴趣是与一个和尚的预言密切相关的。和尚曾说道,她会嫁给一个戴玉之人,来与她自己的金锁相匹配。在细细看过通灵宝玉和所刻篆文之后,宝钗转向了她的丫鬟:

> 乃回头向莺儿笑道:"你不去倒茶,也在这里发呆作什么?"
>
> 莺儿嘻嘻笑道:"我听这两句话,倒象和姑娘的项圈上的两句话是一对儿。"
>
> 宝玉听了,忙笑道:"原来姐姐那项圈上也有八个字,我也鉴赏鉴赏!"
>
> 宝钗道:"你别听他的话,没有什么字。"
>
> 宝玉笑央:"好姐姐,你怎么瞧我的了呢。"
>
> 宝钗被缠不过……
>
> 宝玉看了,也念了两遍,又念自己的两遍,因笑问:"姐姐这八个字倒真与我的是一对。"
>
> 莺儿笑道:"是个癞头和尚送的,他说必须錾在金器上……"
>
> 宝钗不待说完,便嗔他不去倒茶。(8.125-126)

  虽然这未必是一场有意的"经营",但宝钗的丫鬟一定觉察到了她的小姐未曾说出的心意。当宝钗问她的丫鬟为何站在这里发呆时,她也许正是在提醒她的丫鬟,这是提及她的金锁以及与金锁相关之故事的恰当时刻了。① 这一精巧的话语衔接的最终目的,是要令宝玉获知"金玉良缘"的存在。甚至被宝钗所打断的丫鬟的话,也正强调着那未曾说出然而易于推测之语的重要意义(宝玉对此的了解可以由第三十六回中他的梦话所证实)。一切都做得那样自然而然,以至于没有人能够责备宝钗引发了这一敏感的话题。毕竟,谁会质疑这个严守儒家道德的女孩儿会提醒一个男人他们注定要结为夫妻?紧随其后,叙述者极为适时地告诉读者,宝玉闻到了冷香丸的香气。这似乎是在提醒所有人(包括读者),宝钗的犹豫或者说"精巧谋划",是她的"热毒"和"冷香丸"达成妥协后不可避免的结果。对冷香丸的提及立刻伴随着对屋外"降雪"和"寒冷"的描述,因为刚刚到来的黛玉穿着厚厚的衣服(在这个三角关系中,宝钗和黛玉中的一方常常会打断另一方与宝玉的独处)。之后,宝钗向宝玉解释不饮冷酒的道理:

> 宝钗笑道:"宝兄弟,亏你每日家杂学旁收的,难道就不知道酒性最热,若热吃下去,发散的就快,若冷吃下去,便凝结在内,以五脏去暖他,岂不受害? 从此还不快不要吃那冷的了。"(8.127)

虽然宝钗自身为"热毒"所扰而需要用冷香丸加以控制,她却告诫宝玉冷酒要"以五脏去暖他,岂不受害"。出于同样的原因,冷香丸——宝钗告诉周瑞家的——也需要用"煎汤"(7.169)送下。一定程度的"热"需留存在体内。象征性地来理解,我们可以视此为宝钗仍可感觉到她的体内之热,而性需求等欲望对人的健康的至关重要性,就如同热量对身体五脏的重要性一样。毕竟,宝钗的"热毒"是"从胎里带来的"(7.108)。换句话说,虽然被冷香丸所抑制,人的天生的欲望仍然是难以根除的。完全的根除甚至可能对健康造成伤害。

---

① 宝钗的丫鬟莺儿在这一"经营"中的"共谋性"在第三十五回被再次强化。第三十五回中,在莺儿正要告诉宝玉,她的女主人除了貌美外还有"几样世人都没有的好处"时,被突然而至的宝钗打断了(35.484)。只要一有机会,莺儿便会迫不及待地向宝玉夸赞她的女主人。

所有这些关于"冷"与"热"的谈话令黛玉深感不快甚至妒忌。她随即表示了自己的不满：

> 黛玉磕着瓜子儿，只抿着嘴笑。可巧黛玉的小丫鬟雪雁走来与黛玉送小手炉，黛玉因含笑问他："谁叫你送来的？难为他费心，那里就冷死了我！"雪雁道："紫鹃姐姐怕姑娘冷，使我送来的。"（8.128）

黛玉明显不介意"冷"或宝钗所感觉到宝玉对她（宝钗自己）的冷淡。这一场景大概是小说中关于"冷"与"热"的意象群以及二者间相互影响的最集中的刻画了。① 甚至连黛玉的丫鬟雪雁那本无甚寓意的名字都被赋予了意想不到的象征意义。尽管小说在这里反复提及屋外的寒冷天气与白雪，屋内却是非常温暖的。所有这些都对理解宝钗这一人物具有重要的象征意义——宝钗正是常常外表冷淡，但内心却被热毒所煎，因而需要药物的帮助才能维持她冷淡的外表。但是时时，与她的性格和药物作用相反，她体内的热量会发散而出。

当然，在小说中宝钗有不少"过热"的时刻。在宝玉遭其父毒打后，宝钗所表露出的情绪绝非冷淡：

> 宝钗见他睁开眼说话，不象先时，心中也宽慰了好些，便点头叹道："早听人一句话，也不至今日。别说老太太、太太心疼，就是我们看着，心里也疼——"刚说了半句，又忙咽住，自悔说的话急了，不觉的就红了脸，低下头来。宝玉听得这话如此亲切稠密，大有深意，忽见他又咽住不往下说，红了脸，低下头只管弄衣带，那一种娇羞怯怯，非可形容得出者，不觉心中大畅，将疼痛早丢在九霄云外。（34.461）

---

① 当然，对"冷"、"热"意象之象征意义的偏好是中国小说长期以来的传统。在《水浒传》和《金瓶梅》中都可以找到著名的例子。关于《金瓶梅》中的"冷"与"热"以及评点者张竹坡对此的见解，参见浦安迪：《明代小说四大奇书》，p.82－85。另可参见张竹坡的短文《冷热金针》，《张竹坡批评金瓶梅》，p.11。

这明显是小说中宝钗的冷香丸失效的时刻之一。也就无怪乎宝玉觉察到她的热度,并自思为了这样的情感死亦足矣。另一个相似场景是宝钗突然表示出对宝玉的极度关心:

> 宝钗道:"宝兄弟这会子穿了衣服,忙忙的那去了?我才看见走过去,倒要叫住问他呢。他如今说话越发没了经纬,我故此没叫他了,由他过去罢。"
>
> 袭人道:"老爷叫他出去。"
>
> 宝钗听了,忙道:"嗳哟!这么黄天暑热的,叫他做什么!别是想起什么来生了气,叫出去教训一场。"
>
> 袭人笑道:"不是这个,想是有客要会。"
>
> 宝钗笑道:"这个客也没意思,这么热天,不在家里凉快,还跑些什么!"(32.448;斜体为作者所加)

这里,宝钗说出了与其自身性格很不相符的言语。此时的她,在宝玉和湘云、袭人关于宝玉是否应当依其父之命会宾接客(以从这些为官做宰的人那里学些仕途经济的学问)的讨论中,明显是站在宝玉一边的。具有讽刺意味的是,正是酷热的天气促使宝钗违背本意地流露出了她的"热毒"以及她对宝玉的深情。

如果将那个一开始令黛玉很担忧的宝钗和宝玉间看似清白然而亲密的场景,放置于宝钗时而难以控制的"过热"倾向的语境中,则这一场景可以获得更为微妙的阐释。

> 袭人坐在身旁,手里做针线,旁边放着一柄白犀麈。宝钗走近前来,悄悄的笑道:"你也过于小心了,这个屋里那里还有苍蝇蚊子,还拿蝇帚子赶什么?"袭人不防,猛抬头见是宝钗,忙放下针线,起身悄悄笑道:"姑娘来了,我倒也不防,唬了一跳。姑娘不知道,虽然没有苍蝇蚊子,谁知有一种小虫子,从这纱眼里钻进来,人也看不见,只睡着了,咬一口,就象蚂蚁夹的。"宝钗道:"怨不得。这屋子后头

> 又近水,又都是香花儿,这屋子里头又香。这种虫子都是花心里长的,闻香就扑。"说着,一面又瞧他手里的针线,原来是个白绫红里的兜肚,上面扎着鸳鸯戏莲的花样。……
>
> 袭人道:"今儿做的工夫大了,脖子低的怪酸的。"又笑道:"好姑娘,你略坐一坐,我出去走走就来。"说着便走了。宝钗只顾看着活计,便不留心,一蹲身,刚刚的也坐在袭人方才坐的所在,因又见那活计实在可爱,不由的拿起针来,替他代刺。

黛玉刚好看到了这一情景:

> ……只见宝玉穿着银红纱衫子,随便睡着在床上,宝钗坐在身旁做针线,旁边放着蝇帚子。林黛玉见了这个景儿,连忙把身子一藏,手握着嘴不敢笑出来。(36.490-491)

对宝钗来说,坐在身穿薄衫、睡梦中的宝玉身旁是显然不恰当的。而且,宝钗还恰恰坐在了宝玉的贴身大丫鬟和侍妾(这是众人皆知的事实)袭人空出的位子上。似乎宝钗也承认,或者甚至是坚持,她自己与宝玉有着特殊的关系。晚清评点者洪秋蕃(1862年在世)视这一情景为真情流露的时刻:

> 宝钗一生精细,到处留心,形影之间,亦必筹度行走,以避嫌疑。而况孤男旷女,枕席床帷,反至漫不经心乎!分明欲亲芳泽,窃喜无人,如小虫之闻香即扑。作者称其不留心,特以试读者之眼力耳。如谓真不留心,则请回忆第三十回中"远着宝玉"之言便悟。①

在这一意想不到的"不留心"的语境中进行阐释,晚清评点者张新之(1828—1850在世)对此情景的似乎耸人听闻的阅读也就不显得那样耸人听闻了。张新之将"一柄白犀麈"视为对男性生殖器的暗示,因为"麈柄"在传统艳情文学中是很常见的对男性性器官的委婉说法。他又进一

---

① 冯其庸主编:《八家评批红楼梦》,p.881。

步提醒读者,宝钗前面对袭人说的"这种虫子都是花心里长的",使人想起了第二十八回中妓女云儿为宝玉等人所唱的艳曲"一个虫儿往里钻"(28.396)。在对肚兜和其所绣图案、颜色的评点中,张新之提出了一连串的反问:"鸳鸯是何鸟?戏莲是何事?兜在肚下是何处?外白里红是何象?此乃点题。"① 当然,更令这一情景具有讽刺意味的是,宝钗正在此时此地无意中听到了宝玉睡梦中那叫她大吃一惊的话语——他喜欢的是木石姻缘而非金玉良缘。

为了使读者增强在宝钗冷淡的外表下其内热常常情不自禁地流露出来的印象,这一总是被他人视为儒家女性道德规范之楷模的传统女孩儿,有时会被塑造为相当性感的女人。

> 此刻忽见宝玉笑问道:"宝姐姐,我瞧瞧你的红麝串子?"可巧宝钗左腕上笼着一串,见宝玉问他,少不得褪了下来。宝钗生的肌肤丰泽,容易褪不下来。宝玉在旁看着雪白一段酥臂,不觉动了羡慕之心,暗暗想道:"这个膀子要长在林妹妹身上,或者还得摸一摸,偏生长在他身上。"正是恨没福得摸,忽然想起"金玉"一事来,再看看宝钗形容,只见脸若银盆,眼似水杏,唇不点而红,眉不画而翠,比林黛玉另具一种妩媚风流,不觉就呆了,宝钗褪了串子来递与他也忘了接。(28.401 - 402)

一段更为细致甚至是大胆的对宝钗之性感的描述可见于第二十七回:

> 忽见前面一双玉色蝴蝶,大如团扇,一上一下迎风翩跹,十分有趣。宝钗意欲扑了来玩耍,遂向袖中取出扇子来,向草地下来扑。
> 只见那一双蝴蝶忽起忽落,来来往往,穿花度柳,将欲过河去

---

① 参见张新之的夹批,冯其庸主编:《八家评批红楼梦》,p.886。浦安迪《红楼梦批语偏全》,p.656 - 657)也注意到了张新之的这些批语。在许多稿本中,"麈"被写作了"麈",这可能是误写所致。参见第三十七回"校记"五。

了。倒引的宝钗蹑手蹑脚的,一直跟到池中滴翠亭上,香汗淋漓,娇喘细细。宝钗也无心扑了。(27.374)

诸如"香汗淋漓"、"娇喘细细"和"一双蝴蝶忽起忽落"等委婉语词,立刻会令熟悉传统艳情文学叙述传统的读者回想起一幅典型的性爱图画。①的确,在《金瓶梅》中,与陈经济调情时的潘金莲便两番被比作戏蝶(19.192、52.611)。更进一步,一对蝴蝶起起落落的形象也许还可以使读者想起与第七章所论《林兰香》中平彩云相关的性交意象。在庚辰本对"香汗淋漓"、"娇喘细细"的侧批中,脂砚斋写道:"若玉兄在,必有许多张罗。"(朱一玄,p.392)②但是,正在这一情景之后,宝钗因偷听到两个丫鬟就正在发展中的恋情的秘密谈话而深感吃惊。似乎被她们所谈恋情的非法性唤回了现实——并意识到自己片刻之前暂时的行为失检——宝钗再一次被冷香丸所控了。她立刻决定尽快躲闪。再一次,宝钗被她下意识的自控和几乎难以抑制的内热撕扯着,而我们被告知,这一内热是天生而来,因此难以根除。

宝钗的内热甚至表现在她对黛玉阅读提倡个人寻求性满足的书籍的严肃批评中。这令她的这一批评变得相当成问题。在发现黛玉脱口而出男女爱情戏剧中的诗词时,宝钗以并不是很认真的自我批评开始,发表了一段长篇的说教:

"你当我是谁,我也是个淘气的。从小七八岁上也够个人缠的。我们家也算是个读书人家,祖父手里也爱藏书。先时人口多,姊妹

---

① 洪秋蕃在回评中将这一双蝴蝶视为宝钗想要嫁给宝玉的象征意象。而张新之则在他的夹批中提示读者将这一艳情意象与第三十六回中宝钗坐在午睡的宝玉身旁的情景联系起来。(参见冯其庸主编:《八家评批红楼梦》,p.633、618)
② 根据明义《题红楼梦》其四(参见一粟:《红楼梦卷》,p.11),我们也许可以推断,在某种更早的稿本中,对宝钗扑蝶的描写要详细得多。这一描写应当足够充实,以勾画出一幅令人印象深刻的图画,来与如今更为著名的"黛玉葬花"并驾齐驱——正如第二十七回的回目"滴翠亭杨妃戏彩蝶　埋香冢飞燕泣残红"所示。在早期版本中,二美所受关注程度似乎更为均衡。参见张爱玲:《红楼梦魇》,p.187;朱淡文:《红楼梦论源》,p.203。

弟兄都在一处,都怕看正经书。弟兄们也有爱诗的,也有爱词的,诸如这些《西厢》《琵琶》以及'元人百种',无所不有。他们是偷背着我们看,我们却也偷背着他们看。后来大人知道了,打的打,骂的骂,烧的烧,才丢开了。

所以咱们女孩儿家不认得字的倒好。男人们读书不明理,尚且不如不读书的好,何况你我。就连作诗写字等事,原不是你我分内之事,究竟也不是男人分内之事。男人们读书明理,辅国治民,这便好了。

只是如今并不听见有这样的人,读了书倒更坏了。这是书误了他,可惜他也把书糟蹋了,所以竟不如耕种买卖,倒没有什么大害处。

你我只该做些针黹纺织的事才是,偏又认得了字,既认得了字,不过拣那正经的看也罢了,最怕见了些杂书,移了性情,就不可救了。"(42.582-583)

这一关于正确阅读的长篇说教充满了矛盾,以至于令我们怀疑说话者的真实用意并不限于宝钗所明确宣称的——一个女孩儿应当读什么书。在自我批评的伪装之下,宝钗实际上是在吹嘘她自己对黛玉所引之书知道得更多也更早。很明显,宝钗对这些"邪书"的记忆相当深刻,以至她可以迅速辨别出黛玉的偶然引用的来源所在。至此,这篇演讲几乎就是一番对自身博学的有意炫耀。随后,宝钗将话题焦点转向了正确阅读的重要性,并论说人们不该因不会正确地阅读而"把书糟蹋了"。她的说教所传达出的一个出乎意料的信息是:如何读书比所读之书的道德观念更为重要(宝钗看上去是读过小说评点家张竹坡的文章)。如果更加推进一步,则这一逻辑带有着危险的含义。是否只要读者知道应如何读书,就可以被允许阅读"邪"书?是否一本书的价值观念最终依赖于如何阅读它?宝钗那如今男人都不懂如何读书的抱怨更为令人震惊,特别是在她宣称读书并非女子分内之事的情况下。这里,她通过对男人的失败——不仅是正确阅读的失败,更是履行男性职责的失败——发表严厉而带有政治性的评论,而得以越出了对一个有教养女子应做之事的规范(她似乎在演讲的结尾表示坚守这一规定)。她说教的结束语——一个女孩儿应当履行儒家道德体系对女性的规范——正是她自己在说出此语之前所并未遵守的。

尽管宝钗有意令自己表现得冷淡,这些出乎意料的温暖的偶然发散还是会常常使宝玉着迷。在行酒令时宝钗所抽花名签上的诗句正是"任是无情也动人",而宝玉随即便因回味这一句诗的含义而陷入沉思(63.891-892)。当然,宝钗是一个非常复杂的人物。她可以十分精明和狡猾。但是,她确实被自身的"热毒"所扰。这一"热毒"可以被象征性地理解为是她内心深处的欲望。这些欲望既包括肉体上的也包括政治策略上的,因为她对宝玉的倾心很可能是与宝玉身为贾家最重要的继承人的事实相关联的。

宝钗作为小说人物的复杂性也来自于她并非完全符合警幻仙姑所提出的"意淫"与"皮肤滥淫"的对立模式。小说中三个象征性地与宝玉共卧一床的女子在外貌和性情上都彼此相似。黛玉在第十九回中与宝玉躺在一个床上,这是因为宝玉要为意欲午睡的她解闷(19.273);晴雯是在寒夜中试图吓唬另一个丫鬟而浑身冰凉后钻进宝玉被窝取暖(51.715);而芳官则是因在宝玉生日的夜宴上酒醉而睡倒在宝玉身旁(63.895)。小说中强调黛玉和宝玉的关系是十分"清白"的。而虽然王夫人辱骂晴雯和芳官有意勾引宝玉,但很显然二人从来没有和宝玉发生过任何肉体关系(晴雯在死前后悔道,早知会遭污蔑,她以前还不如真的与宝玉发生肉体关系)。

同样在外貌和性情上相似的宝钗和袭人却是真正与宝玉发生过肉体关系之人(宝钗最终嫁给了宝玉)。虽然我们会觉得将黛玉、晴雯和芳官视为"意淫"的代表是合情合理的,但却难以将宝钗和袭人归入"意淫"和"皮肤之淫"中的任何一类。她们二人确有欲望,但是她们似乎在尝试着将这些欲望引导成为可以被现行家庭和社会秩序所认可的恰当的"志"(这里"情"被等同于"志"),而且取得了相当的成功。借助于对冷香丸的恰当使用,宝钗成为遵从长辈和儒家道德规范的典范人物,虽然,并非她所有的自控努力都是有效的。这里我们不妨回想一下第七回中冷香丸的奇异处方(7.108－109)。制作冷香丸的程序极为复杂,包含着对数字"十二"的严格规定(每种药料都必须用十二两或十二钱)——这无疑具有象征意义。对"十二"的反复提及的重要意义没有逃过评点者脂砚斋的慧眼。在甲戌本的侧批中,脂砚斋指出:"凡用'十二'字样,皆照应十二钗。"(朱一玄,p.121)这也就是说,冷香丸的象征意义并非仅限于对服药者宝钗的解读。用"寒性丸药"来控制自身欲望和"过热"倾向的需要,在小说的女性人物之间是很普遍的。她们的欲望最终都成为了悲剧。黛玉就是一个例证:她的悲剧在一定程度上正是她未能服用足够的寒性丸药的结果。甚至宝玉都意识到自己对寒性丸药的需求(虽然是另一种丸药)——逃离至无欲无求的佛教世界。评点者脂砚斋还注意到,冷香丸的适用对象"不独十二钗,世皆同有者"(甲戌本夹批,朱一玄,p.121－122)。

《红楼梦》复杂的文本流传过程(更不必说我们现在所看到的后四十回是出自另一作者的"结局")和数次的改写增删都决定了它的意义(包括"意淫"的含义)的难以定论。正如警幻仙姑在小说开篇所说,宝玉的"情"是"惟心会而不可口传,可神通而不可语达"。它只可意会却不可言传。"情"或"意淫"这一类欲望一定是一个不断自生而自恋的行为过程。它的存在是基于它自身对欲望客体的不断开创。宝玉之所以拒绝成长,就是因为他需要不断地找到或发明新的客体来维持自己的欲求和对"意淫"的追寻——这正如小说的作者无法提供一个明确的"情"的概念来为自己的小说收尾。①《红楼梦》不可能有所谓"终结"版本,尽管诸多的续

---

① 虽然与我的研究方法有着相当大的差别,何永康在《一个引人注目的省略号试说》一文中也同样论及了小说的"未完结性"这一议题。

书作者(包括较为出众的高鹗)为此而努力。

在很大程度上,这部小说是一个"过程"。它使我们得以目睹从"欲"到"情"的焦点逐渐转变中的不同阶段。但它的意义远不止此。它以小说的方式重新展示了中国传统小说史中的一个复杂的变动趋向:从聚焦于"欲"的十六世纪小说《金瓶梅》,到专注于"情"的《金云翘传》《好逑传》《定情人》等十七世纪作品,再到探索"欲"与"情"之间的细微差别及最终的不可分离的十八世纪作品——这一探索在《红楼梦》中达到顶峰。① 《红楼梦》中所重新展示的从"欲"到"情"的轨迹正与其自身所经历的似乎永无止境的创作与改写过程相映成趣。《红楼梦》几乎无止境的写作和改写过程在很大程度上促使我们将其与《野叟曝言》《姑妄言》和《林兰香》等将"欲"与"情"有意并置和对立的小说区分开来。恰恰因为《红楼梦》将欲望呈现为一个过程,所以它并未提供一种将某一特定形式的欲望归入"情"或"欲"的判定方法。虽然也承认"情"与"欲"之间的差异,《红楼梦》却也巧妙地探索着二者的不可分离,以及"情"对"欲"的超越所不可避免的徒劳。从"欲"到"情"的"过程"并非一种直线性的变动,因为"情"并不能够独立于"欲"而存在(毕竟,按照《礼记》的说法,"欲"是"七情"之一)——这一事实被在小说的改编和重写中许多人物所经历的"不彻底"的纯化过程而一再强调。

贾宝玉并非与西门庆截然不同。二人都喜欢女人:一个意欲占有尽可能多的女人的"身体",而另一个虽未绝对免疫于肉体诱惑,却渴望拥有尽可能多的女孩儿的"眼泪"(心)。二人都是诸多女性关注的焦点,也同样都为这些女性间的紧张关系所扰——这在一夫多妻的社会中是几乎不可避免的。二人都反复表示着对已经拥有之物(人)的厌倦,并不断寻找或发明新的欲望客体。在许多方面,贾宝玉就是西门庆;但是在更

---

① 至今,关于《金瓶梅》与《红楼梦》之间关系的最为全面的研究要数斯考特(Mary Scott)的博士论文《青出于蓝:〈红楼梦〉对〈金瓶梅〉的借鉴》("*Azure from Indigo: Hongloumeng's Debt to Jin Ping Mei*")。

多的方面,贾宝玉并非西门庆。从西门庆到贾宝玉的"转变"正展示着中国小说在二百年间走过的历程。《红楼梦》的重要成就之一便在于,它极具说服力地证实了要发明一种可以超越"欲"的"情"但同时又不完全排斥"欲"有多么艰难,这正是为什么在现存的小说版本中《风月宝鉴》的影子还会如此频繁地出现。

索 引

Armstrong, Nancy, 阿姆斯特朗, 135n34
Bai Juyi, 白居易, 11
Bakhtin, Mikhail, 巴赫金, 58
Ban Gu, 班固, 268
Barrett, T. H., 巴雷特, 26n14
Bian er chai (Hairpins beneath the cap), 弁而钗: and Feng Menglong's Qingshi, 冯梦龙《情史》, 177; qing and male homosexuality, "情"和男同性恋, 177-179; qing and physical desire, "情"和肉体欲望, 179, 180; body as enactment of qing, 身体作为"情"的标志, 179-183; reaffirmation of patriarchal gender values, 强化父权社会性别等级, 180, 183
Biography of a Foolish Woman, see Chipozi zhuan, 参见"《痴婆子传》"
Birch, Cyril, 白之, 78n38
Birdwhistell, Ann, 包安乐, 33-34n35
Brandauer, Fredrick, 白保罗, 71n28
Brokaw, Cynthia, 包筠雅, 21n45, 46n68, 93n13
Brook, Timothy, 卜正民, 18n36
Butler, Judith, 朱迪·巴特勒, 1

Caizi jiaren xiaoshuo, see Scholar-beauty fiction, 参见"才子佳人小说"
Candlewick Monk, The, see Dengcao heshang, 参见"《灯草和尚》"
Cao Yibing, 曹亦冰, 231n42
Carlitz, Katherine, 柯丽德, 36n41, 90n8, 143n14, 148n24, 262n22

Chanzhen houshi (later tales of the True Way),《禅真后史》,131

Chen Dakang, 陈大康, 206n2, 208n7, 210-217, 217n27

Chen Dongyou, 陈东有, 7n8

Chen Hong, 陈洪, 185-186n14

Chen Jiru, 陈继儒, 35n39

Chen Que, 陈确, 30, 31

Chen Yiyuan, 陈益源, 206n1, 208n7, 208n8, 209n11, 209n13, 216, 217, 269n20

Chen Zhao, 陈诏, 288n30

Cheng Hao, 程颢, 169, 226

Cheng Yi, 程颐, 26-27n16, 169

Chipozi zhuan (Biography of a foolish woman),《痴婆子传》: dating of, 年代, 115, 116; first person female narrator, 第一人称女性叙述者, 115, 123, 126-129; as a parody of Ruyi jun zhuan, 作为《如意君传》的戏仿, 117, 118, 122; female sexuality, 女性的性, 118, 119, 125; gender inequality vs. class inequality, 性别不平等与阶级不平等的对比, 120-122; narration and female sexuality, 叙述与女性的性, 127; framing male narration, 男性叙述框架, 128, 129; feminine authority, 女性权威, 135, 136; female authorship, 女性著作权, 136n36

Chundeng nao (The celebration of the Lantern Festival),《春灯闹》, 62

Clunas, Graig, 柯律格, 9n14

Confucius, 7, 8, 孔子; Lunyu (Analects),《论语》, 24, 125n16, 165-169 各处

Cu hulu (The vinegar gourd),《醋葫芦》, 150n28

Daguan zhenke, 达观真可, 44n65

Dai Bufan, 戴不凡, 280n14

Dai Zhen, 戴震, 53, 54, 55

Daxue (Great learning),《大学》, 165

Dengcao heshang (The candlewick monk),《灯草和尚》: legitimization of female sexuality, 女性性欲的合理化, 130-135 各处; influence of "Denghua popo" (Auntie Candleflame), 对《灯花婆婆》的借鉴, 133, 134; and God Wutong, 五通神, 134, 135

Desire, 欲望: Western theories of, 西方理论, 1-2; late Ming revalorization of, 晚明欲望重估, 6-9, 29-31, 51; late Ming anxiety over, 晚明对欲望的焦虑, 9-12; consequences of, 后果, 11, 12, 64-66; and religion, 与宗教的关系, 18-20, 65; late Ming ambivalence toward, 晚明关于欲望的悖论, 20-21, 66, 67; early history of, 其早期历史, 23-25; Neo-Confucian views of, 理学家观点, 26-29; containment of，对其的抑制，45-56；and vernacular fiction，和白话小说的关系，58-63；and representation，和再现的关系，78. 另可参见 Qing，"情"；Yu，"欲"；另参各具体作品的讨论

Ding Yaokang，丁耀亢，see Xu Jin Ping Mei (A sequel to Jin Ping Mei)，参见"《续金瓶梅》"

Dingqing ren (The worthy lovers)，《定情人》，225-228 各处

Dong Qichang，董其昌，66，139

Dong Wencheng，董文成，212n20

Dong Xi Jin yanyi (The romance of the Eastern and Western Jin)，《东西晋演义》，116

Dong Zhongshu，董仲舒，25n13

Du Jinghua，杜景华，280n13

Du Xiaoying，杜小英，259，260，261

Duan Chengshi，段成式，133

Duan Yucai，段玉裁，23，24

Dream of the Red Chamber, The，see Honglou meng，参见"《红楼梦》"

Ebrey, Patricia Buckley，伊沛霞，89n7

Faderman, Lillian，范濂，185n11

Feng Congwu，冯从吾，51，52

Feng Menglong，冯梦龙，36-40，63，68，68n25，82，131n25，133n27，234n45，272n4

Feng Mengzhen，冯梦祯，18n39

Foucault, Michel，福柯，1

Fu Shan，傅山，37

Geng Dingxiang，耿定相，51

Golden Lotus, The，see Jin Ping Mei，参见"《金瓶梅》"

Gong Zizhen，龚自珍，87n3

Graham, A. C.，葛瑞汉，31

Gu Shaoyu，郭绍虞，75-76n34

Gu Taiqing，顾太清：and Honglou meng ying，和《红楼梦影》，136n36

Gu Yanwu，顾炎武，53

Guan Hanqing，关汉卿，8

Guose tianxiang (The beautiful and fragrant)，《国色天香》，207

Guwangyan (Preposterous words),《姑妄言》: textual history of, 文本流传, 251, 252, 252n13; as erotic novel, 作为艳情小说, 252-255; chaste qing, 贞洁之 "情", 254-259; chaste woman and literati, 烈女与文人, 259-262; qing and political loyalty, "情"与政治忠诚, 261, 262; innovation as erotic novel, 其作为艳情小说的 创新, 262; qing-yu dichotomy questioned, "情"-"欲"二分受到质疑, 263, 264; shrews, 泼妇, 265, 266; and Xingshi yinyuan zhuan, 和《醒世姻缘传》的关系, 265, 266; and Honglou meng, 和《红楼梦》的关系, 266, 267, 279; metafictional consciousness, 其元小说的自觉意识, 266-270

Hanan, Patrick, 韩南, 28n46, 66n20, 115n3, 117n7, 122n11, 123n13, 127, 237n1

Hansen, Chad, 汉森, 31, 32

Haoqiu zhuan (The ideal mate),《好逑传》, 230-234 各处

He Changjiang, 何长江, 209n12

He Liangjun, 何良俊, 17, 17-18n35

He Xinyin, 何心隐, 52

He Yan, 何晏, 43n61

He Yongkang, 何永康, 312n51

Hegel, Robert, 何谷理, 57n1, 60-61n7, 71n28, 164n39

Henry, Eric, 亨利, 76n35

Hessney, Richard, 赫斯尼, 262n24

Homosexual love, 同性恋, see Bian er chai; Lin Lan Xiang, 参见《弁而钗》; 《林兰香》

Hong Qiufan, 洪秋蕃, 306

Hong Sheng, 洪昇, Changsheng dian (The palace of eternal youth),《长生殿》, 56, 198n31

Honglou meng (The dream of the red chamber),《红楼梦》: lust of intent and qing, "意淫"和"情", 271-274; subjectivity of desire, 欲望的主观性, 274, 275; lust of intent and narcissism, "意淫"和自恋, 275-278; lust of intent and youth, "意淫" 和少年, 279, 280; Fengyue baojian and yu,《风月宝鉴》和"欲", 280-282; purification of qing and textual revisions of, "情"的纯化与文本删改, 281-289 各处; qing and youth, "情"和少年, 292-294; eavesdropping and overhearing, 窃听和无意中听 的母题, 295-297; inadequacy of adult language, 成人话语的缺乏, 295-298; as a process from yu to qing, 从"欲"到"情"的过程, 313, 314. 另可参见 Jia Baoyu, 贾宝 玉; Lin Daiyu, 林黛玉; Xue Baochai, 薛宝钗

Hsia, C. T., 夏志清, 44n64, 71n28

Hu Shi, 胡适, 287n29

Hu Siao-chen, 胡晓真, 198n31

Hu Wanchuan, 胡万川, 144n16

Hu Yinglin, 胡应麟, 59, 60

Hu Zongxian, 胡宗宪, 212

Huang Lin, 黄霖, 22n49

Huang Xun, 黄训, 115

Huang Zongxi, 黄宗羲, 55, 212

Huanxi yuanjia (Enemy in love), 《欢喜冤家》, 62

Humble Words of an Old Rustic, The, see Yesou puyan, 参见"《野叟曝言》"

Ji Kang, 嵇康, 41

Ji Yun, 纪昀, 172

Jia Baoyu, 贾宝玉, 84, 271-314 各处; sexuality of, 其性欲, 83; and Ximen Qing, 和西门庆的关系, 84, 85, 297, 313, 314. 另可参见 Honglou meng, 《红楼梦》

Jia Fuxi, 贾凫西, 144n16

Jiang Shiquan, 蒋士铨, 56, 73

Jiang Wenqin, 蒋文钦, 284n23

Jiao Hong ji (The story of the two women Jiao and Hong), 《娇红记》, 208, 245

Jiao Hong zhuan, 《娇红传》, see Jiao Hong ji, 参见《娇红记》

Jin Ping Mei, 《金瓶梅》, 6; authorship of, 著作权, 22; and development of vernacular fiction, 和白话小说的发展的关系, 58, 59; controversies over, 争议, 67; eavesdropping, 窃听, 86-90; materiality of desire, 欲望的物质性, 94-96; benqian (sexual and financial capital), 本钱(指金融资本或床上功夫), 96-102; infiniteness of desire, 欲望的无限性, 97, 98, 108; phallic symbols, 男性生殖器象征, 101-103; qi, (anger, ether, etc.) and desire, "气"(怒气、气质之气等)和欲望, 103-110; consequences of desire, 欲望的后果, 109, 110; Chen Jingji, 陈经济, 110; readers' responses, 读者反应, 137-144; and Honglou meng, 和《红楼梦》, 281n17, 303n46. 另可参见 Pan Jinlian, 潘金莲; Ximen Qing, 西门庆

Jin Yun Qiao zhuan (One gentleman and two sisters), 《金云翘传》: chaste qing and the female body, 贞洁的"情"与女性的身体, 216-220; qing and the suffering of the body, "情"与身体的苦难, 220-223; scholar-beauty framing structure of, 才子佳人小说框架结构, 215, 216; sources of, 故事来源, 211-214; Wang Cuiqiao and Lin Daiyu, 王翠翘和林黛玉, 277

Jinghua yuan (Flowers in the mirror), 《镜花缘》, 195n29

Kant, Immanuel, 康德, 1

Ko, Dorothy, 高彦颐, 190n23

Kong Yingda, 孔颖达, 75n34

Kuriyama, Joanna Ching-yüan, 音: 吴清原, 250n12

Langshi (A history of debauchery),《浪史》, 38n47, 63, 68, 69, 70, 130, 142, 209, 267

Lau, D. C., 刘殿爵, 3

Lesbianism 女同性恋: in the west, 在西方, 185n11. 另可参见 Lin Lan Xiang,《林兰香》

Li Ao, 李翱, 25, 26

Li Bai, 李白, 188

Li Gong, 李塨, 170

Li Kaixian, 李开先, 6, 40

Li Mengsheng, 李梦生, 209n11

Li Qiancheng, 李前程, 5n8, 71n28

Li sheng liuyi tianyuan (The heavenly destiny of Scholar Li),《李生六一天缘》, 208

Li, Wai-yee, 李惠仪, 4n8, 36n41, 44n64, 273n5, 274n8, 281n16

Li Yu, 李渔, 60, 73, 100n23, 121n8, 192-195, 199n32, 239, 254n15. 另可参见 Rou putuan,《肉蒲团》

Li Yu, 李玉, 256

Li Zhi, 李贽, 22n49, 39, 40, 84, 169

Li Zicheng, 李自成, 252

Lian Xiangban (The fragrant companion),《怜香伴》. see Lin Lan Xiang, 参见"《林兰香》"

Lin Chen, 林辰, 213n24

Lin Daiyu, 林黛玉, 274, 276, 277n10; and narcissism, 和自恋的关系, 278; and fear of adult language, 和对成人话语的惧怕, 294-297. 另可参见 Honglou meng,《红楼梦》; Jin Yun Qiao zhuan,《金云翘传》; Lin Lan Xiang,《林兰香》

Lin Lan Xiang (The three women named Lin, Lan and Xiang),《林兰香》: de-eroticization of qing, "情"的去肉欲化, 71, 72; dating of, 版本年代, 185; and Jin Ping Mei, 和《金瓶梅》的关系, 186, 187; and Lianxiang ban, 和《怜香伴》的关系, 192-195; affirmation of patriarchal gender values, 强化父权社会性别等级, 193, 194, 198, 199; qing and lesbianism, "情"和女同性恋, 198, 199; lesbian qing vs. lesbian yu, 女同性恋的"情"与女同性恋的"欲"的对比, 199-204; Yan Mengqing and

Lin Daiyu, 燕梦卿和林黛玉, 277n10

Ling Mengchu, 凌濛初, 171

Liu Jizhong, 刘绩中, 133

Liu Quanfu, 刘铨福, 287n29

Liu sheng milian ji (The story of Scholar Liu acquiring lotuses),《刘生觅莲记》, 207, 209

Liu Shide, 刘世德, 291n38

Liu Tingji, 刘廷玑, 140, 141

Liu Xie, 刘勰, 33n34

Lu Ji, 陆机, 33

Lu Xiangshan, 陆象山, 242

Luo Guanzhong, 罗贯中, 8

Luo Rufang, 罗汝芳, 35

Mao Kun, 茅坤, 212

McMahon, Keith, 马克梦, 62n11, 64n16, 91n10, 149n27, 159n34, 178, 186n16, 198n30, 210n18, 211n19, 243n7, 262n23

Mei Cheng, 枚乘: Qifa (Seven stimuli),《七发》, 137, 138

Mencius, 孟子, 24, 25, 68n23, 166, 167

Meng Chengshun, 孟称舜, 48, 49

Metzger, Thomas, 墨子刻, 27

Miller, Lucien, 米乐山, 82n42

Ming Yi, 明义, 296n40

Mizoguchi Yūzō, 溝口雄三, 30n25, 31n28, 39n50, 54n83, 55n86, 84n45, 170n57

Mudan ting (The peony pavilion),《牡丹亭》, 2, 6, 126n17, 188; Du Liniang as a model of qing, 杜丽娘作为"情"的典范, 77-83; Du Liniang and Lin Daiyu, 杜丽娘和林黛玉, 277n10

Nü caizi shu (A book of female talents),《女才子书》, 37n44

One Gentleman and Two Sisters, see Jin Yun Qiao zhuan, 参见"《金云翘传》"

Ouyang Jian, 欧阳健, 237n1, 287n29

Oxenhandler, Neal, 奥克森韩德勒, 2n5

Pan Jinlian, 潘金莲, 146; self-destructiveness of, 自我毁灭, 102; model yinfu (lascivious woman), "淫妇"典型, 111-114; and female sexuality, 和女性肉欲, 114;

287

victim vs. victimizer, 受害者与施害者对比, 114; and Chipozi zhuan, 和《痴婆子传》的关系, 115, 123; and Lin Lan Xiang, 和《林兰香》的关系, 200. 另可参见 Jin Ping Mei,《金瓶梅》

Peach Blossom Fan, The, see Taohua shan, 参见"《桃花扇》"
Peony Pavilion, The, see Mudan ting, 参见"《牡丹亭》"
Pingyao zhuan,《平妖传》,69n25, 133n27
Plaks, Andrew, 浦安迪,6n7, 57, 90n8, 143n14, 170n56, 175n64, 307n48
Plum in the Golden Vase, The, see Jin Ping Mei, 参见"《金瓶梅》"
Preposterous Words, see Guwangyan, 参见"《姑妄言》"
Pu Songling, 蒲松龄,121n8

Qing, "情",2; definitions of, 定义,24-26, 31-33; and xing (human inborn nature), 和"性"(人的本性),24-28, 31, 48-50, 52; valorization of, 评估,33-35, 44, 45; and literati, 和文人,35-38, 43, 44, 73-77; and zhen (genuine), 和"真",39-43; and li (principle), 和"理",46-48; containment of, 抑制,46-56; eroticization of, 肉欲化,68-70; de-eroticization of qing, "情"的去肉欲化,71, 72; and homoerotic love, 和同性恋爱,72; and homosocialization, 和同性社交,75; and narcissism, 和自恋,77-83 各处. 另可参见 Desire, 欲望; Yu, "欲"; Zhiji, "知己"; 另参各具体作品的讨论

Rich, Adrienne, 艾德里安娜·里奇,185n11
Roddy, Stephen, 史蒂文·罗迪,75n33
Rolston, David (Lu Dawei), 陆大伟,185n12, 255n17, 299n44
Rou putuan (Carnal Prayer Mat),《肉蒲团》,17n33, 60, 96n21, 253, 254. 另可参见 Li Yu, 李渔
Ruan Dacheng, 阮大铖,81, 252
Rulin waishi (The scholars),《儒林外史》,4; Du Shenqing and qing, 杜慎卿和"情",73-77
Ruyi junzhuan (The biography of Mr. Completely Satisfying),《如意君传》: dating of, 版本年代,115; compared with Chipozi zhuan, 与《痴婆子传》比较,117-123, 126, 127, 129

Sanguo yanyi (The romance of Three Kingdoms),《三国演义》,57, 58, 59
Satyendra, Indira, 赡彦特拉,94-95n17
Scholar-beauty fiction, 才子佳人小说: and purification of qing, 和"情"的纯化,71, 210, 211; history of, 历史,206, 207; and literary romances, 和文言传奇小

说,207-210; and Yesou puyan, 和《野叟曝言》,245-247

Scholars, The, see Rulin waishi, 参见"《儒林外史》"

Scott, Mary, 斯考特,313

Sedgwick, Eve Kosofsky, 塞芝维克[一译:赛菊寇],75n32

Shao Yong, 邵雍,32, 33

Shen Defu, 沈德符,8n10, 142

Shi Changyu, 石昌渝,128n19

Shishuo xinyu (A new account of tales of the world),《世说新语》,42, 43

Shuangqing biji (Random notes about the two sisters),《双卿笔记》,209

Shuihu zhuan (Water margin),《水浒传》,42, 57-59; and Honglou meng, 和《红楼梦》,303n46; and Jin Ping Mei, 和《金瓶梅》,90-93, 94n17

Sima Qian, 司马迁,8, 76n36, 121n8

Song Maocheng, 宋懋澄,12

Stone, Charles, 查尔斯·斯通,115-116n3, 122n10

Su Shi, 苏轼,11

Sun Kaidi, 孙楷第,207n6

Sun Tongsheng, 孙桐生,287n29

Sun Xun, 孙逊,286n27

Sung, Maria H., 玛丽亚宋,198n31

Tan Yuanchun, 谭元春,19, 21

Tang Xianzu, 汤显祖,5, 6, 21, 35, 45. 另可参见 Mudan ting,《牡丹亭》

Tang Zhen, 唐甄,170

Taohua shan (The peach blossom fan),《桃花扇》,56; as a critique of Mudan ting, 作为对《牡丹亭》的批判,82, 83; and qing, 和"情",81, 82, 83

Tao Wangling, 陶望龄,16, 17

Three Women Named Lin, Lan, Xiang, The, see Lin Lan Xiang, 参见"《林兰香》"

Tianyuan qiyu (The heavenly destiny and marvelous encounter),《天缘奇遇》,208, 267n28

Tu Long, 屠隆,5-8, 12, 14, 17-19, 21, 22, 59, 65

van Gulik, R. H., 高罗佩,190n23

Van Zoeren, Steven, 范佐仁,76n34

Vicinus, Martha, 维西鲁斯,185n11

Vitiello, Giovanni, 魏瞩安,178n3, 184n10

Volpp, Sophie, 袁书非,181n5, 121n8

Von Glahn, Richard, 万志英, 95n19, 134nn31-32

Wang Bi, 王弼, 43n61
Wang Chong, 王充, 25n13
Wang Fuzhi, 王夫之, 33n34, 34n36, 53, 69n24, 170
Wang Gang (Richard Wang), 王岗, 208nn8-9
Wang, Jing, 王晶, 84n45
Wang Shizhen, 王世贞, 17-18n35, 122
Wang Yangming, 王阳明, 27n19, 28, 29
Wang Zhongmin, 王重民, 207n4
Weber, Max, 马克思·韦伯, 172
Wei Yong, 卫泳, 37, 38n47
Whitman, Christina, 克瑞斯汀纳·惠特曼, 87n3
Widmer, Ellen, 魏爱莲, 135n34, 136n36
Wong, Siu-kit, 黄兆杰, 33-34n34, 34n35
Wu Jun, 吴均: Xu Qixie ji, 《续齐谐记》, 134n30
Wu, Yenna, 吴燕娜, 144n16

Xiao Chi, 萧驰, 5n8, 243n9
Xiaoqing (Feng Xiaoqing), 冯小青: and Xuan Ainiang in Lin Lan Xiang, 和《林兰香》中的宣爱娘, 192; and Jin Yun Qiao zhuan, 和《金云翘传》, 223; and Guwangyan, 和《姑妄言》, 256
Xiaoshuo, 小说: and the private, 和个人隐私, 57-63 各处; as entertainment, 作为娱乐, 60, 61; as a transgressive genre, 作为越轨性的文体, 62. 另参各具体作品的讨论
Xihu erji (The stories of the West lake, second collection), 《西湖二集》, 130-131n23, 212
Ximen Qing, 西门庆, 86-110 各处, 145-152 各处, 203, 243n7; and Jia Baoyu, 和贾宝玉, 84, 85, 297, 313, 314. 另可参见 Jin Ping Mei, 《金瓶梅》
Xinghua tian (The paradise of apricot blossoms), 《杏花天》, 267
Xingshi yan (Model stories for the world), 《型世言》, 100n23, 213
Xingshi yinyuan zhuan (A marriage that awakens the world), 《醒世姻缘传》, 67, 68; authorship of, 作者, 144, 144n16, 145; and Jin Ping Mei, 和《金瓶梅》, 144-153; Di Xicheng and Ximen Qing, 狄希陈和西门庆, 146-153; male degeneration vs. female dominance, 男性去势化与女性统治的对比, 150-153; karmic framework, 因果框架, 153-157; and desire, 和欲望, 157-164; decline of Confucian mo-

rality，儒家道德的败坏，164-170；theodic significance，神义论的意义，170-175

Xiuping yuan (The embroidered screen)，《绣屏缘》，209

Xiuta yeshi (An unofficial history of the embroidered couch)，《绣榻野史》，64，130n23，288n30

Xiyou ji (The journey to the west)，《西游记》，57，58，59，71

Xiyou pu (A supplement to The Journey to the West)，《西游补》，70，71，71n28

Xu Fuling，徐复岭，144n16

Xu Hai，徐海，211-214 各处

Xu Huai，徐怀，212

Xu Jin Ping Mei (A sequel to Jin Ping Mei)，《续金瓶梅》，63，142-144，195，196；and Xingshi yinyuan zhuan，和《醒世姻缘传》，144，144n16，145

Xu Shen，许慎：Shuowen jiezi，《说文解字》，23，24

Xu Shuofang，徐朔方，37n42，148-149n24

Xue Baochai，薛宝钗：and repressed desire，被压抑的欲望，298-311. 另可参见 Honglou meng，《红楼梦》

Xunfang yaji (A refined book on seeking fragrant flowers)，《寻芳雅集》，208

Xunzi，荀子，3，24，32，53

Yan Jun，颜钧，35

Yang Shen，杨慎，34，35

Yang Shuhui，杨曙辉，38n46

Ye Zhou，叶昼，42

Yesou puyan (The humble words of an old rustic)，《野叟曝言》：editions of，版本，237n1；Confucian qing，儒学话语下的"情"，237-240，248；quan (expediency)，"权"，244，245；qing and li (proprieties and ritual)，"情"和"礼"，238，239；qing vs. yu，"情"和"欲"的对比，239，240，247，248；and Jin Ping Mei，和《金瓶梅》，241-243；alternative views of qing，关于"情"的不同观点，249，250

Yichun xiangzhi (Fragrance of the pleasant spring)，《宜春香质》，70，176-177n1，183，184

You Tong，尤侗，38n47

Yu，欲(慾)：and sensual pleasures，和肉体愉悦，13-16；control of，控制，17-19；definitions of，定义，23，24；and qing，和"情"，24-26，30，34，41，43；and li (principle) or tianli (heavenly principle)，和"理"或者"天理"，27-30，53. 另可参见 Desire，欲望；Qing，"情"；另参各具体作品的讨论

Yu, Anthony，余国藩，4n8，32，75，83n43，274，297n42

Yu Pingbo, 俞平伯, 286, 288n30, 290n36

Yuan Cai, 袁采, 89n7

Yuan Hongdao, 袁宏道, 8-10, 15, 16, 19-22, 137, 138

Yuan Huang, 袁黄, 45, 46

Yuan Zhongdao, 袁中道, 10, 11, 13-16, 19

Yuanyang zhen (The mandarin duck needle), 《鸳鸯针》, 115n3

Zang Maoxun, 臧懋循, 8n10

Zhang Ailing, 张爱玲, 280n15, 289n33

Zhang Jun, 张俊, 185n12, 200n36

Zhang Qi, 张琦, 45

Zhang Qingji, 张清吉, 144n16

Zhang Xinzhi, 张新之, 306, 308n49

Zhang Zhupo, 张竹坡, 86, 87, 88, 92, 93, 101, 102, 103, 139, 140, 255n17, 303n46

Zheng Run, 郑闰, 1n2

Zhiji (soul mates), "知己", 38, 71-77 各处; in Bian er chai, 在《弁而钗》中, 180; in Lin Lan Xiang, 在《林兰香》中, 189, 190; in Yesou puyan, 在《野叟曝言》中, 243, 244; in Guwangyan, 在《姑妄言》中, 258, 259; in Honglou meng, 在《红楼梦》中, 278, 279. 另可参见 Qing, "情"

Zhong Xing, 钟惺, 14, 15

Zhongqing liji (A beautiful book on deep passions), 《钟情丽集》, 208

Zhongyong (Doctrine of the mean), 《中庸》, 26, 42, 49-52

Zhou Ruchang, 周汝昌, 128n20

Zhu Danwen, 朱淡文, 296n40, 309n50

Zhu Xi, 朱熹, 23n1, 26-28, 47, 55, 60, 61, 242, 274

Zhu Ziqing, 朱自清, 75-76n34

Zhuangzi, 庄子, 43n61

Zou Yuanbiao, 邹元标, 52

参考文献

期刊缩写

BCJ	Baibu congshu jicheng 百部丛书集成
CLEAR	Chinese Literature: Essays, Articles, Reviews
GXJ	Guben xiaoshuo jicheng 古本小说集成
HJAS	Harvard Journal of Asiatic Studies
HXK	"Honglou meng" xuekan 红楼梦学刊
MQXL	Ming Qing xiaoshuo luncong 明清小说论丛
MQXY	Ming Qing xiaoshuo yanjiu 明清小说研究
MXJ	Mingdai xiaoshuo jikan 明代小说辑刊
SH	Siwuxie huibao 思无邪汇宝
SKQS	Siku quanshu 四库全书
ZZJC	Zhuzi jicheng 诸子集成

安平秋、章培恒:《中国禁书大观》,上海:上海文化出版社,1990。

Armstrong, Nancy(阿姆斯特朗). Desire and Domestic Fiction. (《欲望和家庭小说》)New York: Oxford University Press, 1987.

——. "Postface: Chinese Women in a Comparative Perspective: A Response."(《跋:比较视野中的中国女性》)In Ellen Widmer and Kang-I Sun Chang, eds., Writing Women in Late Imperial China, pp. 397-422. Stanford: Stanford University Press, 1997.

Atwell, William(艾维四). "Ming China and the Emerging World Economy, c. 1470-1650."(《明代中国和世界经济的萌芽》)In Denis Twichett and Frederick W. Mote, eds., The Cambridge History of China, vol 8, pt. 2, pp.376-416. Cambridge, Eng.: Cambridge University Press, 1998.

Bakhtin, Mikhail(巴赫金). The Dialogic Imagination,(《对话的想象》)ed. Michael Holquist, trans. Caryl Emerson and Michael Holquist. Austin: University of Texas Press, 1981.

班固:《汉书》,北京:中华书局,1962。

Barrett, T. H(巴雷特). Li Ao: Buddhist, Taoist, or Neo-Confucian? (《李翱思想中的佛、道、儒三家》)Oxford: Oxford University Press, 1992.

《弁而钗》,MXJ series 2, vol. 2, 成都:巴蜀书社,1995。

《弁而钗》,SH series, 台湾:台湾大英百科,1995。

Birch, Cyril(白之), trans. The Peony Pavilion.(《牡丹亭》) Bloomington: Indiana University Press, 1980.

Birdwhistell, Ann(包安乐). Transition to Neo-Confucianism: Shao Yung on Knowledge and Symbols of Reality.(《向理学的转化:邵雍论现实的知识和象征》)Stanford: Stanford University Press, 1989.

Bloom, Irene,(卜爱莲)trans. and ed. Knowledge Painfully Acquired: The "K'un-chih chi" by Lo Ch'in-shun. (《困知记》)New York: Columbia University Press, 1987.

Brandauer, Frederick(白保罗). Tung Yüeh.(《董说》)Boston: Twayne, 1978.

Brokaw, Cynthia(包筠雅). The Ledgers of Merit and Demerit: Social Change and Moral Order in Late Imperial China. (《功过格:明清社会的道德秩序》)Princeton: Princeton University Press, 1991.

Brook, Timothy(卜正民). The Confusions of Pleasure: Commerce and Culture in Ming China. (《纵乐的困惑:明代的商业与文化》)Berkeley: University of California Press.

——. Praying for Power: Buddhism and the Formation of Gentry Society in Late Ming China. (《为权利祈祷:佛教与晚明中国士绅社会的形成》)Cambridge, Mass.: Harvard University, Council on East Asian Studies, 1993.

卜键:《〈金瓶梅〉作者李开先考》,兰州:甘肃人民出版社,1988。

——.《李开先传略》,北京:中国戏剧出版社,1989。

Butler, Judith(朱迪·巴特勒). "Desire."(《欲望》) In Frank Lentricchia and Thomas McLaughlin, eds., Critical Terms for Literary Study, pp. 369-86. Chicago: Chicago University Press, 1995.

——. Subjects of Desire: Hegelian Reflections in Twentieth-Century France.

(《欲望主体:关于二十世纪法国的黑格尔式的沉思》)New York:Columbia University Press, 1987.

蔡毅编:《中国古典戏曲序跋汇编》,济南:齐鲁书社,1989。

蔡义江:《红楼梦诗词曲赋评注》,北京:北京出版社,1979。

曹大为:《〈醒世姻缘传〉的版本源流和成书年代》,《文史》,23 (1984):217-38.

曹雪芹、高鹗:《红楼梦》,中国艺术研究院红楼梦研究所,北京:人民文学,1982.

曹亦冰:《〈好逑传〉非才子佳人小说论》,MQXY 3 (1997, no. 1):190-97.

Carlitz, Katherine(柯丽德). "Puns and Puzzles in the Chin P'ing Mei."(《〈金瓶梅〉中的双关语和隐语》) T'oung Pao, 67, no. 3-5 (1981):216-39.

——. Review of The Late-Ming Poet Ch'en Tzu-lung by Kang-i Sun Chang. (《孙康宜〈陈子龙柳如是诗词情缘〉书评》)HJAS 35, no. 1 (1995):225-37.

——. The Rhetoric of "Chin P'ing Mei."(《〈金瓶梅〉的修辞》)Bloomington:Indiana University Press, 1986.

——. "The Social Uses of Virtue in Late Ming Editions of Lienü zhuan."(《晚明烈女传版本中对女性德行的社会性借用》)Late Imperial China 12, no. 2 (1991):117-48.

——. "Style and Suffering in Two Stories by 'Langxian.'"(《"浪仙"二篇短篇小说中的风格与苦难》)In Theodore Huters, R. Bin Wong, and Pauline Yu, eds., Culture and State in Chinese History, pp. 207-35. Stanford:Stanford University Press, 1997.

Cedzich, Ursula-Angelika(蔡雾溪). "The Cult of the Wu-t'ung/Wu-hsien in History and Fiction: The Religious Roots of The Journey to the South."(《历史与小说中的五通神崇拜:〈南游记〉的宗教根源》)In David Johnson, ed., Ritual and Scripture in Chinese Popular Religion: Five Studies, pp. 137-218. Berkeley:University of California, Chinese Popular Culture Project, 1994.

Chan, Leo Tak-hung(陈德鸿). "Narrative as Argument: The Yuewei caotang biji and the Late Eighteenth-Century Elite Discourse on the Supernatural."(《作为议论的叙述:〈阅微草堂笔记〉和十八世纪知识精英有关神怪的著述》)HJAS 53, no. 1 (1993):25-62.

Chan, Wing-tsit(陈荣捷), trans. Instructions for Practical Living and Other Confucian Writings by Wang Yang-ming.(《〈传习录〉及王阳明的其他儒学著作》)New York:Columbia University Press, 1963.

Chan, Wing-tsit, trans. and comp. A Source Book in Chinese Philosophy.(《中国哲学资料手册》)Princeton:Princeton University Press, 1963.

Chang, Kang-i Sun(孙康宜). The Late-Ming Poet Ch'en Tzu-lung: Crisis in Love And Loyalism. (《陈子龙柳如是诗词情缘》)New Haven:Yale University

Press,1991.

《禅真后史》,MXJ,series 1. 成都:巴蜀书社,1994.

陈翠英:《世情小说之价值观探讨:以婚姻为定位的考察》,台北:国立台湾大学出版委员会,1997。

陈大康:《论元明中篇传奇小说》,《文学遗产》,1998,no.3:49-64.

——.《通俗小说的历史轨迹》,长沙:湖南出版社,1993。

陈东有:《人欲的解放:明清社会经济变迁与大众审美》,南昌:江西高校出版社,1996。

陈洪:《〈林兰香〉创作年代小考》,MQXY 9 (1988, no. 3): 151-55.

陈庆浩:《八十回石头记成书初考》,《文学遗产》,1992, no. 2:80-92.

——.《八十回石头记成书再考》,HXK 1995, no. 1: 164-89.

陈确:《陈确集》,北京:中华书局,1979。

陈寿:《三国志》,北京:中华书局,1959。

陈书录:《明代诗文的演变》,南京:江苏教育出版社,1996。

陈万益:《晚明性灵文学思想研究》,博士论文,国立台湾大学,1978。

陈维昭:《轮回与归真:中国警劝文学传统的生存体验与意义追问》,汕头:汕头大学出版社,1993。

陈益源:《从〈娇红记〉到〈红楼梦〉》,沈阳:辽宁古籍,1996。

——.《〈姑妄言〉素材来源初考》,见《从〈娇红记〉到〈红楼梦〉》(q. v.),pp. 304-19.

——.《〈姑妄言〉素材来源二考》,MQXY 46 (1997, no. 4): 127-36.

——.《明清小说里的〈娇红记〉》,见《从〈娇红记〉到〈红楼梦〉》(q. v.),pp. 34-76.

——.《元明中篇传奇小说研究》,香港:学峰文化事业公司,1997。

陈诏:《也谈秦可卿的出身问题》,见冯其庸等编:《92中国国际红楼梦研究会论文集》,p. 731-39. 北京:文化艺术出版社,1995。

Cheng, Chung-ying(成中英). "Reason, Substance, and Human Desires in Seventeenth-Century Neo-Confucianism."(《十七世纪理学学说中的理、物质和人欲》)In Wm. Theodore de Bary, ed., The Unfolding of Neo-Confucianism, pp. 469-509. New York: Columbia University Press, 1975.

程颐:《伊川文集》,见《二程全书》,四部备要本。

程毅中:《宋元小说研究》,南京:江苏古籍,1998。

Chin, Ann-ping(金安平) and Mansfield Freeman(曼斯菲尔德·弗里曼), trans. Tai Chen on Mencius: Explorations in Words and Meaning. (《戴震论孟子:语义分析》)New Haven: Yale University Press, 1990.

《痴婆子传》,SH series. 台北:台湾大英百科,1995.

《重订醒世姻缘传》,同德堂本. GXJ series. 上海:上海古籍,1990.

Chou, Chih-p'ing(周质平), Yüan Hung-tao and the Kung-an School.(《袁宏道与公安派》) Cambridge, Eng.: Cambridge University Press, 1988.

《春灯闹》,SH series. 台北:台湾大英百科,1995.

《辞源》,Rev. ed. 北京:商务印书馆,1988.

Clunas, Craig(柯律格). Superfluous Things: Material Culture and Social Status in Early Modern China.(《长物:现代中国早期的物质文化和社会地位》) Cambridge, Eng.: Polity Press, 1990.

Cosslett, Tess. Woman to Woman: Female Friendship in Victorian Fiction. (《女人之间:维多利亚小说中的女性情谊》)Sussex. Eng.: Harvester Press, 1988.

戴不凡:《时序错乱篇:前八十回时序的矛盾》,见《红学评议外篇》,pp. 269-331. 北京:文化艺术出版社,1991.

戴震:《戴震全书》,合肥:黄山书社,1995。

de Bary, Wm. Theodore(狄百瑞). "Individualism and Humanitarianism in Late Ming Thought."(《晚明思想中的个人主义与人道主义》)In idem, Self and Society in Ming Thought (q.v.), pp. 145-247.

de Bary, Wm. Theodore, ed. Self and Society in Ming Thought.(《明代思想中的个人和社会》)New York: Columbia University Press, 1970.

邓庆佑,《孙桐生》,见冯其庸、李希凡编:《红楼梦大辞典》,p. 1182. 北京:文化艺术出版社,1990。

邓庆佑,《孙桐生与红楼梦》,见冯其庸等编:《92中国国际红楼梦研讨会论文集》,pp. 522-43. 北京:文化艺术出版社,1995。

《灯草和尚》,SH series. 台北:台湾大英百科,1995。

《灯月缘》,GXJ series. 上海古籍,1990。

丁锡根:《中国历代小说序跋集》,北京:人民文学出版社,1996。

丁耀亢:《续金瓶梅》,陆合、星月编:《金瓶梅续书三种》,济南:齐鲁书社,1988。

《定情人》,沈阳:春风文艺出版社,1983。

董文成:《金云翘传版本考》,MQXL 2 (1985):163-81.

——.《金云翘传版本考补正》,MQXL 5 (1987):113-17.

——.《金云翘传对红楼梦艺术创新的多重影响》,2 pts. HXK 1999, no. 3:178-95; no. 4:247-72.

——.《金云翘传故事的演化》,MQXL 3 (1985):27-47.

——.《金云翘传人物原型考》,MQXL 4 (1986):80-91.

《东西晋演义》,大业堂本,GXJ series. 上海:上海古籍,1990.

杜景华:《红楼梦的叙事流年及其隐寓探考》,HXK 1991, no. 4:165-86.

Ebrey, Patricia Buckley(伊沛霞). Family and Property in Sung China:

YüanTs'ai's Precepts for Social Life.(《宋代的家族与财产:〈袁氏世范〉》)Princeton:Princeton University Press, 1984.

Egerton, Clement(克莱门特·厄杰顿), trans. The Golden Lotus: A Translation, from the Chinese Original of the Novel "Chin P'ing Mei."(《金瓶梅》)4 vols. London: Routledge&Kegan Paul, 1972.

Epstein, Maram(艾梅兰). "Beauty Is the Beast: The Dual Face of Woman in Four Ch'ing Novels."(《美女是野兽:四部清代小说中女性的两种面目》)Ph.D. Dissertation, Princeton University, 1992.

——. Competing Discourses: Orthodoxy, Authenticity, and Engendered Meanings in Late Imperial Chinese Fiction.(《竞争的话语:明清小说中的正统性、本真性及所生成之意义》)Cambridge Mass.: Harvard University Asia Center, 2001.

Faderman, Lillian(利莲·费德曼). Surpassing the Love of Men: Romantic Friendship and Love Between Women from the Renaissance to the Present.(《超越男人的爱:从文艺复兴至今的女性间浪漫友情与爱情》)New York: William Morrow, 1981.

范濂:《云间据目抄》,《笔记小说大观》,册 13. 扬州:江苏广陵古籍刻印社,1983。

Faure, Bernard(佛瑞). The Red Thread: Buddhist Approaches to Sexuality. (《红线:性欲的佛教维度》)Princeton: Princeton University Press. 1998.

冯从吾:《冯少墟集》,明刻本(1612;2d ed., 1621). Copy in Harvard-Yenching Library.

冯梦龙:《冯梦龙全集》,上海:上海古籍,1993。

——.《警世通言》,香港:中华书局,1986。

——.《平妖传》,台北:至阳出版社,1991。

——.《喻世明言》,香港:中华书局,1986。

冯梦祯:《快雪堂集》,万历本(1616),台湾国立中央图书馆复制。Microfilm in the University of Michigan East Asian Library.

冯其庸、李希凡编:《红楼梦大辞典》,北京:文化艺术出版社,1990。

冯其庸等编:《八家评批红楼梦》,北京:文化艺术出版社,1991。

——.《92 中国国际红楼梦研讨会论文集》,北京:文化艺术出版社,1995。

——.《脂砚斋重评石头记汇校》,5 vols. 北京:文化艺术出版社,1987-89.

Fong, Grace S(方秀洁). "Signifying Bodies: Self-inscription and the Female Embodiment of Violence."(《"身体"的深意:自我书写和女性对暴力的象征体现》)Paper presented at the annual meeting of the Association for Asian Studies, Boston, March 11-14, 1999.

Foucault, Michel(福柯). The History of Sexuality(《性史》), trans. Robert

Hurley. Vol. 1. New York: Vintage Books, 1990.

Fuery, Patrick(富尔瑞). Theories of Desire. (《欲望的理论》)Melbourne: Melbourne University Press, 1995.

Fung, Yulan(冯友兰). A History of Chinese Philosophy(《中国哲学史》英文版), trans. DerkBodde. Princeton: Princeton University Press, 1953.

——. A Short History of Chinese Philosophy(《中国哲学简史》英文版), ed. and trans. DerkBodde. New York: Macmillan, 1948.

耿定相:《耿天台先生文集》,1598本影印本,《明人文集丛刊》,台北:文海出版社,1970。

龚自珍:《龚自珍全集》,北京:中华书局,1959。

Goodrich, L. Carrington(富路德) and Chaoying Fang(房兆楹), eds. Dictionary of Ming Biography. (《明人传记辞典》)2 vols. New York: Columbia University Press, 1976.

Graham, A. C(葛瑞汉). Disputers of the Tao: Philosophical Argument in Ancient China. (《道教辩士:古代中国的哲学辩论》)La Salle, Ill.: Open Court, 1989.

——. Later Mohist Logic, Ethics and Science. (《后期墨家的逻辑、伦理和科学》)Hong Kong: Chinese University Press, 1978.

——. "The Meaning of Ch'ing"(《"情"的意义》); appendix to "The Background of the Mencian Theory of Human Nature." In idem, Studies in Chinese Philosophy and Philosophical Literature, pp. 59-66. Albany: State University of New York Press, 1986.

——. "What Was New in the Ch'eng-Chu Theory of Human Nature."(《程朱人性说的新意》)In idem, Studies in Chinese Philosophy and Philosophical Literature, pp.412-35. Albany: State University of New York Press, 1986.

顾起元:《客座赘语》,BCJ ed.

顾炎武:《日知录集释》,黄汝成注,四部备要本。

郭绍虞:《试论文心雕龙》,见《照隅室古典文学论集》,2:11-33,上海:上海古籍,1983。

《国色天香》,1597年万卷楼本影印本,GXJ series,上海:上海古籍,1990.

《姑妄言》,SH series. 台北:台湾大英百科,1997.

《姑妄言》,北京:中国文联,1999。

韩大成:《明代城市研究》,北京:中国人民大学出版社,1991。

Hanan, Patrick(韩南). The Chinese Vernacular Story. (《中国白话小说》)Cambridge, Mass.: Harvard University Press, 1981.

——. "The Erotic Novel: Some Early Reflections."(《艳情小说初探》)Paper presented at the conference on Jin Ping Mei, Indiana University, Bloomington,

May 12-14, 1983.

———. "The Fiction of Moral Duty: The Vernacular Story in the 1640s."(《道德责任小说:1640年代的白话小说》)In Robert E. Hegel and Richard C. Hessney, eds., Expressions of the Self in Chinese Literature, pp.189-213. New York: Columbia University Press, 1985.

———. The Invention of Li Yu.(《李渔的创造》)Cambridge, Mass.: Harvard University Press, 1988.

———. "A Landmark of the Chinese Novel."(《中国长篇小说的里程碑》)In Douglas Grant and Millar MaClure, eds., The Far East: China and Japan, pp.325-36. Toronto: University of Toronto Press, 1961.

———. "Sources of the Chin P'ing Mei."(《〈金瓶梅〉探源》) Asia Major, n.s. 10, no.1 (1963): 23-67.

———. "The Text of the Chin P'ing Mei."(《〈金瓶梅〉的版本及其他》)Asia Major, n.s. 9, no.1 (1962): 1-57.

Hanan, Patrick, ed. and trans., Silent Operas.(《无声戏》) Hong Kong: Chinese University of Hong Kong, 1990.

Hanan, Patrick, trans. The Carnal Prayer Mat.(《肉蒲团》) New York: Ballantine Books, 1990.

———. A Tower for the Summer Heat.(《夏宜楼》)New York: Columbia University Press, 1998.

Hansen, Chad(汉森). "Qing (Emotions) in Pre-Buddhist Chinese Thought."(《佛教传入之前中国的"情"观念》) In Joel Marks and Roger T. Ames, eds., Emotions in Asian Thought: A Dialogue in Comarative Philosophy, pp.181-211. Albany: State University of New York Press, 1995.

郝志达等编:《国风诗旨纂解》,天津:南开大学出版社,1990。

《好逑传》,郑州:中州古籍,1991。

Hawkes, David(戴维·霍克思)and John Minford(约翰·闵福德), trans. The Story of the Stone.(《石头记》) 5 vols. Harmonds-worth, Eng.: Penguin, 1973-86.

何长江:《论元明长篇传奇小说的发展历程》,MQXY 32 (1994, no.2): 134-44.

何良俊:《何翰林集》,嘉靖本影印本,台湾国立中央图书馆,1971。

———.《四友斋丛说》,北京:中华书局,1959。

何启民:《竹林七贤研究》,台北:中国学术著作奖助委员会,1966。

何心:《水浒研究》,上海:上海古籍,1985。

何心隐:《何心隐集》,北京:中华书局,1960。

何永康:《一个引人注目的省略号试说:曹雪芹只将前八十回文字对清》,见冯其庸等编:《92 中国国际红楼梦研讨会论文集》,p.161-74,北京:文化艺术出版社,1995。

Hegel, Robert E(何谷理). The Novel in Seventeenth-Century China. (《十七世纪中国小说》)New York: Columbia University Press, 1981.

——. Reading Illustrated Fiction in Late Imperial China. (《阅读中华帝国晚期插图小说》)Stanford: Stanford University Press, 1998.

——. Review of The Four Masterworks of the Ming Novel. (《明代小说四大奇书》书评)HJAS 50, no. 1 (1990): 346-52.

Hegel, Robert E., and Richard C. Hessney(赫斯尼), eds. Expressions of Self in Chinese Literature. (《中国文学中的"自我"表现》)New York: Columbia University Press, 1985.

Henricks, Robert G(韩禄伯)., trans. and annot. Philosophy and Argumentation in Third-Century China: The Essays of Hsi Kang. (《三世纪中国的哲学与论辩:嵇康的论文》)Princeton: Princeton University Press, 1983.

Henry, Eric(亨利). "The Motif of Recognition in Early China."(《早期中国文化中"知"的母题》)HJAS 47, no. 1 (1987): 5-30.

Hessney, Richard C. "Beautiful Talented and Brave: Seventeenth-Century Chinese Scholar-Beauty Romances."(《美、才、勇:中国十七世纪才子佳人小说》)Ph. D. dissertation, Columbia University, 1978.

——. "Beyond Beauty and Talent: The Moral and Chivalric Self in The Fortunate Union."(《超越美与才:〈好逑传〉中的道德和侠义自我》)In Robert E. Hegel and Richard C. Hessney, eds., Expressions of Self in Chinese Literature, pp.214-50. New York: Columbia University Press, 1985.

Hinsch, Bret(韩献博). Passions of the Cut Sleeve: The Male Homosexual Tradition in China. (《断袖之情:中国的男性同性恋传统》)Berkeley: University of California Press, 1990.

洪昇:《长生殿》,徐朔方校注,北京:人民文学出版社,1997 [1958]。

侯忠义、刘世林:《中国文言小说史稿》,北京:北京大学出版社,1990-93。

Hsia, C. T(夏志清). "Time and the Human Condition in the Plays of T'ang Hsien-tsu."(《汤显祖笔下的时间与人生》)In Wm. Theodore de Bary, ed., Self and Society in Ming Thought, pp.249-51. New York: Columbia University Press.

Hsia, C. T., and T. A. Hsia(夏志安). "New Perspectives on Two Ming Novels: Hsi Yu Chi and Hsi Yu Pu."(《两部明代小说新观察:〈西游记〉和〈西游补〉》)In Tse-tsung Chow, ed., Wen-lin: Studies in the Chinese Humanities, pp.229-45. Madison: University of Wisconsin, 1968.

胡适:《跋乾隆甲戌脂砚斋重评石头记影印本》,《乾隆甲戌脂砚斋重评石头记》,1a-9b,见《胡适论中国古典小说》,pp.155-75,武汉:长江文艺出版社,1987。

——.《〈醒世姻缘传〉考证》,见《胡适论中国古典小说》,pp.365-415,武汉:长江文艺出版社,1987。

　　胡世厚、邓绍基编:《中国古代戏曲家评传》,郑州:中州古籍,1992。

　　Hu, Siao-chen(胡晓真), "Literary tanci: A Woman's Tradition of Narrative in Verse."(《文学性的"弹词":一种女性韵文叙述传统》) Ph.D. dissertation, Harvard University, 1994.

　　胡万川:《关于〈醒世姻缘传〉的成书年代》,见《话本与才子佳人小说之研究》,pp.295-308,台北:大安,1994。

　　胡应麟:《少室山房笔丛》,SKQS ed.

　　黄霖:《金瓶梅作者屠隆考》,见《金瓶梅考论》,pp.199-217,沈阳:辽宁人民出版社,1989。

　　——.《金瓶梅作者屠隆续考》,见《金瓶梅考论》,pp.218-31,沈阳:辽宁人民出版社,1989。

　　黄霖编:《金瓶梅资料汇编》,北京:中华书局,1987。

　　黄霖、韩同文编:《中国历代小说论著选》,vol.1,南昌:江西人民出版社,1982。

　　Huang, Martin W(黄卫总). "Author(ity) and Reader in Traditional Chinese Xiaoshuo Commentary."(《中国传统小说评点中的作者(权威)与读者》)CLEAR, 16 (1994): 41-67.

　　——. "Dehistoricization and Intertextualization: The Anxiety of Precedents in the Evolution of the Traditional Chinese Novel."(《非史书化和文际关系化:中国传统小说发展中的关于先例的焦虑》) CLEAR 12 (1990): 45-68.

　　——. "Karmic Retribution and the Didactic Dilemma in the Xingshi yinyuan zhuan."(《〈醒世姻缘传〉中的因果报应和说教困境》)Chinese Studies(《汉学研究》) 15, no.1 (1997): 397-440.

　　——. Literati and Self-Re/Presentation: Autobiographical Sensibility in the Eighteenth-Century Chinese Novel.(《文人和自我的再呈现:十八世纪中国长篇小说中的自传倾向》) Stanford: Stanford University Press, 1995.

　　——. "Notes Towards a Poetics of Characterization in the Traditional Chinese Novel: Honglou meng as Paradigm."(《中国传统小说中的性格塑造初探:以〈红楼梦〉为例》)Tamkang Review 21, no.1 (1990): 1-27.

　　——. "Sentiments of Desire: Thoughts on the Cult of Qing in Ming-Qing Literature."(《欲望的情愫:明清文学中的尊"情"思想》) CLEAR 20 (1998): 153-84.

　　——. "Stylization and Invention: The Burden of Self-Expression in The Scholars."(《仿效与创造:〈儒林外史〉与自我表达的包袱》) In Roger Ames et al., eds., Self as Image in Asian Theory and Practice, pp.89-112. Albany: State University of New York Press, 1998.

黄星琦:《痴婆子传发覆》,MQXY 35 (1995, no. 1):107-22、231.

黄宗羲:《明儒学案》,见《黄宗羲全集》,册 1-2,杭州:浙江古籍,1985。

——.《明文海》,《四库文学总集选刊》,上海:上海古籍,1994。

——.《南雷诗文集》,见《黄宗羲全集》,册 10-11,杭州:浙江古籍,1993。

《欢喜冤家》,SH series. 台北:台湾大英百科,1995.

Idema, W. L(伊维德). Chinese Vernacular Fiction: The Formative Period. (《中国白话小说:形成时期》) Leiden: Brill, 1974.

——. "Female Talent and Female Virtue: Xu Wei's Nü Zhuangyuan and Meng Chengshun's Zhenwen ji."(《女性的才气与女性的德行:徐渭的〈女状元〉与孟称舜的〈贞文记〉》) 见华玮、王瑷玲编:《明清戏曲国际研讨会论文集》,p.549-71. 台北:中央研究院,中国文哲研究所筹备处,1998.

Jan, Yün-hua(冉云华). "The Chinese Understanding and Assimilation of Karma Doctrine."(《中国人对业报的理解与吸纳》) In Ronald W. Neufeldt, ed., Karma and Rebirth: Post-Classical Developments, pp.145-68. Albany: State University of New York Press, 1986.

嵇康:《嵇康集校注》,戴明扬校注,北京:人民文学出版社,1962。

纪昀:《阅微草堂笔记》,上海:新文化书社,1936。

蒋士铨:《蒋士铨戏曲集》,北京:中华书局,1993。

蒋文钦:《红楼梦成书的三重系统》,2 pts,《温州师专学报》,1985,no. 2, 13-24; 1985, no. 3, 36-47.

焦循:《孟子正义》,ZZJC ed.

《金瓶梅词话》,全校万历本,梅节编,香港:星海文化,1987。

《晋书》,北京:中华书局,1974。

《金云翘传》,沈阳:春风文艺出版社,1983。

《金云翘传》,GXJ series. 日本浅草文库藏康熙刊本影印本,上海:上海古籍,1990。

Knechtges, David(康达维). The Han Rhapsody: A Study of the Fu of Yang Hsiung. (《汉赋:扬雄赋作研究》) Cambridge, Eng.: Cambridge University Press, 1976.

Knoblock, John(约翰·诺布洛克). Xunzi: A Translation and Study of the Complete Works. (《〈荀子〉:全译与研究》) 3 vols. Stanford: Stanford University Press, 1988, 1990, 1994.

Ko, Dorothy(高彦颐). Teachers of the Inner Chambers: Women and Culture in Seventeenth-Century China. (《闺塾师:明末清初江南的才女文化》) Stanford: Stanford University Press, 1994.

Kuriyama, Joanna Ching-yüan(音:吴清原). "Confucianism in Fiction: A

Study of Hsia Ching-Ch'ü's Yeh-sou pu-yen."(《小说中的儒家学说:夏敬渠〈野叟曝言〉研究》) Ph. D. dissertation, Harvard University, 1993.

《浪史》,SH series,台北:台湾大英百科,1995.

Laplanche, Jean(拉普朗什) and J.-B. Pontalis(彭塔力斯)编 The Language of Psycho-analysis, (《精神分析的词汇》)trans. Donald Nicholson-Smith. New York: Norton, 1974.

Lau, D. C(刘殿爵). "The Doctrine of Kuei Sheng in the Lü-shih ch'un-ch'iu."(《〈吕氏春秋〉中贵生的学说》) Bulletin of the Institute of Chinese Literature and Philosophy, Academia Sinica 2 (1992):51-92.

Lau, D. C. trans. The Analects.(《论语》) Harmondsworth, Eng.: Penguin, 1979.

——. Mencius.(《孟子》) Harmondsworth, Eng.: Penguin, 1970.

Legge, James(理雅各), trans. Li Chi: Book of Rites.(《礼记》) Reprinted-New Hyde Park, N.Y.: University Books, 1967.

雷勇:《明末清初的才女崇拜与才子佳人小说的创作》,MQXY 32 (1994, no. 2):145-54.

——.《明末清初世情小说对才女命运的关照与反思》,MQXY 50 (1998, no. 4):74-81.

——.《明末清初小说戏曲创作中冯小青热初探》,MQXY 38 (1995, no. 4):199-208.

李翱:《李文公集》,SKQS。

李白:《李太白全集》,王琦注,北京:中华书局,1977。

李开先:《李开先集》,北京:中华书局,1959。

李梦生:《中国禁毁小说百话》,上海:上海古籍,1994。

Li, Qiancheng(李前程). "Fictions of Enlightenment: An Intertexual Study of Xiyouji, Xiyoubu, and Hongloumeng."(《悟道小说:〈西游记〉、〈西游补〉、〈红楼梦〉的互文研究》) Ph.D. dissertation, Washington University, St. Louis, 1998.

李日华:《味水轩日记》,屠友祥编注,上海:上海远东出版社,1996。

Li, Wai-yee(李惠仪). Enchantment and Disenchantment: Love and Illusion in Chinese Literature. (《迷幻与警幻:中国文学中的爱情与幻影》)Princeton: Princeton University Press, 1993.

——. "The Late Ming Courtesan: Invention of A Cultural Ideal."(《晚明妓女:一个文化理想的创造》) In Ellen Widmer and Kang-i Sun Chang, eds., Writing Women in Late Imperial China, pp.46-73. Stanford: Stanford University Press, 1997.

——. "The Rhetoric of Spontaneity in Late Ming Literature."(《论晚明文学中的"真"》)Ming Studies 35 (1995):32-52.

李渔:《怜香伴》,见《李渔全集》,册 4,杭州:浙江古籍,1992。

——.《肉蒲团》,SH series。台北:台湾大英百科,1994.

——.《慎鸾交》,见《李渔全集》,册5,杭州:浙江古籍,1992。

——.《十二楼》,见《李渔全集》,册9,杭州:浙江古籍,1992。

——.《无声戏》,见《李渔全集》,册8,杭州:浙江古籍,1992。

李真瑜:《一部对红楼梦产生过影响的小说——定情人与红楼梦关系浅说》,MQXL 5 (1987):85-92.

李贽:《焚书 续焚书》,北京:中华书局,1975。

李贽(题)编:《山中一夕话》,影印本(n.d.). 台北:天一出版社,1985。

李中馥:《原李耳载》,见王文濡辑:《说库》,上海,1915;1915年本影印本,杭州:浙江古籍,1986。

廖可斌:《明代文学复古运动研究》,上海:上海古籍,1994。

林辰:《明末清初小说述录》,沈阳:春风文艺出版社,1988。

《林兰香》,沈阳:春风文艺出版社,1985。

《林兰香》,杭州大学图书馆藏1838年本影印本。GXJ series,上海:上海古籍,1990。

Lin Yutang(林语堂). The Importance of Understanding.(《古文小品译英》)Cleveland:World,1960.

凌濛初:《二刻拍案惊奇》,上海:上海古籍,1983。

刘宝楠:《论语正义》,ZZJC.

刘道超:《中国善恶报应习俗》,台北:文津出版社,1992。

刘辉:《〈如意君传〉刊刻年代及其与〈金瓶梅〉之关系》,见《金瓶梅论集》,p.47-60。台北:贯雅文化,1992。

刘辉、杨扬编:《金瓶梅之谜》,北京:书目文献出版社,1989。

刘基:《诚意伯文集》,SKQS.

刘世德:《解破了红楼梦的一个谜——初谈舒本的重要价值》,HXK 1990, no. 2:271-282.

刘世德等编:《中国古代小说百科全书》,北京:中国大百科全书出版社,1993。

刘义庆:《世说新语校笺》,徐震堮校笺,香港:中华书局,1987。

刘子:《刘子集校》,林其锬、陈凤金集校,上海:上海古籍,1985。

——.《刘子校注》,杨明照校注,成都:巴蜀书社,1988。

陆复初:《被历史遗忘的一代哲人——论杨升庵及其思想》,昆明:云南人民出版社,1990。

Lu, Tongling(音:吕彤琳). Rose and Lotus:Narrative of Desire in France and China.(《玫瑰与莲花:中法两国关于"欲望"的叙述文学》)Albany: New York State University Press, 1991.

罗钦顺:《困知记》,北京:中华书局,1990。

马积高:《宋明理学与文学》,长沙:湖南师范大学出版社,1989。

马蹄疾:《水浒书录》,上海:上海古籍,1986。

Ma, Y. W.(马幼垣) and Joseph S. M. Lau(刘绍铭), eds. Traditional Chinese Stories: Themes and Variations. (《中国传统故事:主题与变奏》)New York: Columbia University Press, 1978.

茅坤:《茅坤集》,杭州:浙江古籍,1993。

——.《徐海本末》,BCJ.

毛效同编:《汤显祖研究资料汇编》,上海:上海古籍,1986。

Mather, Richard B(马瑞志)., trans. A New Account of Tales of the World. (《世说新语》)Minneapolis: University of Minnesota Press, 1976.

McMahon, Keith(马克梦). "A Case of Confucian Sexuality: The Eighteenth-Century Novel Yesou puyan."(《一个道学和性欲的案例:十八世纪小说〈野叟曝言〉》) Late Imperial China 9, no. 2 (1988): 32-55.

——. Causality and Containment in Seventeenth-Century Chinese Fiction. (《17世纪中国小说中的因果和遏制》) Leiden: E. J. Brill, 1988.

——. Misers, Shrews, and Polygamists: Sexuality and Male-Female Relations in Eighteenth-Century Chinese Fiction.(《吝啬鬼、泼妇、一夫多妻者:十八世纪中国小说中的性与男女关系》) Durham: Duke University Press, 1995.

孟棨:《本事诗》,BCJ.

Metzger, Thomas(墨子刻). Escape from Predicament: Neo-Confucianism and China's Evolving Political Culture. (《摆脱困境:理学与中国政治文化的演进》) New York: Columbia University Press, 1977.

Miller, Lucien(米乐山). "Children of the Dream: The Adolescent World in Cao Xueqin's Honglou meng."(《梦中儿童:曹雪芹〈红楼梦〉中的青春世界》) In Anne Behnke Kinney, ed., Chinese Views of Childhood, pp. 219-47. Honolulu: University of Hawaii Press, 1995.

Mizoguchi Yūzō(沟口雄三).《中国前近代思想的屈折与展开》,索介然译,见《中国前近代思想的演变》,北京:中华书局,1997。

Mori Mikisaburō(森三木三郎). 上古より漢代に至る性命觀の展開. Tokyo: Sobunsha, 1971.

Mowry, Yuan-hua Li(李华元). Chinese Love Stories from "Ch'ing-shih." (《〈情史〉中的中国爱情故事》)Hamden, Conn.: Archon Books, 1983.

——. "Ch'ing-shih and FengMeng-lung."(《〈情史〉与冯梦龙》) Ph.D. dissertation, University of California, Berkeley, 1976.

《南史》,北京:中华书局,1975。

宁稼雨:《中国文言小说总目提要》,济南:齐鲁书社,1996。

《女才子书》,沈阳:春风文艺出版社,1983。

Nyren, Eve Alison(奈伦), trans. The Bonds of Matrimony / Hsing-shih yin-yüanchuan.(《醒世姻缘传》) Lewiston, Me.: Edwin Mellen Press, 1995.

欧阳健:《从左绵痴道人眉批字迹鉴定看甲戌本的真伪问题》,《贵州文史丛刊》1999,no. 3:8-18;《中国人民大学复印报刊资料:中国古代近代文学研究》,1999, no. 8: 231-41.

——.《红楼新辨》,广州:花城出版社,1994。

——.《〈金云翘传〉的刊本与钞本》,MQXL 4 (1986): 66-79.

——.《〈野叟曝言〉版本辨析》,MQXY 7 (1988): 181-95.

Owen, Stephen(宇文所安). Readings in Chinese Literary Thought.(《中国文学思想选读》) Cambridge, Mass.: Harvard University, Council on East Asian Studies, 1992.

Oxenhandler, Neal(奥克森韩德勒). "The Changing Concept of Literary Emotion: A Selective History."(《文学情感概念的变更》)New Literary History 20, no. 1 (1988): 105-21.

潘之恒:《潘之恒曲话》,汪效倚辑注,北京:中国戏剧出版社,1988。

潘重规:《甲戌本石头记覈论》,见胡文彬、周雷编:《台湾红学论文选》,p. 398-434。天津:百花文艺出版社,1981。

Plaks, Andrew H(浦安迪). "After the Fall: Hsing-shih yin-yuan chüan and the Seventeenth-Century Chinese Novel."(《逐出乐园之后:〈醒世姻缘传〉和十七世纪中国小说》) HJAS 45, no. 2 (1985): 543-80.

——. Archetype and Allegory in the "Dream of the Red Chamber."(《〈红楼梦〉的原型与寓言》)Princeton: Princeton University Press, 1976.

——. The Four Masterworks of the Ming Novel.(《明代小说四大奇书》) Princeton: Princeton University Press, 1987.

Plaks, Andrew, comp.《红楼梦批语偏全》,台北:南天书局,1997.

Pinch, Adela(邢区). Strange Fits of Passion: Epistemologies of Emotion, Hume to Austen.(《奇异的激情:感情的认知学,从休姆到奥斯丁》) Stanford: Stanford University Press, 1996.

《平山冷燕》,沈阳:春风文艺出版社,1982。

齐裕焜等编:《中国古代小说演变史》,兰州:敦煌文艺出版社,1990。

钱穆:《朱子新学案》,成都:巴蜀书社,1986。

《乾隆甲戌脂砚斋重评石头记》,影印本。台北:商务印书馆,1961。

邱敏捷:《参禅与念佛——晚明袁宏道的佛教思想》,台北:商鼎文化出版社,1993。

《全上古三代秦汉三国六朝文》,石家庄:河北教育出版社,1997。

饶龙隼:《明代隆庆万历间文学思想转变研究》,重庆:西南师范大学出版社,1995。

Rich, Adrienne(艾德里安娜·里奇)."Compulsory Heterosexuality and Lesbian Existence."(《强迫异性恋和女同性恋的存在》) Signs 5, no. 4 (1980): 640-49.

Roddy, Stephen(史蒂文·罗迪). Literati Identity and Its Fictional Representation in Late Imperial China.(《文人身份定位及其在清代小说中的表现》) Stanford: Stanford University Press, 1998.

Rolston, David L(陆大伟).:《〈林兰香〉与〈金瓶梅〉》,《文学遗产》,1987, no. 5: 3-123. A slightly different version of this article appeared in MQXL 5 (1987): 148-59.

——. "A Missing Link Between the Jin Ping Mei and the Honglou meng?"(《〈金瓶梅〉与〈红楼梦〉之间失掉的链环》) Paper presented at the Midwest Conference of Asian Affairs, East Lansing, Michigan, 1989.

——. Traditional Chinese Fiction and Fiction Commentary: Reading and Writing Between the Lines.(《中国传统小说和小说评点:在字里行间读和写》) Stanford: Stanford University Press, 1997.

Rolston, David L., ed. How to Read the Chinese Novel.(《中国小说读法》) Princeton: Princeton University Press, 1990.

《容与堂本水浒传》,上海:上海古籍,1988。

Ropp, Paul(罗溥洛). "Between Two Worlds: Women in Shen Fu's Six Records of a Floating Life."(《两个世界之间:沈复〈浮生六记〉中的女性》) In Anna Gerstlacher et al., eds., Women and Literature in China, pp. 98-140. Bochum, Germany: Brockmeyer, 1985.

Roy, David(芮效卫). "The Case for T'ang Hsien-tsu's Authorship of the Jin Ping Mei." CLEAR 8 (1986): 31-62.

Roy, David, trans. The Plum in the Golden Vase, or Chin P'ing Mei.(《金瓶梅》) Vol. 1. Princeton: Princeton University Press, 1996.

阮元编:《十三经注疏》,北京:中华书局,1980。

《如意君传》,SH series,台北:台湾大英百科,1995。

Satyendra, Indira(赡彦特拉). "Metaphors of the Body: The Sexual Economy of the Chin P'ing Mei tz'u-hua."(《身体的隐喻:〈金瓶梅词话〉中的性经济》) CLEAR 15 (1993): 85-98.

Scott, Mary Elizabeth(斯考特). "Azure from Indigo: Hongloumeng's Debt to Jin Ping Mei."(《青出于蓝:〈红楼梦〉对〈金瓶梅〉的借鉴》) Ph. D. dissertation, Princeton University, 1989.

Sedgwick, Eve Kosofsky(塞芝维克[一译:赛菊寇]). Between Men: English

Literature and Male Homosocial Desire.(《男性之间:英语文学与男人的同性社交欲望》) New York:Columbia University Press,1985.

邵雍:《皇极经世书解》,黄植编注,《四库珍本》,4th series.

沈德符:《万历野获编》,北京:中华书局,1959.

沈津:《美国哈佛大学哈佛燕京图书馆中文善本书志》,上海:上海辞书出版社,1999。

石昌渝:《中国小说源流论》,北京:三联书店,1994。

《石点头等三种》,南京:江苏古籍,1994。

《水浒传会评本》,陈曦钟等编,北京:北京大学出版社,1981。

司马迁:《史记》,北京:中华书局,1972。

宋懋澄:《九籥集》,王利器编,北京:中国社会科学出版社,1984。

Stone, Charles(查尔斯·斯通)."The Ruyijun zhuan and the Origins of the Chinese Erotic Novel."(《〈如意君传〉与中国艳情小说的起源》) Ph.D. dissertation, University of Chicago, 1999.

孙楷第:《李笠翁与十二楼》,见《沧州后集》,p.151-205,北京:中华书局,1985。

——.《日本东京所见小说书目》,北京:人民文学出版社,1958。

——.《夏二铭与〈野叟曝言〉》,见《沧州后集》,p.238-47,北京:中华书局,1985。

——.《中国通俗小说书目》,北京:人民文学出版社,1982。

孙希旦:《礼记集解》,北京:中华书局,1989。

孙逊:《红楼梦脂评初探》,上海:上海古籍,1981。

Sung, Maria H.(玛丽亚宋) The Narrative Art of Tsai-sheng-yüan:A Feminist Vision in Traditional Confucian Society.(《〈再生缘〉的叙事艺术:传统儒家社会中的女权主义的瞻望》) Taipei:Chinese Materials Center,1994.

《太平广记》,北京:中华书局,1995。

《大正新修大藏经》,Tokyo:Taishō Issai-kyō kankōkai,1924-32.

谭元春:《谭元春集》,陈杏珍编校,上海:上海古籍,1998。

汤显祖:《牡丹亭》,徐朔方、杨笑梅编注,北京:人民文学出版社,1998[1963]。

——.《汤显祖诗文集》,徐朔方编注,上海:上海古籍,1982。

陶望龄:《歇庵集》,万历本影印本,台北:伟文图书出版社,1976。

《桃花影》,SH series,台北:台湾大英百科,1994。

屠隆:《白榆集》,台湾国立中央图书馆藏万历本影印本,台北:伟文图书出版社,1977。

——.《鸿苞集》,明刻本(1610),Copy in Harvard-Yenching Library.

——.《栖真馆集》,万历本,北平国家图书馆复制,Microfilm in University of Michigan East Asian Library.

van Gulik, R. H(高罗佩). Sexual Life in Ancient China.(《中国古代房内考》)

Leiden: E. J. Brill, 1961.

Van Zoeren, Steven(范佐仁). Poetry and Personality: Reading, Exegesis, and Hermeneutics in Traditional China.(《诗歌与人格:传统中国的阅读、注释与解释学》) Stanford: Stanford University Press, 1991.

Vicinus, Martha(维西鲁斯). "Introduction."(《引言》) In idem, ed., Lesbian Subjects: A Feminist Studies Reader, pp. 1-22. Bloomington: Indiana University Press, 1996.

——. "'They Wonder to Which Sex I Belong': The Historical Roots of the Modern Lesbian Identity."(《"他们奇怪我是那一性":当代女同性恋者的历史渊源》) In idem, ed., Lesbian Subjects: A Feminist Studies Reader, pp. 233-259. Bloomington: Indiana University Press, 1996.

Vitiello, Giovanni(魏瞩安). "Exemplary Sodomites: Male Homosexuality in Late Ming Fiction."(《模范的男风:晚明小说中的男同性恋》) Ph.D. dissertation, University of California, Berkeley, 1994.

——. "The Fantastic Journey of an Ugly Boy: Homosexuality and Salvation in Late Ming Pornography."(《丑男孩的奇妙旅行:晚明色情作品中的同性恋与拯救》) Positions 4, no. 2(1996): 291-320.

Volpp, Sophie(袁书非). "The Discourse on Male Marriage: Li Yu's 'A Male Mencius's Mother.'"(《男性同性婚姻的话语:李渔的〈男孟母〉》) Positions2, no. 1(1994):113-32.

von Glahn, Richard(万志英). "The Enchantment of Wealth: The God Wutong in the Social History of Jiangnan."(《财富的法术:江南社会史中的五通神》) HJAS 51, no. 2 (1991): 651-714.

——. Fountain of Fortune: Money and Monetary Policy in China, 1000-1700. (《财富之源:金钱与中国的货币政策,1000-1700》) Berkeley: University of California Press, 1996.

汪辟疆编:《唐人小说》,上海:上海古籍,1978。

王充:《论衡》,ZZJC.

王夫之:《船山全书》,长沙:岳麓书社,1996。

王岗(Richard G. Wang), "The Cult of Qing: Romanticism in the Late Ming Period and in the Novel Jiao Hong ji."(《"情"的崇拜:晚明时期与小说〈娇红记〉中的浪漫精神》)Ming Studies 33 (1994): 12-55.

——.《浪漫情感与宗教精神——晚明文学与文学思潮》,香港:天地图书,1999。

王汉民:《论孟称舜戏曲的传情意义》,《中国文学研究(长沙)》,1998, no. 1: 48-52.

Wang, Jing(王晶). The Story of Stone: Intertextuality, Ancient Chinese

Stone Lore, and the Stone Symbolism of "Dream of the Red Chamber," "Water Margin," and "The Journey to the West."(《石头记:互文性、古代中国的石头传说,以及〈红楼梦〉、〈水浒传〉和〈西游记〉中的石头象征》)Durham, N.C.: Duke University Press, 1992.

王凌:《畸人·情种·七品官》,福州:海峡文艺出版社,1992。

王利器:《元明清三代禁毁小说戏曲史料》,上海:上海古籍,1981。

王琼玲:《清代四大才学小说》,台北:台湾商务印书馆,1997。

王世贞:《艳异编》,GXJ series, 上海:上海古籍,1990.

王先谦:《荀子集解》,ZZJC.

王阳明:《传习录》,见《王阳明全集》,上海:上海古籍,1992。

王育济:《天理与人欲》,济南:齐鲁书社,1992。

王重民:《中国善本书提要》,上海:上海古籍,1983。

Weber, Max(马克思·韦伯). The Sociology of Religion, (《宗教社会学》) trans. Ephraim Fischoff. Boston: Beacon Press, 1963.

卫泳:《冰雪携》,《国学珍本文库》,上海:中央书店,1935。

——.《悦容编》,见《昭代丛书》,张潮编,上海:上海古籍,1991。

Whitman, Christina(克瑞斯汀纳·惠特曼). "Privacy in Confucian and Taoist Thought."(《儒道思想中的"私"》) In Donald J. Munro, ed., Individualism and Holism: Studies in Confucian and Taoist Values, pp.85-100. Ann Arbor: University of Michigan, Center for Chinese Studies, 1985.

Widmer, Ellen(魏爱莲). "Ming Loyalism and the Women's Voice in Fiction after Honglou meng."(《明遗民情结与〈红楼梦〉之后小说中女性的声音》) In Ellen Widmer and Kang-i Sun Chang, eds., Writing Women in Late Imperial China, pp. 366-96. Stanford: Stanford University Press, 1997.

——. "Xiaoqing's Literary Legacy and the Place of the Women Writers in Late Imperial China."(《有关小青的文学作品与中华帝国晚期女性作家的地位》) Late Imperial China 10, no. 2 (1989): 1-43.

Widmer, Ellen, and Chang, Kang-i Sun, eds. Writing Women in Late Imperial China.(中华帝国晚期的女性作家) Stanford: Stanford University Press, 1997.

Wong, Siu-kit(黄兆杰). "Ch'ing in Chinese Literary Criticism."(《中国文学批评中的"情"》) Ph. D. dissertation, Oxford University, 1969.

吴承学:《晚明小品研究》,南京:江苏古籍,1998。

吴存存:《〈弁而钗〉与〈宜春香质〉的年代考证及其社会文化史意义发微》,《东方文化》,32, no. 1 (1994): 67-72.

吴恩裕:《明义的绿烟琐窗集诗选及其题红楼梦二十首诗》,见《曹雪芹丛考》,p.203-9, 上海:上海古籍,1980。

Wu, Fatima(法蒂玛吴). "Foxes in Chinese Supernatural Tales."(《中国神怪故事中的狐》) Tamkang Review 17, no. 2 (1986): 121-54.

吴敬梓:《儒林外史会校会评本》,李汉秋编,上海:上海古籍,1984。

Wu, Pei-i(吴百益). The Confucian's Progress: Autobiographical Writings in Traditional China.(《儒者的历程:传统中国的自传书写》) Princeton: Princeton University Press, 1990.

吴廷翰:《吴廷翰集》,北京:中华书局,1984。

Wu, Yenna(吴燕娜). The Chinese Virago: A Literary Theme.(《中国悍妇:一个文学母题》) Cambridge, Mass.: Harvard University, Council on East Asian Studies, 1995.

——. "The Inversion of Marital Hierarchy: Shrewish Wives and Henpecked Husbands in Seventeenth-Century Chinese Literature."(《不平等婚姻的颠覆:十七世纪中国文学中的悍妒妻子与惧内丈夫》) HJAS 48, no. 2 (1988): 363-382.

——. "Marriage Destinies to Awaken the World: A Literary Study of Xingshi yinyuan zhuan."(《〈醒世姻缘传〉研究》) Ph.D. dissertation, Harvard University, 1986.

——. "Repetition in Xingshi yinyuan zhuan."(《〈醒世姻缘传〉中的重复》) HJAS 51, no. 1 (1991): 55-87.

夏敬渠:《野叟曝言》,长春:吉林文史出版社,1994。

——.《野叟曝言》,1881年毗陵汇珍楼本影印本,GXJ. 上海:上海古籍,1990。

夏咸淳:《晚明士风与文学》,北京:中国社会科学出版社,1994。

萧驰:《从才子佳人到石头记:文人小说与抒情传统的一段情结》,《汉学研究》14, no. 1 (June 1996): 249-78;重印见《中国抒情传统》, p.275-320. 台北:允晨文化事业,1999。

——. The Chinese Garden as Lyric Enclave: A Generic Study of "The Story of the Stone."(《抒情领域中的中国园林:〈石头记〉的普通研究》) Forthcoming, University of Michigan, Center for Chinese Studies, 2001.

萧相恺:《珍本禁毁小说大观——稗海访书录》,郑州:中州古籍,1992。

谢国桢:《增订晚明史籍考》,上海:上海古籍,1981。

谢肇淛:《五杂俎》,国学珍本文库,上海:中央书店,1935。

《西湖二集》,杭州:浙江文艺出版社,1985。

《新刻绣像批评金瓶梅》,齐烟等编,济南:齐鲁书社;香港:三联书店,1990。

《型世言》,MXJ series 1, vol. 2.成都:巴蜀书社,1993。

《醒世姻缘传》,上海:上海古籍,1981。

熊澄宇:《蒋士铨剧作研究》,北京:中国戏剧出版社,1988。

《绣谷春容》,南京:江苏古籍,1994。

《绣屏缘》,高罗佩藏手抄本的影印本,GXJ. 上海:上海古籍,1990。

《绣榻野史》,醉眠阁本,SH series. 台北:台湾大英百科,1995.

《西游补》,上海:上海古籍,1983。

徐复岭:《〈醒世姻缘传〉作者和语言考论》,济南:齐鲁书社,1993。

许慎:《说文解字注》,段玉裁注,上海:上海古籍,1988。

徐朔方:《冯梦龙年谱》,见《徐朔方集》,2：393-452. 杭州:浙江古籍,1995。

——.《金瓶梅西方论文集前言》,见《小说考信编》,p.286-302. 上海:上海古籍,1997。

——.《论〈醒世姻缘传〉及其和〈金瓶梅〉的关系》,见《小说考信编》,p.186-205. 上海:上海古籍,1997.

——.《汤显祖年谱》,见《徐朔方集》4：201-469. 杭州:浙江古籍,1995。

——.《屠隆年谱》,见《徐朔方集》3：309-94. 杭州:浙江古籍,1995。

——.《小说考信编》,上海:上海古籍,1997。

——.《徐朔方集》,杭州:浙江古籍,1995。

——.《玉茗堂传奇创作年代考》,见《徐朔方集》,4：484-88. 杭州:浙江古籍,1995。

徐知啸编:《历代赋论辑要》,上海:复旦大学出版社,1991。

薛瑞生:《大宝玉与风月宝鉴》,见红楼梦学刊编辑委员会编:《红楼梦学刊增刊:97北京国际红楼梦学术研讨会专辑》,p.410-28. 北京:红楼梦学刊杂志社,1997。

杨伯峻:《春秋左传注》,北京:中华书局,1981。

——.《论语译注》,北京:中华书局,1980。

——.《孟子译注》,北京:中华书局,1984。

Yang, Hsien-i(杨宪益) and Gladys Yang(戴乃迭), trans. The Dream of Red Mansions. (《红楼梦》) Beijing: Foreign Languages Press, 1978.

——. The Scholars. (《儒林外史》) Beijing: Foreign Languages Press, 1957.

杨慎:《升庵集》,SKQS.

Yang, Shuhui(杨曙辉). Appropriation and Representation: Feng Menglong and the Chinese Vernacular Story. (《借用与表现:冯梦龙与中国白话小说》) Ann Arbor: University of Michigan, Center for Chinese Studies, 1998.

Yao, Christina Shu-wha(克里斯蒂娜·姚). "Cai-zi jia-ren: Love Drama During the Yuan, Ming and Qing Periods."(《才子佳人:元明清时期的爱情戏曲》) Ph. D. dissertation, Stanford University, 1983.

叶德均:《读明代传奇文七种》,见《戏曲小说丛考》,p.535-41. 北京:中华书局,1979。

《宜春香质》,MXJ, series 2, vol. 2, 成都:巴蜀书社,1995.

《宜春香质》,SH series. 台北:台湾大英百科,1995.

一粟编:《红楼梦卷》,北京:中华书局,1963。

Yu, Anthony C(余国藩). Rereading the Stone: Desire and the Making of Fiction in "Dream of the Red Chamber."(《重读石头记:〈红楼梦〉中的情欲与虚构》) Princeton: Princeton University Press, 1997.

Yü, Chün-fang(于君方). The Renewal of Buddhism in China: Chu-hung and the Late Ming Synthesis.(《佛教在中国的更新:袾宏与晚明的整合》) New York: Columbia University Press, 1981.

俞平伯:《论秦可卿之死》,见《俞平伯论红楼梦》,p.264-72. 上海:上海古籍, 1988。

——.《红楼梦辨》,见《俞平伯论红楼梦》,p.69-323. 上海:上海古籍,1988。

——.《香菱地位的改变》,见《俞平伯论红楼梦》,p.712-17. 上海:上海古籍,1988。

——.《俞平伯论红楼梦》,上海:上海古籍,1988。

俞樾:《群经平议》,台北:河洛图书出版社,1975。

于植元:《林兰香论》,MQXL 1 (1984):190-213.

袁采:《袁氏世范》,见《知不足斋丛书》,BCJ.

袁宏道:《袁宏道集笺校》,钱伯城笺校,上海:上海古籍,1981。

袁黄:《袁了凡先生两行斋集》,1624年本(嘉兴袁氏家刊本)。台湾国立中央图书馆复制。香港中文大学图书馆缩微胶片。

袁中道:《珂雪斋集》,钱伯城编,上海:上海古籍,1989。

Zeitlin, Judith(蔡九迪). Historian of the Strange: Pu Songling and the Chinese Classical Tale.(《异史氏:蒲松龄和中国古代传说》) Stanford: Stanford University Press, 1993.

张爱玲:《红楼梦魇》,上海:上海古籍,1995[台北,1977]。

张潮:《虞初新志》,见《笔记小说大观》,vol. 7,扬州:江苏广陵古籍刻印社,1995。

张岱年:《中国哲学大纲》,北京:中国社会科学出版社,1985。

张国星编:《中国古代小说中的性描写》,天津:百花文艺出版社,1993。

张瀚:《松窗梦语》,上海:上海古籍,1986。

张俊:《论〈林兰香〉与〈红楼梦〉兼谈联接〈金瓶梅〉与〈红楼梦〉的连环》,MQXL 5 (1987):63-84.

——.《清代小说史》,杭州:浙江古籍,1997。

张立文:《中国哲学范畴发展史——人道篇》,北京:中国人民大学出版社,1995。

张琦:《衡曲麈谭》,见《中国古典戏曲论著集成》,册4,北京:中国戏剧出版社,1959。

张清吉:《醒世姻缘传新考》,郑州:中州古籍,1991。

张庆善:《曹雪芹祖籍论争述评》,HXK 1998, no. 1, 268-94.

张永俊:《二程学管见》,台北:东大图书公司,1988。
《张竹坡批评金瓶梅》,王汝梅等编,济南:齐鲁书社,1991。
赵伯陶:《〈红楼梦影〉的作者及其他》,HXK 1989, no. 3:243-51.
赵建忠:《红楼梦续书研究》,天津:天津古籍,1997。
赵园:《明清之际士大夫研究》,北京:北京大学出版社,1999。
郑培凯:《解到多情情尽处:从汤显祖到曹雪芹》,见《汤显祖与晚明文化》,p.328-33. 台北:允晨文化事业,1995。
郑闰:《〈金瓶梅〉和屠隆》,上海:学林出版社,1994。
郑元勳:《眉幽阁文娱》,明刻本(1630), Copy in Harvard-Yenching Library.
钟明奇:《论李渔道学与风流合而为一的情爱理想及其文化选择》,MQXY 48 (1998, no. 2):155-64.
钟惺:《隐秀轩集》,李先耕、崔重庆编,上海:上海古籍,1992。
《中国古典戏曲论著集成》,北京:中国戏剧出版社,1959。
《中国通俗小说总目提要》,江苏省社会科学院明清小说研究中心编,北京:中国文联出版公司,1990。
周钧韬:《〈金瓶梅〉抄引〈水浒传〉考探》,见《金瓶梅新探》,p.198-244. 天津:百花文艺出版社,1987。
周汝昌:《〈红楼梦〉与中华文化》,北京:工人出版社,1989。
朱淡文:《〈红楼梦〉论源》,南京:江苏古籍,1992。
朱熹:《朱子全书》,SKQS.
——.《朱子语类》,黎靖德编,北京:中华书局,1989。
朱熹:《四书章句集注》,北京:中华书局,1983。
朱燕静:《〈醒世姻缘传〉研究》,硕士论文,国立台湾大学,1978。
朱一玄编:《红楼梦脂评校录》,济南:齐鲁书社,1986。
朱自清:《诗言志辨》,北京:古籍出版社,1956。
邹元标:《愿学集》,SKQS.
左东岭:《李贽与晚明文学思想》,天津:天津人民出版社,1997。

"海外中国研究丛书"书目

1. 中国的现代化 [美]吉尔伯特·罗兹曼 主编 国家社会科学基金"比较现代化"课题组 译 沈宗美 校
2. 寻求富强:严复与西方 [美]本杰明·史华兹 著 叶凤美 译
3. 中国现代思想中的唯科学主义(1900—1950) [美]郭颖颐 著 雷颐 译
4. 台湾:走向工业化社会 [美]吴元黎 著
5. 中国思想传统的现代诠释 余英时 著
6. 胡适与中国的文艺复兴:中国革命中的自由主义,1917—1937 [美]格里德 著 鲁奇 译
7. 德国思想家论中国 [德]夏瑞春 编 陈爱政 等译
8. 摆脱困境:新儒学与中国政治文化的演进 [美]墨子刻 著 颜世安 高华 黄东兰 译
9. 儒家思想新论:创造性转换的自我 [美]杜维明 著 曹幼华 单丁 译 周文彰 等校
10. 洪业:清朝开国史 [美]魏斐德 著 陈苏镇 薄小莹 包伟民 陈晓燕 牛朴 谭天星 译 阎步克 等校
11. 走向21世纪:中国经济的现状、问题和前景 [美]D.H.帕金斯 著 陈志标 编译
12. 中国:传统与变革 [美]费正清 赖肖尔 主编 陈仲丹 潘兴明 庞朝阳 译 吴世民 张子清 洪邮生 校
13. 中华帝国的法律 [美]D.布朗 C.莫里斯 著 朱勇 译 梁治平 校
14. 梁启超与中国思想的过渡(1890—1907) [美]张灏 著 崔志海 葛夫平 译
15. 儒教与道教 [德]马克斯·韦伯 著 洪天富 译
16. 中国政治 [美]詹姆斯·R.汤森 布兰特利·沃马克 著 顾速 董方 译
17. 文化、权力与国家:1900—1942年的华北农村 [美]杜赞奇 著 王福明 译
18. 义和团运动的起源 [美]周锡瑞 著 张俊义 王栋 译
19. 在传统与现代性之间:王韬与晚清革命 [美]柯文 著 雷颐 罗检秋 译
20. 最后的儒家:梁漱溟与中国现代化的两难 [美]艾恺 著 王宗昱 冀建中 译
21. 蒙元入侵前夜的中国日常生活 [法]谢和耐 著 刘东 译
22. 东亚之锋 [美]小R.霍夫亨兹 K.E.柯德尔 著 黎鸣 译
23. 中国社会史 [法]谢和耐 著 黄建华 黄迅余 译
24. 从理学到朴学:中华帝国晚期思想与社会变化面面观 [美]艾尔曼 著 赵刚 译
25. 孔子哲学思微 [美]郝大维 安乐哲 著 蒋弋为 李志林 译
26. 北美中国古典文学研究名家十年文选 乐黛云 陈珏 编选
27. 东亚文明:五个阶段的对话 [美]狄百瑞 著 何兆武 何冰 译
28. 五四运动:现代中国的思想革命 [美]周策纵 著 周子平 等译
29. 近代中国与新世界:康有为变法与大同思想研究 [美]萧公权 著 汪荣祖 译
30. 功利主义儒家:陈亮对朱熹的挑战 [美]田浩 著 姜长苏 译
31. 莱布尼兹和儒学 [美]孟德卫 著 张学智 译
32. 佛教征服中国:佛教在中国中古早期的传播与适应 [荷兰]许理和 著 李四龙 裴勇 等译
33. 新政革命与日本:中国,1898—1912 [美]任达 著 李仲贤 译
34. 经学、政治和宗族:中华帝国晚期常州今文学派研究 [美]艾尔曼 著 赵刚 译
35. 中国制度史研究 [美]杨联陞 著 彭刚 程钢 译

36. 汉代农业:早期中国农业经济的形成　[美]许倬云 著　程农 张鸣 译　邓正来 校
37. 转变的中国:历史变迁与欧洲经验的局限　[美]王国斌 著　李伯重 连玲玲 译
38. 欧洲中国古典文学研究名家十年文选　乐黛云 陈珏 龚刚 编选
39. 中国农民经济:河北和山东的农民发展,1890—1949　[美]马若孟 著　史建云 译
40. 汉哲学思维的文化探源　[美]郝大维 安乐哲 著　施忠连 译
41. 近代中国之种族观念　[英]冯客 著　杨立华 译
42. 血路:革命中国中的沈定一(玄庐)传奇　[美]萧邦奇 著　周武彪 译
43. 历史三调:作为事件、经历和神话的义和团　[美]柯文 著　杜继东 译
44. 斯文:唐宋思想的转型　[美]包弼德 著　刘宁 译
45. 宋代江南经济史研究　[日]斯波义信 著　方健 何忠礼 译
46. 一个中国村庄:山东台头　杨懋春 著　张雄 沈炜 秦美珠 译
47. 现实主义的限制:革命时代的中国小说　[美]安敏成 著　姜涛 译
48. 上海罢工:中国工人政治研究　[美]裴宜理 著　刘平 译
49. 中国转向内在:两宋之际的文化转向　[美]刘子健 著　赵冬梅 译
50. 孔子:即凡而圣　[美]赫伯特·芬格莱特 著　彭国翔 张华 译
51. 18世纪中国的官僚制度与荒政　[法]魏丕信 著　徐建青 译
52. 他山的石头记:宇文所安自选集　[美]宇文所安 著　田晓菲 编译
53. 危险的愉悦:20世纪上海的娼妓问题与现代性　[美]贺萧 著　韩敏中 盛宁 译
54. 中国食物　[美]尤金·N.安德森 著　马孆 刘东 译　刘东 审校
55. 大分流:欧洲、中国及现代世界经济的发展　[美]彭慕兰 著　史建云 译
56. 古代中国的思想世界　[美]本杰明·史华兹 著　程钢 译　刘东 校
57. 内闱:宋代的婚姻和妇女生活　[美]伊沛霞 著　胡志宏 译
58. 中国北方村落的社会性别与权力　[加]朱爱岚 著　胡玉坤 译
59. 先贤的民主:杜威、孔子与中国民主之希望　[美]郝大维 安乐哲 著　何刚强 译
60. 向往心灵转化的庄子:内篇分析　[美]爱莲心 著　周炽成 译
61. 中国人的幸福观　[德]鲍吾刚 著　严蓓雯 韩雪临 吴德祖 译
62. 闺塾师:明末清初江南的才女文化　[美]高彦颐 著　李志生 译
63. 缀珍录:十八世纪及其前后的中国妇女　[美]曼素恩 著　定宜庄 颜宜葳 译
64. 革命与历史:中国马克思主义历史学的起源,1919—1937　[美]德里克 著　翁贺凯 译
65. 竞争的话语:明清小说中的正统性、本真性及所生成之意义　[美]艾梅兰 著　罗琳 译
66. 中国妇女与农村发展:云南禄村六十年的变迁　[加]宝森 著　胡玉坤 译
67. 中国近代思维的挫折　[日]岛田虔次 著　甘万萍 译
68. 中国的亚洲内陆边疆　[美]拉铁摩尔 著　唐晓峰 译
69. 为权力祈祷:佛教与晚明中国士绅社会的形成　[加]卜正民 著　张华 译
70. 天潢贵胄:宋代宗室史　[美]贾志扬 著　赵冬梅 译
71. 儒家之道:中国哲学之探讨　[美]倪德卫 著　[美]万白安 编　周炽成 译
72. 都市里的农家女:性别、流动与社会变迁　[澳]杰华 著　吴小英 译
73. 另类的现代性:改革开放时代中国性别化的渴望　[美]罗丽莎 著　黄新 译
74. 近代中国的知识分子与文明　[日]佐藤慎一 著　刘岳兵 译
75. 繁盛之阴:中国医学史中的性(960—1665)　[美]费侠莉 著　甄橙 主译　吴朝霞 主校
76. 中国大众宗教　[美]韦思谛 编　陈仲丹 译
77. 中国诗画语言研究　[法]程抱一 著　涂卫群 译
78. 中国的思维世界　[日]沟口雄三 小岛毅 著　孙歌 等译

79. 德国与中华民国　[美]柯伟林 著　陈谦平 陈红民 武菁 申晓云 译　钱乘旦 校
80. 中国近代经济史研究:清末海关财政与通商口岸市场圈　[日]滨下武志 著　高淑娟 孙彬 译
81. 回应革命与改革:皖北李村的社会变迁与延续　韩敏 著　陆益龙 徐新玉 译
82. 中国现代文学与电影中的城市:空间、时间与性别构形　[美]张英进 著　秦立彦 译
83. 现代的诱惑:书写半殖民地中国的现代主义(1917—1937)　[美]史书美 著　何恬 译
84. 开放的帝国:1600年前的中国历史　[美]芮乐伟·韩森 著　梁侃 邹劲风 译
85. 改良与革命:辛亥革命在两湖　[美]周锡瑞 著　杨慎之 译
86. 章学诚的生平与思想　[美]倪德卫 著　杨立华 译
87. 卫生的现代性:中国通商口岸健康与疾病的意义　[美]罗芙芸 著　向磊 译
88. 道与庶道:宋代以来的道教、民间信仰和神灵模式　[美]韩明士 著　皮庆生 译
89. 间谍王:戴笠与中国特工　[美]魏斐德 著　梁禾 译
90. 中国的女性与性相:1949年以来的性别话语　[英]艾华 著　施施 译
91. 近代中国的犯罪、惩罚与监狱　[荷]冯客 著　徐有威 等译　潘兴明 校
92. 帝国的隐喻:中国民间宗教　[英]王斯福 著　赵旭东 译
93. 王弼《老子注》研究　[德]瓦格纳 著　杨立华 译
94. 寻求正义:1905—1906年的抵制美货运动　[美]王冠华 著　刘甜甜 译
95. 传统中国日常生活中的协商:中古契约研究　[美]韩森 著　鲁西奇 译
96. 从民族国家拯救历史:民族主义话语与中国现代史研究　[美]杜赞奇 著　王宪明 高继美 李海燕 李点 译
97. 欧几里得在中国:汉译《几何原本》的源流与影响　[荷]安国风 著　纪志刚 郑诚 郑方磊 译
98. 十八世纪中国社会　[美]韩书瑞 罗友枝 著　陈仲丹 译
99. 中国与达尔文　[美]浦嘉珉 著　钟永强 译
100. 私人领域的变形:唐宋诗词中的园林与玩好　[美]杨晓山 著　文韬 译
101. 理解农民中国:社会科学哲学的案例研究　[美]李丹 著　张天虹 张洪云 张胜波 译
102. 山东叛乱:1774年的王伦起义　[美]韩书瑞 著　刘平 唐雁超 译
103. 毁灭的种子:战争与革命中的国民党中国(1937—1949)　[美]易劳逸 著　王建朗 王贤知 贾维 译
104. 缠足:"金莲崇拜"盛极而衰的演变　[美]高彦颐 著　苗延威 译
105. 饕餮之欲:当代中国的食与色　[美]冯珠娣 著　郭乙瑶 马磊 江素侠 译
106. 翻译的传说:中国新女性的形成(1898—1918)　胡缨 著　龙瑜宬 彭珊珊 译
107. 中国的经济革命:20世纪的乡村工业　[日]顾琳 著　王玉茹 张玮 李进霞 译
108. 礼物、关系学与国家:中国人际关系与主体性建构　杨美惠 著　赵旭东 孙珉 译　张跃宏 译校
109. 朱熹的思维世界　[美]田浩 著
110. 皇帝和祖宗:华南的国家与宗族　[英]科大卫 著　卜永坚 译
111. 明清时代东亚海域的文化交流　[日]松浦章 著　郑洁西 等译
112. 中国美学问题　[美]苏源熙 著　卞东波 译　张强强 朱霞欢 校
113. 清代内河水运史研究　[日]松浦章 著　董科 译
114. 大萧条时期的中国:市场、国家与世界经济　[日]城山智子 著　孟凡礼 尚国敏 译　唐磊 校
115. 美国的中国形象(1931—1949)　[美]T.克里斯托弗·杰斯普森 著　姜智芹 译
116. 技术与性别:晚期帝制中国的权力经纬　[英]白馥兰 著　江湄 邓京力 译

117. 中国善书研究 [日]酒井忠夫 著 刘岳兵 何英莺 孙雪梅 译
118. 千年末世之乱:1813年八卦教起义 [美]韩书瑞 著 陈仲丹 译
119. 西学东渐与中国事情 [日]增田涉 著 由其民 周启乾 译
120. 六朝精神史研究 [日]吉川忠夫 著 王启发 译
121. 矢志不渝:明清时期的贞女现象 [美]卢苇菁 著 秦立彦 译
122. 明代乡村纠纷与秩序:以徽州文书为中心 [日]中岛乐章 著 郭万平 高飞 译
123. 中华帝国晚期的欲望与小说叙述 [美]黄卫总 著 张蕴爽 译
124. 虎、米、丝、泥:帝制晚期华南的环境与经济 [美]马立博 著 王玉茹 关永强 译
125. 一江黑水:中国未来的环境挑战 [美]易明 著 姜智芹 译
126. 《诗经》原意研究 [日]家井真 著 陆越 译
127. 施剑翘复仇案:民国时期公众同情的兴起与影响 [美]林郁沁 著 陈湘静 译
128. 华北的暴力和恐慌:义和团运动前夕基督教传播和社会冲突 [德]狄德满 著 崔华杰 译
129. 铁泪图:19世纪中国对于饥馑的文化反应 [美]艾志端 著 曹曦 译
130. 饶家驹安全区:战时上海的难民 [美]阮玛霞 著 白华山 译
131. 危险的边疆:游牧帝国与中国 [美]巴菲尔德 著 袁剑 译
132. 工程国家:民国时期(1927—1937)的淮河治理及国家建设 [美]戴维·艾伦·佩兹 著 姜智芹 译
133. 历史宝筏:过去、西方与中国妇女问题 [美]季家珍 著 杨可 译
134. 姐妹们与陌生人:上海棉纱厂女工,1919—1949 [美]韩起澜 著 韩慈 译
135. 银线:19世纪的世界与中国 林满红 著 詹庆华 林满红 译
136. 寻求中国民主 [澳]冯兆基 著 刘悦斌 徐硙 译
137. 墨梅 [美]毕嘉珍 著 陆敏珍 译
138. 清代上海沙船航运业史研究 [日]松浦章 著 杨蕾 王亦诤 董科 译
139. 男性特质论:中国的社会与性别 [澳]雷金庆 著 [澳]刘婷 译
140. 重读中国女性生命故事 游鉴明 胡缨 季家珍 主编
141. 跨太平洋位移:20世纪美国文学中的民族志、翻译和文本间旅行 黄运特 著 陈倩 译
142. 认知诸形式:反思人类精神的统一性与多样性 [英]G.E.R.劳埃德 著 池志培 译
143. 中国乡村的基督教:1860—1900江西省的冲突与适应 [美]史维东 著 吴薇 译
144. 假想的"满大人":同情、现代性与中国疼痛 [美]韩瑞 著 袁剑 译
145. 中国的捐纳制度与社会 伍跃 著
146. 文书行政的汉帝国 [日]富谷至 著 刘恒武 孔李波 译
147. 城市里的陌生人:中国流动人口的空间、权力与社会网络的重构 [美]张骊 著 袁长庚 译
148. 性别、政治与民主:近代中国的妇女参政 [澳]李木兰 著 方小平 译
149. 近代日本的中国认识 [日]野村浩一 著 张学锋 译
150. 狮龙共舞:一个英国人笔下的威海卫与中国传统文化 [英]庄士敦 著 刘本森 译 威海市博物馆 郭大松 校
151. 人物、角色与心灵:《牡丹亭》与《桃花扇》中的身份认同 [美]吕立亭 著 白华山 译
152. 中国社会中的宗教与仪式 [美]武雅士 著 彭泽安 邵铁峰 译 郭潇威 校
153. 自贡商人:近代早期中国的企业家 [美]曾小萍 著 董建中 译
154. 大象的退却:一部中国环境史 [英]伊懋可 著 梅雪芹 毛利霞 王玉山 译
155. 明代江南土地制度研究 [日]森正夫 著 伍跃 张学锋 等译 范金民 夏维中 审校
156. 儒学与女性 [美]罗莎莉 著 丁佳伟 曹秀娟 译

157. 行善的艺术:晚明中国的慈善事业(新译本) [美]韩德玲 著 曹晔 译
158. 近代中国的渔业战争和环境变化 [美]穆盛博 著 胡文亮 译
159. 权力关系:宋代中国的家族、地位与国家 [美]柏文莉 著 刘云军 译
160. 权力源自地位:北京大学、知识分子与中国政治文化,1898—1929 [美]魏定熙 著 张蒙 译
161. 工开万物:17世纪中国的知识与技术 [德]薛凤 著 吴秀杰 白岚玲 译
162. 忠贞不贰:辽代的越境之举 [英]史怀梅 著 曹流 译
163. 内藤湖南:政治与汉学(1866—1934) [美]傅佛果 著 陶德民 何英莺 译
164. 他者中的华人:中国近现代移民史 [美]孔飞力 著 李明欢 译 黄鸣奋 校
165. 古代中国的动物与灵异 [英]胡司德 著 蓝旭 译
166. 两访中国茶乡 [英]罗伯特·福琼 著 敖雪岗 译
167. 缔造选本:《花间集》的文化语境与诗学实践 [美]田安 著 马强才 译
168. 扬州评话探讨 [丹麦]易德波 著 米锋 易德波 译 李今芸 校译
169. 《左传》的书写与解读 李惠仪 著 文韬 许明德 译
170. 以竹为生:一个四川手工造纸村的20世纪社会史 [德]艾约博 著 韩巍 译 吴秀杰 校
171. 东方之旅:1579—1724耶稣会传教团在中国 [美]柏理安 著 毛瑞方 译
172. "地域社会"视野下的明清史研究:以江南和福建为中心 [日]森正夫 著 于志嘉 马一虹 黄东兰 阿风 等译
173. 技术、性别、历史:重新审视帝制中国的大转型 [英]白馥兰 著 吴秀杰 白岚玲 译
174. 中国小说戏曲史 [日]狩野直喜 张真 译
175. 历史上的黑暗一页:英国外交文件与英美海军档案中的南京大屠杀 [美]陆束屏 编著/翻译
176. 罗马与中国:比较视野下的古代世界帝国 [奥]沃尔特·施德尔 主编 李平 译
177. 矛与盾的共存:明清时期江西社会研究 [韩]吴金成 著 崔荣根 译 薛戈 校译
178. 唯一的希望:在中国独生子女政策下成年 [美]冯文 著 常姝 译
179. 国之枭雄:曹操传 [澳]张磊夫 著 方笑天 译
180. 汉帝国的日常生活 [英]鲁惟一 著 刘洁 余霄 译
181. 大分流之外:中国和欧洲经济变迁的政治 [美]王国斌 罗森塔尔 著 周琳 译 王国斌 张萌 审校
182. 中正之笔:颜真卿书法与宋代文人政治 [美]倪雅梅 著 杨简茹 译 祝帅 校译
183. 江南三角洲市镇研究 [日]森正夫 编 丁韵 胡婧 等译 范金民 审校
184. 忍辱负重的使命:美国外交官记载的南京大屠杀与劫后的社会状况 [美]陆束屏 编著/翻译
185. 修仙:古代中国的修行与社会记忆 [美]康儒博 著 顾漩 译
186. 烧钱:中国人生活世界中的物质精神 [美]柏桦 著 袁剑 刘玺鸿 译
187. 话语的长城:文化中国历险记 [美]苏源熙 著 盛珂 译
188. 诸葛武侯 [日]内藤湖南 著 张真 译
189. 盟友背信:一战中的中国 [英]吴芳思 克里斯托弗·阿南德尔 著 张宇扬 译
190. 亚里士多德在中国:语言、范畴和翻译 [英]罗伯特·沃迪 著 韩小强 译
191. 马背上的朝廷:巡幸与清朝统治的建构,1680—1785 [美]张勉治 著 董建中 译
192. 申不害:公元前四世纪中国的政治哲学家 [美]顾立雅 著 马腾 译
193. 晋武帝司马炎 [日]福原启郎 著 陆帅 译
194. 唐人如何吟诗:带你走进汉语音韵学 [日]大岛正二 著 柳悦 译

195. 古代中国的宇宙论　[日]浅野裕一 著　吴昊阳 译
196. 中国思想的道家之论:一种哲学解释　[美]陈汉生 著　周景松 谢尔逊 等译　张丰乾 校译
197. 诗歌之力:袁枚女弟子屈秉筠(1767—1810)　[加]孟留喜 著　吴夏平 译
198. 中国逻辑的发现　[德]顾有信 著　陈志伟 译
199. 高丽时代宋商往来研究　[韩]李镇汉 著　李廷青 戴琳剑 译　楼正豪 校
200. 中国近世财政史研究　[日]岩井茂树 著　付勇 译　范金民 审校
201. 魏晋政治社会史研究　[日]福原启郎 著　陆帅 刘萃峰 张紫毫 译
202. 宋帝国的危机与维系:信息、领土与人际网络　[比利时]魏希德 著　刘云军 译
203. 中国精英与政治变迁:20世纪初的浙江　[美]萧邦奇 著　徐立望 杨涛羽 译　李齐 校
204. 北京的人力车夫:1920年代的市民与政治　[美]史谦德 著　周书垚 袁剑 译　周育民 校
205. 1901—1909年的门户开放政策:西奥多·罗斯福与中国　[美]格雷戈里·摩尔 著　赵嘉玉 译
206. 清帝国之乱:义和团运动与八国联军之役　[美]明恩溥 著　郭大松 刘本森 译